"인간을 행복하게 하는 의도는
신의 창조계획엔 포함되어 있지 않다."

행복어사전 3

이병주

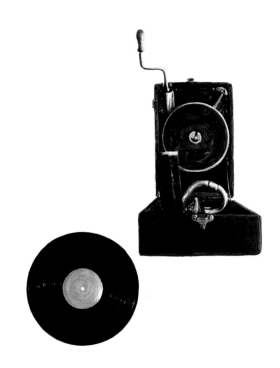

한길사

행복어사전 3

지은이 · 이병주
펴낸이 · 김언호
펴낸곳 · (주)도서출판 한길사

등록 · 1976년 12월 24일 제74호
주소 · 413-832 경기도 파주시 교하읍 문발리 520-11
        www.hangilsa.co.kr
        E-mail: hangilsa@hangilsa.co.kr
전화 · 031-955-2000~3   팩스 · 031-955-2005

상무이사 · 박관순 | 영업이사 · 곽명호 | 편집주간 · 강옥순
편집 · 배경진 이현화 유진 | 전산 · 한향림 김현정
마케팅 및 제작   이경호 | 관리 · 이중한 문주상 바경미 긴선희

출력 · 지에스테크 | 인쇄 · 현문인쇄 | 제본 · 쌍용제책

제1판 제1쇄 2006년 4월 20일

값 9,000원
ISBN 89-356-5946-0 04810
ISBN 89-356-5921-5 (세트)

잘못된 책은 구입하신 서점에서 바꿔드립니다.

이 도서의 국립중앙도서관 출판시도서목록(CIP)은 e-CIP 홈페이지
(http://www.nl.go.kr/cip.php)에서 이용하실 수 있습니다.
(CIP제어번호: CIP2006000775)

행복어사전 3

봄은 지구가 살큼 태양 쪽으로 다가섰다는 얘기일 뿐이다

오늘 육십 세인 당신의 사진을 보았다.
엄격하게 운율에 단련되고
생의 중심으로부터 불붙어 오른 불길에 화상을 입어
깊고 큼직한 주름이 새겨진 안면은
그건 바위다 펠로폰네소스 전역의 제독이다.

그 소리개의 눈은
공포와 불안과 인간의 붕괴를 관찰해왔다.
당신의 공격목표는
부분으로써 전체가 이루어진 것에 불과하다고 얕잡아 보는 전체주의자,
부분 속엔 전체가 포함되어 있지 않다고 믿는 부분주의자, 그런 까닭으로 당신의 위대한 귀는 침묵의 소리를 듣는다.

─우리들은 서로 사랑해야 한다
그렇지 못하면 죽음이다─W. H. 오든

우연히 펴든 T. R.의 시집에 이런 것이 있었다. 그런데 그 생소한 외국인의 이 시 앞에 한동안을 멍청히 앉아 있었던 까닭은 무엇일까. 그것은 아마 끝부분에 있는 W. H. 오든의 '우리들은 서로 사랑해야 한다. 그렇지 못하면 죽음이다.' 하는 구절 때문이었을 것이다.

'우리들은 서로 사랑해야 한다. 그렇지 않으면 죽음이다.'

이것은 내가 차성희에게 했어야 할 말이다. 때는 이미 늦었을까, 아직 기회는 있는 것일까.

나는 그 시에 계시를 느끼고, 그 시가 담거진 시집이 내 손으로 들어온 인과를 생각하며 가슴을 떨었다. 그것은 도서실의 미스 정이 어느 비 오는 날의 퇴근길에 들른 다방에서 다음과 같은 말을 보태며 내게 준 시집이었다.

"서 선생님, 시를 공부해보도록 하세요. 세상이 달리 보일 거예요."

그때 나는 미스 정이 차성희와 나 사이에 일어났던 일을 알고 있는 것이라고 판단했다. 그래서 나름대로의 위로를 하는 것이라고 믿었다. 그럴 때 사람은 참으로 난처해진다. 보람도 없는 동정을 받고 있다는 사실, 그렇다고 해서 그따위 동정하지 말아요, 하고 물리칠 수도 없는 사정처럼 쑥스러운 일은 없다. 그래서,

"세상을 달리 보고 싶은 마음이 별루 없는데요." 하고 나는 씁쓸하게 웃었다. 미스 정은 그 이상 말이 없었다.

우리는 커피가 식는 대로 내버려둔 채 덤덤히 한동안을 앉아 있다가 이윽고 그 다방에서 나와 동과 서로 헤어졌다. 미스 정은 나를 돕고 싶었고 도움을 청하는 말이 내 입에서 나올 것을 기대했을지 모른다. 혹은 또 그 언젠가의 밤에 있었던 것과 같은 해프닝을 기대하고 상처받은 나를 위해 하룻밤의 인신어공人身御供을 각오하고 있었을지도 모른다.

그러나 나는 T. R.이 쓴 것처럼 W. H. 오든의 소리개를 닮은 눈은 아니라도 나의 비둘기 같은 눈으로도 내 나름대로 공포와 불안과 인간의 붕괴를 보아왔다. 기대에 어긋난 미스 정의 허전한 기분을 안타깝게 여기기엔 너무나 나는 지쳐 있는 것이다.

차성희를 잃고 차성희를 발견했다는 것은 어떠한 뜻일까? 그녀는 조용했고 민감했고, 섬세했고, 우아했다. 이 세상에 악이 있다는 것을 모르는 천사와 같은 여자였다……

차성희를 잃고 차성희를 진정 사랑하고 있는 자기를 발견한다는 것은 어떠한 뜻일까? 사랑하기 때문에 내 마음은 비비 꼬이고, 틀어지고, 딴전을 보는 체하고, 아무렇지 않게 냉정을 내세우기도 하고, 떠나려면 떠나보란 따위의 허세를 부렸다……

차성희의 배신을 기다렸다는 마음은 죽음을 겁내는 마음이 미리 죽음에 익숙해지려고 초상난 집을 돌아다니는 어처구니없는 노릇을 닮은데가 있지 않았을까. 요컨대 미스터 뉴욕의 출현으로 인한 질투의 감정이었다. 이편에서 손을 쓰지 않고 미스터 뉴욕에게 이겨야 하겠다는 잠재의식이 차성희에게 더 많은 것을 기대한 것이다……

고급 자가용차를 타고 호화로운 저택으로 들어갈 여자에게 어린애를 업히고, 저자바구니를 들려 가파른 골목길을 걸어 셋방으로 들어서게 해야겠다는, 그 마음처럼 오만한 마음이 또 있을까? 나는 차성희가 백만 명 가운데의 하나의 여자이길 바랐다. 차성희는 그럴 수 있는 여자였다. 미스터 뉴욕만 나타나지 않았더라면. 그러나 나는 미스터 뉴욕이 나타나도 차성희는 그런 여자이길 바랐다……

싸워서라도, 계교를 꾸며서라도, 차성희는 쟁취했어야 할 여자가 아니었을까. 차성희를 위해선 고등고시라도 볼 작정을 했어야 옳았다. 재벌회사의 채용시험에 응할 용의가 있어야 했다. 특파원이 되려고 애쓸 만도 했다…….

나는 지난 지난해 겨울밤 싸구려 여관으로 다시 돌아와 옷을 벗으려고 했던 차성희를 상기했다. 그때 나는 내 운명의 문을 닫아버린 것일까. 그러나 그 일로 나는 후회할 생각은 없다. 꼭 그런 일 때문에 차성희가 배신할 마음이 있는데도 배신 못하게 된다면 나는 평생 차성희의 껍데기만 안고 있어야 하는 꼴이 되었었기 때문이다. 사실 인간에 있어서 육체의 부분이란 얼마 되지 않는 것이다. 김소영이 그랬다. 미스 정이 그랬다. 이태원의 김소향이 그랬다…….

일요일의 아침이 다르다는 것은 오늘만은 내가 내 주인 노릇을 할 수 있다는, 물론 그것도 한갓 착각에 지나지 않지만 그런 착각을 순간이나마 가져볼 수 있기 때문이다. 나는 열어젖힌 창가에 앉아 하늘을 보았다. 봄 빛깔의 놀을 깔아놓은 하늘이 있었다. 수양버들의 가느다란 검은 가지가지에 파릇파릇 잎이 돋아나 있었다. 어느 집 담 너머에 개나리의 황금빛 색채가 범람하고 있었다. 봄의 권태가 바야흐로 그 막을 열었다는 기분이다. 골마루가 떠들썩하더니 이웃방의 둘째 꼬마가 물통을 걸메고 나타났다. 다섯 살인가 여섯 살인 그 꼬마는 물통을 멘 것이 훈장을 단 것처럼 영광스러운가 보았다.

"어딜 가니?"

"창경원 가요."

꼬마의 자랑스러운 대답이다. 이어 국민학교에 다니는 아홉 살짜리 계집애가 나타났다. 손에 들고 있는 것은 도시락인 것 같았다.

"창경원 가니?" 하고 내가 물었다.

"예."

계집아이는 수줍게 웃었다.

"선상님도 같이 갔으몬 좋을 긴디."

꼬마들의 어머니는 언제나 웃는 얼굴이다. 웃는 얼굴로 나를 쳐다보며 한 말이다.

"애들이 어떻게 졸르는지 우짤 수가 있어야재요." 하고 캡을 쓴 사내가 싱글벙글했다.

일가족 네 사람은 그렇게 창경원으로 떠났다. 그들은 황씨 일가가 연탄가스 중독으로 죽고 난 뒤의 방에 들어온 사람들이다. 벌써 한 달이나 되었을까. 나는 그들을 통해 꼭 같은 환경인데도 성격에 따라 엄청나게 다르게 생활을 꾸려나갈 수 있다는 것을 깨달았다.

서른 살 될까말까한 그 경상도 아주머니는 세상이 즐거워 죽겠다는, 그런 식으로 산다.

"백오십 원 하던 두부가요, 어느새 이백 원이 되었고만요. 참말로 이상도 하재요. 우째서 이렇게 올라버리는지 몰라요, 홋호호." 하고 두부 값 오른 것이 그처럼 기쁠 수가 없는 것같이 말하고,

"연탄 값이 또 올랐다꼬? 홋호호. 와 그리 자주 오르는가요? 홋호호. 그래도 봄에 올랐응께 얼마나 다행인지 모르겠구만, 홋호호." 하고 연탄 값 오른 것도 기쁨으로 삼는다. 남편이 늦게 돌아오면 그래도 통행금지 시간 안에 들어온 것이 대견스러워 못 견디겠다는 태도이고, 빨리 들어오면 빨리 들어왔대서 환호성을 올린다.

어머니가 그러니 아이들도 낙천적이다. 다섯 살인가 여섯 살인가의 꼬마는 아파트 아이들과 층계에서 소꿉장난을 하고 놀면서,

"우라부진 지함 맹글걸랑. 지함, 뭔지 아나? 지함이 있어야 라아멘이나 과자나 사과나 그런 것 담을 수 있는 거랑. 지함 없어봐. 라아멘 못

먹걸랑. 우라부지 최고야, 지함 맹글걸랑."

하고 한바탕 자기 아버지 자랑을 늘어놓았다. 그 자랑하는 기세에 눌려 아무도 말을 못하는데 그 가운데 하나가 겨우,

"우라부진 택시 몬다." 하고 작은 소리로 말했을 뿐이었다.

이사 온 지 얼마 안 돼서였다. 내 성이 서가인 줄을 알자 그 아주머닌 반가워 어쩔 줄을 몰라했다.

"우리 어린애 아빠도 서간디요. 그라고 본께 종씨그만요. 이 넓은 서울에 우찌 종씨와 이웃하고 살 수 있다니 침말로 반갑고만요." 하곤 큰아이 생일이라서 떡을 했다며 떡을 한 사발 가지고 와선 삼십 분 넘겨 얘기를 하는데……

이때까지 셋방에만 돌아다니다가 자기 집이라고 해서 아파트를 가질 수가 있으니 이렇게 고마울 수가 없다는 것이고, 아이들이 탈 없이 자라니 그 이상 바랄 것이 없다는 것이고, 남편이 종이상자 만드는 기술자이고 보니 그런 영광이 없다는 것이고, 시골에서 먼지투성이가 되어 살다가 남대문이 있고 동대문이 있는 서울에서 살게 되었으니,

"팔자치곤 꽤 상팔자라 쿨 수 안있습니꺼."

하는 것이었다. 나는 얼김에 물었다.

"남편 되시는 분 술 마시지 않으세요?"

"와 안 묵어요. 월급 반이나 묵어버리는니요."

"그래도 괜찮습니까?"

"괜찮고 안 괜찮고가 있습니꺼, 자기가 벌어 자기가 술 먹는 긴디."

"그럼 살림이 옹색하지 않아요?"

"옹색하긴 합니더. 그래도 좋아요. 원래 옹색한 살림인걸요. 세 때 못 묵으몬 두 때 묵고, 밥 못 묵으몬 죽 쒀 묵고. 옹색한 것쯤이야 걱정 없

습니다. 해동이 되몬 나도 나가 돈벌 낍니다. 병원 소제부 자리 부택해
놨거던요. 병원 소제부 되몬 즈가부지 월급 반은 벌 수 있다는 거라요.
그라몬 즈가부지 번 돈 갖곤 술 다 먹어도 좋아요. 남자는 술을 묵어야
합니더. 선상님도 술 묵죠?"

"가끔 마시죠."

"그라몬 운재 즈가부지하고 한 잔 하이소. 우리 집에서 준비할 낀께
요. 즈가부지 목청 좋습니더. 고향마을에서 콩쿠리대회 하몬 운제라도
일등 안 했습니꺼."

"그러니까 아주머니께선 불만이 없으시겠구먼요."

"와 없겠어요." 하고 여자는 씨익 웃었다.

"아주머니 말씀 들어보니 불만이 있을 것 같지도 않은데요."

"꼭 한 가지 불만이라요."

해놓고는 주저주저하더니,

"말해보세요. 혹시 내가 도움이 될 지도 모르는 일 아닙니까." 하자
여자는,

"어머 선상님이 도움이 되다니." 하고 얼굴이 순식간에 빨갛게 되었
다. 나는 영문을 알 수가 없었다. 상대방의 얼굴을 빨갛게 할 말을 내가
했다고는 생각하지 않았기 때문이다.

"하여간 말씀해보세요."

여자는 머뭇거리면서도 그 불만이란 것을 털어놓고 싶었던 모양이었
다. 얘기는 다음과 같았다.

"나는 아이를 얼마라도 낳고 싶은디 즈가부지는 가족계획인가 뭔가
해야 된다꼬, 아이를 이 이상 낳으라고 하지 않습니더. 아들 하나 딸 하
나몬 된다꼬."

나는 어이가 없었다.

"그게 불만이라구요? 남편 되시는 분은 아주머니를 생각해서 그러시는 건데."

"생각해도 그렇게 생각하는 건 싫습니더. 나는 아들딸을 열댓 명 낳아갖고 환갑 때는 아들딸이랑 사위랑 며느리랑 손주들이 운동장에 꽉 찰 만큼 되어갖고 그들이 절하는 걸 받고 싶은디⋯⋯."

"대단한 욕심입니다." 하고 나는 웃었다. 여자도 따라 웃었다.

그런 연고로 해서 그 서씨 일가는 나를 친척처럼 대접해주기 시작했는데 나는 그 구김살 없는 쾌활한 집안을 보고 감탄을 금할 수가 없었다.

맹자의 말에 빈천貧賤도 불능이不能移란 것이 있다. 가난도 천함도 그들의 마음을 어둡게 하거나 더럽게 할 수가 없는 것이다.

한 가족이 연탄가스 중독으로 몰살한 그 불행의 장소가 어떤 가족에겐 행복의 보금자리가 될 수 있다는 건⋯⋯. 아니 그것이 세상이고 인생이 아닌가.

창경원에 가서 희희낙락하고 있을 그들의 모습을 상상하며 나는 어느덧 안절부절을 못하고 있는 내 마음을 발견했다.

나는 벽에 걸려 있는 감색 점퍼를 걸쳐 입고 바깥으로 나왔다. 이렇다할 갈 곳을 정하지 않은 길은 사방팔방으로 막연한 춘색 속으로 뻗어 있었다. 나는 문득 차성희가 행복할 수 없으리라고 깨달았다.

배신의 바탕 위에 행복의 성이 건립되는 수가 있을 까닭이 없다. 차성희는 일단 내가 배신한 것이라고 마음을 다졌을 것이다.

"독신 남자가 외방 여자를 아파트에 끌어들이는, 그런 염치없는 놈에게 내 딸을 주어? 어림도 없다."

이러한 어머니의 마음에 동조하는 것이 편리하다는 생각도 했을 것이다.

미스터 뉴욕과 결혼하는 걸 막을 아무런 조건도 없다는 생각도 했을 것이다.

그러나, 차성희의 본심은 그것만으론 스스로를 납득시킬 수 없는 찌꺼기를 지니고 있을 것이었다. 지금은 눈에 보이지 않을 만큼 작은 것이지만 그들의 결혼생활이 진전됨에 따라 점점 커져가는 나무의 씨앗과 같은 그런 것이 드디어는 그의 생활을 망치고 말는지 모른다.

나는 그녀에게 철저하게 내가 타락하고 영락함으로써 복수할 수도 있다. 무시무시하고 처참한 자살의 방법을 통해서 고급 자가용차와 호화저택을 곁들인 화려한 생활에 뻘칠을 할 수도 있다.

'내가 얼마나 사랑했기에……'

'한때 나에게 알몸을 제공할 각오까지 하지 않았더냐.'

차성희와 나와의 사랑은 결코 세월이 만든 이끼 속에 묻혀버릴 그런 성질의 것은 아니었다.

한편 나의 공상은 미스터 뉴욕이 근무하고 있는 회사의 사장이 되어 있는 내 모습을 그려내고 있었다.

'다윗은 우리야의 아내에게서 솔로몬을 낳고……'

나는 돌연 그러한 공상 속에 있는 내 자신에게 혐오를 느꼈다.

'용서할 수 없는 모독이다.'

네거리에 세워둔 휴지통에 가래침을 뱉어놓고 나는 서대문 쪽으로 방향을 취했다. 차성희의 집을 찾아갈 의사가 아직 여물지도 않았으면서 내 발은 그대로 향했다. 걷는 걸음걸음 차성희를 찾아볼 의사를 굳혀볼 작정이었다.

"잊으세요." 한 것은 안민숙이었다.

"미스터 서의 의사는 어떻건 난 미스터 서가 미스 차와 결혼을 하지 않을 경우, 미스터 서와 맺어져볼까, 하는 생각이 없지 않았어요. 그러나 지금은 생각이 바뀌었어. 나는 남이 버린 물건은 줍지 않기로 했어요. 미스터 서, 왜 그렇게 초라하게 뵈죠? 난 미스터 서가 이처럼 초라할 줄은 정말 꿈에도 상상할 수가 없었어요. 전엔 교정부원에다 알파가 붙어 낙백한 왕자처럼 보였는데 지금은 헐수할수없는 곤충처럼 보이니 말예요. 왕자와 곤충! 엄청난 거리죠? 차성희 씨의 사랑을 받고 있는 사나이란 그 후광이 없어지니 초라힌 곤충의 몰골만 남았다는 사실! 나는 인생이 뭔가를 비로소 안 것 같은 기분이네요." 한 글라스의 맥주를 비우더니 안민숙의 논고는 이처럼 신랄했다.

그때 나는 머저리처럼 웃었다. 성을 낸 것은 도리어 안민숙이었다.

"이렇게 말하는 내 뺨을 칠 수도 없어요?"

"뺨을 쳐? 천만에, 나는 미스 안을 안고 키스라도 하구 싶어."

역시 머저리처럼 웃으며 내가 한 말이었다.

"징그러워." 하고 안민숙은 다시 자기의 빈 글라스에 술을 채웠다. 나는 그 글라스를 뺏다시피 해서 내가 마셨다.

"내가 술 취할까봐서? 뒤치다꺼리가 곤란할까봐서? 곤충의 폐는 끼치지 않을 테니 걱정 말아요." 하는 안민숙의 눈엔 증오가 있었다.

그런데 그때만 해도 무슨 까닭인지 내게 여유가 있었다. 갈 데면 가라, 나는 네게 미련이 없다. 어린애를 업고 저자바구니를 들고 가파른 골목길의 셋방으로 기어드는 운명을 피하고 고급 자가용차를 타고 호화저택으로 들어갈 길을 택한 여자는 나에게도 소용이 없다는, 제법 씩씩하고 사내다운 의식이 있었던 것이다.

그러한 의식은 시간이 감에 따라 낡아갔다. 차성희는 가난을 피해 부잣집으로 가려는 것이 아니라, 우유부단한 비겁자를 피해 적극적으로 행복을 획득하려는 결단성 있는 사내를 찾아갔다는 의식으로 바뀌어갔으니 말이다.

내가 내 마음의 안정을 잃은 것은 그때부터다. 잠을 자질 못했다. 가만있을 수가 없었다. 가만 안 있는다고 했자 무엇을 어떻게 할 엄두가 나질 않았다. 꼭 한 번 밤중에 차성희 집으로 전화를 걸어본 일은 있었다. 몇 번인가 벨이 울리고 난 뒤 수화기를 든 사람의 소리는 늙은 여인의 적의에 찬 소리였다.

"뉘기시유."

나는 얼른 수화기를 놓아버렸다. 사랑하는 사람을 잃고 기껏 해본 행동이란 것이 그것뿐이었다.

그랬는데 나는 지금 차성희의 집을 향하고 있는 것이다. 무슨 결단이 있어서가 아니라 결단을 내야겠다는 마음만으로 이렇게 걷고 있는 것이다. 혹시,

"나 상관 말구 잘 가요." 하는 말을 할지도 모른다.

"당신이 배신한 건 아니오. 배신은 내가 했소. 나는 당신의 배신을 기다리고 있었으니까."

이런 말이 될지도 모른다.

"안 돼. 나를 배신하고 당신이 딴 사내와 결혼할 순 없어. 배신 위에 행복의 성을 쌓을 순 없어."

이렇게 말하고 싶다. 그러나 그런 말을 과연 내가 할 수 있을까.

결혼식은 열흘 후에 있다고 들었다. 허나 그건 문제도 안 될 것이었다. 결혼하고도 이혼을 하는데 결혼 약속쯤이야 문제될 까닭이 없다. 요는 차성희의 마음에 있다. 내 결단에 있다.

따스한 햇빛이 깔린 거리에 자동차가 질주하고 있었다. 나들이옷을 입은 사람들이 범람하고 있었다. 사람들은 시름을 잊은 듯 그 얼굴들에 봄을 반기는 표정을 엮고 있었다. 봄이란 지구가 살큼 태양 쪽으로 다가섰다는 얘기일 뿐인데 말이다. 가로수 사이로 트인 거리의 아득한 저편에 관악의 봉우리가 아슴푸레 안개 속에 있었다.

차성희를 찾는 것은 무의미하다는 마음으로 바뀌어가고 있을 무렵 나는 차성희의 집으로 통하는 골목 어귀에 섰다. 낡은 페인트 글씨로 된 여관의 산관이 바로 눈 위에 있었다.

어느덧 내 망막 위로 눈이 소리 없이 내리고 있었다. 이 년 전일 것이다. 어느 눈 내리는 밤에 나는 그 여관에서 하룻밤을 묵은 적이 있었다. 그 눈 내리는 밤에 돋아난 사랑의 싹이, 시든 잡초처럼 되어 지금 이 골목의 어귀에 서 있다는 콘트라스트!

"……미스터 서, 왜 그렇게 초라하게 뵈죠? 난 미스터 서가 이처럼 초라할 줄은 꿈에도 몰랐어요……."

망막엔 눈이 내리고 귓전엔 안민숙의 소리가 들려오고 있었다.

"싸워서 뺏을 의지도 능력도 없을 바에야 깨끗이 포기하는 용기라도 있어야죠."

안민숙은 또 이렇게도 말했던 것인데 포기하는 데도 용기가 있어야 하는 것일까.

나는 문득 안민숙의 말 마디마디에 선동의 저의가 있다는 것을 느꼈다. 그렇지 않고서야 어떻게

"차성희 씨의 사랑을 받고 있는 사나이란 후광이 없어지니 초라한 곤충의 몰골만 남았다."

는 말을 감히 할 수 있었겠느냐 말이다. 골목을 거슬러 오르면 거기에

차성희의 집이 있다는 지점을 가늠하면서도 나는 한 발도 앞으로 디며낼 수 없었다.

'비겁한 놈!'

이란 자조와 함께 이것이 최후이자 유일한 기회이며, 이 기회를 놓치면 차성희는 내 세계로부터 다른 천체로 영영 떠나버릴 것이란 사실이 가슴을 에웠다. 그러나 차성희를 만난들 할 말이 없을 것이었다. 준비해 온 말이 휘발해버린 듯 사라져버리고 내 가슴은 텅텅 빈 채로 있었다.

그렇다고 해서 되돌아설 수도 없었다. 가까스로 하나의 대안을 얻었다는 것이 여관 건너편에 있는 다방으로 들어서는 일이었다.

다방의 이름은 '오로라', 북극광이라고도 될 수가 있는 그 이름이 한국의 서울 변두리 다방의 간판으로 되어 있다는 것도 이상한 일이다. 나는 커피인지 담배꽁초 삶은 물인지 알 수 없는 암흑색 액체를 한 모금 마시고 전화기에 다가섰다.

전화라도 걸어보아야겠다는 용기를 겨우 찾아낸 것이다. 그런데 다이얼은 안민숙의 집 전화의 것을 돌리고 있었다.

"누구세요?" 하는 안민숙의 소리가 흘러나왔다. 반가웠다.

"나 서재필입니다."

"아아, 서 선생!"

말꼬리가 힘없이 사라졌다.

"이 화창한 일요일에 집엔 왜 처박혀 있소."

반가움이 내 말에 활기를 주었다.

"이 화창한 일요일에 내게 전화는 웬일이죠?"

빈정대는 투가 역력했다.

"미스 안의 목소리라도 듣고 싶어서."

"약간 다급한 심정인가 보죠?"

"그렇지도 않은데요."

"어디서 전화하시는 거죠?"

"S동."

"S동? 차성희 씨 집 있는 동네 아녜요?"

"그렇소."

"거긴 뭣하러 간 거죠?"

"봄바람에 나부껴 섣다가 보니 그렇게 되었네요."

"닭 쫓던 개 꼬락서닌가요?"

"닭 쫓던 개라도 좋구 상가의 개라도 좋구."

"한심하군요."

"내가 생각해도 그래."

"전화는 어디서 하는 거죠? 공중전화?"

"아냐, 오로라라는 다방에서 걸고 있소."

"오로라, 차성희 씨 집 골목 어귀에 있는 다방이군요."

"아시는구먼. 어때요, 미스 안. 이리로 좀 안 나오실래요?"

"가서 뭣하게요."

"미스 차를 한번 만났으면 해. 할말이 꼭 하나 있거든. 그런데……."

"혼자선 용기가 없으시다, 이 말씀이군요."

빈정대는 익살이 있지 않을까 했는데 안민숙의 말은 의외로 부드러웠다.

"안 되면 전화라도 하고 싶은데." 하고 내가 말꼬리를 흐리자 안민숙은

"가드리고 싶긴 한데, 저 지금 집을 보구 있어요. 조카들 따라 이집

20

식구들이 대공원엔가 갔거든요." 하며 한숨을 쉬었다.

"한숨 쉴 것까진 없소. 그럼!"

전화를 끊으려고 하자 안미숙의 말이 뒤쫓아왔다.

"거기 전화번호를 가르쳐줘요. 내가 차성희 씨에게 전화를 해보고 결과를 알려드릴게요."

나는 전화통에 적혀 있는 번호를 읽었다. 자리에 돌아와 앉아 십 분쯤 지났을까, 카운터에서 연락이 있었다. 송수화기를 들었다. 뜻밖에도 차성희의 말이 흘러나왔다.

"웬일이세요? 선생님."

차가운 금속성의 목소리였다.

"웬일이라니, 무엇이 웬일이냔 말입니까."

내 말은 어물어물했다.

"안민숙 씨의 얘기론 제게 할 말이 있다구."

"할 말쯤은 있지 않겠소."

"해보세요."

나는 만사가 끝났다는 것을 깨달았다. 깔끔하게 정돈된 책상 서랍처럼 차성희의 가슴은 먼지 하나 없이 정돈되어 있다는 것을 그 말투를 통해 깨달았다.

"차성희 씨가 제게 할 말은 없소?"

"있습니다."

"그 말씀 해보세요."

"제가 신문사에 있을 땐 여러 가지로 폐가 많았습니다."

"그밖엔?"

"할 말이 없어요."

"간단하군."

"서 선생님께서 제게 하실 말씀 하세요."

천 년 만 년 가슴팍에 못처럼 박혀 있을 말을 나는 찾았다. 그러나 그런 말이 졸지에 떠오를 까닭이 없다.

"행복을 빌겠소."

"서 선생님도 행복하세요."

나는 수화기를 놓아버렸다.

서 선생님도 행복하세요, 한 그 서 선생님도 하는 '도'가 공허한 가슴에 메아리를 남겼다. 돌아서려는데 등 뒤의 전화벨이 울렸고 잇달아 "서재필 씨 전화예요." 하는 소리가 있었다. 찌푸린 표정이 카운터에 있었다. 다시 송수화기를 들었다.

"안민숙 씨가 전해달라는 말이 있었어요."

차성희의 말이었다.

"뭔데요."

내 말이 퉁명스럽게 되었다.

"자기에게 전화걸지 말라는 부탁이었어요. 안민숙 씨도 곧 결혼하게 되나 봐요."

이번엔 저편에서 먼저 전화를 끊었다.

'따르랑' 하는 금속성 소리가 귓전에 남았다. 전 세계로부터 절교선언을 받은 것 같은 비장한 감상이 전신을 에워쌌다. 나는 비련의 주인공처럼 그 다방에서 걸어 나와야 했다. 백일하에 내 낡은 빛깔의 점퍼가 바랬다.

'점퍼를 입은 비련의 주인공!'

어떤 연출자도 비련의 주인공에게 점퍼를 입히진 않을 것이라고 생각하며 나는 속으로 웃었다.

그 찰나였다. 나는 왼쪽 모퉁이를 돌아 들어온 자동차에 치일 뻔했다. 자동차의 앞쪽 범퍼가 내 무릎을 스칠락말락한 데서 급정거를 했다. 나는 쓰러질 뻔했던 몸을 가까스로 세웠다. 새파란 하늘이 빙 도는 듯했다. 여관집 간판 글씨가 간판에서 튀어나올 것처럼 보였다. 집들의 나열이 새침하게 토라져 있었다. 어떻게 주위의 장면이 그처럼 모습을 바꿀 수 있단 말인가.

나는 겨우 정신을 차리고 내 앞에 멈춰 선 자동차를 보았다. 거기에서 물러설 생각이 금방 나질 않았다. 검은 테 안경을 쓴 젊은 사나이가 운전대에 앉아 있었다. 싸늘한 눈빛이었다. 넥타이핀이 유난히 눈에 띄었다. 나는 순간 그 사나이가 미스터 뉴욕이란 것을 알아차렸다. 왠지 수월하게 지나칠 수 없다는 예감이 들었다. 그때였다.

"빨리 비켜서지 못해요?" 하는 악의 찬 호통이 들려왔다. 나는 어이가 없어 웃었다.

"빨리 비켜요."

호통이 아까보다 한 옥타브쯤 높아졌다. 그때사 나는 분노를 느꼈다.

"내려와서 사과하시오."

그를 노려보며 내가 뱉은 말이다. 그리고 버티어 선 채로 있었다.

"이 친구가!"

그의 형상이 이지러졌다.

"내려와서 사과해요, 그러지 않으면 움직이지 않을 테니까."

"뭐라구? 뻔뻔스럽게 당신 잘못 아뇨? 내가 왜 사과를 해, 쳇."

그가 뭐라고 해도 버티어 선 채 나는 약혼자와 지낼 작정으로 있는 듯한 그의 일요일 오후를 망쳐놓고 싶은 마음을 다지고 있었다.

"사과해요."

나는 나직이 말했다.

"뭘 사과하란 말야. 잘못은 당신에게 있는 것 아냐?"

말이 반말로 무너져 나갔다.

"사과를 해!"

구경꾼들이 어느새 모여들고 있었다.

사나이는 엔진을 멈추고 호기 있게 내려서선 자동차의 도어를 야멸치게 닫아붙이곤 내 가까이로 왔다.

"어쩌자는 거여."

교만과 악의가 키가 되고 얼굴이 된 것 같은 모습이었다.

"사과를 해!"

나직이 말하고 정면으로 그를 노려봤다. 키는 나보다 살큼 작았다. 그러나 스포츠깨나 했던지 체구는 단단해 보였다. 고동색 아랫도리에 회색 플란넬의 상의가 얼핏 보기에도 고급 양복점의 제품이란 것을 알 수 있었다.

"당신이 나쁜 줄을 모르나?"

한 발 다가서서 삿대질을 하며 말하는 그의 눈을 나는 똑똑히 보았다. 미국에 있을 때 백인이 흑인을 보는 눈초리를 배웠구나 하는 생각을 해볼 만큼 그의 눈빛엔 경멸이 차 있었다. 날씬한 양복을 입고 사사용차에서 내려선 그 우월의식이 허술한 점퍼 차림의 사내를 상대로 했을 때 취함직도 한 태도라고 생각한 나는 오늘은 좀 철저하게 치사하게 굴어야겠다는 각오를 했다. 때에 따라선 인간은 얼마든지 치사하게 굴 수가 있다. 군에 있을 때 바가지를 씌운 음식점 주인을 상대로 주인이 "살려주시오." 하고 싹싹 빌도록 치사하게 군 적이 있다는 기억까지 찾아냈다. 그런데 이러한 생각은 풀 스피드로 회전하는 두뇌의 작업이고 악의에 찬 말은 계속 오갔다.

일이 멋지게 되려면 상대방이 먼저 폭력을 쓰도록 유발되어야 한다. 증인이 될 구경꾼이 모여 있는 가운데서 이편이 먼저 폭력을 쓴다는 것은 서툰 수작이다.

"잘못을 했으면 사과를 해야지."

나는 여전히 사과하라고 버텼다.

"자동차 앞에 달려든 당신이 잘못했지, 내가 왜 잘못했단 말야."

"경적도 없이 자동차 스피드를 줄이지 않고 주택가의 골목길을 돌아 들어온 당신이 잘못이지 왜 내가 잘못이야."

"나는 스피드를 줄였단 말야. 무슨 뚱딴지 같은 소릴 하고 있어."

"만일 내가 아니고 어린애였어봐. 어떻게 되었겠어. 아마 죽었을지 몰라. 이 골목은 어린애의 놀이터이기도 해. 그래도 당신에게 잘못이 없단 말인가?"

이건 구경꾼을 의식하고 내가 한 말이다. 드디어 그의 입에서 괴상한 말이 나왔다.

"이 사람 상습자가 아냐? 일부러 자동차에 덤벼들어 돈 먹으려는 놈들이 있다고 하더니 이 사람이 바로 그런 치구먼."

"사과할 줄은 모르고 이게, 자가용차 타고 다니는 놈은 자기의 잘못을 그따위로 남에게 뒤집어씌워도 되나?"

"경찰을 부르기 전에 저리로 비켜!"

"경찰? 경찰은 자가용차 타는 사람 편들어줄 거라고 생각하는 모양이군."

"나는 바빠요, 빨리 비켜요."

"바쁘면 사과를 하고 가. 사과하지 않는 한 절대로 비켜서지 않는다." 하고 나는 보닛 위를 주먹으로 쾅 쳤다.

"자동차를 왜 쳐."

사나이의 눈에 광기가 돌았다.

"사람은 쳐도 좋고 자동차는 쳐선 안 된다?"

하고 나는 다시 한 번 보닛에 주먹질을 했다. 보닛이 주먹 자국만큼이나 우그러들었다. 그리고 계속 보닛을 치려고 하자 그는 와락 나를 떠밀었다. 나는 형편없이 길바닥에 쓰러졌다. 그는 드디어 치사한 내 계략에 말려들었다. 나는 주위를 살폈다. 자동차 엔진에서 모빌 기름이 라디에이터 물에 섞여 길바닥에 떨어지고 있는 것이 눈에 띄었다. 나는 쓰러진 몸을 간신히 일으켜 세우는 체 꾸미며 두 손으로 길바닥을 쓸어 흙에 섞인 모빌을 양손바닥에 잔뜩 묻히고 일어서선

"사람 몸에 함부로 손을 대?" 하고 냅다 사나이의 가슴팍을 양손으로 밀었다. 회색 플란넬 상의에 시커먼 모빌의 손자국이 새겨졌다.

"이 자식이." 하며 그는 혼신의 힘을 다해 나를 떠밀었다. 그것이 바로 내 계략이었다. 나는 민첩하게 몸을 피하며 사나이의 다리에 살짝 내 발을 걸었다. 떠밀려는 힘이 대상을 붙들지 못해 상체가 허우적거리는데 중심을 잃은 다리를 걸어놓았으니 천하장사인들 감당할 까닭이 없다. 그는 얼굴을 밑으로 깔고 맹렬한 힘으로 앞으로 거꾸러졌다. 나는 사이를 두지 않고, 그에게 떠밀려 중심을 잃었다가 드디어 쓰러지는 체 꾸미며 그 사내의 머리 부분 쪽을 겨냥하곤 힘껏 쓰러졌다.

철저하게 치사해야 했다. 나는 쓰러진 채 그 머리 위를 한 번 구르고 비틀거리며 일어섰다. 사내는 뻗은 채 있었다.

"완력깨나 쓰는 척 덤비더니 제풀에 자빠지고 넘어지고, 야단이군."

나는 손을 손수건으로 문지르며 발길로 사내의 어깨를 건드려 그 얼굴을 보았다. 안경이 부서져 나가고 코는 깨져 코피가 흐르고 있었다.

　"크게 다친 모양인데 병원으로 데리고 가야 할 게 아닌가?"

　누군가가 말했다.

　그는 겨우 몸을 일으켜 앉았다. 이마에도 피가 흐르고 있었다. 넘어지는 순간 이마를 돌에 찧은 모양인가 보았다. 얼마 전까지 날씬한 미제 신사가 순식간에 처량한 몰골로 변한 것이다.

　사나이는 일어서서 손수건을 꺼내 코피의 흔적을 닦고 옷의 먼지를 닦고 하더니 나를 보자 앙칼지게 말했다.

　"경찰서로 갑시다."

　"가자."

　나의 대꾸는 조용했다. 그러자 구경꾼 가운데의 중년 남자가

　"경찰서로 갈 것이 아니라, 병원으로 가슈. 상처에 균이 들지 모르니 빨리 병원으로 가는 게 나을 거요." 하고 걱정스럽게 충고를 했다.

　"아니오, 경찰서로 가야지."

　그는 무섭게 나를 노려보는 것이었으나 내겐 희극배우처럼 느껴졌다. 청년 하나가 불쑥 나섰다.

　"경찰에 간들 무슨 별수 있을라구. 자기가 먼저 떠밀고, 떠미니까 저 사람이 떠민 거고 그러니까 자기가 또 밀려고 하다가 헛짚어 자기 풀에 넘어져놓구……. 여기 있는 사람들이 모두 증인인데."

　"그러니까 병원으로 가요. 저 청년 말마따나 경찰에 가서 당신에게 유리할 건 하나도 없소."

　중년 남자의 거듭한 충고였다. 사나이는 겸연쩍스러운 표정으로 자동차를 탔다. 그리고 엔진을 걸었다. 그리고 저만치 가서 회전을 하더

니 도로 큰길로 빠져나가버렸다. 그 틈에 나도 어슬렁어슬렁 큰길로 빠져나왔다.

차성희와 그 약혼자와의 일요일 오후를 깡그리 망쳐놓았다는 생각은 통쾌하지 않은 바는 아니었으나 와락 자기혐오의 감정이 끓어올랐다.

'나는 이처럼 치사한 놈입니다.'

누구에 대해서도 아닌 이런 말이 자꾸만 가슴속에 되풀이되었다. 거기서 한 마장쯤 걸어 나왔을 때였다.

"형씨." 하고 부르는 소리를 등 뒤에서 들었다. 뒤돌아보니 아까 경찰에 가도 소용없다고 미스터 뉴욕에게 말한 그 청년이었다. 나는 우뚝 그 자리에 서서 그가 가까이 오길 기다렸다. 그는 내 곁에 서자 대뜸,

"형씨 한 잔 합시다. 내가 한 잔 살 테니까요." 하고 술을 마시자고 했다. 무슨 영문이 있는 것으로 느껴,

"좋소." 하는 대답을 했다.

그는 근처에 자기의 단골집이 있다며 그리로 끌고 갔다. 여염집 대문에 '주류일절'이라고 쓴 포장만 단 집이었다. 소주 한 병과 순대 한 접시를 청해놓고 청년은 먼저 자기소개를 했다.

"난 김용배란 사람입니다."

나도 내 이름을 들먹이지 않을 수 없었다. 그러자 그는 대뜸 시작했다.

"형씨, 기술 참 좋년네요. 난 처음부터 끝싸시 봤소. 잇뿐다찌―本工의 멋진 표본 같던데요, 형씨는 어디서 놉니까."

"잇뿐다찌가 뭐요."

"잇뿐다찌를 모루우? 노는 사람이? 이상한데." 하곤 그는 나를 새삼스럽게 관찰하는 눈이 되었다.

"하여간 잇뿐다찌가 뭐요."

"혼자서 놈팡일 상대하는 게 잇뿐다찌 아뇨? 둘이서 놈팡이 하나를 상대할 땐 니혼다찌, 셋이면 산뿐다찌."

"그러고 보니 일본말이구면요."

"노는 사회에선 그냥 쓰이는 말이죠."

"노는 사회는 또 뭐죠." 내가 이렇게 말하자 그의 얼굴이 일순 흐려졌다.

"형씨, 정 이러기요?"

"이러기라니, 나는 몰라서 묻는 거요."

"그럼 형씬 노는 사람 아뇨?"

"지금, 아니 오늘 놀고 있습니다만."

"형씨, 이편에서 성의를 다하면 그만큼 성의로 대해야 하는 것 아닙니까."

"내가 성의로 대하지 않은 게 뭡니까."

청년은 고개를 갸우뚱했다. 좀더 얘기를 해보곤 알았다. 그는 나를 깡패라고 생각했던 모양이었다. 나는 아니라고 했고, 그 증거로 신문사의 신분증까지 내 보이자 정말 놀랐다는 듯 입을 벌렸다.

"그런데 어떻게 깡패의 기술을 그처럼 잘 익혔소. 난 형씨가 보닛을 탕 쳤을 때 짐작했죠. 그리고 주먹자국이 났을 때 확신했죠. 이만저만한 실력자가 아니라구요. 상대방의 행동을 유도해놓고 허를 찔러가는 동작이 기가 막힙디다. 더욱이 마지막에 나를 밀어젖혀라, 하는 듯이 몸을 앞으로 맡겨주곤 살짝 피하며 다리를 거는 그 수법, 누구의 눈에도 띄지 않았겠지만 나는 보고 있었어요. 참말로 깨끗한 잇뿐다찌더만요. 경찰에 가봤자 깨끗하게 풀려나와요. 그러나 깡패란 지목을 받으면 도리가 없어요. 아무리 교묘하게 놀아도 경찰은 우리를 믿어주지 않거

든요. 그래서 내가 그 사람에게 겁을 준 겁니다. 딴으론 형씨를 도와야
겠다고 생각한 거죠. 그리고 서로 친해보고 싶었어요."

오해도 하나의 기연이 된다. 김용배와 나는 낮부터 술에 거나하게 취
했다.

"니혼다찌二本立는 어떻게 하는 건지 설명해보오."

나는 이런 질문을 하기도 했다.

깡패들이 어중잡이를 붙들어 금품을 갈취할 때가 있는데 그럴 때 대
개 두 사람이 짝이 되어 딤빈다. 하나는 싸움을 걸고 하나는 말리고, 말
리는 체하면서 상대방을 곯리고, 그렇게 해서 얼마간의 푼돈을 뜯어내
는 기술이 니혼다찌라고 했다.

"니혼다찌, 혹은 산뿐다찌가 아니면 돈을 뜯어낼 수가 없죠. 그러니
깡패들은 절대로 잇뿐다찌는 피하죠. 잘못하면 강도로 몰릴 수가 있으
니까요. 그러나 아까 형씨가 하는 대로만 하면 끄떡없어요. 돈이 목적
이 아니고 분풀이할 때 잇뿐다찌가 필요한 건데, 하여간 형씨는 나이스
야. 아까워요. 어때요 형씨, 나와 짜고 한바탕 합시다."

김용배는 술에 취함에 따라 대담해졌다. 못할 소리가 없게 되었다.

"바람난 여자, 그 이상 좋은 먹이가 또 어디에 있겠습니까. 잘만 하면
돈 생기구 재미 보구, 일석이조, 일거양득, 형씨허구 호흡만 맞으면 만
수판이섰는네."

"그러다가 경찰에 붙들리면 어떻게 할려구?"

"경찰? 천만에요. 경찰에 붙들리는 놈들은 생판 바보들이우. 어떻게
무엇 때문에 경찰에 붙들립니까요."

"그래 당신은 지금 그런 짓만 하고 있수?"

"짝이 없어 안 합니다. 단짝이 있어야 하거든요."

"지금은 뭣하오."

"몇 개 다방을 맡아 있죠. 사람이 많다가 보니 싱거운 놈도 많아요. 찻값 떼먹고 가려는 놈도 있구, 레지 꼬셔먹으려는 놈도 있구, 험을 잡아 협박하는 놈도 있구, 그런 피라미 같은 놈들로부터 다방을 수호해주고 매달 얼마씩 푼돈을 받고 사는 거죠."

"편한 백성이로군."

"그다지 편한 것도 아닙니다. 언젠가는 큼직한 놈을 물어 한몫 잡아야죠."

"요즘 사람이 모자란다고 들었는데 어디 올바른 직장을 택해보시지 그래요."

"올바른 직장? 올바른 직장을 구해 일한다고 해도 아까 그 친구처럼 자가용차 몰고 다닐 수 있을까요?"

그러더니 돌연 김용배의 취안에 생기가 돌았다.

"형씨, 아까 그자헌테 무슨 감정이 있었소?"

"감정이랄 것도 없었어."

"아니라요. 날 속이진 못해요. 감정 없이, 그것도 단순한 감정, 차에 치일 뻔했다, 어쨌다, 그런 정도의 감정 갖고는 그런 짓 못해요. 형씨의 행동은 벼른 끝에 취해진 오기를 가진 행동이었으니까요. 그 까닭을 말해보슈. 우리가 이렇게 만난 의리로서두 말해야 할 거요."

나는 난처했다. 그 쑥스러운 소릴 어떻게 털어놓는단 말인가.

"솔직하게 말해보슈. 그러지 않으면 재미없을 거요."

주정을 겸해 김용배는 내 자백을 강요했다. 도리가 없었다.

"그 사람은 내 애인이었던 여자와 결혼할 사람이오."

나는 뚜벅 말했다.

"그래요? 여자는 누구요. 당장 그 결혼 방해해주겠소. 내가 들어 안 되는 일 있을 것 같소?"

김용배는 혀를 잘 돌리지 못했다. 그만큼 취한 것이다. 나는 그의 어깨를 툭 치고 말했다.

"그런 것까지 남의 신세를 질 내가 아냐. 내 혼자 힘으로도 얼마든지 너끈히 해치울 수 있어."

어느덧 내 말이 깡패의 말투로 되어 있었다.

라스콜리니코프는 별 게 아니다

께름한 뒷맛은 계속 남았다.

한편 미스터 뉴욕을 보잘것없는 몰골로 만들어준 데 따른 쾌감도 남았다. 치사한 놈이란 씁쓸한 자각은 원래 나는 치사한 놈이었다는 배짱으로 바뀌자 그다지 우울할 것도 없었다.

이럭저럭 한 이틀 지나고 나니 이런저런 생각도 없어지고 가슴에 빈자리만 남았다. 차성희가 차지하고 있던 그만큼한 자리일 것이었다. 하여간 나는 미스터 뉴욕을 그 꼴로 만들어놓음으로써 차성희에 대한 미련을 말쑥이 씻을 수 있을 것으로 믿고, 조금 거창한 표현을 빌리면 내 인생에 있어서의 한 장이 끝났다고 생각했다.

그랬는데 인과의 수레바퀴는 그 사이에도 멎질 않았던 모양이다.

그런 일이 있고 사흘째 되던 날, 막 퇴근을 하려는데 바로 내 눈앞에 있는 전화벨이 울렸다. 무슨 예감이었던지 그것은 내게 온 전화란 걸 확신하고 송수화기를 들었다. 아니나 다를까

"거기 서재필 씨란 사람 좀 바꿔주시오." 텁텁한 소리가 흘러나왔다.

"나요, 내가 서재필이오."

"어이, 형씨." 하는 소리에 움찔했다.

"나 김용배요. 아시겠죠?"

"알겠소."

"만날 일이 있는데요."

"시간과 장소를 말하시오."

"난 지금 문간까지 와 있으니깐 일이 끝나거든 이리로 나오시오. 기다리는 것쯤엔 익숙해 있으니까요. 헷헤."

미리 먼데서 전화를 걸고 오지 않고 바로 문간에서 전화를 걸었다는 사실에 나도 만만치 않은 일이 있을 것으로 짐작했다.

"좋소, 지금 내려가리다." 하고 전화기를 내려놓았을 때 안민숙의 시선이 슬쩍 내 옆얼굴을 스쳤다. 그 후로 나는 안민숙과 말을 건네본 적이 없었다. 안민숙은 나더러 '전엔 교정부원에다 알파가 붙어 낙백한 왕자처럼 보였는데, 지금은 헐수할수없는 곤충처럼 보인다.'며 깔보기 시작한 여자인 것이다.

나는 부장에게만 인사를 하고 신문사의 정문으로 내려갔다. 다갈색 양복에 카키색 와이셔츠, 넥타이까지 매고 선글라스를 쓴 김용배가 현관 옆에 턱 버티어 서 있었다. 나는 그를 데리고 다방에나 갈까 했는데 "되도록이면 형씨 아는 사람이 없는 곳이라야 좋을 거요." 하며 그는 의미심장한 표정을 지었다. 무교동으로 가서 닥치는 대로 어느 술집에 들어가 구석진 곳에 자리를 잡았다. 아직 시간이 일러 술집 안은 한산했다. 그는 사양 않고 내가 권하는 잔을 받아 단숨에 첫잔을 비우곤 "체면이구 뭐구 쏙 빼고 이야기할 테니까." 하는 전제를 하고 다음과 같은 말을 늘어놓았다.

"그그저께 그 사람 말요. 형씨가 야무지고 멋지게 쇼브를 본 사람 말예요. 그 사람 이름이 원형수라고 하드면."

"어떻게 그 이름을 알았소."

나는 놀라며 물었다. 나는 그때까지 미스터 뉴욕의 본명을 모르고 있었던 것이다.

"잠자코 들어보슈. 헌데 그 사람 대단히 다친 모양이오. 갈빗대에 금이 갔을 뿐 아니라 내출혈도 대단허구. 전치 오주일의 진단이 나왔답니다."

여기서 그는 말을 끊고 나의 눈치를 살폈다. 나는 어이가 없었다.

"그런 사람이 어떻게 자동차를 몰고 돌아갈 수가 있었을까?"

"그건 말이 안 되우. 다친 직후엔 기를 쓰면 치명상을 입고도 십 리쯤은 걸을 수가 있는 거요. 문제는 그 뒤에 시작되는 거지."

"그렇다고 치고 당신은 어떻게 그런 사실을 알았소."

"재수 없게, 아니 재수가 있었던가 보지. 내가 그 현장에 있었다는 것을 경찰에 보고한 사람이 있었단 말요. 경찰은 지금 범인을 찾느라고 야단법석이거든."

"범인? 범인이 뭐요."

이렇게 말하면서 내 얼굴이 보기 흉할 만큼 이지러졌던 모양이다. 김용배는 자못 유쾌한 듯 무릎을 흔들었다.

"글쎄 들어보슈. 그자가 그렇게 고발한 거라요. 아마 부랑배에 폭행을 당했다고 했겠지. 그래놓으니 경찰에선 가해자를 찾으려고 서둘게 된 거고. 오주일 진단이면 여보슈, 큰일난다구요. 징역 이 년 감이라니까요. 삼주일 진단만 나와도 무조건 구속기소에다 징역 일 년이거든. 그런데다 그 원형수란 사람, 자가용차를 몰고 다닐 만한 처지니까 물론 그렇겠지만 상당히 빽줄도 든든한 모양 같애요. 경찰이 가해자를 색출하려는 열도를 보면 알 수 있거든. 여간 아니더만. 글쎄, 구경만 하고 있었을 뿐인 나를 세 시간이나 붙들고 늘어지는데, 제기랄 참으로 환장할 지경이었소."

나는 그의 말을 들으며 들떠만 있을 것이 아니라 앞으로 할 일에 대한 작정을 세워야겠다는 마음으로 기울어졌다. 그러자면 우선 침착해야만 했다.

"그렇다면 이렇게 술만 마시고 있을 것이 아니라 경찰서로 가야 하지 않겠소."

하고 차분하게 말하며 나는 술값을 셈하려고 했다. 뒤에 생각한 일이지만 이때의 나의 태도가 좋았던 모양이다. 김용배는 당황하며 나를 붙들어 앉혔다.

"형씨가 뭣 땜에 경찰서로 갑니까?"

"나는 가해자도 범인도 아니지만 그 사람에게 부상을 입게 한 장본인이니까 경찰서에 가서 설명을 해야 하지 않겠소."

"허어 참. 경찰은 형씨의 주소도 이름도 모른단 말요. 내가 딱 잡아떼었거든. 어디에 사는 누군지 모를 뿐 아니라, 그 사람과 원형수의 부상과는 아무런 관계가 없다는 것을 자초지종 설명을 했단 말요. 담배가게 주인, 복덕방 영감까지 불러 내 말이 옳다는 증인으로 세우기도 했구요."

"그래도 내가 가서 설명을 해야만 경찰이 그 사건을 처리할 것 아뇨."

"아따, 긁어 부스럼 만들 것 뭣 있소. 내버려둬요. 경찰노 내 말을 믿고 그런 방향으로 처리할 모양이던데요 뭐. 괜히 나서놓으면 귀찮기만 한 거요. 자, 술이나 마십시다."

김용배는 내 술잔에 술을 가득 부었다. 아까와는 거꾸로가 되었다. 아까는 내가 그의 잔에 술을 부었고 그는 내게 겁을 주었는데 이젠 그가 내 잔에 술을 부으며 나를 안심시키려고 했기 때문이다. 이렇게 되었으니 내가 억지를 쓸 만하게도 되었다.

"안 됩니다. 내가 경찰서로 가야지. 약간 귀찮은 일이라고 해서 경찰의 공무집행에 지장을 주어선 안 되니까요." 내가 이렇게 말하자 김용배는 나를 말끄러미 바라보았다. 그러더니 얼굴빛이 홱 변했다.

"형씨, 이러기요? 형씨가 경찰에 가면 수월하게 풀려나올 것 같소? 내 말 한마디에 매여 있는 거요. 나는 처음부터 구경을 한 사람이니까. 형씨가 부린 기술도 알았구요. 비틀비틀하는 체하며, 그 사람이 엎어져 있는 그 자리에 유도의 우케미受身식으로 나자빠진 술책을 누가 모를까 봐서? 난 못 속여요. 만일 내가 이대로 경찰서에 가서 털어놓아보시오. 그래도 형씨는 경찰서에 가겠수? 경찰의 공무집행에 지장을 주지 않기 위해서 이 년쯤 징역살이할 각오가 되어 있거든 한번 가보슈."

나는 내 빈 잔을 내 손으로 채웠다. 그리고 훌쩍 들어 마셨다. 배짱을 부려야 할 판이었다.

"어쨌든 나는 내 손으로 그를 상하게 한 건 아니니까."

"형씨, 우리 솔직하십시다. 그때 형씬 그 사람을 해칠 의도가 전연 없었단 말요? 엊그제 나보구 뭐라고 했수. 그자는 형씨 애인을 가로챈 사람이라고 하잖았소."

"그건 사실이지만……."

"남자 대 남자가 지금 얘기를 하고 있는데 형씨는 좀 비겁하오. 내가 형씨를 해치려는 것도 아니고 도와주려는 것이고, 실지로 형씨를 위해 노력도 했는데 말유. 이렇게 나가면 나도 하는 수가 없소. 원형순가 하는 사람의 편을 들겠소. 그래도 좋소?"

김용배는 노골적인 협박조로 나왔다. 나는 경솔하게 말해선 안 되겠다고 느껴 입을 다물어버렸다. 대신 술을 마셨다. 취기가 전신을 도는 듯했다.

'될 대로 되어라.' 하는 기분과,

'이런 놈의 협박에 굴복해선 안 된다.'

는 마음이 겹쳤다. 그러나 김용배의 의사에 반해 내가 경찰서에 출두했을 경우를 생각하니 눈앞이 아찔한 느낌이었다. 징역살이는 고사하고 차성희의 그 경멸에 찬 눈초리가 바로 앞에 있는 것이다. 이미 치사스러운 놈이긴 하지만 그 치사스러움이 백일하에 드러났을 때, 참으로 그 꼴은 삼당하기 힘들 것이있다. 내가 잠잠해버리자 김용배는,

"그러니까 내 말을 들어요." 하고 내 잔에 술을 따랐다. 그리고 너털웃음을 웃고는,

"많은 것 요구하지 않겠소. 한 달에 삼만 원만 주슈. 형씨가 월급을 받는 뒷날을 정해서 삼만 원만 내면 만사는 해결이오."

나는 그 말뜻을 얼른 알아들을 수가 없었다.

"형씬 내가 어떻게 해서 먹고 사는 줄 아슈? 내 솔직하게 말하리다. 형씨와 같은 사정에 몰린 사람 도와주고 그 대신 푼돈을 얻어서 먹고 사는 사람이 나요. 어떤 놈은 한꺼번에 많은 돈을 요구하지만 난 그렇진 않습니다. 돈 삼만 원이면 형씨의 월급 십분의 일쯤 되는 액수 아뇨? 그 정도면 별루 무거운 부담이 아닐 테지. 그렇게 해서 형씨는 나를 먹여 살리는 이십 냉 가운네의 한 사람이 되는 꺼요. 피차가 좋은 일 아뇨?"

해놓고도 김용배는 나의 답을 들으려고 서둘질 않았다. 그 대신 자기의 생활비를 대어주는 이십 명의 내역을 차근차근 설명해나갔다. 물론 이름은 들먹이지 않았으나 열 사람이 유부녀이고 다섯 사람이 공무원, 세 사람은 회사원, 두 사람은 정치가였다.

"내가 만일 소설을 쓰는 기술만 있다면 주간지 소설란은 내 혼자서 메울 수가 있는데 그런 재간이 있어야지. 필요하다면 그 재료를 내가 팔 수는 있지. 물론 본명과 주소는 댈 수가 없지만 한 건 한 건 기막히는 얘기뿐이오. 어때요, 내가 가진 재료 사실 생각은 없소?"

하곤 김용배는 나의 답을 기다리지도 않고 다음과 같이 이었다.

"나는 욕심을 부리지 않거든요. 그러니까 수금이 잘 돼요. 정한 날 어김이 없지. 그러다가 보니 정이 들기도 하구요. 형씨가 끼면 형씨는 내 스물한 번째의 전주가 되는 셈인데 두고 보시오. 형씨와 나 사이에도 정이 들게 될 거요. 나 아니면 못할 일이 더러 있으니까 부탁도 하게 될 게구. 여자들 가운덴 재미나는 사람이 많아요. 달에 삼만 원짜리부터 오만 원짜리까지 있는데 하나같이 내게 돈을 주는 게 재미있는 것 같애요. 돈을 주는 날, 술을 사주기도 하며 호기를 부리기도 하구, 한두 시간 엔조이하자고 추파를 던지기도 하구⋯⋯. 서울이란 참 재미있는 곳이오. 서울에서 살련다란 노래 있죠? 참말로 실감이 나는 노래요." 하더니 김용배는 눈을 지그시 감고 낮은 목소리로 서울의 찬가를 부르기 시작했다.

어느덧 손님들이 모여들어 술집을 꽉 채우게 되어 바로 우리 자리 옆에도 사람이 앉았다. 그런 사람들을 아랑곳하지 않고 자기의 노랫소리에 취해 눈을 지그시 감고 흥겨워할 수 있다면 바로 이 사람이야말로 서울의 찬가를 부를 수 있는 자격이 있다는 생각으로 나는 얼떨떨했다.

김용배는 중간에서 노래를 뚝 끊더니 빈 잔을 내 앞에 쑥 내밀었다. 그 잔을 채우기 위해선 새로 술을 주문해야만 했다. 새로 주문을 하면 그 병이 바닥이 날 때까지 김용배와 같이 시간을 보내야만 한다. 나는 용기를 냈다.

"술은 그만합시다." 하고 나는 일어섰다. 그는 어이가 없다는 듯 나를 쳐다보더니 애매한 웃음을 띠고 푸시시 따라 일어섰다. 셈을 하고 골목을 나와 큰길에서 나와 어깨를 나란히 하더니 그가 불쑥 물었다.

"형씨, 월급이 언제요?" 나는 그 자리에 멈칫 섰다.

"남의 월급날은 왜 묻죠?"

"형씨 이러질 맙시다. 나는 앗싸리한 놈이오. 형씨가 잘못을 한 건 사실 아니오. 사람이 잘못을 했으면 그 잘못을 보상할 줄도 알아야 할 것 아니겠소. 그게 양심이란 것 아니오? 그런 뜻으로 내게 달에 삼만 원씩 내라는 거요. 덕택에 나두 살구. 세상에 공짜란 건 없소. 그런데 형씨가 그런 태도로 나온다면 심히 유감인데요. 되로 살 수 있는 걸 말로 사게 되는 거요. 형씨에 대해 무언가 호감을 느꼈고 그래서 내 수지도 맞출 수 있다고 생각했기에 이런 제안도 한 거요. 내가 만일 비열한 놈이면 원형수란 사람을 찾아갔을 거요."

나는 김용배의 말을 들으며 그에게 굴복하는 것은 나 자신을 시궁창에 몰아넣는 것이나 마찬가지라고 생각했다. 김용배에게 굴복하느니 경찰에 출두하는 편을 택해야 한다는 내심의 소리가 계속 들려오기도 했다. 그런데

"월급날이 언제요?" 하는 그의 거듭된 질문에 대해,

"이십오일이오." 해버렸다. 그자와 길거리에서 실랑이하기가 싫다는 마음이 변명처럼 묻어 있었지만 불쾌한 기분은 그냥 남았다.

"이십오일이라, 그럼 사흘 남았구먼." 하고 그는 상냥하게 웃어 보이기까지 하며,

"이십육일 만납시다."고 덧붙이곤 그 이상의 말은 없이 몸을 돌려 반대 방향으로 걸어가버렸다. 짙어진 황혼 속에 전등이 꽃처럼 피어 있었

다. 나는 그 전등불을 둘러보며 이제 막 김용배의 그 상냥한 웃음의 의미를 챙겨보았다. 그 웃음은 절대로 술 취한 사람의 웃음은 아니었던 것이다.

망설이는 기분으로 며칠을 지냈다. 월급을 받은 날이었다.

"오늘 제가 한턱 살 테니까 퇴근하시거든 T다방에서 기다려요."

안민숙이 복도에서 내게 한 말이다. 나는 그녀의 얼굴을 보았다.

"빅뉴스." 하고 덧붙인 안민숙의 얼굴엔 표정이 없었다.

T다방에서 기다렸다. 나보다 십 분쯤 늦게 나타난 안민숙이 팽개치듯 백을 옆자리에 놓고 앉자마자 한 소리는,

"요즘 미스터 서의 그 몰골은 뭐죠?"

"내 몰골? 보나마나 실연자의 몰골이겠지."

나는 억지웃음을 웃었다.

"실연자의 몰골이면 이상할 게 없게요?"

"그럼 어떤 몰골이란 거요?"

"범인, 범인의 몰골이에요. 그것도 피해 다니는 범인. 라스콜리니코프가 꼭 그랬을 거예요."

나는 몽둥이로 뒤통수를 얻어맞은 것 같은 동통을 머리 한 부분에 느꼈다. 그래 가까스로 한마디 했다.

"그게 빅뉴슨가?"

"빅뉴스는 따루 있어." 하고 안민숙은 커피를 주문했다. 커피가 오기까진 입을 열지 않았다. 커피가 오자 한 모금 마시고 안민숙이 뚜벅 시작했다.

"차성희 씨의 결혼은 취소됐대요."

"……?"

"결혼상대자가 누구에겐가 두들겨 맞고 중상을 입었대요."

"……."

"죽을 정도는 아니지만 중상인 데다가 병발증을 일으켜……."

"……."

"그 사람 전에 늑막염을 앓은 적이 있었다나요."

"……."

"상당한 기간 요양을 해야 되나 봐요."

"……."

"누가 그를 그처럼 심하게 때렸는진 아직도 모른대요."

"……."

"나는 그 때린 사람이 미스터 서였으면 재미있겠다 했지. 그러나 미스터 서는 그처럼 용감할 까닭이 없구."

"……."

나는 식어가는 커피잔에 손을 뻗을 수가 없었다. 손이 떨려 그 잔을 잡을 수가 없을 것이란 짐작으로였다. 고급 자가용차를 타고 호화로운 저택에서 빠져나오는 차성희의 모습이 뇌리를 스쳤다. 안민숙이 물었다.

"이 얘기를 듣고 미스터 서의 감상은 어때요?"

"……."

"이럴 경우엔 함구무언하는 것도 좋겠지."

이어 안민숙은 인연이란 얼마나 무서운 것인가에 대한 얘길 했다.

"그 원형수란 사람이 암말 없이 뉴욕으로 떠났을 때 그들의 인연은 끊어진 거야. 그걸 억지로 붙이려고 하니 섭리가 가만있을 까닭이 있어? 인연, 또는 운명이란 건 사람의 힘으론 어떻게 할 수가 없는 거야."

안민숙의 말대로라면 내가 섭리의 작용을 대행한 것으로 되는 것이 아닌가. 그런데 상대자가 부상을 했다고 해서 그처럼 갑작스럽게 결혼을 취소했다는 사실이 내겐 납득이 가질 않았다. 결혼식을 연기할 수도 있었을 것이니 말이다. 그러나 그런 질문을 그 자리에서 비춰볼 순 없었다.

장소를 바꾸어야만 했다. 나는 안민숙을 가까이에 있는 맥주홀로 데리고 갔다. 맥주를 두 병 연거푸 마시고 나니 용기가 솟았다. 그래 나는 물었다.

"그렇더라도 결혼을 취소한 건 차성희 씨가 너무 매정스러운 것 아닐까?"

"취소한 건 저편이에요."

안민숙의 대답이었다. 그리고 곧 설명이 있었다.

"결혼하기 전에 처갓집에 가다가 다쳤다는 게 중대한 문제가 된 거예요. 아마 신랑집에서 점을 친 모양이죠? 그런데 점쟁이가 뭐라고 했나 봐요. 이 결혼하면 큰일난다는 둥, 어쩐다는 둥."

그만하면 나도 짐작할 수가 있었다. 미신에 사로잡힌 사람들이면 결혼 전 처갓집에 가다가 다쳤을 경우 그것을 나쁜 징조로 풀이할 것은 있음직한 일이었다.

"그래 차성희 씨의 태도는 어때요?"

"표면상으로 별루……. 원래 차분하고 감정을 노출시키는 편이 아니잖아요. 그런데 어머닌 쇼크가 컸던가 봐요. 앓아누웠대요."

확실한 건 물론 알 길이 없지만 그 결혼을 열심히 서둔 건 차성희의 어머니였을 것이었다. 그런데 결혼일자까지 정해놓고 파혼을 당했으니 그 심정은 알 만했다.

"차성희 씨를 위로하실 생각 혹시 없으세요?"

안민숙이 묘한 웃음을 띠고 물었다.

"내 위로는 필요로 안 할걸요?"

나는 어물어물 웃었다.

"차성희 씨와의 사랑을 돌이켜볼 의사는 없나요?"

"없소." 나는 단호하게 말했다.

"그건 저두 찬성이에요. 한번 쪼개진 걸 다시 맞추려고 하면 무리가 생겨요. 그 무리가……."

하더니 안민숙은,

"내가 뭘 아는 것처럼." 하고 수줍게 웃었다.

"미스 안이야 아는 게 많지."

"빈정대긴가요."

"아아니."

했지만 나는 섬뜩했다. 이 여자는 내색은 않지만 사건의 경위를 눈치채고 있는 것이 아닐까, 하고. 아까 들먹인 범인이란 말, 때린 사람이 미스터 서였으면 재미있겠다 싶었다는 말…….

나는 모든 것을 안민숙에게 털어놓고 싶은 충동을 와락 느꼈다. 그런데 어느 한 군데서 브레이크가 걸렸다.

"헌데 그 사람 무상한 날이 언제쯤이라고 하던가요?"

"글쎄요. 차성희 씨가 그걸 안 건 그 이튿날이었다니까. 아 참, 지난 일요일 점심때쯤 그 사람이 미스 차를 찾아오게 돼 있었는데 안 왔다는 거예요. 그때 하루 종일 기다리다가 전화하기도 뭐하고 해서 이튿날 아침에 전화를 걸었다니까……. 그러고 보니 지난 일요일이구면요."

하더니 안민숙의 얼굴빛이 변했다. 그러곤 내 얼굴을 살피는 눈초리가 되었다.

"그렇지, 서 선생께서 그날 차성희 씨 댁 근처까지 가셨죠? 다방에서 전화를 한 그날 말예요. 사건은 그 다방 오로라를 조금 지난 장소에서 있었다거든요. 혹시⋯⋯."

"⋯⋯."

"혹시 싸움하는 걸 보지 못했어요, 그 사람이?"

"그 사람의 얼굴도 모르는데⋯⋯." 나는 엉겁결에 이렇게 말해버렸다.

"싸움하는 건 봤어요?"

"못 봤어."

"그럼 묘하게 어긋난 거로구먼요."

안민숙의 얼굴엔 별반 의심하는 것 같은 빛은 없었으나 나는 술이 깰 정도로 긴장했다. 그리고,

'아아, 기회를 놓쳤구나.' 하는 후회를 했다. 그 찰나였다. 안민숙의 질문이 날아왔다.

"하필 그 장소에서 누가 그 사람을 때렸을까요."

"⋯⋯."

"짚이는 사람이 없어요?"

나는 이 고비를 넘기면 영영 고백할 기회를 놓치게 된다는 공포감 같은 것을 가졌다.

"있지." 하고 나는 나직이 말했다. 안민숙은 질린 표정이 되었다.

"알고 싶소?"

나는 안민숙의 눈을 똑바로 봤다.

"아녜요."

안민숙의 입에서 뜻밖의 말이 나왔다.

"아녜요. 알고 싶지 않아요. 그런 것. 내가 상관할 일이 아닌걸요."

내친말을 어떻게 할 수가 없었다. 나는 맥주 한 글라스를 단숨에 마시고 숨을 몰아쉬었다. 맥주홀의 소음은 나의 고백을 수월하게 했다.

"우연히 그렇게 된 거야. 의도적인 건 아니었어. 그 사람이 그 장소에 나타난다는 걸 알 까닭도 없었고……."

여기까진 참말이었지만 그 뒤부턴 거짓말이 되었다. 사건의 모든 책임이 원형수에게 있는 것처럼 꾸며댄 것이다. 그러면서도 의식의 한 부분에선,

'거짓말이 나쁜 것이 아니라 거짓말을 하지 않으면 안 되게 한 상황을 만든 것이 나쁘다……. 아니 그렇더라도 거짓말을 해선 안 된다. 그럼 이중의 잘못을 저지르는 셈이다……. 이건 분명 타락이다…….'
하는 내심의 소리를 계속 듣고 있었다.

나는 적당하게 얘기를 꾸며대고 나서 물었다.

"어떻게 하면 좋을까. 내가 경찰서로 걸어 들어갈까?"

안민숙의 답은 없었다.

"징역이 이 년이라는데."

이 말은 분명히 안민숙의 동정을 끌기 위한 것이었다. 나는 내 자신의 비열을 새삼스럽게 깨달았다.

그래도 안민숙은 말이 없었다.

"아무래도 나는 경찰서엘 가야 하겠죠?"

"그건 서 선생께서 결정해야 할 문제예요." 이 말을 하고 안민숙은 일어섰다.

나는 자욱한 담배연기와 소음 속으로 테이블 사이를 누비듯 사라져 나가는 안민숙의 뒷모습을 멍청한 눈으로 바라보고 있었다.

'라스콜리니코프는 괴롭다!'

나는 맥주를 다시 한 병 청했다.

"같이 온 분은 가셨나요?" 하고 33이란 번호표를 단 아가씨가 짓궂게 눈을 쩨리며 나를 보았다. 나는 돌연 호주머니에 들어 있는 월급봉투를 의식했다.

"그 사람은 갔어. 어때, 오늘 밤 나허구 데이트 안 할래?"

아가씨는 재빨리 주변을 살폈다.

"진심예요? 장난으로 하는 말예요?"

"진심이기도 하고 장난이기도 하고."

33번은 금방 새침하게 표정을 바꾸곤 저편으로 가버렸다.

그 집에서 나왔을 때 나는 의식을 반쯤 잃고 있었던 것 같다. 김소영이 있는 집까지 간 기억은 있고, 김소영을 보고,

"네 있던 곳으로 나도 가게 됐다."며 횡설수설한 것까지도 기억이 있는데 그 다음은 전연 알 수가 없다.

이튿날 새벽 나는 여관방에서 눈을 떴다. 내 곁엔 김소영이 잠들어 있었다. 그러나 간밤에 무슨 일이 없었다는 것을 내 옷매무새로 봐서 확인할 수가 있었다.

나는 아침에 김소영을 대하기가 민망스러워 잠이 깨는 대로 그 여관을 빠져나왔다. 사직동 근처에 있는 여관이어서 아파트까진 걸어서 돌아올 수가 있었다.

아파트로 돌아와 다시 한잠을 잤다. 깨우는 사람이 있어서 눈을 떠보았더니 뜻밖에도 안민숙의 얼굴이 있었다. 푸시시 일어나 앉으며 물었다.

"어떻게 된 일이오, 이 아침에."

"빨리 세수나 해요."

내가 세수할 동안 안민숙은 토스트를 굽고 커피를 끓이는 등 수선을 피웠다.

"나도 아침을 안 먹었어요." 하는 안민숙과 토스트를 같이 씹으며 어젯밤 있었던 일을 생각하고 나는 얼굴을 붉혔다.

"전 미스터 서가 성급한 짓이나 하지 않을까 해서 달려온 거예요."

"성급한 짓이라뇨?"

"경찰서에 가지나 않을까……."

"경찰서에 가면 안 되나요?"

"……."

"분명히 미스 안은 경찰서에 가고 안 가고는 내가 결정할 문제라고 했죠?"

"그래서요."

"그런데 왜 관심을 쓰느냐, 이거요."

"그래 경찰서에 갈 작정예요?"

"생각하고 있는 중이오."

"미스터 서가 경찰서로 간다면 원형순가 하는 사람의 상처가 나을까요?"

"그건 별도의 문제지."

"취소된 차성희 씨의 결혼이 다시 성립될까요?"

"그것도 내 알 바 아니오."

"미스터 서의 위신이 한 등급 올라갈까요?"

"내게 무슨 위신이 있기나 했소."

"그럼 양심의 문제만 남은 거로군요."

"양심?" 하고 나는 웃었다.

"왜 웃죠?"

"미스 안이 그런 말을 기억하고 있다는 게 신통해서 웃는 거요."

"전 농담하러 온 건 아녜요."

안민숙의 표정이 약간 험악하게 되었다. 나는 진지해야겠다고 마음 먹었다.

"그런데 말요, 미스 안. 원형순가 하는 사람이 상당히 중태에 있다는 말을 듣고, 또 그들의 결혼이 취소되었다는 말을 들었는데도 나는 미안 하다는 생각이 없어요. 그러니 죄의식이 있을 까닭이 없죠. 요컨대 내 겐 양심이 없어졌다는 얘기가 아니겠소. 사람이 이래선 안 되는 게 아 닌가……"

"그런데도 경찰서로 가야 하나요?"

"미스 안은 그럼, 나더러 경찰서에 가지 말라고 권하는 거요?"

"갈 생각이 없으면 권할 필요도 없겠죠."

"내가 범인이라면 미스 안도 이럭저럭 공범이 된 셈입니다."

"공범? 신나는데요. 이 세상에 나서 공범이 되어보기도 하구."

안민숙은 쾌활하게 웃었다.

"안민숙 씨를 공범으로 만들지 않기 위해서도 경찰서에 가야 할지 모 르겠어."

나의 말은 어느덧 우울한 투로 되었다. 김용배의 얼굴이 눈앞에 어른 거렸기 때문이다.

"제 걱정일랑 말구, 엉뚱한 생각은 그만 해요."

안민숙은 빵 부스러기를 쓸어 담으면서 말했다.

나는 부득이 김용배와의 관련을 말하지 않을 수 없었다.

안민숙은 그제야 심각한 얼굴이 되었다.

"음, 그런 일이 있었구먼요."

"오늘 여섯 시에 그자가 나를 찾아올 겁니다. 그때까지 결정해야 하죠. 내가 삼만 원을 그자에게 건네주면 난 그자에게 굴복하는 게고, 굴복하지 않으려면 내가 선수를 쳐서 경찰서에 출두해야 하는 거고. 일은 치사하게 됐어."

안민숙은 한참을 생각하는 듯하더니 고개를 들었다.

"일은 이미 치사하게 된 게 아녜요?"

"그렇죠."

"그렇다면 하는 수가 없잖아요? 끝까지 치사하게 할밖엔."

"삼만 원을 줘야 한다, 이거요?"

"도리가 없잖아요? 그만한 돈을 아껴 유치장 신세지는 것보다야……."

"돈이 아까워서는 아니란 말요."

"저두 알아요, 그건……." 하더니 안민숙이 태도를 바꾸며 다음과 같이 말했다.

"제가 아침 일찍 서 선생을 찾아온 이유를 알겠어요?"

"아까 말하지 않았소."

"그건 둘째쯤 되는 이유구요, 진짜 동기가 있어요. 말하지 말랬지만 도리가 없군요."

"그 무슨 소립니까."

안민숙은 결심을 한 듯 말을 시작했다.

"어젯밤, 집으로 돌아간 즉시 전 차성희 씨에게 전화를 했어요. 미스터 서에겐 미안한 얘기지만 도저히 가만있을 수가 없었어요. 차성희 씬 제겐 소중한 친구예요. 그러니 그런 중요한 일을 숨겨둘 수 있겠어요?

온순하기만 한 서재필 씨가 그런 폭행을 할 만큼 광란했다면 차성희 씨에 대한 사랑이 그만큼 강했다는 얘기 아녜요? 원형수 씨의 상처도 문제가 되겠지만 그보다도 서 선생의 그 격할 수 있는 정열이 더욱 큰 문제라고 생각했어요. 그래서 알린 거예요. 그랬더니⋯⋯."

안민숙은 여기서 말을 끊고 냉수를 마셨다. 나는 다음의 말을 기다렸다.

"그랬더니 글쎄, 차성희 씨는 미스터 서가 한 짓이란 걸 이미 알고 있더라 이 말예요."

나는 소스라치게 놀랐다. 내 놀람엔 아랑곳없이 안민숙은 말을 이었다.

"사고가 난 현장이 어디쯤이란 걸 알곤 차성희 씬 그 근처에 와서 수소문을 해봤대요. 미스터 서로부터 전화를 받은 시간과 사고가 난 시간을 재어보기도 하구요. 그랬으니 결론은 쉽게 낼 수 있지 않았겠어요? 경찰이 집까지 찾아왔더래요. 대강 짐작 가는 사람이 없느냐 하구요. 그래도 차성희 씬 입을 떼지 않았답니다. 그러니까 차성희 씨도 공범 아녜요?"

나는 안절부절못한 기분으로 되었다.

"전 미스터 서가 경찰에 갈 작정을 하고 있더란 얘기도 했죠. 맥주홀에서 나서며 제가 미스터 서보구 한 말도 했구요. 그랬더니 차성희 씨가 후끈 달아올랐어요. 새벽에라도 미스터 서를 찾아가 경찰서에 못 가도록 말려달란 부탁이었어요. 그만하면 차성희 씬 공범 될 자격이 충분히 있는 거죠?"

어느덧 출근시간이 지나 있었다. 황급히 서둘러야만 했다. 나와 안민숙은 택시를 잡았다. 택시 안에서 안민숙이 한 말이 있었다.

"어젯밤 제가 한 말 가운데 취소할 게 있어요. 한번 쪼개진 걸 다시 맞추려고 하면 안 된다는 말 취소하겠어요. 이왕 공범이 된바에야 부부로서 결합되지 못할 바도 없잖아요."

나는 그 말엔 대꾸하지 않았다. 안민숙의 상황 해석엔 오해한 부분이 너무나 많았는데, 그 오해를 풀겠다는 것은 쑥스러운 노릇이 되기 때문이었다.

뜻하지 않게 발생한 사건은 뜻하지 않은 사건으로만 계기되는 것인지 몰랐다.

나는 주저하는 마음이 없었던 바는 아니었으나 돈 구만 원을 봉투에 싸선 호주머니에 넣어두고 있었다. 김용배가 나타나면 아무 말 없이 그 봉투를 쑥 내밀어주고 돌아설 포즈까지도 연구해놓고 있었다. 그러니 김용배가 세 시까지에만 나타났더라도 그는 그 돈을 받아갈 수가 있었을 것이고 나는 그에게 굴복한 결과가 되었을 것이었다.

그런데 정각 세 시부터 이변이 생겨날 동기가 시작된 것이다.

그때 내게 돌아온 게라는 Y라고 하는 작가가 쓴 수필인데 제목은 「프레데릭 9세의 유문遺聞」이었다. 제목이 특이한 탓도 있고 그 문장이 특이하기도 해서 나는 어느덧 말려들었다. 다음과 같은 문장이었다.

—우리나라에 있어서 왕은 고궁에 서 있는 비석이다. 유럽의 왕들은 역사의 이끼라고나 할까.

스웨덴의 국왕은 대학생들의 유희적인 데모의 대상으로 가끔 기사거리가 되고 영국의 왕실은 황태자와 황녀의 스타적인 행동으로 간혹 뉴스프런트에 나타난다.

우리는 전설의 주인공처럼 노르웨이의 전왕 해해콘을 기억하고 있다. 그는 팔십사 세 때 탄생 기념으로 국민들이 어떤 선물을 원하느냐고 물었더니 이십 톤짜리 요트를 하나 가졌으면 한다고 수줍게 말했다는 것이다.

지난주에 서거한 덴마크의 프레데릭 9세도 이러한 종류의 왕이었다. 신장 육 피트 육 인치란 거대한 체구는 왕이란 한직을 감당하기엔 버거웠다. 왕이란 직위 때문에 그는 위대한 음악가로서의 꿈을 포기해야 했고, 바이킹의 의기를 발휘할 해군을 단념해야만 했다. 권태를 달래기 위해 그는 궁성의 창가에 서서 발틱 해를 지나가는 기선의 선장에게 회중전등을 깜박거려 모스 신호를 내기도 하고 자전거를 타고 트보리 공원을 돌기도 했다. 그러한 어느 날 공원의 벤치에서 여행자를 만나 잡담을 나누었는데 시카고의 점포주란 여행자가 물었다.

"당신은 누구요."

그는 답하길, "나는 이 나라의 국왕이오."

그러나 이러한 일화 정도로써 극동의 칼럼니스트가 극서의 왕에게 대단한 매력을 느낄 까닭은 없다. 나는 다음과 같은 이야기를 기억하고 있다.

프랑클의 『밤과 안개』, 『안네 프랑크의 일기』 등을 통해 이차대전 중 나치 독일이 유대인에게 얼마나 포악한 짓을 했는가는 우리나라 사람들도 잘 알고 있다. 당시 나치 독일은 어떤 나라이건 점령하기만 하면 첫째의 포고로서 유대인들에게 '다윗의 별'이라고 불리는 황색 완장을 두르도록 강요했다. 필요에 따라 유대인을 격리하여 강제수용소에 보내기 위해서였다. 만일 유대인이 그 완장을 두르지 않거나, 완장을 두르지 않은 유대인을 밀고하지 않거나 하면, 본인은 물론 그 이웃까지 가혹한 형벌을 각오하지 않으면 안 되었다. 네덜란드에서도, 폴란드에서도, 체코에서도, 헝가리에서도 이 때문에 유대인들은 처참한 화를 입었다. 덴마크를 점령한 독일군도 그 예외는 아니었다. 점령사령관은 서릿발 같은 포고를 내렸다. "유대인은 누런 완장을 달라. 이 명령을 위배하면 지위의 고하를 막론하고 엄벌에 처한다."

나치 독일의 명령 시행은 엄격하기 짝이 없었다. 그들의 눈엔 왕도, 귀족도, 그밖에 어떤 세력도 없었다.

그런데 이런 포고가 있자 이튿날 덴마크의 국왕, 즉 프레데릭 9세의 선왕이 '다윗의 별'을 팔에 두르고 거리에 나왔다. 이에 황태자였던 프레데릭 9세가 아버지를 따라 그 완장을 달고 매일처럼 거리로 나왔다. 이것을 본 덴마크의 국민들은 국왕과 황태자의 뜻을 알아차리고 한 사람도 빠짐없이 유대인이란 표지가 되는 완장을 둘렀다.

그렇게 되니 독일군은 덴마크에선 유대인을 가려낼 수가 없었다. 그렇다고 해서 덴마크 국민 전부를 강제수용소에 보낼 수도 없었다. 그런 때문에 덴마크에선 한 사람의 유대인도 희생되지 않았다.

사령관과 황태자 사이에 다음과 같은 응수가 있었다는 것은 충분히 짐작할 수가 있다.

"전하는 왜 그 완장을 둘렀는가."

"나도 유대인일지 몰라서 둘렀다."

"왕가는 유대족이 아니란 역사적 증명이 있다고 들었는데."

"그러나 내 피의 몇 퍼센트가 될진 모르지만 유대인의 피가 섞이지 않았다고 단언할 순 없다."

"그건 우리 포고에 대한 반항이 아니냐."

"당신들의 포고에 충실한 까닭으로 이 완장을 둘렀다."

"빨리 그 완장을 떼시오."

"그렇겐 못하겠다. 누구도 내 피에 유대인의 피가 섞이지 않았다고 단정할 수 없을 것이다."

이와 같은 왕과 황태자의 용기가 덴마크에 있는 유대인의 생명과 재산을 보호한 것이다. 역사의 이끼가 돌연 바위가 되어, 그 바위가 덴마크 국민을 수호한 성벽이 된 셈이다.

나는 코펜하겐의 왕성을 둘러 발틱의 해변으로 빠지면서 이 얘기를 회상하며 감상에 잠긴 적이 있는데 그때 프레데릭 왕은 이와 같은 나그네의 시름을 알 턱도 없이 조용히 피아노를 연주하고 있었을지 모른다.

그런데 그 프레데릭 왕이 죽었다.

감동이란 이상한 것이다. 나는 전신에 일종의 전율을 느꼈다. 용기라는 것이 어떤 것인가를 깨달은 느낌이었다.

나는 포켓에 든 봉투를 꺼내 그 봉투를 찢고 돈을 지갑에 도로 챙겨넣었다. 일하다 말고 돈을 꺼내 도로 지갑에 넣는 동작이 이상했던 모양이다. 정 차장의 시선을 느꼈다.

퇴근하고 정문을 나서는데 김용배의 모습이 있었다. 나는 따라오라는 시늉을 해놓고 걸었다. 덕수궁의 돌담을 끼고 돌았다. 한적한 곳은 좀처럼 없었다. 덕수궁의 문은 닫혀 있었다.

정동교회의 뜰로 들어갔다. 새 잎이 피어나고 있는 느티나무 밑으로 갔다.

"괜히 사람을 피곤하게 하지 마십쇼."

김용배는 비굴하게 웃었다.

"김용배 씨."

나는 되도록이면 침착하게 하려고 마음을 먹고 이렇게 시작했다.

"말씀하슈."

"우리 이렇게 하지 맙시다."

"뭘요."

"당신이 나를 협박하는 그런 짓 하지 말란 말이오."

"나는 의논을 했지 협박한 일은 없소."

"그럼 됐소. 나는 당신의 의논 상대가 되진 않을 테니 돌아가시오."

"뭐라구요?"

"허기야 돈 삼만 원쯤 당신이 곤란하다고 하면 동정 못할 바는 아니오. 그러나 나는 협박을 받아선 한 푼도 줄 수 없다는 얘기요."

"그럼 잘 됐구려?" 하고 김용배는 코웃음을 쳤다.

"내 말은 끝났소."

나는 되돌아섰다. 댓 걸음 걸었을 때,

"형씨!" 하고 부르는 소리가 있었다. 발을 멈췄다.

"피차 좋게 하자는 건데 왜 평지에 풍파를 일으키려는 거요."

가까이에 와서 그가 한 소리였다.

"평지에 풍파는 당신이 일으킨 것 아뇨?"

내 말도 쌀쌀하게 되었다.

"당신이 불리하다는 걸 모르오?"

"불리해도 하는 수가 없죠."

"후회하지 마시오."

"후회하지 않기 위해서 나는 이러길 각오했소."

"그럼 나는 경찰에 가서 신고하겠소."

"경찰에 가건 당신 마음대로 하시오."

"신문기자라고 해서 억세게 나오지 말아요. 명백한 증거와 증인이 있으면 콩밥 먹지 않고 배겨낼 것 같소?"

그는 냉소를 띠었다.

"콩밥을 먹어도 내가 먹을 것이니 간섭 말고 돌아가시오."

나는 이 용기를 위해선 징역살이를 해도 무방하다는 기분으로 되어 있었다. 그 자리를 떠나 나는 힘차게 걸었다. 편하기 위해 비굴한 굴복을 하느니보다 감옥에 가더라도 떳떳해야겠다는 마음과 그 실천은 나를 상쾌하게 했다.

'오늘 밤부터 나는 일기를 쓰리라.' 하는 마음도 솟았다.

신문로 가까이에 왔을 때였다. 김용배가 숨을 헐떡거리며 쫓아와서 나와 어깨를 나란히 했다. 추근대지 말라고 호통이라도 치고 싶었으나 가쁜 숨이 진정될 때까지 기다려주기로 했다. 말을 꺼낸 것은 김용배였다.

"형씨, 놀랐습니다. 형씨와 같이 당당한 사람이 있다는 건……. 정말 놀랐습니다."

나는 들은 체도 하지 않았다.

"형씨, 난 형씨를 존경합니다."

"여보시오, 그 형씨, 형씨 하는 말 그만둘 수 없소?"

이미 각오가 되어 있는 터라 두려워할 아무것도 없었다.

"그럼 선생님, 정말 선생님을 존경합니다."

김용배는 손을 비비는 것 같은 동작을 했다.

"그래서 어쩌겠다는 거요."

"어쩌겠다는 게 아니라, 무수한 사람을 상대로 했지만 형씨, 아니 선생님처럼 그렇게 당당하게 나오는 사람은 처음입니다요."

나는 그를 상대하지 않기로 하고 지하도 입구까지 갔다.

김용배는 계속 무슨 소릴 하며 추근대더니 지하도 입구를 들어서려

고 하자,

"형씨, 아니 선생님." 하고 내 소매를 잡았다. 힐끗 그 손을 뿌리치려고 하다가 나는 그 얼굴을 보고 멈칫했다. 비굴하다 못해 거지의 몰골과 표정이 거기 나타나 있었던 것이다. 나는 천 원짜리 한 장을 꺼내 그의 코앞에 내밀었다. 그는 덥석 그것을 받아 쥐더니 머리를 꾸벅했다.

"감사합니다."

그가 얼굴을 들기 전에 나는 얼른 지하도 계단을 뛰어내리듯 했다. 등줄기에 식은땀이 날 지경이었다.

'하마터면 나는 그 거지에게 굴복할 뻔했다.'는 의식이 바늘에 찔린 듯 아팠다.

그러나 지하도를 벗어났을 때 나는 툭 트인 기분으로 북악산을 우러러볼 수가 있었다.

지구가 돌고 있다는 사실, 그것이 행복이다

서울의 봄은 짧다.

당연히 여름이 길다.

그 긴 여름, 특히 197×년의 여름은 내게 있어서 연옥이었다. 어느 해보다도 태양은 강포했고 어느 해보다도 내 건강은 쇠약해 있었으니 말이다.

이럴 때 유일한 위안은 옆집에 지함을 만드는 직공을 가장으로 한 가족이 살고 있다는 사실이다.

"아이구 더워 못 살겠다."는 따위의 말은 그 집엔 없다.

"와 이렇게 더울꼬! 홋호호." 하는 환성이 있을 뿐이다. 더울 테면 얼마든지 더워보라는 그러한 투다.

하루는, 그 날은 일요일이었는데 그 집 아주머니가 수박과 참외를 사왔다. 같이 먹자고 나를 불렀다. 내가 거기에 가면 한 조각쯤 먹으면 될 것을, 가지 않으면 두세 개를 꼭 가지고 올 것이라고 짐작한 나는 땀이 밴 러닝셔츠 위에 남방셔츠를 걸치고 그 방으로 갔다. 땀투성이의 가족들이 둘러앉아 있었다.

권하는 바람에 수박 한 조각을 들어 입에 물었는데 삶아놓은 것 같은 물씬한 온기가 입 안에 무럭했다. 도저히 먹혀질 게 아니었지만 나는 맛이 있어 못 견디겠다는 식으로 먹고 있는 어린애들을 닮아보려고 열심히 먹었다.

"얼음에 채워뒀다가 묵으몬 더 맛이 있을 낀디."

지함직공이 뚜벅 한마디 했다.

"애개개, 무슨 그런 말을 하는기요. 얼음에 안 채워도 없어서 못 묵을 판인디, 안 그래요?" 하며 아주머니는 땀이 범벅이 된 얼굴에 웃음을 띠었다.

"말이 그렇다, 그기지 머."

지함직공도 빙그레 웃었다.

"아, 요놈들 씹어 돌리는 것 보소." 하고 껍질까지 다 씹어 먹을 것처럼 신나게 먹고 있는 아이들을 바라보는 아주머니의 얼굴엔 흐뭇한 표정이 있었다. 그럴 때 얼굴에 괴어 있는 흥건한 땀조차 흐뭇한 표정의 표시처럼 보였다.

그때 나는 내가 할 일을 비로소 발견했다. 더 먹으라는 권유를 웃음으로 사양하고 그 길로 아파트를 나와 청계천으로 가서 양철로 만든 아이스박스를 한 개 사갖고 돌아와선 몰래 작업을 했다. 얼음을 사다 넣고 거기에다 수박·참외·사이다·맥주 등을 채울 수 있는 데까지 꽉 채웠다.

그리고 밤이 되길 기다렸다. 그 무렵 밤의 무더위는 한량이 없었다. 낮 동안 실컷 흡수해두었던 태양열을 밤이 되면 뿜어내기 때문에 그 무더위는 낮의 더위보다 견디기 힘들었다. 지함직공의 마누라가,

"해가 졌는디도 와 이렇게 더울꼬. 홋호호." 했을 때

"낮 더위는 위로부터 쏟아지고 밤 더위는 아래로부터 솟으니까 그렇

죠." 하는 탁발한 답을 내가 고안해낸 것도 그 무렵의 일이다.

나는 저녁밥이 거의 소화되었을 때, 그러나 아이들이 아직 잠자리에 들지 않았을 때를 가늠해서 지함직공을 불렀다. 여름이 되면서부터 그 집은 문이란 문은 죄다 열어놓고 밤을 지내기 때문에 앉아서 불러도 되는 것이다.

"무슨 일입니꺼?"

지함직공이 나타났다.

"이거 아저씨 집으로 옮깁시다."

나는 아이스박스를 가리켰다.

"뭡니까, 이것." 하고 그는 물었다. 나는 애매하게 대답했다.

"가서 열어보면 알 겁니다."

아이스박스는 둘이서 들기엔 꽤 무거웠다. 그러나 땀을 한번 빼는 것도 좋으리라고 생각하고 나와 그는 기를 쓰고 그것을 그 집 부엌 옆에 옮겨놓았다. 부엌이라야 거처하는 방 바로 옆에 붙어 있다.

"이기 뭡니꺼."

지함직공의 마누라는 눈을 반짝였다. 내가 아이스박스를 열고 수박과 참외와 맥주를 꺼냈을 때 마누라의 입이 딱 벌어졌다. 아이들은 벌써 몰려와 있었다. 아주머니와 아이들은 수박과 참외를 먹으라고 하고 나와 지함직공은 맥주를 마셨다.

"아이구매, 이렇게 시원한 기, 이렇게 맛 좋은 기……."

아주머니는 그 감탄을 뭐라고 표현할 수 없는 모양으로

"시원하재?"

"맛있재?" 하고 아이들의 표정을 살폈다. 아이들은 한창 먹느라고 고개만 끄덕끄덕했다.

"가겟집에서 히야시한 것보다 훨씬 히야시가 잘 됐구먼요."

지함직공도 나름대로의 인사를 그런 식으로 했다.

"아이구 여보, 천당이 따로 없는 기지요?"

아주머니는 남편의 얼굴을 슬큼 바라보곤 내게로 시선을 돌리며

"고마워서 우쩔지 모르겠네요." 하며 참으로 어쩔지 모르겠다는 시늉을 했다.

"그 아이스박스는 댁에서 쓰십시오. 하루에 오십 원어치쯤 얼음을 넣어놓으면 뭐건 자게 해서 먹을 수 있을 섭니다."

내가 덤덤히 말하자,

"안 됩니더, 안 되고말고요. 이리 귀한 걸 우찌 우리에게 줄라 캅니꺼."

아주머니는 손을 저으며 안절부절못했다.

"저 애들을 위해서 제가 마음먹고 선사하는 것이니 받아두시오."

"그러나 비싼 길 낀다."

"얼마 하지 않습니다. 하여간 제겐 소용없는 물건이니까요. 댁에 둬두시오."

"여보, 이 은혜를 우린 어떻게 갚지요?"

아주머니는 남편의 무릎을 흔들었다.

"은혜가 뭡니까."

나는 쓴웃음을 웃었다.

"이게 은혜 아니고 뭣이 은혜겠습니꺼."

지함직공의 음성은 내 마음의 탓인지 약간 떨고 있는 것 같았다. 나는 송구스러운 기분이 없었던 것은 아니지만 그 가족들이 그처럼 기뻐하는 것을 보는 것이 나쁜 기분일 까닭이 없었다.

세 병 넣어놨던 맥주는 순식간에 바닥이 났다. 그런데 술을 그 정도로 끝낼 수는 없었다.

"아주머니 소주 한 병 사가지고 오십시오."

내가 돈을 내려고 하자 아주머니는

"소주 살 돈 나헌테 있어요." 하며 퉁긴 화살처럼 일어서서 바깥으로 뛰어나갔다.

"잘 밤에 찬 걸 너무 많이 묵으몬 배탈 날 끼다. 정희는 아침에 핵교 가야 할 꺼 아이가. 덕규 데리고 자거라."

지함직공이 아이들을 보고 일렀다.

"네. 아버지." 하고 아홉 살 난 정희가 일어서자 다섯 살 난 덕규도 따라 일어섰다.

"선생님헌테 인사하고."

아버지의 말이 있기가 바쁘게,

"선생님, 아빠 안녕히 주무세요."

아이들은 고개를 꾸벅하고 이웃방으로 사라졌다. 두세 달 동안 보아온 터이지만 아이들은 아빠와 엄마의 말을 잘 들었다. 응석하는 소리, 눈물을 짜는 소리 같은 걸 나는 아직 그들에게서 들어본 적이 없었던 것이다.

'가난하지만 단란한 우리 집…….'

이란 노래가 있다. 나는 이 집이야말로 가난하지만 단란한 집이 아닐까 하는 새삼스러운 느낌을 가졌다.

아주머니는 다섯 홉짜리 소주와 북어 두 마리를 사왔다. 나는 소주를 얼음에 채워둔 사이다에 섞었다. 그러고는 물었다.

"종씨, 사소주란 말 들은 적이 있소?"

"사소주? 들은 적이 없는디오."

"사이다에 소주 탄 것을 사소주라고 합니다. 자 한 잔 합시다."

"이거 일민디오."

그 맛을 보기가 바쁘게 그는 단숨에 잔을 비우곤 한다는 말이

"우린 맥주 안 묵고 이것 묵겄는디오."

"아주머니도 한 잔 해보세요."

작은 글라스에 나는 술을 따라 권했다.

"어업시요. 전 술 못 묵는디오."

아주머니는 질겁을 했다.

"이거 한 잔쯤은 하셔도 탈이 없을 겁니다."

나는 계속 권했다.

"임자도 쪼맨 해보라. 참 맛이 있구마."

남편도 권했다.

아주머니는 약 맛을 보듯 혀를 잔에다 갖다 대보더니

"참 맛이 있네요." 하면서도 잔을 내려놓았다.

"맛이 있다면서 왜 잔을 내려놓으십니까."

"맛이 있다고 자꾸 묵다가 술쟁이 되게예. 우리 집에 술쟁이는 덕규 아빠 하나몬 돼예." 하고 아주머니는 웃었다. 사이다에 섞은 것이긴 해도 연거푸 마시면 취하게 마련이다. 나도 지함직공도 거나하게 취했다. 그러자 아주머니의 말이 있었다.

"선생님, 우리 애 아빠 노래 한본 시키보이소. 참 잘한답니더."

"잘하긴 누가 잘해, 괜히."

술에 취했어도 수줍어하는 버릇은 그냥 남은 모양으로 남편이 투덜 댔다.

"마을에서 콩쿠리대회가 있으몬 운제나 일등 안 했는기요."

아주머니는 지지 않았다.

"종씨, 한번 노래를 해보시지 그러십니까."

나도 은근히 권했다.

"밤이 깊었는디."

남편은 머리를 긁었다.

"살짝살짝하면 돼예."

아주머니는 남편의 노래가 꼭 듣고 싶은 모양이었다. 아니, 술에 취하면 노래를 부르고 싶어하는 남편의 기분을 알고 있기 때문인지도 몰랐다.

"뭘 할꼬?"

"그것 하이소."

"그게 뭣꼬."

"낮에는 밭에 나가 길쌈을 매고, 하는 것 말입니다예."

지함직공은 젓가락을 들더니 밥상 언저리에 대고 가볍게 박자를 치며 노래를 부르기 시작했다. 눈을 지그시 감고……. 아내는 그 남편의 얼굴을 홀린 듯 바라보고 있고…….

과연 그의 목청은 좋았다. 잘 훈련만 하면 요즘 한창 인기를 얻고 있는 가수들 못지않게 될 수도 있는 노래 솜씨이기도 했다. 아주머니는 계속 주문을 했다.

"고향의 물레방아 돌아가는 노래 하이소."

"한 송이 눈을 봐도 고향 눈이란 노래 하이소."

이렇게 몇 개를 계속하고 나더니 지함직공은 돌연 나를 지명했다. 나는 당황했다. 군에 있을 때 내 별명은 음치동맹 위원장이었다. 그런데 상대방의 노래를 연거푸 서너 개나 듣고 못하겠다고 버티는 것이 죄스럽게 되어버렸다.

"선생님도 하나 하시지예."

아주머니도 열심히 권했다. 도리가 없었다.

나는,

"낙동강아 잘 있거라, 우리는 전진한다……"

는 노래를 불렀다. 그런데 마지막의 "화랑담배 연기 속에 전우야 잘 자라."고 하는 대목에서 나는 울먹였다. 실은 그 노래는 어느 작부에게 실연당하고 자살한 왕년의 전우가 즐겨 불렀던 것이고, 그 노래를 그 친구가 부르기만 하면 삼백 명이 들어앉은 강당이 조용해질 만큼 구슬펐던 것이다.

울먹이던 것이 드디어 눈물이 되었다. 울음이 되었다. 아무리 술이 취했기로서니 내겐 술 마시고 우는 버릇이란 없었던 것인데 그 무렵 내 마음은 그처럼 약해져 있었던 것이다. 내 눈에서 눈물이 흐르는 것을 본 아주머니는 어쩔 줄을 몰랐다.

"무슨 말 못할 슬픈 일이라도 있는 것 아닙니까예." 하고 안타깝기 짝이 없다는 표정과 말투가 되었다.

"이 노래를 잘 부르던 전우가 돌연 생각이 나네요. 그는 죽었어요."

"어마나!" 하는 아주머니의 표정을 보자 나는 자리에서 일어섰다. 술에 너무 취했다는 핑계를 대고 그 자리를 벗어나야겠다는 생각이 취기 속에서도 돋아난 것이다.

방으로 돌아와 자리에 누워 몽롱한 의식으로 어두운 천장을 바라보며 나는 지함직공의 그 일가야말로 행복의 제1형일 것이라고 생각했다. 물론 잇달아 내심의 물음이 있었다.

"그럼 넌 그런 행복을 원할 것이냐."고.

"아니다." 하는 대답이 나왔다.

어떻게 된 까닭인지 나는 행복 제1형과는 무관한 세계의 주민이었다.

미스터 뉴욕에 대한 나의 치사한 행동. 나도 사람인데 나름대로의 양심의 가책이 없을 까닭이 없다. 더구나 그 행동으로 인해 차성희의 약혼이 파기되었다고 들었을 때 가책의 중압감이 더한 것도 사실이다. 차성희에 대한 미련이 사라진 것은 아니지만 그 여자를 다시 만날 의사는 완전히 없어져버렸다.

"놀랐어. 미스터 서가 사랑을 위해서 그처럼 용감할 줄이야 정말 몰랐어. 의사표시는 없지만 차성희 씨는 내심으로 기막히게 감동하고 있을 거야. 차성희 씨와의 결합이 불가능하다면 안민숙이 출마할 용의가 충분히 있어⋯⋯."

안민숙은 이렇게 빈정댔지만 그것은 분명히 착각이고 억측이다. 사랑이 시킨 일이 아니라 치사한 근성이 시킨 일이기 때문이다.

나는 더 이상 치사하지 않기 위해선 그 치사한 행동에 대해 약간의 보상은 해야 되겠다고 마음을 먹었다. 그런데 문제는 약간의 보상이라는 데 있었다. 거짓말을 참말처럼 꾸미기 위해서 또다시 거짓말이 필요하게 되는 이치 그대로 치사한 행동을 치사하지 않게 보상하겠다는 그 소행이 치사함을 더하는 꼬락서니가 된 것이다.

여름과 가을의 경계쯤에서 일기가 변동을 부리고 있을 때였다. 그러고 보니 일기의 탓도 있었다. 나는 T경찰서의 문을 들어서 수사과 강력계라는 곳을 찾았다. 나의 첫말은 이랬다.

"나를 두고 고발한 사람이 있다고 듣고 찾아왔습니다."

담당형사는 내 이름을 묻고 사건을 물었다.

나는 이름을 밝히고 그때 있었던 내용을 소상하게(그러나 정직하지는 않게) 얘기했다. 그리고 다음과 같이 덧붙였다.

"범인을 찾고 있다고 들었소. 나는 범인은 아닙니다만 찾고 있다기에 출두한 것이오. 나 때문에 경찰력을 무위로 소모시킨다는 것은 시민으로서 도리가 아니라고 생각한 겁니다."

형사는 조서를 꾸미자고 했다. 나는 좋다고 했다. 어느 모로 따져도 내가 범인일 수 없다는 것, 도리어 피해자의 일종이란 것을 증명하고도 남음이 있을 조서가 작성되었다. 내 짐작이지만 경찰관이 현장에서 주위들은 얘기도 그 조서의 내용과 대동소이할 것이었다.

"대질심문을 해야겠소."

하고 형사는 또 다른 형사 하나를 부르더니 앞장을 섰다. 미스터 뉴욕이 입원하고 있는 병원으로 가는 것이었다. 신문사의 신분증을 보여준 탓인지 형사들의 내게 대한 태도는 정중했다.

D병원이면 딜럭스한 병원이다. 그 딜럭스한 병원에서도 특1호란 패널이 붙어 있는 병실에 미스터 뉴욕은 누워 있었다.

금이 간 늑골은 유착이 되었는데 급성 늑막염의 증세가 나타났기 때문에 상당기간 병원에 있어야 할 처지라는 것은 병원으로 오는 도중 형사들로부터 듣고 있었던 터라 일말의 동정심이 일지 않는 바는 아니었다.

형사 일행과 내가 의사의 허가를 받고 병실에 들어서자 미스터 뉴욕은 누워 있다가 몸을 일으켜 앉았다.

헬쑥하고 창백한 얼굴이었다. 그는 나를 보자 의아한 표정이 되었다. 기억이 불분명한 모양이었다.

그도 그럴 것이다. 그때의 나는 허술한 점퍼를 입고 머리도 빗지 않은, 일견 거리의 부랑자로 보이지 않을 바도 아닌 그런 차림이었고 이때의 나는 경찰관에게 주는 인상을 계산한 때문도 있어 머리를 짧게 깎고, 다소 더운데도 넥타이까지 맨 단정한 차림이었던 것이다.

"이 사람이 누군지 아시오?"

형사가 미스터 뉴욕을 향해 물었다. 형사가 묻고 있는 곁에서 나는 상냥하게 웃음마저 띠어 보였다. 내 딴으론 서로 화해할 의사표시를 한 것이다. 불분명한 기억이 나의 웃음으로 해서 더욱 혼란한 모양으로 미스터 뉴욕은,

"잘 모르겠는데요, 누구신지." 하고 어물어물했다.

"잘 몰라요?"

형사의 얼굴에 야릇한 웃음이 떠올랐다. 형사는 그런 얼굴 그대로 나를 돌아보며 눈짓을 했다.

나는 이때 미스터 뉴욕의 판정패를 느꼈다. 너그러운 마음이 되었다. 나는 침착하게 입을 열었다.

"S동, 오로라란 다방 앞에서 만난 적이 있었을 텐데요."

일순, 미스터 뉴욕의 얼굴은 질린 듯 굳어졌다. 핏기가 가셨다. 그러나 그것은 순간의 일. 맹렬한 증오감이 표정으로 되었다. 증오감을 뭉쳐 가면을 만들면 그때의 그 미스터 뉴욕의 얼굴처럼 될 것이란 엉뚱한 상념이 떠올랐다.

"그런데 왜 이런 자를 데리고 왔소."

미스터 뉴욕이 형사를 보고 쏘았다.

"당신이 고발한 사람이 아니오. 당신 말도 듣고 이 사람 말도 들었으니 대질을 해야 되지 않소. 그래서 데리고 왔소."

형사의 말투는 싸늘했다. 불쾌감이 그냥 노출되어 있었다.

"붙들었으면 적당히 처리를 해야지 병실로 데리고 와요?"

미스터 뉴욕도 불쾌감을 숨기려 하지 않았다. 이즈음에 두 사람의 청년과 꽃다발을 든 젊은 여성이 들어오더니 방 안의 광경을 보자 주춤 서버렸다.

"당신은 고발할 때 당신에게 상처를 입힌 사람이 누구인지, 그 성명도 주소도 직업도 밝히지 않았소. 그저 S동 근처에 있는 깡패 비슷한 놈이라고만 했소. 경찰은 그 근처를 샅샅이 뒤졌지만 찾아낼 수가 없었소. 그랬는데 이 사람이 나타났소. 그래서 우선 이 사람이 당신이 고발한 사람인가 아닌가부터 확인해야 되지 않겠소. 그래, 이 사람을 데리고 온 것이 잘못이란 말인가요?"

형사의 말은 날카로웠다. 미스터 뉴욕은 반발할 말이 금시 생각이 나지 않는 듯 주저주저하더니,

"일단 구속을 해놓구 검찰에 넘어가서 대질을 해도 늦지 않을 거 아뇨." 하며 얼버무렸다.

"이 사람이 경찰을 바지저고리로 알고 있는 모양이군. 당신이 구속하라고 한다고 누구이건 구속하는 게 경찰인 줄 아시우?"

"이주일 이상의 진단이면 구속한다는 얘길 나도 들었소."

미스터 뉴욕이 퉁명스럽게 말했다.

"헛허."

형사는 어이가 없다는 표정으로 웃곤,

"그러나저러나 이 사람이 가해자요?" 하고 나를 가리키며 물었다.

"그렇소."

미스터 뉴욕은 나를 보지도 않고 답했다. 내가 말할 차례라고 생각했다.

"내가 언제 당신을 때린 적이 있었소?"

"……."

"먼저 손찌검을 한 건 당신 아뇨?"

"왜 남의 차 보닛을 쳤소?"

미스터 뉴욕은 흥분했다.

"경적도 없이 속도도 줄이지 않고 자동차를 몰아 나를 들이받아 놓구도 사과하지 않을 뿐 아니라 도리어 내게 욕설을 퍼붓지 않았소. 그래서 화가 난 거요. 화가 나서 보닛을 두 번쯤 쳤소."

미스터 뉴욕은 경적을 울리고 속도도 줄였다는 얘기부터 시작해서 나를 자상행위를 상습으로 하는 자라고 알았다며 우겼다.

"그래 남의 귀한 재산을 파괴하려고 한 행위가 잘했다는 말요?"

"나를 떠밀어 모빌 기름이 떨어져 있는 땅바닥에 거꾸러뜨린 건 잘한 짓이오?"

"나는 내 재산을 보호할 권리가 있소."

"남의 생명을 무시할 권리도 있구요?"

내 말도 자연히 격했다. 이때 이제 막 들어와 주춤 서버렸던 사람들 가운데의 청년 하나가 성큼 내 가까이에 서더니,

"이 자가 자네에게 상처를 입힌 사람인가?" 하고 턱을 놀렸다. 여차하면 주먹질이라도 불사한다는 호기 있는 태도였다.

"지금 공무집행 중이오. 비켜서시오."

형사가 그 사나이와 나 사이에 쑤시고 들어섰다. 나는 다시 냉정한 어조로 돌아갔다.

"상처, 상처 하는데 내가 언제 당신에게 상처를 입혔소. 당신은 나를 때리려고 했고, 나는 피했을 뿐이오. 당신은 당신 풀에 넘어져 상처를 입은 것 아뇨. 나는 당신에게 밀려 넘어졌다가 일어나서 당신을 한 번

민 것밖엔 손을 댄 적이란 없소."

미스터 뉴욕은 흥분이 극도에 달했다. 나를 나쁜 놈으로 몰아세우려고 하는데 결정적인 증거는 하나도 제시하지 못했다. 그럴수록 그의 말은 혼란했다. 나는 그의 혼란된 감정을 충분히 이해할 수가 있었다. 상대방이 차치하고 나쁜 놈인 걸 확실하게 알고 있는데도 그 사실을 실질적으로 증명해 보일 수 없을 땐 누구나 미스터 뉴욕처럼 흥분하고 혼란할 것이었다. 그러한 이해가 내 얼굴에 너그러운 미소를 띠게 했고 그 미소가 또한 그를 미치게 한다는 것까지 나는 알고 있었다. 나는 그의 말이 끝나길 기다려 조용히 말했다.

"나는 피해자이긴 해도 가해자는 아니오. 나는 한 번도 당신을 때린 적이 없소. 내가 당신을 때립디까?"

"모든 원인을 당신이 만들었단 말요. 그래서 내가 입은 상처에 대해선 당신이 책임을 져야 한단 말요."

"그런 식으로 말하자면 모든 원인은 당신의 서툰 운전솜씨와 교통도덕이 빈곤한 의식으로 자동차를 몰고 다니는 그 행위에 있는 거요."

"뭐라구? 내 운전솜씨가 어쨌단 말요."

미스터 뉴욕은 악을 쓰고 있었으나 나는 들을 필요를 느끼지 않았다.

"이쯤 했으면 나 가도 되겠죠?"

형사는 잠깐 생각하더니 말했다.

"가셔도 좋습니다."

내가 걸어 나오려고 하자 아까의 그 청년이 턱 버텨 섰다.

"못 갑니다. 결판을 내고 가시오."

"결판?"

나는 코웃음을 쳤다. 그리고 그를 비켜 오른쪽으로 걸으려고 했다.

그러자 그자는 내 팔을 잡았다. 팔을 잡혔을 때 하는 기막힌 동작을 나는 알고 있다. 그러나 나는 그 동작을 삼가야만 했다. 동작을 하는 대신 형사를 돌아보았다.

"당신 왜 그러는 거요."

형사가 다가오더니 그 청년을 떠밀었다. 청년의 말이 해괴했다.

"그럼 범인을 그냥 보내버린단 말요?"

"범인인가 아닌가를 결정하는 것은 경찰에서 할 일이지 당신들이 할 일은 아니오."

형사는 이렇게 말하고 미스터 뉴욕에게는

"결과는 다음에 알리겠소." 하고 나를 따라 나왔다.

병원 앞 다방에서 형사와 마주 앉았다. 어느 말끝엔가 형사가 투덜댔다.

"가장 경찰을 필요로 하는 자들이 경찰을 깔보고 있으니……. 제기랄."

나는 그의 마음속의 대화에까진 끼어들고 싶지 않으나 미스터 뉴욕이 어떤 사람인진 알고 싶어서 그런 뜻으로 말해보았다.

"굉장히 유능한 사람인가 봐요. 그러니 자연 자존심도 강할밖에요. 그 사람 집은 꽤 부자인 것 같습디다. 우선 그 병실을 한번 생각해보십시오. 어마어마하지 않습디까. 하루에 이만 원인가 삼만 원인가 한답디다. 가난한 사람이 건강하게 사는 것보다 병든 부자가 행복한 것인가 보죠?"

형사는 우울한 얼굴빛이 되었다. 나는 얼른 화제를 바꾸었다.

"또 내가 경찰에 출두할 필요가 있을까요?"

형사는 생각하는 빛이 되더니 말했다.

"아마 없을 겁니다. 현장에 있었던 목격자들의 증언도 당신 말과 같았으니까요. 게다가 고발한 사람의 말도 추려보면 당신의 말을 입증하는 것밖엔 안 되었구요."

차를 마시고 일어섰을 때 형사는 자기가 찻값을 내겠다고 했다. 그 이유로서 이런 말을 했다.

"서 선생이라고 하셨죠? 참 잘 나와주셨습니다. 애매하기 짝이 없는 고발을 해놓곤 얼마나 몰아세우는지 숨이 막힐 지경이었소. 경찰이 그렇게 무능해서 뭐하느냐, 백주의 폭력범을 잡지 못하다니 말이 되느냐, 심지어는 범인으로부터 얻어먹은 게 있어 그러는 게 아니냐, 세금을 내는 의미가 어디에 있느냐……. 별의별 이유를 다 끌어 모아 범인을 잡지 못한다는 핀잔이었거든요. 이제 속이 후련합니다. 작으나 크나 미제 사건이란 건 골치가 아픕니다. 사건도 안 되는 걸 갖고 고발질을 하기 때문에 골탕을 먹는 건 경찰입니다. 그러니 내가 차 한 잔쯤 살 만하지 않습니까?"

나는 그의 호의를 그냥 받아들이기로 했다. 그러나 그 호의도 내게 쓴 뒷맛을 더했다. 형사가 만일 사건의 진상, 그보다도 내 치사한 마음의 가닥 가닥을 알았더라면 결코 나와 더불어 차 한 잔 마실 생각도 하지 않았을 것이란 생각이 들었기 때문이다.

하지만 나는 나보다도 미스터 뉴욕이 더욱 치사한 놈이라고 단정함으로써 내 자신을 용서하기로 했다. 약혼녀 집으로 찾아가는 도중 봉변을 당했다고 해서 그것을 미신적으로 풀이하고 파혼하라고 하는 부모의 말에 그냥 순종해버린 그 버릇처럼 치사한 것이 있을까. 부모에게 효도하고 순풍양속을 지키는 사회에 있어서 유위한 사람이 되기 위해 순치되어버린 습성, 자기가 속한 커뮤니티에서 언제나 '굿 보이'(우등생)가 되고자 하는, 아니 생리적으로 그렇게 되어 있는 인간에게 사랑의 의미란 과연 무엇일까.

나는 미스터 뉴욕에게서 행복의 제2형을 보았다. 그리고 그 행복 제2형도 나와는 무관한 세계의 일인 것이다.

덥고 지루한 여름철인데도 사건은 잇달아 있었다. 예컨대 도서실 미스 정과의 일이다. 미스 정과는 어느 비 오는 토요일 오후에 만났다.

"돈 가진 거 있어요?"

언제부터인가 나는 미스 정에 대해선 아무렇지 않게 이런 말을 할 수가 있게 돼 있었다.

"돈은 왜요."

나는 설명을 했다.

"비 오는 날 밤, 도봉산에 가서 하룻밤을 지내고 싶은데 내가 가지고 있는 돈으론 모자라."

"얼마쯤이면 될까?"

"삼만 원쯤은 있어야. 내가 가진 게 만 원 그럭저럭이니까 이만 원쯤."

"그런 돈은 있어요."

택시를 탔다. 농록濃綠의 도봉산으로 들어가는 길은 도원경으로 들어서는 기분이다. 줄기찬 빗발의 주렴 사이로 바라뵈는 도봉산엔 행복의 별장이 있을 것만 같다.

후미진 산속의 방갈로에 안내를 받고 창밖의 빗살을 바라보며 나와 미스 정은 마주 앉았다.

"사람을 죽여도 모르겠네요."

미스 정이 문득 한 소리였다.

"기껏 사람 죽는 얘길까?" 하고 나는 웃었다.

"너무나 적적하기에 해본 소리예요."

미스 정은 무안한 모양으로 얼굴을 붉혔다.

"아냐." 하고 나는 얼굴까지 붉힐 필요가 없다는 설명을 해야만 했다.

"사람에겐 스릴러형이라는 게 있어요. 호젓하거나 아름답거나 하면 끔찍한 사건을 생각하는. 절벽을 보면 자살을 생각하고 소나무 가지를 보면 목을 맨 시체를 생각하곤 하는……."

"아아 끔찍해."

"그와는 달리 로맨스형이란 게 있죠."

"그건 어떤 건네요."

"어느 사람이 이곳은 유부녀 간통하기 위한 곳이라고 했대요."

"뭐라구요?"

미스 정의 표정이 이지러졌다.

"김달수란 친구가 말요, 나와 같이 교정부에 있다가 문화부에 간 친군데, 어느 날 우리 신문에 연재소설을 쓰는 소설가들과 같이 이곳으로 왔대요. 그때 소설가 중 한 사람이 그렇게 말하더라오. 아내를 데리고 이런 데 오는 놈은 정서가 빈곤한 놈이라며 이런 곳은 유부녀 간통하기에 알맞은 곳이라구."

"그게 로맨스형인가요?"

"그렇지. 호젓한 곳 아름다운 곳만 보면 러브 어페어를 생각하는 사람이 있다는 거죠. 이를테면 로맨스형."

"그래 전 스릴러형이구, 서 선생은?"

"스릴러형이 나쁘다는 얘긴 아냐. 도리어 스릴러형이 도덕적으로 견고할지 모르지."

"로맨스형은?"

"로맨스형도 어떻게 나쁘다고 할 수가 있겠소."

"하여간 그 소설가는 잡스러운 사람인가 보죠?"

"그런 말을 예사로 하는 사람은 도리어 그런 짓을 안 해요. 행동인은 말없이 해치우지만……."

빗발에 바람이 섞였다. 빗발에 두들기고 바람에 휘날리는 숲을 가까이에서 보고 있으면 숨이 막힐 듯한 흥분을 나는 느낀다. 거기에는 인간의 심리가 개재될 수 없는 건강하고 단순하고 명료한 자연의 드라마가 있기 때문이다. 그 자연의 드라마에 비하면 인간의 드라마란 얼마나 치사하고 왜소하고 오욕적인 것인가.

사람이 자연에서 벗어났을 때 문화가 시작되고 그 문화로 해서 인간의 승리가 비롯된 것이라고 하지만 인간이 자연에서 벗어나고 자기를 자연과 대립적인 것으로 의식하게 되었을 때, 그때가 바로 비극의 시작이 아니던가.

내가 바깥을 보며 이런 생각에 잠겨 있을 때 미스 정은 나의 얼굴만 바라보고 있었다. 내 얼굴만을 바라보고 있다는 사실을 나는 벌써부터 의식하고 있었다. 그러면서도 나는 바깥으로부터 옮긴 시선을 미스 정의 머리를 넘어 문지방 위로 쏟았다.

거기엔 양주송楊州頌이란 현판이 걸려 있었다. 한문에 약한 나의 실력으로썬 그 내용을 골고루 알아차릴 순 없지만 대강 다음과 같은 줄거리였다.

네 사람의 선비가 모였는데 그들에게 골고루 소원을 말해보라고 했더니 모두들 양주목사가 되고 싶다고 했더라는 것이다. 그만큼 양주의 산수가 아름답다는 얘기다.

양주의 산수가 좋대서 그것을 즐기기 위해 양주목사가 되어야 하겠다는 발상은 유치하기 짝이 없는 것 같다. 나는 그런 쪽으로 미스 정에게 말을 하려다가 멈칫했다. 유치한 발상이 아니라 기막힌 진실이란 생각이 든 것이다.

나는 현판의 내용을 대강 설명하고 나서 이와 같은 마음의 움직임을 다음과 같이 얘기했다.

"양주가 아무리 좋은들 머슴살이를 하는 처지에서도 좋을까. 종 노릇을 하는 처지에서도 좋을까. 그때의 그 상황 속에선 양주의 아름다움을 만끽하고 양주에서 살려면 양주목사가 되는 길 이외엔 없었던 것이 아닐까. 인간에 있어서의 경치의 의미와 사회의 병리를 기막히게 안 사람의 글이라고 할 수 있잖아?"

이렇게 말하면서 나는 별도의 생각을 쫓고 있었다. 권력의 자리에서만 이 행복을 느낄 수 있는 사람들, 아니 그런 사회. 이것은 행복의 제3형이라고 할 수 있을지 몰랐다. 허나 그것도 나완 무관한 세계의 일이다.

미스 정은 아무런 대응도 없이 나를 바라보고만 있었다. 헌데 그 눈은 윤기를 띠어 빛나고 있었다. 얼굴빛은 분홍빛으로 상기되어 있었다.

반응 없는 말을 혼자 지껄이고 있는 것처럼 쑥스러운 노릇이란 없다. 나도 입을 다물어버렸다. 그리고 미스 정을 정면으로 보았다. 미스 정은 부신 듯 눈길을 돌렸다.

"추워요. 문을 닫았으면 좋겠어."

애원이나 하듯 미스 정의 말은 가냘프고 애절했다. 나는 일어서서 방문을 닫았다.

내가 헨리 밀러와 다른 것은 그 일이 끝난 뒤 충족감을 얻지 못하는 점이다. 밀러의 글에 의하면 그는 여자와의 합일에 있어서만 자기의 존재감을 확인한다고 했다. 그런데 내겐 허탈감이 있을 뿐이다.

나는 불덩어리 같은 미스 정의 육체를 진정시켜놓은 다음 반듯이 누운 채 눈을 감았다. 빗소리는 여전히 세차게 들려오고 있었다.

"잠들었수?"

미스 정이 말을 걸어왔다.

"이왕 비가 올 바엔 석 달 열흘만 쏟아져라."

자지 않고 있다는 의사표시를 나는 이렇게 했다.

"서 선생님은 무엇을 찾고 계시죠?"

"글쎄요."

"서 선생님!"

"말하세요."

"시를 쓰도록 하세요."

"언젠가도 그런 충고를 하셨죠?"

"시를 쓰게 되면 선생님이 구하고 있는 것을 찾을 것 같애요."

"구하는 데 지쳐서 나는 발견하는 버릇을 익혔다……."

"그게 바로 시예요, 선생님!"

"이건 니체가 한 말입니다."

무안한가 보았다. 미스 정의 말이 뚝 끊어졌다.

　나는 자꾸만 시를 쓰라고 하는 미스 정의 심정을 더듬어보는 마음이 되었다. 잡스러운 세상에 잡스럽게 물들어가는 것 같은 내가 안타까운 모양인지 몰랐다. 혹은 내게서 나 이상 가는 것을 환상하고 지금의 나와 조금 다른 사람이 되었으면 하는 마음인지도 몰랐다.

　빗소리는 밤이 깊어갈수록 거세만 갔다. 심심산중에 단 둘이 누워 있다는 정감으로 미스 정을 돌아보았다. 내게 줄곧 시선을 쏟고 있었던 모양으로 그 눈에 아슴푸레 웃음이 괴어 있었다. 뜻밖의 말이 나왔다.

"이 해를 지내면 전 서른 살이 돼요." 하며 미스 정의 눈은 계속 웃었다.

"그렇게 쉽게요?"

내 대답이 엉뚱했던 모양이다. 미스 정의 얼굴이 의아하다는 빛을 띠었다.

"서양의 어느 책에서 읽었는데 여자는 스물아홉 살에서 서른 살이 되기까진 오 년이 걸린다고 하던데요."

"……."

"스물아홉이에요, 스물아홉이에요, 계속 비디어니가다가 서른다섯이 되면 할 수 없이 삼십 세 선언을 한다는 얘기죠."

"서 선생은 아는 것도 많으셔."

약간 토라진 음성이었다.

진지한 의논을 하려는데 엉뚱한 소리를 꺼내 분위기를 흐리게 했다는 데 대한 불만일지 몰랐다.

"나는 한 이 년 있으면 서른 살인걸요. 그동안 읽다가 보다가 듣다가 해놓으니 아는 게 많을 수밖에요."

나는 여자로부터 걸어온 진지한 의논은 질색이었다.

"처녀가 그처럼 부담스럽더니만……."

미스 정은 시선을 천장으로 옮기며 중얼거렸다. 나는 이어질 말을 기다렸다.

"내 마음을 내 마음대로 할 수가 없어요." 하곤 미스 정은 저편으로 돌아누웠다.

"다른 남자와 사귀려고 해도 자꾸만 서 선생 생각이 걸리는걸요."

어깨가 들먹이고 있었다. 흐느껴 울고 있는 것이었다.

"꼭 시집을 가야 해요?"

나는 별 요량도 없이 물었다.

"이런 꼴로 누구에게 시집을 가겠어요. 전 시집 안 가요."

문득 나는 어떤 소설 속의 한 장면을 상기했다. 수기체로 된 그 소설엔 다음과 같은 구절이 있었다.

'……여왕처럼 내게 몸을 맡기던 그 여자가 지금 와선 거지처럼 사랑을 빌고 있다. 아아 귀찮다!'

미스 정도 마찬가지가 아닌가. 그러나 나에겐 미스 정을 귀찮다고 여기는 감정은 없다. 미스 정이 군이 원한다면 결혼을 해도 무방하다는 생각마저 있다. 잘나지도 못나지도 않은, 그러나 지성적인 점에 있어선 누구보다도 출중하다고 할 수 있는 이 여자와 결혼하는 것이 평범하게 살아가기 위해선 가장 적당한 일일지 몰랐다. 하지만 나는 이런 뜻을 입 밖에 낼 수 없었다. 그래서 나는 울고 있는 미스 정을 달래지 않기로 했다. 섣불리 달래려고 하다가 무슨 말이 미끄러져 나올지 몰랐기 때문이다. 나는 딴 생각을 쫓기로 했다. 소영이와 청진동 싸구려 여관에서 하룻밤을 같이 지냈을 때의 일이 생각났다. 소영은 다음과 같이 말했었다.

"선생님 빨리 결혼하세요. 선생님이 결혼해서 가정을 가지면 내 평생토록 식모 노릇 해드릴게요. 월급 없이 말예요……."

미스 정과 결혼을 하고 김소영을 식모로 하고 살면? 하는 상념이 뇌리를 스치자 그만 웃음이 터져 나왔다. 울다가 말고 몸을 돌려 미스 정은 나를 쏘아보았다. 나는 미친 사람처럼 웃어졌었다. 비가 바람에 몰려 방갈로의 들창을 사정없이 후려치고 있었다.

찬란한 아침도 우연이 만든다

잠을 깼다.

어두운 천장. 천장뿐만이 아니라 방 안은 칠흑의 어둠으로 가득 차 있었다.

바람소리! 개울소리가 들렸다.

'아아, 여긴 도봉산 속이로구나!'

겨우 납득이 갔을 때 나는 손을 뻗어 옆에 누워 있는 미스 정을 확인했다.

'대체 몇 시나 되었을까.' 하는 마음은 건성이었고 절해의 고도에서 밤을 지내고 있는 듯한 고독감이 물밀듯 가슴에 밀어닥쳤다. 지금 내 곁엔 미스 정이 있을 뿐이란, 미스 정에 대한 안타까움이 절실했다. 그래 자고 있는 사람을 깨울 생각은 조금도 없으면서도 나직이 불러보았다.

"미스 정!"

"미스 정이라고 부르는 것 싫어요."

속삭이듯 했지만 뜻밖에도 또렷한 대답이 돌아왔다.

"자지 않았소?"

"응."

"쭉 자지 않았어?"

"아녜요. 얼마 전에 잠을 깼어요."

"그럼 나와 꼭 같구려."

바람소리, 개울소리가 침묵 속을 누볐다.

"미스 정!"

"그렇게 부르는 것 싫대두."

"정 선생이라고 부를까?"

"징그러워."

"그럼 정 여사?"

"싫어, 싫어요."

나는 미스 정의 이름이 뭐더라, 하고 생각했다. 도서실 탁자 위에 놓인 나무토막에 새겨져 있던데 하면서도 좀처럼 떠오르지 않았다. '명'자가 끼인 남자 이름을 닮았었는데⋯⋯. 겨우 생각이 났다.

"이것저것 다 싫으면 명욱 씨라고 부르지."

"그것도 싫어요."

"그럼 뭐라고 부르지?"

"부르질 말아요."

나는 그 말뜻을 짐작할 수가 없었다. 도봉산 속에, 칠흑의 밤에, 기약도 없이 다짐도 없이 어느 사나이와 잠자리를 같이하고 있는 여사의 사의식이 자책의 빛깔과 더불어 그렇게 토라질 수도 있을 것이란 짐작이 고작이었다. 그러나 그 짐작만으로도 여자는 가련했다.

"부르지 말라고 하니 말머리를 잡을 수가 없군." 하고 중얼거리며 나는 한숨을 섞었다.

"서 선생이 나를 필요로 할 땐 내가 서 선생 앞에 나타나 있을 때니까

부를 필요가 없다는 거예요."

미스 정의 말에도 한숨이 묻어 있었다. 그런데 그 말은 옳았다. 나는 여태껏 한 번도 미스 정이 눈앞에 없을 때 미스 정을 찾을 생각을 해본 적이 없다.

"내 말이 옳죠?"

잠잠해버린 내 태도에 안달이 났던지 미스 정은 따지고 들었다. 나는 대답 대신 팔을 뻗어 정을 안았다. 언제 입었는지 내의를 입고 있었다. 그러나 그 내의를 통해서도 유연한 여체를 감촉할 수가 있었다. 나는 다시금 욕정을 느꼈다. 신선한 욕정이었다. 그 의식을 들뜨게 하는 욕정의 파도 속에서 나는 미스 정이 결코 못난 여자가 아니라는 새삼스러운 발견을 했다. 화장을 하지 않으니 미태가 없었을 뿐이다. 그런데도 그 눈은 시원했고, 결코 미인답지 않은 그 얼굴은 그런 만큼 단정하고 청결했다. 여윈 듯싶은 것은 옷을 입고 있었을 때의 느낌이고 알몸의 체육이 한 점도 없다뿐이지 풍성한 곳은 골고루 풍성한 것이다.

나는 이미 익숙한 그 여체를 어둠 속에서 어루만지며 이런 여자가 어떻게 해서 혼기를 놓쳤을까 하는 생각을 쫓았다. 지나치게 자부심이 강한 탓이 아니었을까도 싶다.

"미스 정은 되게 눈이 높지?"

내의 밑으로 손을 밀어넣으며 물었다.

"그거 무슨 뜻이죠?"

나른한, 취한 듯한 목소리가 되돌아왔다.

"하도 눈이 높아서 결단을 안 한 것 아닌가 해서."

내 말도 건성이었다.

이에 대한 대꾸는 없었다. 자연스럽게 미스 정은 알몸이 되었고 나도 자연스럽게 미스 정의 그 깊은 곳으로 안겨들 수 있었다.

어둠 속이었지만 부시도록 화려한 정의 얼굴을 마음의 눈으로 볼 수가 있었고 그 몸의 율동의 가닥 가닥을 그 모세관의 미세한 움직임까지 파악하며 황홀할 수가 있었다. 정작 사랑이 없고선, 사랑하는 사이가 아니고선 할 수도, 해서도 안 되는 동작! 나는 순간 이 여자와 같이 죽어도 좋다는 생각에 아찔했다.

'도봉산 속에서의 젊은 남녀의 정사!'

7면을 꽉 채우는 기사가 될 수 있겠지, 하는 상념이 들자 죽이선 안 되는 것이라고 마음을 고쳐먹었다.

'아무렴 죽어선 안 되지!'

환희의 시간에도 이러한 잡념은 끼인다. 그런 때문으로 여유 있게, 침착하게 동작을 조절할 수가 있는 것이다.

미스 정은 가끔 가다 다급하게 미친 듯 "엄마."를 찾았다. 그럴 적마다 "아아, 나는 못 산다."고 덧붙였다. 그렇게 되풀이하길 일곱 번째, 나는 실신한 정을 힘껏 안아주었다. 미스 정은 내 포옹 속에서 참새처럼 경련했다.

포옹을 풀었을 때 깊은 숨소리가 새어나왔다. 차츰 의식이 회복되는 모양이었다. 이렇게 중얼거렸다.

"일주일에 한 번씩만이라도 우리 만날 수가 없을까요?"

그 말투가 너무나 애절했기 때문만도 아니다. 나는 얼른 대답했다.

"일주일에 한 번이 아니라 우리 같이 삽시다."

대응이 없었다. 나는 고쳐 말했다.

"우리 결혼합시다."

역시 대응이 없었다.

긴 침묵이 흘렀다. 바람소리는 자고 개울소리만 높았다. 충분히 생각
했으리란 짐작이 갔을 때 물었다.

"왜 대답이 없소."

"센티멘털리즘은 때론 엉뚱한 발언을 하기도 하죠."

"내가 센티멘털리즘에 걸려 하는 말인 줄 알았소?"

"제 자신 지금 센티멘털하니까요."

"그렇다고 칩시다. 헌데 다소의 센티멘털리즘 없이 결혼신청을 할 수
있을까요?"

"결혼은 장난이 아니니까요."

"누가 장난을 하자고 해요?"

"결혼신청을 하시려거든 내일 아침에나 하세요."

"맑은 정신으로 하라, 이거구먼."

다시 침묵이 시작되었다. 개울소리가 들렸다. 그런데 이번에 침묵을
깬 것은 미스 정이였다.

"서 선생이 결혼신청을 하면 제가 좋아하고 단번에 응할 줄 알았
죠?"

"거절이야 안 하시겠지, 하는 자신은 있었지."

"어떻게 그런 자신을 가질 수 있었을까요?"

"일주일에 한 번씩 만나는 것보다 같이 사는 게 낫지 않을까 해서죠."

"결국 절 동정하신 거로군요."

"동정?" 하고 나는 피식 웃었다.

"왜 웃죠?"

"나는 마음이 약하고 너절한 놈이긴 합니다만 동정심으로 결혼할 수
있는 그런 소질은 없는 놈입니다."

"제 나이가 서 선생보다 세 살 위란 사실은 알고 있겠죠?"

"대강."

"그런데 결혼이 가능할까요?"

"지금 이렇게 같이 누워 있지 않소." 하고 나는 정을 살큼 안았다 풀었다.

"지금 이렇게 같이 누워 있다고 해서 되는 건 아닐 텐데요. 여자 나이가 많으면 결국은 불행해진대요."

"그건 여성잡지에서 주워 모은 지식입니까?"

"여성잡지에서 주워 모은 지식이라고 해서 나쁜가요? 여성을 위한 잡진데요."

나는 문득, 아까 한 결혼신청을 취소해버릴까 하는 충동을 느꼈다. 그러나 그 충동을 가까스로 참고 말했다.

"언젠가 나는 이런 생각을 한 적이 있어요. 내가 가장 싫어하는 여자를 하나만 예를 들라고 하면, 여성잡지를 읽고 거기에서 주워 모은 지식을 휘두르는 여자를 들먹이겠다, 하구요."

"그 이유는?"

"여성잡지엔 우등생의 답안 같은 것만 있으니까요. 우등생의 답안처럼 세상이 되어 나갑디까? 내가 신문의 사설을 읽지 않는 것도 그 때문입니다. 내가 제일 싫어하는 게 우등생의 답안입니다. 우등생의 답안 같은 의견으로 만사를 처리하는 여자와 같이 살기란 정말 힘들 거예요."

"그럼 전 낙제한 셈이로군요."

"우등생이 낙제하는 그런 통쾌한 경우도 있어야 하지 않겠소. 그러나 으쓱하진 마십시오. 미스 정은 우등생인 척하는 의견을 말해본 것이지 우등생의 답안에 사로잡힌 사람은 아니라고 나는 보고 있으니까요."

"그렇다면 낙제한 건 아닌가요?"

"꼭 낙제를 하고 싶소?"

"아녜요. 아녜요." 하고 미스 정이 내 가슴팍에 머리를 밀고 들어와서 흐느끼기 시작했다. 그러나 곧 흐느낌을 멎고 정색으로 돌아가 말을 했다.

"여자 쪽이 나이가 많은 결혼이 끝내 행복할 수 없다는 것은 우등생의 답안만은 아닐 거예요."

"쑥스럽게 디즈레일리의 부인을 들먹이란 말입니까. 왜 이러십니까. 결혼은 우리가 하는 것인데 그런 일반론이 무슨 소용이 있단 말입니까. 모든 사람이 그렇게 해서 불행하게 되는 것이라면 우리는 예외를 만들어보자, 이거요."

나는 슬그머니 역정을 냈다.

"한두 살이면 또 모르되 세 살이나 위라는 것은……."

미스 정의 말이 스르르 움츠러들었다.

"디즈레일리의 부인은 디즈레일리보다 열세 살이나 위였소."

"나와 결혼해서 후회를 안 할까요?"

"나는 후회 같은 건 안 해요."

"그 보장은?"

"보장은 살아가면서 해야죠."

다시 침묵이 흘렀다. 바람이 인 모양으로 나뭇잎이 흔들리는 소리가 들렸다. 개울소리는 멀어졌다.

'역사는 밤에 이루어진다!'

나는 엉뚱한 생각으로 내 의식의 방향을 돌렸다. 미스 정의 팔이 뻗어오더니 내 목을 안았다. 귀 언저리에 가벼운 입김이 있었다.

"행복해요. 전 지금 행복해요."

실컷 행복해보라는 말을 꿀꺽 삼키고 나는 그의 등을 가볍게 두드렸다. 그러자 미스 정은 당돌하다고도 할 수 있는 급작한 동작으로 내 목을 안고 있던 팔을 풀며 한다는 말이

"결혼을 바라는 것은 아무래도 제가 뻔뻔스러운 것 같애요. 보부아르와 사르트르, 그런 관계면 얼마나 좋겠어요. 그게 우리에게 있어선 이상이 아닐까요?"

나는 어이가 없었다.

"사르트르와 보부아르의 관계처럼 되려면 내가 『존재와 무』 같은 책을 쓰고 미스 정은 『초대받은 여자』 같은 소설을 써야 할 거요. 그들에게 로맨스라고 해서 그런 관계가 다른 사람들에게도 모두 로맨스가 될 줄 아시오? 우리들이 그런 짓을 하면 스캔들이 될 뿐이오."

"스캔들이면 어때요. 우리가 좋아서 우리가 하는 것인데요."

"왜 이렇게 갑자기 변하지? 아까 우등생의 답안을 휘두르던 분이……."

"……."

"결혼하기가 그렇게 망설여지면 그만둡시다."

부러 억지소리를 해보았다. 아니나 다를까 미스 정은 벌떡 일어나 앉았다. 누워선 견딜 수 없는 충격을 받았는가 보았다.

"누굴 놀리는 거예요?"

정의 말소리가 떨렸다.

"놀리긴! 미스 정이 하두 배배 꼬는 바람에 한 소린데."

"꼬지 않을 수 있어요? 제 처지가 되어보세요."

울먹이는 소리로 변했다.

"미스 정의 처지가 어때서. 왜 그렇게 자신을 가지지 못하죠?"

나도 정색을 했다.

"서 선생이 너무 좋아서 그런가 봐요. 저도 이런 여자는 아니었어요."

그 얼굴에 눈물이 굴러 떨어지고 있으리란 짐작이 가는 말소리였다.

혼기를 놓친 올드미스의 과민한 신경의 탓일 것이란 생각이 일었다. 나는 상체를 일으켜 미스 정을 안아 뉘었다.

"솔직한 이야기는 솔직하게, 순진한 얘기는 순진하게 받아들여야죠. 나는 단순히 미스 정과 결혼을 하면 좋겠다고 생각하고 그렇게 말한 것뿐입니다. 별다른 계산도 방침도 없이 같이 살아갔으면 얼마나 좋겠는가 하는 마음뿐입니다."

"미안해요."

미스 정은 내 가슴팍에 머리를 묻고 기어들어가는 말소리를 했다. 그런데 또 조금 있다가 한다는 소리가,

"서 선생과 제가 결혼한다는 소리를 들으면 신문사 사람들이 뭐라고 할까요?"

"뭐라고 한들 그게 무슨 상관이오."

"올드미스가 얌체처럼 젊은 총각을 가로챘다고 하겠죠?"

나는 기가 막혀 웃었다.

"스캔들도 겁내지 않겠다는 사람이 무슨 소리를 하는 거요?"

"제 마음을 제가 모르겠어요. 별의별 생각이 북적대는 것 같애요."

이때였다. 문득 내 뇌리를 스치는 것이 있었다.

"참." 하고 나는 말을 골랐다.

"이거 한 가지는 들어줘야겠소."

"뭔데요?"

"나는 미스 정과 결혼하면 신문사를 그만둘 작정입니다."

"역시 신문사 사람들의 말썽이 두려우신 게죠?"

"천만에."

"그럼 왜요?"

"보다도 나는 이렇게 묻고 싶소. 미스 정은 용달차 운전수의 아내가 될 각오가 있소?"

"어떤 각오라도 하겠어요. 그런데 왜 하필이면 용달차 운전수가 되겠다는 거죠?"

"육체노동으로 먹고 살겠다는 것뿐이오."

"신문사 교정부원은 그럼 육체노동이 아니고 정신노동이었던가요?"

"시시한 글 고치는 덴 이젠 진력이 났소. 더욱이 우등생 답안 같은 것 읽는 데 지쳐버렸어."

"용달차 운전수는 수월할 것 같아요?"

"수월하지야 않겠지. 그러나 정신은 덜 시끄러울 것 아뇨."

미스 정의 팔이 다시 뻗어왔다. 그리고 살며시 내 목을 안았다.

"무엇을 하셔도 좋아요. 당신 좋으신 대로 하세요."

어린애를 업고 파 한 다발 무 두 개쯤, 그리고 두부를 담은 저자바구니를 들고 가파른 골목을 기어오르고 있는 미스 정의 모습을 일순 눈앞에 그려보았다. 동시에 옆집 송이상자 식공의 가성이 떠올랐다. 어떤 일을 당해도 그저 좋도록만 생각하는 그 아낙네의 지혜를 과연 미스 정이 익힐 수 있을까. 모방이라도 할 수 있을까.

"잠 오지 않아?" 하고 물어보곤,

"아아뇨." 하는 대답을 받자 나는 그 집 얘기를 했다. 그리고 물었다.

"더우면 더운 대로 좋다. 추우면 추운 대로 좋다. 남편이 술을 마시면 남편 따라 기분이 좋고, 남편이 외입을 하면 사내는 그만한 배짱과 요령이 있어야 하는 것이라고 긍정하고……. 미스 정은 그런 사람을 닮을 수 있겠소?"

"열심히 닮아보죠 뭐. 당신이 좋아서 좋아서 죽을 지경인데 무슨 짓을 못하겠어요."

"그럴 생각이라면 우선 미스 정은 심리학 실습 같은 버릇은 고쳐야 할 거요."

"심리학도 당신 때문에 익힌 심리학이니 당신 때문이라면 그따위 심리학은 말쑥이 포기해버리지 뭐."

"그럼 됐어."

미스 정의 허벅다리가 다가왔다. 나는 그 허벅다리를 살큼 쥐어보았다. 그 탄력이 기막히게 마음에 들었다.

"이것도 곧 내 게 되는 거지?"

"벌써 당신 것인걸요."

"그래, 이게 내 거란 말이지."

나는 흐뭇하게 어둠 속에서 웃었다.

"물어봐도 돼요?"

미스 정이 수줍게 꿈틀거렸다.

"뭐든."

그래도 망설이는 것 같아서,

"뭐든 물어봐요. 모르는 것 빼놓군 다 알고 있으니……."

"그런 게 아니란 말예요."

"뭔데?"

"저어 결혼식은 언제쯤으로 하죠?"

"그건 미스 정이 부모님들과 의논해서 정하면 되지 않소."

"그래도 당신의 의향이 제일인걸."

"초가을에 합시다. 초가을에 인생을 다시 시작해보는 것도 좋지 않겠소. 철저하게 생활을 혁명할 작정이니까."

"결혼식을 올리자마자 신문사를 그만두는 건가요?"

"그럴 수야 없겠죠. 용달차를 한 대 살 만한 돈이 되지 않는걸."

"차를 사야 하나요?"

"용달차 운전을 한다고 해도 남의 집 고용살이는 안 할 작정이오. 내가 내 차를 사가지고 내 마음대로 돌아다닐 거니까. 당신을 조수 겸 옆에 태우고……."

"그렇게도 할 수 있나요?"

"지입제라는 게 있대. 이편에서 차를 사가지고 형식상 회사에 넣는 거지. 세금이나 수수료 얼마 물면 된대."

"상당히 연구를 하셨군요."

"연구하다마다. 면허증까지 따났는데. 차를 살 수 있을 때까지 기다릴 뿐이오."

"차가 얼마나 하는데요."

"삼백오십만 원 한대. 그런데 내가 모아놓은 돈은 오십만 원 될까말까거든. 헌 차를 사면 되겠지만 그럼 너무 고생이 많을 거구."

"꼭 필요하다면 나한테 그만한 돈은 있어요. 올드미스 생활에 남은 건 그 저금통장이에요. 꼭 그러실 작정이면 차를 내일이라도 사세요."

순간 나는 아찔하는 기분으로 되었다. 용달차를 사기 위해 삼백오십만 원을 모으려면 오 년쯤 걸린다고 예상하고 있는 바람에 나는 수월하게 용달차 운전수를 하겠노라고 떠벌인 것인데 갑자기 용달차를 살 형편이 될 것 같으니 당황하는 기분으로 된 것이다. 그러고 보니 나라는 인간은 철저하게 치사한 놈이다.

"당신 돈을 갖고 차를 살 수는 없소."

나는 잘라 말했다. 그러한 나의 마음을 눈치를 챈 것인지 모른다. 미스 정이 이런 말을 꺼냈다.

"꼭 육체노동을 할 작정이면 미국으로 이민 가면 좋대요. 저 아는 사람인데 지금 미국서 채소 장수를 한다나요. 새벽 네 시부터 밤 여덟 시까지 움직여야 하는데 돈은 꽤 벌리는 모양이에요. 친구들이 많은 서울에서 용달차를 운전하며 궁색을 떨 게 아니라 미국에나 브라질에 가서 사는 게 좋지 않을까요?"

"이민은 싫어." 했지만 뚜렷한 이유가 있어서 그런 것은 아니다. 육체노동의 가능에 관해서 나 혼자 곰곰이 생각해보기 위해서였다.

'결정적인 각오가 아직 돼 있지 않으면서도 나는 육체노동 운운하고 있는 것이 아닌가.'

나는 억지로라도 그렇지 않다는 방향으로 생각을 이끌어가려고 했다. 글 몇 자 배웠다고 그걸 생활수단으로 하자니까 비굴한 교정부원이 된 것이 아닌가. 나는 결단코 비굴하긴 싫다.

"이상한 질문 또 해도 돼요?"

미스 정이 여전히 수줍게 한 말이다.

"하시구려."

"당신은 참으로 이상해요."

"뭣이."

"청년다운 향상의 정열이 전연 없는 것 같아서요."

여자는 누구나 마찬가지란 생각이 들었다. 바로 그런 질문을 차성희도 했기 때문이다.

"그래서 불만이다, 그건가요?"

"아녜요, 아녜요, 불만은 없어요. 단지 이상하다는 것뿐예요."

"설명을 하지. 설명을 한댔자 억지로 갖다붙인 말처럼 들리겠지만."

사실 다음과 같은 내 말은 억지로 조작한 말이 아닐 수 없다.

"나는 최소한의 지위, 최소한의 노력으로 최대량의 행복을 노리고 있어. 다시 말하면 소극적으로 살아가면서 위험을 피하려는 거지. 그러나 마이너스와 마이너스를 곱하면 플러스가 되듯 소극적 소극적으로 살다 보면 위험 없는 최대한 행복에 이를지도 모르는 일 아냐? 나와 꼭 같은 이름을 가진 또 하나의 서재필 씨를 가리키며 내 소극성을 비난한 친구가 있었지만 그 서재필은 최대한의 야심과 노력으로 최소한의 행복밖엔 얻지 못한 사람이오. 나는 그런 위험을 무릅쓰고 싶진 않거든. 하기야 한글식으로 그분과 내 이름이 같다뿐이지 한문으로 써놓으면 달라요. 그분의 재는 실을 재載거든. 실을 재엔 적극적인 데가 있어. 싣는다는 뜻이 곧 적극적인 행동을 의미하는 것 아니겠소. 그런데 내 경우는 있을 재在거든. 여기 있다, 저기 있다는 뜻으로서의 재在. 적극성이란 조금도 필요 없는, 글자부터가 틀리는 거요. 나는 내 이름이 뜻하는 대로 그저 있으면 돼. 그저 있어도 모난 돌은 정을 맞을 것이니 모나지 않게 구석진 곳을 찾아 봉달차 운전이나 하며…… 미상불 제격에 맞는 얘기가 아니겠소."

"너무나 멋진 풀이라서 실감이 나지 않아요."

미스 정이 아양을 섞었다.

"그 말씀 좋았소." 하면서 나는 방 안의 어둠이 녹아 얇아 있음을 알았다. 창을 보았다. 훤언히 밤은 밝아오고 있었다.

"날이 샙니다." 하자,

"그렇군요." 하며 대답하는 미스 정의 말투엔 감회가 서린 듯했다. 하여간에 지난밤 한 가지 결정이 이루어졌다는 사실의 인식엔 음욕에 눈이 어두워 도봉산 속으로 몰려와 음탕한 하룻밤을 지냈다는 느낌과 대단히 다른 그 무언가가 있었다.

"오늘은 일요일이죠?"

"그래요."

"그럼 우리 오늘 하루를 몽땅 이 산속에서 넘깁시다. 그리고 내일 아침 여기서 바로 신문사로 나갑시다."

"그렇게 해요."

"집에서 걱정할 테지만 끝이 좋으면 모두가 좋다는 말이 있죠. End makes all well !"

"이따 집으로 전화를 하죠."

"아마 찬란한 일요일이 될 거요."

나는 일어나 앉아 담배에 불을 붙였다. 그리고 우동규 부장에게 보고하는 장면을 상상해봤다.

"부장님, 저 결혼하게 되었습니다."

"결혼? 거 잘 됐군. 상대는 누군데."

"그건 아직 밝힐 수 없습니다. 그러나 차성희 씬 아닙니다."

"밝히기 싫다면 굳이 알 필요는 없다만 저……그 사람은 아닐 테지?"

"김소영이도 아닙니다."

"어떻게 그처럼 돌연 결정을 했지?"

"차성희 씨를 위해서죠. 차성희 씨의 그런 일만 없었다면 서둘 것까진 없었는데요."

이런 상상을 하고 보니 내가 미스 정한테 청혼한 심리의 바닥엔 차성희에 대한 콤플렉스가 있었던 것이었다. 내 상상은 그냥 계속되었다.

"헌데 부장님이 주례를 맡아주셔야겠습니다."

"내가 주례를? 상대방이 누군지도 모르고서?"

"이름을 밝히면 맡아주시겠습니까?"

"난 주례란 건 안 하기로 하고 있지만, 내 자신의 주제도 그렇고, 결코 선량한 가정인이 되지 못하니까 말야. 그러나 서재필 씨의 결혼식이면 내가 주례를 맡아주지."

우동규 부장의 호탕한 웃음소리가 들리는 것만 같다. 동시에 빙그레한 웃음이 내 얼굴에 서렸던 모양이다. 미스 정의 말이 있었다.

"이상한 웃음이네요."

나는 그 물음엔 아랑곳하지 않고 다짜고짜 말했다.

"우리 주례는 우동규 부장에게 부탁합시다."

미스 정은 얼른 일어나 앉더니 내 얼굴을 말끄러미 보았다.

"당신 측에도 주례로 모실 만한 사람이 있겠지만 우 부장이 좋아요. 우 부장이 좋습니다. 풍파에 시달려 바닷속 바위처럼 되어버린 사람. 야심도 허영도 없이 묵묵히 평범한 생활을 몇십 년이나 지켜온 사람……."

미스 정은 눈을 크게 뜨고 내가 지껄이는 소리를 듣고 있더니 돌연 몸을 날려 내 가슴팍에 얼굴을 묻었다.

"진정이었군요, 진정이었군요." 하고 미스 정은 흐느끼기 시작했다. 나는 어이가 없었다.

"그럼 지난밤 내내 한 말을 농담인 줄 알았소?"

"이슬이 아침 해에 녹듯, 아침이 되면 녹아버리지나 않을까 겁을 냈죠."

얼굴을 내 가슴에 묻은 채 대답이었다. 어깨는 여전히 들먹였다.

"자신을 가져요, 자존심을 가져요. 나 같은 사내에게 자비를 베푼다는 여왕다운 긍지를 가져요. 그러기 위해서도 눈물을 거두세요."

나는 미스 정의 등을 두드리다가, 머리칼을 만지다가 하며 나도 분간 못하는 소리를 지껄여댔다.

아무렴, 하나의 여자에게 이처럼 행복감을 안겨줄 수 있는 사나이라는 자각이 나쁠 것이야 없지 않은가. 나는 만 개의 차성희가 몰려와도 이 정명욱관 바꿔주지 않을 것이란 다짐으로 기뻤다.

새벽은 서서히 아침을 향해 밝아오고 있었다.

월요일 아침, 정각에 출근한 부원들을 한 번 쭉 둘러보더니 우 부장은 유독 나에게 말을 걸었다.

"서재필 씨, 좋은 일이 있었나 보군. 얼굴이 환하게 빛나고 있는걸."

부원들의 시선이 모두 내게로 쏠렸다. 우 부장은 역시 눈치가 빨라, 생각하면서 나도 활달하게 말했다.

"좋은 일이 있었습니다. 토요일, 일요일을 도봉산 속에서 지내고 택시를 타고 출근했는걸요."

"무슨 로맨스가 있었던 거로구먼." 하고 우 부장은 웃음을 띠었다. 안민숙의 눈이 반짝했다.

아침의 잡담이 그렇게 오래 지속될 순 없다. 게라가 나누어졌다. 나는 볼펜을 들고 게라를 뒤지기 시작했다. 역겨운 잉크 냄새가 그처럼 싫지가 않았다.

점심때쯤에 전화가 걸려왔다. 건축자재 관계의 사업을 하고 있는 아버지 회사에서 전무 일을 맡아보고 있다는 성군으로부터의 전화였다.

"진상수 군이 미국에서 돌아와 있어. 며칠 있다가 간다느만. 그래 동기생끼리 모이기로 했는데 안 올래?" 하고 성군은 삼각동에 있는 중국집과 시간을 댔다.

"가지. 그런데 진상수는 미국에서 뭣하는가?"

"박사가 됐대. 지금 미국의 어느 대학에서 조교수 노릇을 하고 있는 모양이야. 상세한 건 오늘 밤 와보면 알 것 아닌가."

전화가 끝난 뒤 나는 잠깐 생각에 잠겼다. 대학을 나오고 오 년쯤 되었으니 차츰 별놈이 생겨날 만하다는 감회가 서리기도 했다. 그날 밤 모인 사람은 일곱이었다.

바캉스 간 놈도 있고 바삐 돌아다니는 놈도 있고 해서 연락이 안 되어 기껏 이렇게밖엔 모을 수 없었다는 성군의 변명이 있었다.

진상수는 물론 졸업 이후 처음 만나는 것이었지만 K종합상사에 있는 강봉식도, 건설회사에 근무하며 중동지방에 드나들고 있다는 유해군도 졸업한 후 처음 만나게 된 것이었다. 고등학교 교사 노릇을 하는 김철구, 보험회사에 근무하는 이철희와는 가끔 만났다고 하지만 그것도 오 년 동안에 두세 번밖엔 안 된다.

"우리 동기생 가운데 미국에서 PH.D 딴 놈은 진상수가 처음이지?"

성군이 이렇게 말을 꺼내놓자 진상수는 그렇지 않다면서 강위성을 들먹였다.

"강위성이라면 그 열렬했던 마르크스 보이?" 하고 내가 물었다. 내가 그를 선명하게 기억하고 있는 것은 강위성이 "진리는 마르크스주의에 있다."고 입버릇처럼 하고 있었기 때문이다.

"바로 그 강위성이다."

진상수가 대답했다.

"그도 철학박사인가?"

성군이 물었다.

"아냐, 그는 신학박사야." 하고 진상수는 웃었다.

"신학박사라면 기독교 신학?"

성군도 놀란 모양이었다.

"그렇지."

"마르크스 보이가 어떻게 또 그렇게 됐나. 마르크스주의와 기독교를 결혼시킬 참인가?" 하는 성군의 말에 진상수는

"아냐. 그는 마르크스주의를 완전히 포기했어. 독실한 기독교 신자가 된 거야." 하고 덤덤히 말했다. 이런 얘기가 계기로 되어 각기 동기생의 소식을 아는 대로 털어놓았다. 삼십 명에 미달한 동기생이었으니 모두들의 소식은 쉽게 알 수가 있었다.

시보의 딱지를 떼고 판사나 검사가 된 사람도 있었고 행정관청에 들어가 계장으로 승진한 사람도 있었다. ROTC로 들어가 국군의 장교로 근무하는 사람, 집안일을 돕는 사람 등 갖가지였는데 죽은 사람이 셋이나 있었다. 죽은 사람들은 삼십을 넘기지 못한 셈이다. 그러나 죽은 사람들을 슬퍼하는 분위기로 되진 않았다. 모두들 삼십 안팎의 나이인데 그런 나이는 감상에 젖을 겨를이 없을 뿐만 아니라 가장 비정한 시기인 것이다.

"그럼 누가 제일 출세한 셈이고?"

보험회사에 다니는 이철희가 꺼낸 말이었다.

"출세로 말하면 박사하고도 미국대학에서 교수 노릇을 하는 진상수겠지."

성군이 말했다. 진상수가 받았다.

"출세가 다 뭣고. 이제 겨우 학문의 문턱에 들어섰을까 말까한 주젠데."

"사장 다음이 전무 아닌가. 관청으로 치면 장관 다음의 차관쯤 되는 건데, 그러니 성군이 제일 출세한 셈 아닌가."

강봉식의 말이었다.

"시멘트 포대 서너 개 포개놓는 회사의 전무가 무슨 존재가 있나. 강군 회사의 사환만도 못할 거네."

성군은 이렇게 겸손해했으나 재력으로 친다면 동기생 가운데선 최고였다.

출세논의는 계속되어 있었다. 나는 그 틈바구니에 끼어 스스로의 위치를 측량해보는 마음이 되었다. 동시에 입 밖엔 내지 않지만 교정부원인 처지를 모두들 가장 불쌍한 것으로 생각하고 있을 것이란 짐작이 들었다. 그래도 나는 쓸쓸하지 않았고 활달할 수가 있었다.

"참 너 국제결혼했다며? 그 결혼 얘기도 하고 미국에서의 생활 얘기도 해보게."

고등학교 교사 김철구의 제안으로 화제가 바뀌었다. 진상수는 이왕 미국에 뿌리를 박고 살 바에야 미국 여성과 결혼하는 것이 좋겠다는 계산으로 국제결혼을 했다는 얘기를 솔직하게 털어놓았다.

"그럼 자넨 한국으로 돌아올 생각은 없나?"

"내 전공이 후설의 현상학인데 그걸 갖고 한국에 돌아와 어니에 쓰겠나."

진상수는 자조의 빛이 없지도 않은 말투로 답했다.

"한국의 대학엔 철학이 없나?"

김철구는 석연치 않은 모양이었다.

"한국 대학의 철학이 후설까지 돌볼 처지가 되겠나."

얘기는 주로 진상수와 김철구 사이에 엮여나갔다.

"미국 생활이 마음에 들었다, 그건가?"

"학문하는 사람에게 미국이고 한국이고 있겠나."

"학문하는 사람에겐 조국도 없단 말인가?"

"꼭 한국에서 살아야만 조국이 있는 건가? 조국은 마음속에 있는 것이라고 나는 알고 있는데."

"뿌리를 미국에 박기로 생각했다니까 물어본 거다."

"내가 말한 뿌리는 생활의 뿌리다. 마음의 뿌리를 말한 건 아냐."

"생활의 뿌리, 마음의 뿌리를 그처럼 감쪽같이 갈라놓을 수가 있겠는가."

"사람 나름이겠지."

"헌데 그곳으로 간 이민들의 동태는 어떤가."

"이민이라고 해도 천층만층 아닌가. 특수한 음자들을 제외하면 모두들 잘하고 있어. 악착같이 서두르고 있으니까. 나는 가능하다면 미국 같은 땅엔 한 사람이라도 더 많은 이민을 보냈으면 해. 한 사람이 빠지면 그만큼 남는 사람에게 취업할 기회가 생길 것이 아닌가. 가령 천만 명이 이민을 가서 한 평씩의 땅을 차지하고 살면 천만 평의 국토를 확장하는 셈 아닌가. 애국이란 말은 쓰고 싶지 않지만 난 애국을 나라에서 쓰는 것보다 더 많은 것을 나라에다 보태주는 행위라고 생각하는데 이민은 나라의 부담을 덜어줄 뿐 아니라 잠재적 국력을 보탤 수 있는 그만큼 그 자체가 애국이 된다고 생각해."

"그게 프래그머티즘이라고 하는 건가?" 하고 김철구가 웃었다.

"프래그머티즘이 아니라 실정이 그런 것이 아닌가."

"워싱턴에선가 어디서 한국인 배척의 데모가 있었다며?"

성군이 끼어들었다.

"워싱턴에서 그런 일이 있었다더면. 주로 식료품 관계자들의 데모였는데 한국 사람이 식료품 상점을 하는 바람에 그들의 장사가 안 되는 거라. 그래서 한 짓이라고 들었지."

"한국 사람이 그처럼 상술이 좋은가?"

"상술이 아니라 노력에 따라가지 못하는 거지. 그들은 가게 문을 오전 아홉 시에 열고 오후 다섯 시면 닫거든. 그리고 토요일은 쉬어. 그런데 한국인이 나타나서 아침 일찍이 문을 열고 밤늦게까지 장사를 할 뿐 아니라 토요일, 일요일도 쉬질 않거든. 그러니 그들이 배겨낼 수 있겠나. 그들의 주장에도 일리는 있어. 식료품상들이 하루 여덟, 아홉 시간 일하고 토요일, 일요일을 쉬고서도 영업이 될 수 있게 만들기 위해서, 즉 고객들의 버릇을 그렇게 만들기 위해서 꼬박 백 년이 걸렸다는 거야. 백 년의 세월 동안에 그런 영업 방식을 이스태블리시한 거지. 그걸 한국인이 나타나서 깨뜨려버리려고 하니 반발함직도 하잖아. 그런데 우리의 경우는 그렇지 않거든. 산 설고 물 선 곳에 와서 장사를 하는데 그자들과 같은 방식으로 해선 수지를 맞출 수가 없는 거지. 그러니 새벽부터 일어나 밤늦게까지 설쳐댈 수밖엔……."

"어글리 코리언이란 소릴 듣게 돼 있구먼." 하고 성군이 웃었다.

"유대인이 오늘날처럼 지반을 닦기 위해선 어글리 주가 될 수밖에 없었듯이 우리도 할 수가 있나. 어글리 코리언이라고 하든지 슈퍼 어글리라고 하든지 돈이나 벌어놓고 봐야 할 게 아닌가."

"일본인은 어때."

강봉식이 물었다.

"그들이야 체면 차려가며 뭐든 할 수 있는 처지 아닌가. 미국에서의 일본상품의 인기도 대단하거니와 일본인 자체에 대한 인기도 대단해. 일류 호텔에 가면 일본어로 된 안내 설명서가 꼭 있거든. 거리엔 일본상품이 범람하고 있고. 이차 세계대전의 승리자는 미국이 아니라 일본이라고 인식하지 않을 수가 없는 형편이라네."

"미국이 그만큼 관대하다는 얘기구먼."

성군이 한 말이다.

"관대하고 안 하고가 없어. 미국이란 워낙 큰 나라이고 보니까 소소한 감정에 사로잡혀 있을 수가 없는데다가 국민감정을 하나의 방향으로 집결하기엔 너무나 점착력이 부족해. 그런데 한국도 대단하다며? 중동 방면의 진출은 특히."

말할 차례가 유해군에게로 돌아갔다.

사우디아라비아의 찌는 듯한 더위 속에서 일하고 있는 사람들의 고통과 보람을 실감 있게 설명하는 유해군의 말을 들으며 나는 문득 살기좋다는 미국보다도 고통이 심하다는 중동 쪽으로 쏠리는 마음이 간절해짐을 느꼈다. 신문사 한구석에서 남의 글을 찍은 활자의 흔적을 고치느니보다 광막한 사막에서 햇빛을 쬐며 흠뻑 땀을 흘리는 생활이 열대의 태양빛처럼 찬란하게 내 망막에 인각되었다.

유해군의 설명이 끝나기가 바쁘게 나는 물었다.

"어떻게 나도 중동 지방으로 나갈 수가 없을까?"

"중동에 진출하고 있는 회사에 취직을 하면 되겠지."

유해군은 아무렇지 않게 말했다.

"사원으로서가 아니라 노무자로 가고 싶단 말이다."

이렇게 말하자 그는 나를 말끄러미 바라보았다.

"어때, 자네 회사의 노무자로 보내줄 수 없겠는가."

"아따, 이 사람 성미도 급하구면." 하고 성군이 끼어들었다.

"그런 델 꼭 가고 싶으면 정식으로 입사 신청을 해봐요. 자네만한 실력이면 노무자가 아니라 노무자 감독으로서 얼마라도 채용할 테니까."

"그건 그래." 하고 유해군이 받았다.

"지금 영어실력이 있는 사람이 모자라서 큰일이야. 기술과 역량은 우리 노무자가 월등한데도 영어를 모르기 때문에 인도인을 감독으로 쓰고 있는 형편이거든."

"나는 육체노동이 하고 싶어."

내가 이렇게 중얼거리자 진상수가 손을 저으며 말했다.

"그게 진심이라면 중동으로 갈 것이 아니라 미국으로 와요. 그다지 힘들지 않게 육체노동을 할 기회는 얼마든지 있으니까. 그러나 서군이 왜 그런 생각을 하게 되었는지 그 동기가 알고 싶은데."

"동기랄 것도 없어. 그저 그런 생각을 해본 거지."

나는 얼른 이렇게 얼버무렸다. 그리고 그런 얘기를 꺼낸 것을 후회했다. 육체노동에의 소원을 내 가슴속에만 간직하고 있을 때는 로맨틱한 빛깔이 없지도 않았던 것인데 중인의 토론 가운데 던져놓으면 구구하고 산문적인 넋두리가 되고 말 것이었기 때문이다. 중동으로 가건 미국으로 가건 그런 일은 정명욱과 의논해서 결정해야 하는 것이란 상념이 두뇌의 일방에서 돋아나기도 했다.

'그렇다. 내게도 의논해야 할 사람이 있다!'

이리저리로 화제를 바꿔가며 얘기는 계속되고 있었으나 서먹서먹한 기분이 가셔지진 않았다.

대학의 동기생이었다는 인연만으론, 더욱이 각기 방향이 다른 까닭인지 자리를 어울리게 할 수는 없는 것인가 보았다. 요리도 먹고 술도 꽤나 마신 것 같은데도 한 사람도 취한 얼굴이 되진 않았다.

"또 언제 이렇게 만날 수가 있지?"

파티의 주최자로서 성군은 이렇게 맺었지만 그 말엔 정열이 없었다.

중국집에서 나와 거기서 뿔뿔이 헤어졌는데 안국동 쪽으로 간다는 진상수와 나는 동행이 되었다.

동행이 되었다고 해서 별반 할 말이 있었던 것은 아니다. 화신 앞 네 거리를 건너섰을 때 진상수는 내게 명함을 건넸다.

"미국 오는 기회가 있거든 한번 찾아주게."

"글쎄. 미국 갈 기회가 있을까." 하고 중얼거리며 명함을 받아 넣곤 인사치레로 다음과 같이 물었다.

"강위성이 마르크스주의를 포기하고 신학박사가 되었다는데 어떻게 된 걸까?"

이에 대한 진상수의 대답은 짤막했다.

"마르크스주의는 십구 세기의 사상이 아닌가."

순간 나는 그 말을 어디선가 읽은 적이 있는 말이라고 느꼈다. 그리고 그 자리에서 진상수와 헤어지고 나서도 나는 기억을 더듬고 있었다. 어디서 읽었는가 하고.

건너편 가등에 잠깐 그 등을 비추이곤 어둠 속으로 진상수가 사라졌을 때 나는 비로소 발견했다. 그 말은 미셸 푸코의 책에 있었던 말이었다. 미셸 푸코는 다음과 같이 쓰고 있었다.

'마르크스의 철학은 십구 세기의 사상이다. 십구 세기의 사상체계에 빈틈없이 들어맞는 위치를 가진 그만큼 현대에 의미가 있기도 하고 없기도 하다.'

허나 이것은 마르크스주의를 십구 세기의 사상이라고 한 대목을 읽고 내가 부연한 부분이 있었던 것인지도 모를 일이었다.

아무튼 뒷맛이 쓴 그 파티의 기분을 청소해야만 했다. 그러기 위해선 찬란하게 깔린 아침 햇빛을 누비고 달리는 택시 속에서 미스 정과 내가 서로 잡고 있던 손의 감촉을 상기하면 되는 것이었다.

나는 공중전화의 박스로 들어갔다. 안민숙의 집으로 다이얼을 돌렸다.

"누구세요."

하는 안민숙의 목소리가 그처럼 반가울 수가 없었다. 나는 들뜨려고 하는 마음을 한사코 억제하며 미스 정과 나 사이에 있었던 경과를 설명하고,

"이 획기적인 사실을 알리는 최초의 대상이 안민숙 씨란 것만은 잊지 마십시오." 하고 덧붙였다. 그러자 돌연 수화기 속에서 환성이 터졌다.

"축하해요. 반가워요. 역시 서재필 씨는 최고의 사내야. 도서실의 미스 정은 우리 신문사 안에선 최고의 여성이에요. 나는 벌써부터 그걸 알고 있었어. 그래서 나는 저런 훌륭한 여성을 사로잡지 못하고 있는 신문사 내의 총각들을 경멸하고 있었지. 역시 우리 서재필 씬 눈이 높아. 서재필 씬 앞으로 행복할 거야……. 서재필 씬 영웅이야, 난공불락의 성을 함락한 거나 다름이 없어. 비옥한 평원을 차지한 정복자야. 아아, 도서실의 미스 정을 사로잡다니 서재필 씨, 대성공이에요. 진심으로 축복해요……."

나는 황홀하게 수화기에 귀를 대고만 있으면 되었다.

가을이 가을꽃을 피운 것이 아니다

비가 오기도 했다. 삼남지방에선 수만의 수재민을 내었다. 익사자만
해도 수십 명에 이르렀다.

바람이 불기도 했다. 남해안을 휩쓴 태풍은 황량한 겁략의 흔적을 남
겼다.

그러는 동안에도 멀리 아프리카의 신생국에서 검은 얼굴을 한 대통
령이 이 나라를 찾아오기도 했다.

이래저래 신문을 만드는 덴 부족이 없을 만큼 연이어 사건은 발생했
다. 교정부원인 나, 서재필의 나날이 한가할 수만은 없었다. 그러나 정
명욱에 대한 나의 사랑은 죽순처럼 커져가고 있었다. 아니, 나날이 그
에 관한 새로운 발견의 연속이었다. 차성희에게 사로잡혔던 마음의 탓
으로 보면서도 보지 못했던 것이 안개가 걷힌 풍경처럼 완연히 시야에
들어서게 된 것이었다.

그러한 어느 날의 토요일, 핑계를 만들어 조퇴의 허락을 받은 나는
종로의 금은방을 둘러보고 있었다. 호주머니엔 어제 은행에서 찾아둔
십만 원의 돈이 있었다. 약혼반지를 산다기보다 귀중한 존재를 옆에 두
고도 그것을 알아차리지 못했던 스스로의 과오에 대해 뭔가 보상을 하

지 않고는 견딜 수 없는 심정이었던 것이다. 물론 난들 한 알의 보석으로써 그런 과오를 보상할 수 있으리라곤 생각하지 않았지만 뭔가 하지 않곤 배겨내지 못할 것 같은 심정이었던 것은 사실이다.

언제부터인가, 그렇게 빈번하진 않았지만 마음이 우울한 땐 금은방의 쇼윈도 앞에 우두커니 서서 진열된 세공물을 들여다보곤 했었다. 그래 그런 체험이 갖가지 관념을 미리 만들어놓고 있었다. 황금은 이 세상의 누런 빛을 일체의 잡물을 거부하고 빨아들여 응집한 것이며, 다이아몬드는 이 세상의 백광을 순수의 극한에서 흡수 압축한 것이며, 루비도 사파이어도 에메랄드도 각각 그 특유의 빛을 전문적으로 응집한 것이라고. 그런데 어떻게 그러한 물질이 가능했을까, 하는 것은 지리학으로써도 가당치 않다. 그것은 지구 생성 이래의 지구의 고독에 관한 문제가 된다. 한 줄기의 황금은 황금빛으로 복사輻射된 지구의 고독이다. 다이아몬드는 지구의 고독이 지니고 있는 경도의 표현이다. 사파이어와 루비 · 에메랄드 · 토파즈 · 마노 · 비취. 이들은 고독에도 갖가지 센티멘털리즘이 있다는 주석이다. 그러니 보석은 어디에 있다는 것만으로서 족한 것이지 개인이 소유할 필요는 없다. 지구의 고독을 소유할 순 없다. 지구의 고독 속에서 고독하면 그만인 것이다…….

그럼에도 불구하고 보석의 한 개를 사겠다고 나선 것만 해도 나로선 대단한 모험이었다. 나는 차례차례로 금은방의 진열창을 들여다보았다. 이를테면 에센스 온 퍼레이드! 정교한 기술의 전시. 이거다 싶은 것은 내가 준비하고 있는 돈으로썬 어림이 없었다. 내가 가지고 있는 돈으로 살 만한 것은 너무나 초라했다. 초라한 보석은 이미 보석이 아닌 것이다. 굳이 초라한 보석을 살 필요가 있을까. 나는 어느덧 피로를 느끼기 시작했다.

이때였다.

"서형."

하는 소리가 있었다. 뒤돌아보았다. 회색 점퍼 차림의 양춘배가 애매한
웃음을 머금고 나를 바라보고 있었다.

"보석이라도 살 참이우?"

"아아뇨."

나는 얼른 이렇게 부인하고 근처의 다방으로 그를 데리고 갔다. 양춘
배는 한 달 전에 만난 적이 있다. 뿐만 아니라 그가 지난번의 파동으로
신문사를 그만두고 난 뒤 몇 차례 만났었다. '싱그럽다'는 말이 그대로
어울리는 그러한 청년이 양춘배다.

그런데 나는 양춘배의 변화를 즉각적으로 느낄 수가 있었다. 언제나
미소를 띠고 있는 그 얼굴의 외형엔 변함이 없는데 그 미소가 얼어붙은
가면처럼 되어 있다는 사실을 알아차렸다.

"요즘 어떻게 지내고 있소?"

다방에 자리를 잡고 앉자 나는 우선 이렇게 물었다.

"내가 어떻게 지나는 것이 아니라 시간이 그저 지나가네요."

양춘배는 미소에 시니컬한 빛깔을 섞었다. 그리고 다음의 말은 우울
했다.

"뭐든 직장을 붙들어야 하겠는데 그게 그렇게 수월하지 않아요."

나는 언젠가 인사동에서 책을 한 꾸러미 싸들고 있던 그를 기억 속에
떠올렸다. 그때의 그는 직장 같은 것 당분간 생각하지 않고 책이나 읽
겠노라고 했었다. 그랬는데 그는 지금 어떻게든 직장을 마련해야만 될
각박한 사정에 몰려 있는 모양이었다.

"양형 같으면 직장은 얼마든지 구할 수 있지 않겠소."

막상 건성으로 한 말은 아니었다. 양춘배는 어떠한 회사의 입사시험도 거뜬히 치를 수 있는 능력의 소유자라고 보았기 때문이다.

"우릴 위험인물로 보고 있는 모양이오. 신문사에서 파면된 경력이 화근이라오. 허나 그 경력을 속일 수도 없는 노릇이구. 뒤에 탄로가 나면 더욱 창피하니까요." 하고 양춘배는 식은 커피를 한 모금 마시더니 덧붙였다.

"그러나, 그런 일이 없겠지만 설령 오라고 해도 난 신문사로 돌아갈 생각은 없습니다."

이런 말투는 이전의 양춘배에게선 전연 찾아볼 수 없는 것이었다. 나는 양춘배의 내부에 전연 다른 사람이 형성되어가고 있는 것이 아닌가 하는 짐작을 해보았다.

"나는 신문사를 오욕의 더미라고 생각해요."

그는 뱉듯이 말했다. 나는 잠자코 있을 수밖에 없었다. 그가 말하는 대로 신문사가 오욕의 더미라면 나는 그 오욕의 더미 속에서 허우적거리는 한 마리의 곤충에 불과한 것이다. 이전의 양춘배 같으면 사람을 정면에서 모욕하는 것 같은 이런 말을 할 까닭이 없었다.

그의 신문사에 대한 비판과 간부들에 대한 욕설과 비난이 다음 다음으로 터져 나왔다. 나는 잠자코 그의 말에 귀를 기울이면서도 내 자신의 생각을 쫓았다.

처음엔 성냥불을 그어대는 정도의 정의감의 발동이었다. 그것이 장애물에 부딪히자 억울하다는 감정으로 바뀌어갔다. 억울하다는 감정이 풀리지 않고 맺혀만 가게 하는 사건이 연속되었다. 드디어 증오감이 돋아나기 시작했다. 증오는 증오를 받는 측의 증오감을 유발하게 마련이다. 이윽고 증오와 증오는 상승작용으로서 에스컬레이트한다. 처음엔 여유가 없지 않았던 증오감이 각박한 증오로 농축되어갔다.

양춘배의 경우 처음 단계에선 신문사와 경영진을 분리해서 생각할 수가 있었다. 경영진이 나쁘긴 해도 신문사 자체가 나쁜 것은 아니라고. 그들에게 동조하지 않는 사람들도 구별할 수가 있었다. 동조는 하지 않되 나쁜 사람들은 아니라고. 그런데 시각이 가고 정세가 변해감에 따라 신문사 자체가 증오의 대상으로 되고, 거기에 남아 있는 자 전부가 적성분자로 보이게 된 것이다.

신문사를 적으로 볼 때, 그런 신문사를 용납하고 있는 사회를 적시하게 되는 것은 당연한 일이다. 혁명가는 태어나는 것이 아니고 만들어지는 것이란 말이 상기되기도 했다. 혁명가는 그 가슴속에 타오르고 있는 증오의 불길을 정열의 불길로 오인할지 모르지만 대개의 경우 그것은 스스로의 최량의 부분을 태워 드디어는 자기를 황폐화하는 결과를 가져올 것이 고작이다.

나는 그의 말이 한 단락을 지었다고 짐작이 되었을 무렵 "그동안 책은 많이 읽으셨겠군요." 하고 화제를 바꾸려고 했더니,

"요즘 책 같은 책을 구해볼 수나 있어야지." 하곤 요즘 항간에 베스트셀러가 되어 있는 몇 권의 책을 들먹이며 맹렬한 공격을 퍼붓기 시작했다. 그는 이미 그의 증오심을 불타오르게 하는 연료가 될 수 있는 이외의 책은 멸시할 수밖에 없는 마음의 경사에 있는 것이 분명했다.

나는 그 마음의 경사에 대한 확증을 잡을 의도까진 없었지만 아널드 토인비의 이름을 꺼내놓아 보았다. 언젠가 그는 토인비의 종교 관념에 관한 나의 의견에 적극적으로 동조하여 '새로운 세계관의 지평을 연 학자'란 표현까지 써서 나의 토인비 열을 북돋아준 일이 있었다. 그런데 내가 토인비 얘기를 꺼내자마자 그는 "박식한 딜레탕트가 자기의 취미

에 따라 세계를 이러쿵저러쿵 해석하고 있대서 그게 무슨 소용 있겠소." 하고 일고의 여지도 없다는 듯 내 말문을 사정없이 막아버렸다.

그래도 나는 양춘배가 좋았다. 청춘의 한 시절 혁명가를 닮은 정열을 가져보는 것이 나쁠 것이 없다고 생각했기 때문도 있었지만 뭐니뭐니 해도 나는 양춘배보다는 우월한 입장에 있었다. 그 우월한 입장이란 의식은 미스 정에게서 비롯된 것이다. 나는 미스 정을 소유하고 있다는 의식, 이것이 양춘배에 대해 나를 너그럽게 한 유일한 근거다.

나는 그를 술십으로 데리고 갔다. 김소영이 일하고 있는 그 술집이다. 그는 몇 잔 술이 들어가자 힐문하는 투가 되었다.

"서형은 권력, 특히 사악한 권력을 어떻게 생각하시오?"

사악한 권력은 안 되죠, 하는 마음이었는데 대답은 달리 나왔다.

"난 권력이란 걸 인정하지 않소. 권력의 근처엘 가지 않고 권력이 작용하는 장소는 피해가며 살고 있으니까요."

"아무리 피해도 권력은 쫓아올 텐데요."

"히틀러의 권력도 스탈린의 권력도 인정하지 않는 놈에겐 미칠 수가 없다고 생각하는데요. 피하는 놈에겐 아무리 쫓아와도 소용이 없죠. 나는 도통 권력이란 걸 인정하지 않습니다."

"피하지 못할 권력이란 게 있지 않겠소. 아무리 서형이 인정하지 않는다고 해도 언젠간 권력이 서형의 녹널미를 삽을지 모릅니다."

"그땐 교통사고를 당한 거나 마찬가지라고 생각하죠, 뭐."

양춘배는 어이가 없다는 듯 나를 물끄러미 바라보고 있더니 다시 물었다.

"그래도 서형은 자기가 사회적 동물, 아니 사회적 존재란 사실은 인정하고 있겠지요."

114

사회적 존재임을 어떻게 부인할 수 있겠느냐는 답이어야 하는데도 말은 빗나갔다.

"그저 동물이라고만 생각합니다."

"신문사의 사원인데두요?"

"신문사엔 먹이를 찾아가는 게죠. 개미와 다를 게 있습니까."

"그렇더라도 사회가 민주주의적으로 되어야 한다는 생각은 갖고 계시겠죠."

물론 그렇다는 답이 있어야 옳았다. 그런데도 나는 엉뚱한 말을 했다.

"바라지도 않습니다. 민주주의가 되어본 적이 어느 때 어느 곳엔들 있었습니까. 나는 그런 불가능한 것은 도대체 바랄 정열이 없습니다."

"그렇다면 서형은 진리의 존재도 인정하지 않는 건가요?"

"왜 인정하지 않겠소. 일월성신의 운행이 정연한데. 그러나 그건 어디에 있어도 있기만 하면 그만인 것이라고 생각해요. 내가 꼭 소유해야만 하겠다는 그런 생각은 없습니다."

이렇게 말하며 나는 문득 본의 아닌 말은 아니라고 느끼고 금은방에 있는 다이아몬드를 상기했다. 다이아몬드는 어디에 있건 있기만 하면 되는 것으로 의미가 있다. 굳이 내가 가지고 있어야 할 필요가 없는 것이다.

"보아하니 서형은 철저한 허무주의자이시군."

양춘배의 말엔 맥이 풀려 있었다.

"철저한 허무주의자는 이미 허무주의가 아닙니다. 철저하게 지킬 주의를 갖고 있는 거니까요. 허무주의자는 아무것에도 철저할 수가 없는 겁니다."

"서형은 사람이 나빠."

"그렇지도 않을 텐데요."

"옛날의 서형은 그렇지 않았는데. 솔직했는데. 서형은 변했어."

변한 것은 내가 아니고 양춘배 당신이라고 해주고 싶었고, 내 말이 솔직하지 못했던 탓은 바로 당신의 그 힐문하는 투에 있었다고 말하고 싶었으나 나는 애매한 웃음만을 띠고 잠자코 있었다.

"어떻게 그처럼 개인주의적일 수가 있을까." 하고 양춘배가 처음으로 활달하게 웃었다.

"곤충을 보고 개인주의라니 당치도 않은 말씀이오." 하며 나도 활달하게 웃었다. 김소영이 돼지 족발을 한 쟁반 들고 와서 탁상에 놓으며 애교를 부렸다.

"이건 제가 하는 서비스예요."

"서비스할 만하지."

양춘배가 동대문경찰서 출입기자로 있을 때 김소영을 위해 한 일들을 생각하며 내가 말했다.

"오오라. 그때의 그 아가씨구먼."

양춘배도 그때사 김소영을 알아보았던 모양이다.

소영을 중심으로 한 얘기가 당분간 오갔다. 나는 어차피 할 말은 해야겠다고 마음을 먹었다.

"소영이, 나 결혼하기로 했어."

"듣던 중 반가운 소식이네요."

소영은 짐짓 꾸민 감정이라고 할 순 없는 투로 말했다.

"그게 사실이우? 서형."

양춘배는 놀랐다는 듯 물었다.

나는 고개를 끄덕여 보였다.

"상대가 누굽니까."

"아마 양형도 아실 거요."

"내가 아는 사람?"

양춘배가 말하자 김소영이 다소곳이 중얼거리듯 했다.

"그분이겠죠?"

"아냐."

"아니라꼬요?"

"그래."

"내가 아는 사람이라니 누구요."

양춘배도 호기심이 이는 모양이었다.

"도서실의 미스 정."

양춘배는 소스라치듯 놀라더니 한숨을 돌리곤 미스 정의 찬양론을 폈다.

"그분 같으면 훌륭합니다. 교양도 높으시구요. 참고할 일이 있어 책을 찾으면 언제나 무슨 분야의 것이든지 적절한 책을 골라주거나 알려주었어요. 서적에 관해 그만한 소양이 있다면 대단한 교양이 아닙니까. 난 그분을 존경해요. 참으로 훌륭한 분입니다. 축하합니다."

이렇게 되고 보니 그 술자리는 나의 결혼을 축하하는 사전 파티처럼 되어버렸다. 그 분위기가 기분이 좋았다. 양춘배는 옛날의 양춘배로 돌아간 듯했다. 직장의 걱정은 잊은 모양으로 활달하게 마시고 활달하게 웃었다.

결국 나는 미스 정에게 줄 선물은 사지 못하고 말았다. 술값을 치르고 나서도 돈은 구만여 원 남았다. 남은 돈 반쯤을 가늠해서 양춘배의 호주머니에 쑤셔넣어 주고 종로 네거리에서 헤어져 집으로 돌아왔다.

어설픈 보석을 산 것보다 기분이 홀가분했다. 다이아몬드는 어디에 있건 있기만 하면 되는 것이다. 나는 가을의 밤하늘을 우러러보며 마음에 드는 별을 하나 골라잡을 궁리를 했다. 그리고 그 별을 익혀두었다가 미스 정에게 선사할 참이었다.

드디어 안드로메다 근처에 있는 작긴 하지만 날카로운 빛의 별을 하나 골라잡았다. 물론 그 별의 이름은 알 수가 없다. 천의도天儀圖엔 물론 나와 있겠지만 천의도를 찾아 도서관에 가려고 해도 도서관의 문은 이미 닫혔다. 나는 별의 이름을 내 스스로 지을 작정을 세웠다. 집에 돌아갈 때까진 무슨 이름이건 생각이 나겠지. 나는 천천히 걸었다. 기분 좋게 취한 술이란 마음에 정감을 주고 상상력에 날개를 돋히게 한다.

'명욱의 명明자를 딸까. 욱旭자를 딸까. 헌데 이름에서 딸 수 있는 글자란 하나도 없다. 서徐! 서서히 간다, 서서히 온다 하는 뜻으론 반갑지만 별 이름으로야. 재在자도 그렇고 필弼자도 그렇다. 명욱의 명과 재필의 필을 따서 명필성? 안 되지, 이건 미의식의 고갈을 의미할 뿐이다.'

나는 가끔 그 별을 쳐다보며 길을 걸었다. 그 별은 하늘이 여간 맑지 않고는 판별하기 힘들 것 같은 별이란 생각과 아울러 그래도 좋다는 생각이 들었다. 그래도 명필성으로선 어설프다.

집 가까이에 왔을 때였다. 천계天啓처럼 영감이 솟았다.

라부르 퓌르(l'amour pur)!

'파리장 식으로 발음하면 라무르 푸허라고 되는 걸까!' 하여간 그 이름이 마음에 들었다.

내일 밤 나는 이맘때까지 미스 정을 붙들어두었다가 그 별을 선사할 참으로 그 의식을 구상하기 시작했다.

이러한 센티멘털리즘을 안고 나는 아파트로 돌아왔다. 그리고 책꽂이·벽장·책상 등을 둘러보았다. 내일 미스 정이 처음으로 나를 찾아오게 돼 있어서 그 준비를 위해 해둬야 할 것이 없나 하는 눈초리였다.

어느 하나 가난이 묻어 있지 않은 것이란 없다. 책꽂이는 군데군데 니스가 벗겨져 피부병이 군데군데 버짐을 피운 살결을 닮아 있다. 벽지는 우중충한 먼짓빛, 책상은 삐걱거리는 날림 제작품. 벽장 안에 들어 있는 이불은 오랫동안 햇빛에 바래지 못했기 때문에 습기에 축축하고 방바닥에 깔려 있는 매트는 조심해서 앉지 않으면 먼지가 풀썩 날 것이 분명했다.

그러나 나는 아무것에도 손대지 않기로 마음을 먹었다. 이 가난이 묻어 있는 그냥 그대로를 미스 정에게 보일 참이며 그냥 그대로 미스 정을 맞이할 참이었다. 이 꼬락서니를 그냥 승인하고 그대로인 나를 사랑하든지 말든지 하라는 배짱이었다.

그러다가 문득 책상 위에 쌓아놓은 책더미 속에 꽂혀있는 작은 노트가 눈에 띄었다. 'LE PETET CANIER'라고 씌어 있는 작은 노트! 차성희와 합작해서 행복어사전을 만들려는 바로 그 노트였다. 나는 얼른 그것을 뽑아들었다.

표지를 열었다.

'기수장奇數章 서재필

우수장偶數章 차성희.'

라고 쓰인 잉크의 흔적이 을씨년스럽게 눈앞에 떠올랐다.

다시 책장을 넘겼다.

'서문'이라고 붙인 다음에

'미薇에 신神이 있느니라.' 해놓고,

'이 뜻을 차성희가 물으면 이 한마디를 설명하기 위해선 길지도 않고 짧지도 않게 당신과 나와의 한평생이 걸린다고 대답할 참이다.'라고 되어 있었다.

다시 책장을 넘겼다.

'제1장, 행복을 위한 모든 조건을 단연 거부해야 한다.'

제2장은 비어 있고,

'제3장, 오해를 거절하는 의지가 사랑이다.'

나는 누구도 보지 않는데도 얼굴이 붉어지는 것을 느꼈다. 도대체 이처럼 유지할 수 있을까, 하는 부끄림이있다. 불과 몇 달 전의 내가 이처럼 유치했다면 지금의 나도 결국 유치하다는 얘기가 아닐까. 나는 당장 그것을 불태워버릴 요량으로 성냥을 찾았다. 방에서 태우는 건 안되지, 하는 생각이 일었다. 부엌으로 나가야만 했다. 그러기에 앞서 옷을 갈아입어야 했다. 옷을 갈아입으려고 벽장을 열었을 때 이불이 눈에 띄었다. 옷을 갈아입고 난 뒤 이불을 깔았다. 목이 말랐다. 부엌에 나가 냉수를 마셨다. 변소엘 갔다. 다시 방으로 돌아왔다. 한 권의 잡지가 눈에 띄었다. 그것을 집어들었다. 스탠드를 방바닥 베개맡에 놓았다. 드러누워 잡지를 읽기 시작했다. 소련의 작가 솔제니친이 노벨상을 받은 작품이 전재되어 있었다. 『이반 데니소비치의 하루』. 깡마른 문체, 감정을 빼어버린 듯한 묘사. 헌데 지옥의 얘기가 어쩌면 이렇게 평온할 수 있난 말인가. 아까 양춘배가 말한 '사악한 권력'이란 말이 되살아났다. "아무리 피해도 권력이 목덜미를 잡으면 어떻게 할 거냐."고 그는 물었다. 나는 "교통사고를 당한 셈으로 치겠다."고 제법 능글능글하게 대답했다. 그런데 이반 데니소비치의 꼴이 되었을 때 과연 교통사고를 당한 셈으로 치고 체관할 수가 있을까. 나는 아까 양춘배에게 보인 경박한 태도를 후회했다. 그 후회하는 마음이 더욱 그 작품에 몰두하도록 만들었다.

몇 시나 되었을까, 나는 그 작품을 다 읽고 어느 사람이 쓴 솔제니친에 관한 해설기사까지도 다 읽고 어느덧 잠에 빠져들었다.

'토요일 밤은 좋다. 내일 아침을 걱정할 것 없이 잠들 수 있으니까.'

도어를 쾅쾅 치는 소리에 잠을 깼다. 눈을 떴다. 스탠드의 불은 그냥 켜져 있었다. 두터운 커튼이 쳐 있는데도 방 안이 밝은 것을 보면 아침이 온 것이었다. 나는 부시시 일어나 아직 잠에 취해 있는 몰골로 하품을 했다.

'쾅 쾅' 하는 소리가 되풀이되었다.

이웃집 아주머닌가 하고 일어나 도어를 열었다. 그런데 거기엔 김소영이 꽃을 한아름 안고 서 있었다. 감색 투피스를 입고 제법 얌전히 머리를 빗어올리곤 짙은 화장을 한 김소영이 부신 듯한 눈초리로 나를 쳐다보았다.

"무슨 일로."

엉겁결에 내가 한 말이다. 차성희 어머니가 돌연 나타난 사건이 있고부터 절대로 오지 말라고 일러두었던 것이고 그 후론 온 일이 없었는데 하필이면 오늘 또, 하는 기분이 뒤따랐다.

"선생님 결혼한다 캐서예, 축하할라꼬 안 왔습니까예."

하고 김소영은 방 안으로 비집고 들어섰다. 나는 차마 밀어낼 수도 없어 엉거주춤 물러서서 이불을 반쯤 걷어 밀었다.

"이불 갤까예."

김소영이 꽃다발을 책상 위에 두곤 물었다. 나는 좀더 자야 했지만 소영을 옆에 두고 잘 수는 없었다. 나는 대답을 않고 내 손으로 이불을 둘둘 말아 벽장에 쑤셔넣었다. 그런 동안 소영은 부엌에 나가 화병에 물을 담아 돌아와선 가지고 온 꽃다발을 꽂았다.

나는 어떤 태도를 취해야 하나, 하고 망설이며 담배를 피워물었다. 김소영이 착 내 곁에 다가앉았다.

"미스 정이란 여자 어떤 여잡니까예." 어젯밤 양춘배와의 대화를 소영은 듣고 있었던 것이다.

"어떤 여자이면 뭣할래."

내 말은 자연 퉁명스럽게 되었다.

"차성희보다 예쁜가예."

김소영은 내 감정의 움직임 같은 덴 전연 아랑곳없었다.

"그래 예쁘다."

"아이구마. 그런 미인이라예? 나는 차성희 씨 같은 미인은 없을 게라고 생각했는디 그보다 더 미인이라 쿠몬 대단하네예."

"쓸데없는 소리 그만하구 빨리 돌아가, 소영이."

하고 세수나 할 참으로 일어섰다. 내 작정으론 일어나기가 바쁘게 목욕탕으로 갈 참이었는데 일전의 사건도 있고 해서 그녀를 두고 목욕탕에 갈 수도 없었다. 소영은 내 말엔 하등의 반응도 없이,

"아침밥 아직 안 먹었지예. 내 밥 해드릴께예." 하고 따라 일어섰다. 나는 달랠 수밖에 없다고 생각했다.

"소영이 돌아가 줘. 난 아침밥 먹기 싫다. 어젯밤 조금 과음을 했더니만 통 식욕이 없어."

"그것 안 돼예. 과음을 했으몬 속을 풀어야 할 것 아닙니꺼. 그럴 줄 알고 내 국거릴 사가왔어예." 하고 소영은 도어를 열었다. 도어 그늘에 저자바구니가 놓여 있었다. 소영은 그 저자바구니를 들고 부엌으로 나

122

갔다. 나는 당황하지 않을 수 없었다. 소영이 그렇게 늑장을 부리고 있으면 미스 정과 마주칠 염려가 있는 것이다.

"소영이, 가줘."

부엌에까지 따라가서 나는 호소했다.

"안 갈 끼라예. 속풀이 해드리기까진예."

"그건 안 돼."

"왜 안 돼예. 식욕이 없다꼬 굶고 그라몬 몸에 해로워예."

"그런 게 아니구, 자 소영이 내 말 들어봐. 손님이 오게 돼 있어."

"손님이 오면 우때서예."

"그런 게 아니라니까."

"무슨 오해라도 할까 해서예. 오해하면 우때서예. 서너 번 잠자리는 같이 했지만 애인은 아니라 쿠몬 될 게 아닙니까예."

나는 어이가 없었다. 사정해서 안 되는 것이라면 강경한 태도를 취해야만 했다.

"소영이." 하고 나는 정색을 했다.

"예?" 하고 그는 나를 말끄러미 봤다.

"내가 가라고 할 땐 이유가 있을 것이 아닌가. 그러니까 순순히 내 시키는 대로 해야 하는 거야."

"내가 어디 이 집에서 살라 쿠니까예. 밥하고 국 끓여갖고 잡수시게 해놓고 갈 낀디 왜 그래예."

"하여간 싫다는데 왜 그러지? 빨리 가, 빨리."

내 말이 고함이 되었다.

"선생님이 굶고 있는 걸 보구 내가 우떻게 가예. 밥 자시는 걸 볼 때까진 안 갈 끼라예."

"참말로 이럴 거야?"

나는 흥분했다.

"죽었으면 죽었지 안 갈 끼다예."

나는 김소영의 고집을 아는 터라 수단을 바꿀 수밖에 없다고 생각했다. 검찰청에서의 그 고집, 재판정에서의 그 고집이 생생하게 되살아났다. 일단 뻗이 틀어지면 눈 깜짝 않고 벼락이라도 견딜 여자인 것이다.

소영은 나와 실랑이를 하는 동안에도 고기를 썻고 쑥갓을 썰고 하는 손을 멈추질 않았다.

"소영이 내 말을 들어줘. 아니, 날 살려줘."

"살려드릴라고 식사 준비하고 있는 것 아니라예?"

나는 물이 묻어 있는 소영의 손을 끌고 방으로 돌아왔다. 그리고 정중하게 시작했다.

"소영이, 조금 있으면 나와 약혼한 사람이 오게 돼 있어."

"그래예? 그것 썩 잘 됐구만예. 한번 보고 싶었는디, 참 잘 됐네예."

"잘 됐네가 아냐. 차성희와 내가 결혼에 실패한 이유를 너는 알기나 하나? 너 때문야. 네가 그날 여기 있었기 때문에 탈이 난 거다."

"그것 참말인가예?"

"참말이지 않고." 하자 김소영은 깔깔대고 웃기 시작했다. 그 웃음소리가 너무 컸기 때문에 아파트 전체에 울릴 정도였다. 웃음은 한참을 계속되었는데, 그러고 나서 하는 말이 또 야릇했다.

"차성희 씨 같은 미인이 나를 두고 새를 봤다꼬예? 그래서 결혼을 안 하게 된 기라예? 아아 신난다."

"남의 결혼을 망쳐놓고 신이 나?" 나는 노기를 섞어 말했다.

"이번 미스 정은 차성희 씨보다 더 미인이라며예. 그렇다면 그 결혼을 망친 게 좋은 일 아니었어예?"

딴은 그렇다고 생각했지만 그런 내색은 할 수가 없었다. 나는 다음과 같이 간청하는 수밖에 없었다.

"헌데 이번의 미스 정은 차성희 씨보다 더 까다로워. 괜한 오해나 하게 되면 무슨 일이 날까 몰라. 그러니 그런 오해가 나타나지 않도록 소영이가 해달라는 얘기 아닌가. 소영이, 부탁이다. 나를 위한다면 지금은 가줘."

"오해가 없도록 해드리겠어예. 걱정 말구 기다려예. 내 밥 해드릴 낀께예." 하곤 소영은 선뜻 일어서더니 다시 부엌으로 나가버렸다.

만사 휴이, 하는 생각이 없지 않았지만 결정적인 오해만 사지 않게 한다면 그만인 것이 아닌가, 하는 마음도 일었다. 그런데다 그 이상의 실랑이를 하기엔 난 지쳤다. 매트 위에 벌렁 드러누웠다. 몸과 마음이 한꺼번에 지친 것이다.

그러는 사이에도 잠을 잤는가 보았다. 소영이 나를 깨웠다.

"밥 다 됐어예."

보니 제법 조촐한 밥상을 머리맡에 차려놓고 있는 것이 아닌가. 국그릇에선 김이 모락모락 나고 있었고 구수한 내음까지 풍겨오고 있었다. 나는 그것을 보곤 다시 벌렁 드러누웠다.

"난 밥 안 먹어."

만일 김소영과 이마를 맞대고 식사하고 있을 때 미스 정이 나타나기만 하면 그야말로 결정적인 오해를 받게 되는 것이라서 섣불리 밥상 앞에 앉을 수가 없었다.

"어린애처럼 늑장 부리지 말고 밥이나 잡사예."

소영이 나의 어깨를 흔들었다.

"안 먹겠다는데도 왜 이래."

나는 드디어 신경질을 냈다.

"모처럼 해놓은 밥을 안 먹다니 너무해예."

김소영은 질금질금 눈물을 짜기 시작했다.

'아아, 이 일을 어떻게 헌담.'

나는 토라져 소영의 시선 반대 방향으로 몸을 뒤쳐 누웠다.

"자꾸 그렇게만 해봐예. 내게도 각오가 있어예."

나는 들은 체도 않고 내 궁리를 쫓았다. 일어나 바깥으로 나가 한길에서 미스 정을 기다렸다가 그 길로 조선호텔의 커피숍에나 갈까 하고.

이런 생각이 한창 무르익어가고 있을 때였다. 조심스러운 노크소리가 있었다. 나는 깜짝 놀랐다.

"누구세요." 하고 일어나 앉기는 했는데 갑자기 일어설 수는 없었다. 당황감이 전신을 마비시킨 것이다. 김소영이 머뭇거리더니 일어섰다. 말릴 겨를도 없었다. 소영이 도어를 열었다. 미스 정이 서 있었다. 멈칫하는 것 같았다. 그때사 나는 겨우 일어설 수가 있었다.

"자 들어오세요." 했지만 당황한 사나이의 말은 부자연할밖에 없었다. 이러지도 저러지도 못하는 엉거주춤한 동작으로 미스 정이 방 안으로 들어왔다. 차려놓은 밥상을 어떻게 해석해야 할지 모르는 난처한 표정이기도 했다.

"앉으세요." 하고 나는 벽장에서 방석을 꺼내 밥상에서 약간 떨어진 곳에 깔았다. 미스 정은 조심스럽게 앉았다.

"나 김소영이라고 해요. 처음으로 뵙겠어요."

소영의 당돌한 인사가 있었는데 그게 날씬한 서울말이어서 나는 다시 한 번 놀랐다. 미스 정은 어떻게 대응해야 할지 모른다는 눈초리를 내게 보냈다. 내가 뭐라고 할 기회를 주지 않고 김소영이 또 말했다.

"아침식사 안 하셨으면 같이 해요. 밥은 남을 만큼 해뒀으니까요."

"식사는 하고 왔어요."

미스 정이 내 방에 들어와 처음으로 한 말이었다. 다시 김소영의 말이었다.

"선생님께서 미스 정이, 미스 정이시죠? 미스 정이 무슨 오해를 할까 봐 겁을 내서 날 자꾸 피해달라는 거예요. 그래도 피해주지 않겠다니까 아침밥도 먹지 않고 지금 토라져 있는 거예요. 그러니 절대로 오해는 마세요, 네."

"이제 손님이 오셨으니 소영이 가줘."

나는 가까스로 침착을 찾아 부드럽게 말했다.

"이왕 마주쳐버렸는데요 뭐. 같이 있으면 어때요. 오해는 내가 풀어드리겠어요."

소영의 그런 말투에 나는 위기를 느꼈다. 무슨 말을 할지 알 수가 없는 것이었다. 소영의 눈이, 눈동자가 가라앉는 느낌으로 초점을 잃는 것 같더니,

"흥, 별루 미인도 아니구만." 하고 혼잣말처럼 중얼거려놓곤,

"그래놓으니 선생님께서 신경질이셨구먼요. 미스 정 들어보세요. 나 때문에 차성희 씨와 결혼하지 못하고 지금 꼴이 되었다고 조금 전까지 노발대발하고 있었어요."

나는 버럭 고함을 지르지 않을 수 없었다.

"소영이 무슨 말을 하는 거야."

"내가 거짓말했수? 차성희와의 결혼을 못하게 된 이유를 알기나 하

나? 그건 너 때문이야 하고 호통을 치지 않았어요?"

이건 무서운 여자다, 하는 생각이 번갯불처럼 뇌리를 스쳤다. 내가 전연 다른 뜻으로 한 말을 이처럼 교묘하게 이용할 줄 아는 여자가 보통일 수 없는 것이 아닌가. 아찔한 순간이었다. 그리고 그 억센 경상도 사투리는 어디로 사라졌단 말인가.

"서 선생님, 내가 지금 거짓말하고 있는 건가요? 똑바로 말해보세요."

나는 이 자리에선 일체 입을 열어선 안 된다는 걸 깨달을 수 없을 정도론 바보가 아니었다.

"나 때문에 차성희 씨와 결혼할 수 없게 된 것은 사실이에요. 그러나 그게 내 죈가요? 당신이 목욕탕에 가고 없는 동안에 차성희 씨가 자기 어머니를 데리고 온 사실이 내 죈가요?"

미스 정은 이미 고개를 숙여버리고 있어 그 표정을 살필 수조차 없었다. 김소영의 말이 계속되었다.

"나는 당신과 차성희와의 결혼을 반대한 적이 없어요. 나보다 훨씬 잘난 여자였기 때문에 야코가 죽은 거예요. 사내가 보다 잘난 여자를 아내로 삼으려는 것은 당연하니까요. 서로 살을 섞은 사이라고 해서 그 사실을 갖고 남자의 당연한 심리를 꺾으리라고 생각할 정도로 나는 어리석은 여자가 아녜요. 더욱이 당신은 나한텐 은인인데 어떻게 그런 배은망덕한 짓을 하겠어요."

나는 송곳방석에 앉아 있는 안절부절못한 기분이 되었다. 왜 어젯밤 그런 경솔한 얘기를 소영이 듣는 자리에서 했을까 싶으니 발등을 찍고 싶은 심정이 되었다. 그것은 또한 폭력에의 충동이었다. 머리채를 휘어잡고 소영일 끌어 밖으로 내동댕이치고 싶은 충동이었다. 그러나 참아야만 했다.

128

"그래 지금 하고 있는 것은 배은망덕이 아니라고 생각해?"

분노를 누르고 한마디 했다.

"사실을 사실대로 얘기하는 것이 배은망덕이 되나요?"

나는 이 여자완 말을 하면 할수록 엉뚱한 꼴이 될 것이란 짐작을 했다. 그래서 결심하고 일어섰다.

"미스 정, 나와 같이 나갑시다."

숙였던 머리를 들고 나를 바라보는 미스 정의 표정은 낭패를 당하여 어쩔 줄을 모르는 어린아이의 당황한 표정 그것이었다. 안타까운 감정이 솟구쳐 올랐다.

"미스 정 갑시다."

그런데도 오금이 펴지지 않는가 보았다.

"그러실 것 없어요." 하고 소영이 섰다.

"내가 가죠. 가기 전 한마디만 하겠어요. 차성희 씨로부터 딱지를 맞았다고 자포자기해서 마음에도 없는 여자와 결혼하지 마세요. 그건 첫째 당신의 불행이고 둘째는 미스 정의 불행이에요. 그리구 남자라는 게 나뭇잎처럼 해딱해딱 변하면 못 써요. 자포자기한 기분으로 미스 정허구 결혼하게 되었기로서니 왜 아침밥을 안 먹겠다는 거요. 언젠 내가 한 밥을 먹지 않은 때가 있었수? 치사해요, 치사해. 배웠다는 사내가 무슨 꼴이란 말요."

그러고는 와락 눈물을 쏟아 한바탕 울곤 짙게 화장한 얼굴에 얼룩을 지우고는 소영이 도어를 차고 나가버렸다. 방엔 황량함만 남았다. 페스트의 겁략을 받은 로마 시가처럼 황량하다는 연상이 겨우 나를 지탱했다. 무슨 말인가 화두를 찾아야 하는데 분간할 수가 없었다. 나는 우두커니 서 있다가 도로 앉았다.

'일요일의 하루를 완전히 망쳤다.'는 기분이 가슴을 억눌렀다.

'일요일을 망치는 것이 하나의 운명을 망치는 것인지도 모른다.'는 생각이 잇달았다.

어느 일요일 나는 미스터 뉴욕의 일요일을 망친 적이 있다. 그것이 그냥 미스터 뉴욕과 차성희의 파혼에 직결되었다. 나의 우발적인 악의가 그들의 운명에 결정적인 장애가 된 것이다. 그런데 오늘 김소영의 악의, 그것도 우발적인 것이었을 것은 틀림없는데, 나와 미스 정의 운명엔 결정적 의미를 가지고 있을지 모른다는 싱념이 고개를 쳐들었다. 인과와 응보란 이런 것일까 하는 생각마저 비쳤다.

아무튼 나는 화두를 잡을 수가 없었다. 섣불리 입을 열기만 하면 간신히 쌓아올린 적목세공積木細工이 산산이 흐트러질 것 같은, 그런 아슬아슬한 기분이었다.

그 침묵이 견딜 수 없었던 모양이었다. 미스 정이 조용히 고개를 들어 나를 보았다. 예상보다는 평화로운 얼굴로 돌아가 있었다. 그런데 그 눈은 내 마음의 탓인지 슬픈 빛깔이었다. 어쩌면 나를 동정하는 눈빛이기도 했다. 미스 정은 뭐라고 하려다 말고 책상 쪽으로 고개를 돌렸다. 그녀가 앉은 자리가 바로 책상 옆이어서 고개를 그리로 돌리면 책상 위에 놓인 것은 일목요연해진다. 나는 '아차.' 하는 말이 금시에 입 밖으로 나올 만큼 당황했나.

책상 위엔 어젯밤 불태워버리려다가 깜박 잊은 그 작은 노트가 있었다. 손을 뻗어 그 노트를 치워버려도 무방할 시간이었는데도 내 손은 움직이지 않았다. 무슨 절대적인 운명 같은 것에 사로잡힌 느낌이었다. 나는 미스 정이 그 노트를 열어보느냐 안 열어보느냐에 운명을 거는 마음으로 되었다. 미스 정이 그 노트를 열기만 하면 김소영의 말은 그대로 입증되는 결과가 될 것이었다. 차성희에게 실연을 당해 자포자기 심정으로 아무하고나 결혼할 생각이 되어버렸다는……. 항차 나와 미스 정이 알게 된 것은 나의 자살미수설이 신문사 내에 아는 듯 모르는 듯 퍼져 있었을 때가 아닌가.

미스 정의 손이 그 노트를 집어들었다. 책장을 넘기고 있었다. 어느 한 군데 그 시선이 집중되어 있다고 하는 것은 그 모습으로써도 알 수가 있었다.

'만사는 끝났다.'

는 생각에 이르자 어젯밤 보아둔 별이 한결 슬픈 빛깔로 나의 심상을 비췄다. 라무르 퓌르! 순수한 사랑, 지순지청의 사랑!

한때 자포자기하는 마음이 없지 않았지만 미스 정과 결혼하고자 하는 소망이 그 자포자기에서 나온 것은 아니다. 차성희 만 개를 가지고 와도 나는 미스 정과 바꾸지 않겠다, 미스 정을 진정으로 사랑한다……. 나는 이렇게 외치고 싶은 충동에 사로잡혔다. 그러나 그것은 나 스스로를 만화로 만들어버릴 것이란 사실을 나는 너무나도 잘 알고 있었다.

내 마음속의 이러한 갈등을 알 까닭이 없는 미스 정은 그 작은 노트를 든 채 내게로 고개를 돌렸다. 그리고 방바닥에 노트를 펴놓고 거기에 쓰인 몇 줄을 손가락으로 짚었다

"이 말 기가 막혀요."

미스 정의 말은 너무나 조용했다. 거기엔 다음과 같이 씌어 있었다.

'제3장, 오해를 거절하는 의지가 사랑이다.'

순간 내 얼굴이 화끈했다. 어젯밤 나는 그 대목을 읽곤 대학생이 된 자기가 중학교 때 쓴 자기의 작문을 읽고 그 유치함에 부끄럼을 느낀

것 같은 기분으로 되었던 것인데 하룻밤을 지난 이제에 와선 거기에서 결정적인 진실을 보게 되었다.

"참 좋은 말예요."

미스 정은 조용히 다시 한 번 되풀이했다. 그리고 역시 조용한 어조로 말을 이었다.

"아까 그 여자가 서 선생과 어떤 관계에 있건 제 마음은 조금도 불쾌하지 않아요. 그 여자 말대로 자포자기한 기분으로 절 택하셨다고 해도 개의치 않아요. 그러니까 세가 말씀드리는 것은 순수한 우정으로 드리는 말이라고 믿어주세요. 들으니 차성희 씬 약혼을 파기했다고 하대요. 선생님과의 사이엔 오해가 있었던 모양인데 그 오해를 풀지 않은 채 두고두고 회한을 남기느니보다 용기를 내어 오해를 푸시고 장래를 설계해보는 것이 어떻겠어요. 오해를 거절하는 의지가 사랑이란 말 정말 좋아요. 선생님은 이렇게 쓸 줄 아는 분 아녜요? 하찮은 여자의 충고라고만 생각하시지 말고 차성희 씨와의 사이를 조절해보세요. 제가 중간 역할을 해드려도 좋아요."

나는 숨이 막힐 지경이었다.

"그런 걱정은 마십시오."

내 음성이 내가 놀랄 만큼 높아졌다.

"차성희 같은 여자 말쑥이 잊은 지 이미 오랩니다. 그런 여자 백 명이 있어도 난 당신과 바꾸지 않겠소. 절대로, 절대로 말이오."

이 들뜨고 음성이 높아진 소리가 도리어 공허하게 들리지 않을까 하는 염려를 하면서도 나는 어쩔 수가 없었다.

미스 정의 얼굴에 애매한 웃음이 돋아나고 있었다. 한마디로 말해 그것은 나에 대한 불신의 표시였다. 나는 이미 말문을 연 이상 가슴속에 있는 말을 죄다 털어놓지 않을 수 없었다. 말의 전후가 뒤죽박죽으로 되고 같은 말을 되풀이하는 졸렬함도 삼가지 않았다. 한 가지 결론은 세계 누구보다도 미스 정을 사랑한다는 것이고 차성희 따위는 문제로 안 한다는 것이었다.

나는 왠지 지금 미스 정을 놓치면 내 인생은 아무것도 아니란 강박관념에 협박당하고 있었다. 그러니까 말이 거칠어지고 표현이 어설프고 신파에나 유행가에 나오는 어투가 되었고, 그러니까 공소한 메아리만 남기는 꼴이 되었다.

나는 미칠 것만 같았다. 미스 정은 내 흥분과는 딴판으로 점점 침착해지면서도 손가락으로 그 작은 노트를 가볍게 두드리고 있었다.

차성희에 대한 당신의 심정은 이 노트가 말해주고 있지 않느냐, 하는 그런 태도로 보였다. 나는 불현듯 그 노트를 집어들어 양쪽을 양손으로 쥐고 찢기 시작했다.

"이건 장난이야. 불태워버리기 위해 꺼내놓은 거야. 아무것도 아니란 말이오."

미스 정은 내 광란을 지켜보더니 조용하게 말했다.

"찢는다고 해서, 불태운다고 해서 마음에 새겨진 상처가 없어지는 건 아녜요."

"상처가 다 뭐요. 내겐 그런 게 없어요."

나는 외쳤다.

"그렇다면 왜 그렇게 흥분하시죠?"

미스 정의 그 싸늘한 말에 나의 심장은 얼어붙는 것 같았다.

"먼저 오해를 풀 노력을 해보세요. 그 노력을 게을리해서 차성희 씨를 잃어선 안 돼요. 전 언제이건 꼭 같은 자세로 남아 있을 거예요. 하다가 하다가 실패하면 제게로 돌아오세요. 그때 그런 마음이 되거든요. 노력도 안 해보고 포기하기엔 차성희 씬 너무나 아까운 여자예요."

미스 정은 일어서고 있었다.

"오해를 풀 사람은 당신이오." 하고 내가 고함을 지른 것은 미스 정이 내 시야에서 사라지고 도어가 닫히고 만 후였다.

도시의 하늘은 무지개를 거부한 지 오래인데
분수는 낙하의 사상으로 빛난다

　미스 정이 사라지고 난 뒤의 도어를 나는 감금된 짐승의 눈으로 바라보았다. 운명의 자물쇠 소리가 들린 듯했다. 그러나 '방금 저 도어로 해서 행복이 사라졌다.'는 사상을 조작해보려고 했으나 감정이 노여움으로 끓어오르지도 않았고 실감으로 냉각되지도 않았다. 허허한 기분만이 에워쌌다.

　도어 위쪽으로 삼분의 일쯤을 차지하고 붙어 있는 한 장으로 된 역표曆表가 새삼스러운 발견처럼 느껴졌다. 내가 그걸 붙인 적이 없으니 전 주인이 붙여놓은 것일 것이었다. 또 그것이 작년의 것인지 재작년의 것인지도 상관할 바가 아니었다. 세월은 가고, 가버린 월일의 기호만이 남았대서 대단할 것이 못 된다. 결정적인 시간이 결정적으로 지나가고 있는 것이다.

　김소영의 농락도 따지고 보면 시간에 대한 농락이었다. 거짓을 미워할 이유가 있다면 절대적으로 보상이 불가능한 절대적인 시간, 진실로도 가당치 않을 그 시간을 거짓으로 망쳐버렸다는 사실에 있을 것이었다. 그런데 그 시간은 부란腐爛한 채 효소처럼 번식해나갈 것이니, 그걸 어떻게 감당하는가 말이다. 시간! 그렇더라도 시간이란 건 묘한 작용을 한다. 결정적이며 절대적인 의미를 만들어내는 그 시간이라는 것! 이렇게 시간, 시간하고 되뇌고 있으니 떠오르는 영상이 있었다. 그것은 어떤 영화의 잔상이었다. 제목도 배우 이름도 다 잊었는데 그 테마가 '시간' 아니 '스피드'였다는 것만 기억되어 있는 영화의 장면이다.

어느 여자와 어느 남자가 사랑해선 안 될 사랑을 하고 있었다. 남자는 모든 장애물을 박차버릴 각오가 되어 있는데 여자는 그러질 못했다. 드디어 이별하길 결심했다. 이별의 장소는 파리의 중앙역이었던가 북역이었던가. 여자와 남자는 마지막의 키스를 하고 여자가 기차를 타는데 여자는 좌석에 앉자마자 슬픔에 겨워 실신상태가 되었다. 남자는 떠나는 기차를 멍청히 바라보고 섰다가 몽유병자처럼 걸어 나갔다. 그런데 역 밖으로 나가더니 돌연 남자의 눈동자에 광채가 돋았다. 남자는 자기의 스포츠카를 몰고 달리기 시작한다. 시가를 빠져나와선 고속도로를 달린다. 여자가 탄 기차와 병행하는 경우도 있고, 그 기차를 시야에서 놓치는 경우도 있다. 때론 기차가 터널로 들어가고 자동차는 산을 우회하기도 하는데 그러다가 먼 시야 속에 포착되기도 하고 놓치기도 한다. 그러기로 십수 시간. 드디어 남자가 탄 스포츠카가 여자가 타고 있는 기차보다 목적지에 먼저 도착한다. 여자가 기차에서 내린다. 개찰구로 향해 플랫폼을 걸어 나오는데 그 바로 눈앞에 사나이가 서 있는 것이다. 삼격의 포옹, 키스, 눈물. 비로소 여자는 어떤 장애물이라도 박찰 용기로써 사나이와 다시 결합한다.

어떤 자동차회사의 선전적 의도가 있었던 영화인진 몰라도 그것은 시간, 아니 '스피드'가 연애에 끼어들어 해피엔드를 만들게 한 최초의 스토리라고 나는 느꼈다. 동시에 현대를 느꼈다.

만일 내가 그러한 스피드를 이용해서 미스 정이 가고 있는 곳에 내가 먼저 도착해 있어 그녀를 마중할 수 있으면 그 영화에서처럼 해피엔드를 만들어내기도 할 것이란 상념이 일었다. 그러나 그녀가 어디로 무엇을 타고 갔는질 알 수가 없다. 게다가 내겐 이용할 수 있는 스피드도 없다. 그저 멍청하게 시간의 흐름 속에 앉아 있을 수밖에 없었는데 그 멍청한 눈에 김소영이 차려놓은 밥상이 눈에 띄었다.

스테인리스의 밥그릇엔 밥이 소복이 담겨 그 표면은 까실까실 말라가고 있었고 고기가 들어 있는 국그릇 언저리엔 비계가 응결하기 시작하고 있었고 김치그릇엔 을씨년한 냄새가 서려 있었고 니켈의 숟가락과 젓가락의 바랜 금속성 빛깔이 초라하기 짝이 없었다. 그건 가난의 빛깔이라고 하기보다 상상력의 결핍과 미학의 빈곤을 말하는 것이었으며 산다는 것이 쑥스럽기 짝이 없는 매너리즘에 불과하다는 증거처럼 보였다. 나는 공복을 느끼면서도 식욕을 잃었다.

문득 하나의 아이디어가 일었다. 창을 열어젖히고 삼층의 그 창으로부터 밥상을 그냥 밖으로 팽개쳐 던지는 행동이었다. 다소곳했을지도 모르는 김소영의 호의가 추악한 악의의 더미처럼 남아 있는 그 밥상을 밖으로 내던짐으로써 미지근하게 계속되어 있는 시간에 어떤 단절을 선언하는 것이 될지도 몰랐다.

결행 직전의 심정으로 일어섰을 때 그 아이디어에 브레이크가 걸렸다.

뒹굴어 있는 밥그릇, 흙에 묻은 밥 덩어리, 흡사 거지들이 한바탕 싸움을 하고 지나간 것처럼 되어버릴 그 흔적을 수습하는 건 결국 나 자신일 수밖에 없다는 생각으로 율연慄然한 것이다.

책상 위에 걸터앉아 담배를 피워물었다. 나는 우선 김소영에 대한 미움을 지워버리기로 했다. 미스 정에 대한 애착을 끊어버릴 수 있는 방법을 모색하기로 했다. 그러다가 결정적인 사실을 발견했다.

나는 그늘진 곳을 애써 찾아 은화식물처럼 나의 인생을 살아갈 셈으로 있었는데 여자에 관해서만은 과욕을 부렸다는 뉘우침이 곧 그 발견이었다. 원래대로의 내 방침에 따르면 나는 결혼을 해서도 안 되며 굳이 결혼할 필요가 있다면 김소영이나, 아니면 자기를 주장할 줄 전연 모르는 백치와 같은 여자를 상대로 골라야 하는 것이었다. 그런데 나는 일시 차성희를 탐했다. 차성희는 영웅이 되길 바라며, 그렇게 될 수 있는 소질을 가진 남자의 아내라야만 되는 그런 여성이다. 그러니 애초에 내 선택은 어긋나 있었다. 그런 뜻에서 미스 정을 탐한 것도 잘못이었다. 미스 정 역시 아이를 업고 저자바구니를 들고 가파른 언덕길을 기어올라 초라한 아파트로 들어가야 하는 여자는 아닌 것이다. 그렇다면 단념도 수월해야 할 것인데 내 마음은 그렇질 못했다. 차성희를 잃은 것과 미스 정을 잃은 것과는 의미가 전연 달랐다. 차성희를 잃었을 땐 주위의 풍경이 약간 슬픈 빛깔로 변했을 뿐이었는데 미스 정을 잃는 것은 인생을 잃는 것이나 다를 바 없다는 생각은 나를 질리게 했다.

지그문트 프로이트의 말이 떠올랐다.

'인생을 행복하게 할 의도는 당초부터 조물주의 계획엔 없었다.'

그렇다면 행복이란 인간의 오만이 그려놓은 환상에 불과한 것이고 인간은 그 환상으로 인해 보복을 당하고 마는 것이 아닌가. 욕망이 크면 좌절도 또한 클 수밖에 없다.

그러나저러나 방에 처박혀 있을 순 없었다. 이빨을 닦고 세수를 하고 벽에 걸려 있는 점퍼를 걸쳤다. 도어를 열고 복도로 나왔다. 이웃집 아주머니의 웃는 얼굴이 지나갔다. 그 얼굴을 대하기 위해선 나도 내 얼굴에 웃음을 꾸미지 않을 수 없었다. 다소 가벼운 마음이 되었다.

"아주머니 부탁이 있는데요."

"뭡니꺼. 우떤 일이라도 부탁하이소."

부탁을 받는 것이 기뻐 견딜 수 없다는 아주머니의 표정이었다.

"제 방 좀 치워주이소. 밥상이 그냥 있는데 밥상에 있는 건 전부 버려 주이소. 한 가지도 남기지 말고 말입니다."

"그렇게 하겠어예." 하고 아주머니는 승낙했다. 아파트의 층계를 내려오면서 생각했다.

'좋은 이웃을 가졌다는 것이 얼마나 다행인지 모르겠다.'

택시는 수월하게 잡을 수 있었다.

"장충단 쪽으로 갑시다."

생각에 앞서 말이 먼저 나왔다. 장충단 쪽이란 미스 정의 집이 있는 곳이다. 그러나 미스 정의 집의 소재는 모른다. 그런데 어떻게 장충단으로 갈 생각을 했을까. 이런 것이 미련일지 몰랐다.

거리는 한산했다. 일요일의 거리란 느낌이 완연했다는 것은 혹시 오늘의 일요일이 내게 있어서 가장 화려한 일요일이 되었을지도 모른다는 아쉬움 때문인지도 모른다.

효자동 거리의 플라타너스는 이미 잎이 시들어가고 있었고, 중앙청 앞 은행나무들의 잎은 누렇게 물들어가고 있었다. 가을의 시작은 느릿느릿한데 가을이 시작되기만 하면 진행은 황급하다. 머잖아 은행나무는 벌거숭이가 될 것이고 그때 겨울의 찬바람이 휩쓸 것이다. 겨울이 두려운 것이 아니라, 이런 무거운 가슴을 지닌 채 겨울에 휘말려들 스스로가 두려운 느낌이었다.

시청의 시계는 열한 시를 가리키고 있었다. 197×년 ×월 ×일, 일요일의 오전 열한 시, 나는 서울시청 앞에 있었다는 감회를 가슴속에 새겨넣었다. 포말과도 같은 시간의 흔적을 가슴에 새겨넣은들 무슨 소용이 있을까만 내 마음은 이 무렵 차분히 가라앉아 있었던 것이다.

장충단 분수가 보이는 곳에서 차를 내렸다. 그곳에선 하나의 축제가 열린 듯한 풍정으로 흥청거리고 있었다. 체육관 정면엔 '농구대회'의 현수막과 횡액橫額이 나붙어 있었다. 골짜기의 안쪽으론 가을빛으로 물들어가는 남산의 숲이 있었고, 그 숲을 배경으로 하고 테니스코트에 청춘이 만발하고 있었다. 유원지엔 뛰노는 어린애들 사이로 어른들의 모습이 띄엄띄엄 보였다. 나는 철책에 기대 서서 분수를 쳐다봤다.

분수는 상승과 하강의 부절한 운동을 통해 부동한 탑을 이루고 있었다. 분수와 탑을 연결시킨 연상에 나는 신선함을 느꼈다. 나는 분수를 보고 있는 동안 또 하나의 발견을 했다. 상승하는 물살은 힘겨워 보이는데 낙하의 물살은 삽상했던 것이다. 분수는 동으로서 표현된 부동의 탑이며, 동시에 낙하의 미학으로서 아름답다고 느꼈다. 나는 나도 모르게 눈물이 흘러내리는 것을 의식했으나 바람에 따라 얼굴에 와 닿는 분수의 비말로 해서 남의 눈을 무서워하지 않아도 좋았다.

'분수 곁에서 슬퍼하라!'

나는 슬펐다. 영영 놓칠지 모르는 미스 정과의 행복할 수 있는 기회 때문에 슬픈 것도 아니고, 형편없는 내 꼬락서니로 인해 슬픈 것도 아니고, 이렇다 할 희망을 갖지 못하고 있는 신세가 슬픈 것도 아니었다. 살아갈 의미를 잊었다는, 그런 거창한 표현으로썬 슬픔의 의미를 다할 수가 없다. 그저 슬펐다. 왠지 슬펐다.

손수건으로 얼굴을 훔치고 비어 있는 벤치에 가서 앉았다. 벤치 저 끝엔 흰 고의적삼에 회색의 조끼를 입고 중절모를 쓴 노인이 지팡이에 턱을 괴고 졸고 있었다. 졸고 있는 것이 아니라 무슨 생각에 잠겨 있는 것인지 몰랐다.

나도 내 생각을 쫓기로 했다.

거짓말을 하나도 보태지 않은 사실만을 열거함으로써 엄청난 거짓을 만들어낼 수 있다는 노릇을 어떻게 해명해야 하는 것일까. 그것이 거짓이라고 해명하기엔 들먹인 증거가 일일이 사실인 것이다. 사실은 사실이라도 뜻은 다르다고 하는 변명이 가능한 일인가. 변명을 할수록 문제를 복잡하게만 하는, 이를테면 빠져나오려고 허우적거릴수록 수렁에 빠져들어가는 것 같은 노릇⋯⋯.

소설은 그렇기 때문에 필요한 것인지도 모른다는 생각이 일었다. 참말이 거짓말이 될 수도 있고, 참말을 참말답게 만들려면 거짓을 필요로 하게 되는 인생의 기미는 소설로써밖엔 해명할 수 없는 것이 아닌가. 미스 정은 나더러 시를 써보라고 했지만 말 한 개 한 개를 갈고 닦아 보석을 세공하는 것 같은 노력보다도 헝클어진 실꾸리 같은 오해의 덩어리를 신중하게 자상하게 풀어나가는 소설적인 노력이 더욱 필요한 것이 아닐까⋯⋯.

나는 어느덧 소설을 쓸 궁리를 하고 있었다. 가난 속에서 스피노자가 렌즈를 깎고 닦으며 인생의 진실을 탐구하려고 했듯이 나는 나의 어둠침침한 아파트에 앉아 한 맺힌 내 마음을 풀어나가기 위해 이야기를 꾸며보자는 생각으로 기울어들었다.

"젊은이, 무슨 걱정이라도 있는 게 아뉴?" 하는 소리에 나는 고개를 돌렸다.

지팡이 끝에 턱을 괴고 있던 노인이 나를 보고 있었다.

"걱정이랄 것도 없습니다."

나는 미소를 띠어 보였다.

"얼굴빛이 너무 창백해. 오랫동안 볕을 쏘이지 못한 게 아닌가?"

"그건 그렇습니다만."

노인은 무슨 말을 하려다 말고 입을 다문 채 나를 말끄러미 쳐다봤다. 겸연쩍스러워 이번엔 내가 물었다.

"영감님 댁은 이 근처이십니까?"

"내 집은 옥수동에 있소."

그것뿐으로 대화는 끊겼다. 나는 다시 내 생각을 쫓기 시작했다.

한 그루의 나무는 조용한 외관을 지니고 있지만 그 내부에서 이루어지는 생명의 작용은 저 분수의 유가 아니게 치밀하고 바쁘고 열정적인 것이다. 마찬가지로 이 세상은 눈에 보이는 그대로가 아니다. 눈에 보이지 않게 얽히고설킨 인간관계가 세상에서 희극을 만들고 비극을 만든다. 그 희극의 줄거리를 바탕에 이르도록 캐어보는 것, 그 비극의 인자를 뿌리까지 들춰보는 것, 그것이 소설이 되는 것이 아닐까.

'그러나 캐어보면 뭣하고 들춰보면 또 뭣하는가.' 하는 문제를 제기하면 그저 허망할밖에 없다. 헌데 허망하다는 게 내 마음을 사로잡았다. 인생이란 본래 허망한 것이 아닌가. 허망 속에 허망을 쫓아보는 것도 더욱 인생다운 일이다. 마이너스와 마이너스를 곱하면 플러스가 나타난다.

'허망 속에서 허망을 쫓아 플러스를 만든다. 그게 바로 예술이다. 그게 바로 소설이다. 소설을 쓰자.'

그런데 내 첫 소설은 아버지와 어머니의 무덤에서부터 시작해야만 했다.

지금쯤 가을의 햇빛 속에서 그 잔디는 시들시들 말라가고 있겠지. 멀리, 가까이 송뢰松籟가 울리고 맑은 가을하늘엔 어쩌면 한 마리의 독수리가 원을 그리고 있을지도 모른다. 자기의 아들이 장충단공원의 벤치에 앉아 분수를 보며 눈물을 흘린 사연을 알 까닭도 없이 어머니와 아버지의 백골은 서서히 분해 작용을 하고 있을 것이었다.

무덤의 정경을 그린다는 것은 끝나버린 인생의 모습을 그리는 이야기가 된다. 끝나버린 인생의 슬픔을 그리는 것이 된다. 인생은 그 슬픔 속에서 비롯된 것이며 그 슬픔 속으로 사라져가는 것이 아닌가.

하필이면 서재필이란 이름을 나에게 붙여주고 세상을 떠난 아버지의 마음은 영원히 알 길이 없다. 무덤 밖에서 순간을 살다가 무덤 속에서 영원히 잠들어 있어야 할 아버지 어머니의 처지, 그리고 그 처지에 나도 불원 빠져들어야 할 것을 생각하고 있으니 또다시 눈물이 넘쳤다. 이번엔 당황해야 했다. 분수의 비말은 멎어 있었기 때문이다.

나는 황급히 손수건을 꺼내 눈물을 닦았다.

그때 노인의 말이 있었다.

"젊은이, 혹시 시장하지나 않는가?"

"아, 아닙니다."

나는 얼른 답을 했는데 부자연한 답이었다. 노인은 내 얼굴에서 시장기를 읽고 있을지 모른다는 생각이 시킨 노릇이었다. 벌써 열두 시가 넘었을 텐데 어젯밤 이래 아무것도 먹지 않았으니 얼굴에 시장기가 나타나 있을 것은 당연한 일이다.

"점심때가 되기도 했으니 우리 식당에나 가봅시다."

노인의 말엔 인정이 서려 있었다.

"전 생각이 없습니다."

먹긴 먹어야 하겠는데도 노인과 같이 식당엘 가긴 싫었다.

"생각이 없더라도 때가 되면 먹어야 하는 걸세. 자, 갑시다."

노인은 일어서 있었다. 나는 노인의 태도에 내가 일어서지 않으면 자기도 움직이지 않을 마음의 상태를 읽었다.

"가십시다."

하고 나는 일어설 수밖에 없었다.

공원에서 걸어 나오니 왼편에 과자집이 있었다. 나는 그 과자집에 들어 커피를 곁들여 빵이라도 먹었으면 하는 마음이었지만 노인과 동행이 되고 보니 그럴 수가 없었다. 한참을 걸어 나와 식당골목으로 들이섰다.

"이 집 설렁탕이 꽤 먹음직하지."

노인이 어느 음식점 앞에 섰다. 내가 먼저 그 집에 들어섰다. 구석자리를 잡고 노인에게 자리를 권했다.

"설렁탕으로 합시다." 하고 내가 응하자 노인은 설렁탕 두 그릇을 시켰다. 그러고는 나를 돌아보며 물었다.

"술 생각이 있으면 쇠주를 한 병쯤 시킬까?"

"영감님이 필요하시다면 몰라도 전 필요 없습니다."

"나도 낮술은 하지 않소." 하곤 수육을 한 쟁반 추가 주문했다. 숟가락을 드니 시장기가 일시에 되살아났다. 내 몫으로 갖다놓은 깍두기를 그릇째 국그릇에 들어붓고 맛있게 설렁탕 한 그릇을 먹고 수육 한 쟁반도 거의 내가 다 먹었다.

"이 집 설렁탕 괜찮지?" 하는 노인이 만족스러운 표정이어서

"좋은데요." 하고 나는 맞장구를 쳤다. 식사가 끝나자 나는 카운터로 갔다. 노인이 황급히 따라오더니 나를 밀어젖혔다. 그때 나는 벌써 돈다발을 꺼내 쥐고 있었다.

"젊은이 이래선 안 돼. 내가 데리고 오지 않았는가."

"누가 데리고 왔건 상관이 있습니까. 점심 값은 제가 내겠습니다."
하고 나는 돈다발에서 만 원짜리 한 장을 꺼내 카운터에 놓았다.

노인은 내 손에 쥐어져 있는 돈다발을 보더니 움찔한 모양으로 물러
섰다. 그의 손엔 몇 겹으로 겹친 천 원짜리 지폐 한 장이 있었다. 노인
은 그 한 장의 돈으로 나를 동정할 생각을 낸 것임이 틀림없었다.

당혹한 표정으로 있는 그 노인을 데리고 나는 근처의 다방엘 갔다.
커피를 시켜놓고 마주 앉았다.

"이것 미안하게 됐소."

노인의 말이었다.

"미안할 게 있습니까. 아마 영감님보다는 내가 가진 돈이 많을 텐데요."
아무렇지 않게 내가 말했다.

"젊은인 어떻게 그처럼 돈이 많은가?"

노인의 얼굴엔 한 가닥 의혹의 빛이 있었다.

"혼자서 살기엔 꽤 많은 월급을 받으니까요."

"어디에 취직하고 있는데?"

"신문사에 있습니다."

"신문사? 그럼 신문기자이신가?"

"그렇습니다." 하고 나는 순순히 답해버렸다. 교정부원이라고 밝혀
보았자 소용없는 일이라고 생각했기 때문이다. 뿐만 아니라 신문기자
라서 돈이 많은 것이 아니라 오늘 애인하고 놀러가기 위해 마련한 돈이
라고도 하고 싶었으나 부질없는 말이라서 삼가기로 했다.

노인은 "홋흐." 하고 묘한 웃음을 웃었다. 나는 그 웃음의 까닭을 짐
작할 수 있을 것 같아서 잠자코 있었다. 아니나 다를까 노인은,

"난 젊은일 징역 살고 나온 사람으로 봤지. 햇빛을 쬔 적이 없는 것 같은 창백한 얼굴이었으니까. 그리구 돈이 없어 끼니를 굶고 있는 사람이 아닌가 해서 우선 밥이나 먹여놓고 전후 사정을 들어볼 요량이었어……."

하고 또 웃었다. 나는 그러한 동정심이 이 사회에 남아 있다는 발견은 반가웠지만 내 몰골이 그러한 동정을 유발했다는 사실에 대해선 유쾌할 수가 없었다.

결단은 급격하게 이루어지는 것인가 보았다. 집으로 돌아가는 길에 신문사 앞을 지나게 되었는데 나는 거기서 택시를 세웠다.

편집국으로 들어갔다. 일직하는 기자가 두세 명 구석에 모여 앉아 있었다. 바둑을 두고 있는 모양이었다. 나는 내 책상으로 가서 서랍을 뽑아놓고 정리를 시작했다. 버려도 좋을 편지도 있었고, 간수해두어야 할 편지도 있었다. 나는 쓸데없다고 생각되는 것은 모조리 휴지통에 집어넣고 읽다 만 몇 권의 책과 함께 남겨둬야 할 편지를 신문지에 쌌다. 그리고 감회 어린 눈초리로 편집국 안을 한 번 둘러보곤 방에서 나왔다.

신문사 밖으로 나와 나는 건물을 뒤돌아보았다. 떠난다 싶으니 야릇한 감정이 사무쳤다. 삼 년이란 세월이 흘러간 것이다. 그동안 내가 이 건물 속에서 한 짓이 무엇일까. 먼지와 더불어 살던 생활이 먼지 속에 묻혔을 뿐이나.

직장을 얻지 못해 초췌해져 있는 양춘배의 모습이 일순 뇌리를 스쳤지만 신문사를 그만두어야겠다는 내 결심엔 변동이 없었다. 미스 정을 사층 도서실에 두고 남의 글자를 고치고 있을 마음이 될 수도 없거니와 달리 나를 시험해보아야겠다는 유혹이 훨씬 강했다. 무직자로서 상가의 개처럼 밑바닥 인생으로 헤매보는 것이 붉은 연필을 쥐고 교정부의 책상 모서리에 붙어 앉아 있는 것보다 수배나 나을 것 같은 마음이었다.

신문사를 그만두고 무엇을 하겠다는 생각은 엄두도 나지 않았다. 저 금통장이 바닥이 날 때까지 아파트의 방에서 뒹굴고 있으면 설마 갈 길이 나서겠지. 그때까지 뭔가를 열심히 쓰고 있으면 소설은 안 될지 모르지만 정신병리학적 데이터쯤은 만들 수 있지 않겠는가. 보다도 미스 정의 오해가 어떤 결과를 만들었는가 하는 증거를 보여주는 것만으로도 후련한 일이 아닌가. 나는 철저하게 영락하고, 가능하다면 문둥병에라도 걸려 썩어가는 육체를 끌고 어느 날 미스 정 앞에 나타나는 장면을 상상해보았다. 그때 꼭 한마디만 할 것이었다.

"당신의 오해가 이처럼 사람 하나를 완전히 망쳐놓았소."

하고. 그러나 그렇게 될 수 있자면 긴 세월이 흘러야 할 것이 아닌가. 세월에 앞질러 그러한 실상을 보여주려면 결국 소설의 힘을 빌릴 수밖에 없다.

이러한 생각은 내게 용기를 주었다. 철저한 패배자로서의 나를 소설로써 증명해 보이자. 문둥병 환자로서 썩어가는 나를 소설로써 그려 보이자. 내가 얼마나 비참한 인간인가 하는 것도 소설로써 나타내 보이자. 소설로써 백 개, 천 개의 인생을 살아 보이자. 굶주린 창자를 움켜쥐고 나폴레옹을 자처해 보이는 것도 흥미 있는 일 아닌가. 몇백 번 멸망을 경험하고 가끔 레스토랑에서 포도주를 마시며 비프스테이크를 먹어보는 것도 나쁘지 않을 것이 아닌가.

나는 문방구점에 들러 만 장의 원고용지를 샀다.

출근하지 않아도 된다는 것처럼 자유로운 신세가 또 있을까. 나는 거짓 하나 없이, 과장을 조금도 보태지 않고 세인트헬레나의 나폴레옹처럼 잠을 깨었다. 첫째 할 일은 사표를 쓰는 일이었다. 그리고 우동규 부장에게 간단하고 정중한 편지를 했다. 편지의 말미에 다음과 같이 보탰다.

'……이달치 월급, 그리고 얼마간의 퇴직금이 있지 않겠습니까. 그것을 우편으로 부쳐주시면 감사하겠습니다.'

지함공장에 출근하는 이웃집 사람에게 포스트에 넣어달라고 그 편지를 전하고 나서 나는 다시 자리에 누웠다. 세인트헬레나의 나폴레옹은 회상기를 석는 일을 제외하곤 잠을 잘 일밖엔 없는 것이다.

실컷 잤다는 생각과 더불어 눈을 떴을 때 도어 밖에 인기척이 있었다. 이어 노크소리가 있었다.

부시시 일어나며 말했다.

"열려 있소. 들어오시오."

도어가 열렸다. 정진동의 얼굴이 있었다. 뜻밖인 일이었다. 선인장에 개나리꽃을 피웠을까? 하는 상념과 더불어 일어서서 옷을 입었다. 침구를 말아 구석에 밀어놓았다.

"들어와."

들어오는데 보니 정진동이 하나가 아니었다. 진동이 누님 진숙의 얼굴이 있었고, 얼굴은 눈에 익은데 누군질 알 수 없는 중년 여자도 있었다. 일동이 들어와 앉으니 방이 꽉 찼다.

"신문사엘 가니 나오시질 않았더먼요. 그래 염치불구하고 집으로 찾아왔소."

이렇게 말하는 진동의 얼굴은 흐려 있었고 진숙 씨의 얼굴도 침울했다. 중년 여자의 얼굴에도 수심이 있었다.

"도대체 어떻게 된 일야."

하고 나는 일동의 얼굴을 번갈아 보았다. 세 사람은 서로의 얼굴을 들여다보고 있더니 중년 여자가 입을 열었다.

"사실은⋯⋯."

하는데 그때사 나는 그 여자가 누구인가를 알았다. 하월곡동의 창가의 주인이었다. 삼 년 전 어느 비 오는 날 밤을 그 집에서 묵은 어렴풋한 기억 속에 그 여자의 모습이 떠오른 것이다.

여자의 말에 의하면 윤두명 씨가 구속되었다고 했다. 청천의 벽력 같은 말이었다.

"어째서, 어째서 구속됐단 말입니까?"

"우리 교도 가운데 수상한 사람이 있었어요."

중년 여자의 말이었다. 정진동이 보충설명을 했다.

"전라도 지방에서 포교하고 있던 사람인데 그 사람이 북쪽과 내통하고 있었던 모양이라요."

"그럼 간첩이었단 말인가?"

나는 놀라며 되물었다.

"그런 목적으로 오긴 한 모양인데 행동은 하지 않았대요. 그러나 그게 통하겠어요?"

정진동의 말이었다.

"그렇지, 자수를 하고 개과천선한 뜻을 밝혀야지. 헌데 윤두명 씨가 그 사람의 연루자로 몰렸단 말인가?"

"아녜요." 하고 정진숙이 말을 끼웠다.

"그 사람을 취조하는 중에 우리 교단 얘기가 나온 모양이에요. 그래서 교단을 조사하기 시작했는데 우리 교단은 아직 등록을 하지 않았거든요. 말하자면 불법집단으로 몰린 거예요. 윤 선생님은 책임자이시니까……. 그러나 구속이란 너무하지 않아요?"

"나쁜 일을 하는 단체도 아닌데 말예요. 우리 교단은 훌륭한 일만 해요. 선생님도 아시다시피 윤 선생님은 착한 분 아녜요? 그런데……."

중년 부인은 말을 하다가 너무 격해 뒤를 잇지 못했다.

나는 생각했다. 아무리 옳은 일을 했기로서니 등록이 안 된 단체가 종교 활동을 할 순 없는 것이 아닌가, 하고. 그러나 윤두명 씨를 핀잔하는 것 같은 말은 삼가야 했다. 그러나 나는 "알 만한 분인데 왜 등록을 안 했을까요." 하고 물어보지 않을 수 없었다.

"몇 차례 시도는 했죠. 그런데 번번이 각하되고 말았어요." 한 것은 정진동이었다.

"어떨까요. 신문사에서 힘을 쓰면 풀려나올 수 있지 않을까요?"

정진숙이 애원하는 말투가 되었다.

"글쎄요. 일단 법률에 걸려든 건데 신문사가 말한다고 해서 쉽게 될까요?" 하고 나는 난색을 표했다.

"아무런 잘못도 없는 사람인데, 참으로 기가 막혀서……."

중년 여자는 탄식을 했다.

"등록을 하지 않고 종교단체 행세를 한 것이 원체 잘못이거든요."

나는 쌀쌀하게 말했다.

"돈은 얼마가 들어도 좋아요. 선생님을 빨리 빼내야 하겠어요."

중년 여자는 울상이 되었다.

"잘못하면 우리 교단의 멸망이에요."

정진숙의 표정은 심각했다.

"신문사를 통해서 어떻게 할 수 없을까요."

정진동은 나의 눈치를 살폈다. 설혹 신문사를 통해서 어떻게 된다고 한들 지금의 나로선 어떻게 할 수 없는 노릇이다. 나는 당분간 신문사 사람들을 만나지 않을 작정이었던 것이다.

"신문사 간부들과 의논해보실 수 없어요?" 하는 정진숙의 간절한 말이 또 있었다. 중년 여자는,

"돈은 얼마가 들어도 좋은데." 하는 말을 한 번 더 되풀이했다. 나는 신문사를 그만두었다는 말을 했다.

"신문사를 그만두다뇨?" 하고 정진동이 놀란 빛을 보였다.

정진숙의 얼굴엔 실망하는 빛이 돌았다. 나는 그들에게 이유를 설명할 필요를 느끼지 않았다. 다만 다음과 같이 말했다.

"백 년을 더 있어도 보람이 없을 것 같아서 그만두었어."

"그렇더라도 신문사 간부와 의논해볼 순 있지 않겠소."

정진동이 불만을 섞어 말했다.

"지금 내 처지로선 그럴 수도 없어. 그러나 내 나름대로 알아는 보지. 알아보고 무슨 수단이건 써보겠어."

나는 강신중 변호사를 염두에 두고 이렇게 말했다. 내게로부터 탐탁한 소릴 듣지 못하겠다고 느꼈음인지 일동은 일어섰다. 나는 도어 밖에까지 그들을 전송했을 뿐이다.

혼자가 되면서부터 나는 윤두명의 일을 걱정하기 시작했다. 내버려두면 뜻밖인 중죄로 몰릴 위험도 있었다. 교도 가운데 간첩이 끼어 있었다는 것이 첫째 난점이었다. 더욱이 교단이란 것이 미등록 단체였으니 얼마라도 추궁해볼 건덕지가 되는 것이다.

언젠가 들은 윤두명의 어렸을 적의 얘기가 생각나기도 했다. 그 아버지는 좌익운동을 하다가 6·25 때에 죽고, 어머니는 개가하고 할머니

밑에서 자랐다. 그동안에 있었던 몇 토막의 얘기는 듣기만 해도 가슴이 아픈 그런 성질의 것이었다. 법률의 추구는 그런 어릴 적의 사실까지에 미칠 것이 아닌가. 그런데 그것이 모두 윤두명을 불리한 경우로 몰아넣는 작용을 할 것이었다.

나는 가만있을 수가 없었다. 밖으로 나가 공중전화를 강신중 변호사에게 걸었다. 강 변호사는 마침 사무실에 있었다. 나는 그리로 달려갔다. 대강의 설명을 듣더니 강 변호사는,

"이 유사종교란 건 참으로 골치 아픈 겁니다. 전부가 다 그렇달 순 없지만 그 가운덴 순전히 사기꾼의 집단이라고밖엔 볼 수 없는 게 있거든요. 아무리 좋은 간판을 걸고 있어도 유사종교단체라고 하면 당국은 일단 사기꾼의 집단이라고 취급합니다."

하는 엄청난 소릴 했다

"윤두명 씨는 뭔가 신념이 있는 사람입니다. 결코 사기꾼일 순 없는 사람입니다. 그분이 교단을 만들었다고 하면 그만한 이유가 있을 겁니다. 보통의 단체로선 달성할 수 없는 목적 같은 것을 지니고 있을 겁니다. 현재 그분은 수십 명 고아들을 기르고 있습니다. 그런데 고아들을 기르는 태도에 있어서 그렇게 진지할 수가 없습니다. 자애로울 수가 없습니다. 강 변호사님, 윤두명 씨를 구해주십시오."

강 변호사는 빙그레 웃었다. 그러나 말은 없었다. 한마디쯤 더할 것이 있지만 하지 않겠다는 그런 태도였다.

"유사종교라고 하지만 불교나 기독교도 결국 시작이 있었을 것 아닙니까. 시작 당시엔 윤두명 씨의 상제교나 다를 것이 없지 않았겠습니까."

말하면서 나는 일종의 자기모순 같은 것을 느꼈다. 나 자신 윤두명의

상제교엔 동조하지 않았던 것인데 지금 변호사 앞에선 이런 말을 하고 있다 싶으니 생겨난 느낌이었다.

"예수나 부처님이 처음부터 그리스도교다 불교다 하는 간판을 붙여 놓고 시작했겠소? 그분들은 돌아가시고 그분들의 가르침이 남아 역사와 더불어 하나의 종교로 발전한 것 아니겠소? 유사종교의 결정적인 과오는 시작부터 간판을 내거는 태도, 또는 마음먹기에 있는 것이 아니겠소?"

강 변호사의 말은 그럴듯했다. 그러나 나는 지기 싫었다.

"윤두명 씨의 상제교도 자기를 교조로 한 것은 아닙니다. 옥황상제의 섭리를 따르라는 것이니까요. 희랍엔 제우스가 있고 이스라엘엔 여호와가 있듯이 우리나라의 신은 옥황상제라야 한다는 겁니다."

내가 열을 올리자 강 변호사는 "옥황상제라구요?" 하고 하하 하며 큰 소리로 웃었다.

"아무튼 윤두명 씰 부탁합니다."

나는 거듭 간청했다.

"한번 알아보겠소. 피의사실의 내용이 어떻게 되어 있는 것인지 알아봐야 할 게 아니오."

했지만 강 변호사의 태도는 분명치가 않았다. 유사종교라는 것에 대해선 어떻게 할 수 없는 선입견이 작용하고 있는 것 같았다.

"언제쯤 알아보시렵니까?"

"내일 알아보지."

"그럼 내일 오후에 와볼까요?"

"그렇게 하시오."

"헌데 이 사건을 맡으시려면 착수금을 얼마나 준비하면 될까요?"

"더 모어 더 베터지. 이런 사건은."

하고 강 변호사는 웃었다.

"그러나 대강 얼마라는 것을 알아야죠."

"그건 내가 이 사건을 맡을지 안 맡을지를 결정하고 난 연후에나 있을 얘기 아니겠소."

"좋습니다. 그럼 내일 오후에 오겠습니다."

하고 나는 변호사 사무실에서 나왔다.

나는 부득불 보광동 윤두명의 교단으로 가야 하겠나고 마음을 먹고 그 방향으로 발걸음을 옮기기 시작했다. 나 자신의 일도 감당하지 못하면서 남의 드라마에 휘말려 들어가야 하는 쑥스러움이 나를 만화로 만들고 있다는 느낌은 씁쓸했다. 그러나 나는 어느덧 윤두명이 남 같지 않은 기분 속으로 빠져들고 있었다.

보광동 윤두명의 집을 찾아가는 길을 도중에서 붙든 택시의 사정으로 어제 왔던 장충단 쪽으로 택하게 되었는데 나는 다시 한 번 분수를 보는 기회를 가졌다. 그때 이런 글귀가 내 가슴에 괴었다.

'도시의 하늘은 무지개를 거부한 지 오래인데 분수는 낙하의 사상으로 빛난다.'

인생은 단순한 것이다.
콩을 심으면 콩이 나고 팥을 심으면 팥이 난다

윤두명의 집 가까이에 섰을 때, 공식을 무시했기 때문에 어지럽혀놓은 수식 같은 것을 느꼈다. 정답만 얻어내면 그만이 아니냐는 배짱, 공식을 무시하고도 이렇게 정답을 얻을 수 있다는 수재의 오만 같은 것이 없지도 않았을 눈앞의 구도를 보고 나는 쓴웃음을 웃었다. 쓴웃음은 오히려 당혹감이었다. 윤두명의 정신세계를 나는 거기에서 구도적으로 파악한 느낌이었는데, 그 느낌으로 해서 윤두명과 나와의 거리를 새삼스럽게 인식한 것이다.

공식을 무시하고도 정답을 낼 수 있다는 것은 확실히 자랑이 될 수가 있다. 수학에 빠져본 적이 있는 나로선 더욱 그 사정을 이해한다. 그러나 공식에 따라 수월하게 수식을 엮고 있는 사람을 깔본다는 것은 좋지 못한 일이다. 보다 큰 발견을 위해서 대수롭지 않은 문제는 공식에 다 맡겨버릴 수도 있는 일이니 말이다.

전에 문이 있었던 부분은 시멘트 빛깔의 블록담장에 흡수되어 흔적이 없었다. 그런데 그 담장은 높이 이 미터, 길이 십 미터쯤이나 될까. 육십 도의 각도로 비탈을 따라 산마루에까지 뻗어 있었다. 그 담장 위로 톱니 모양으로 벽돌 기와지붕이 겹쳐져 옆얼굴을 보이고 집 꼭지엔 피뢰침이 허공을 찌르고 있었다. 그리고 담장에 붙여 바깥쪽에 철근의 난간을 곁들인 계단이 깔려 있다.

시멘트 빛깔의 블록담장엔 늦은 가을의 오후의 햇빛일망정 어떠한 정감도 그려넣지 못한다. 아무래도 입구는 그 계단의 정상에 있는 모양인데 블록담을 오른편으로 하고 계단을 걸어 올라간다는 것은 무관심한 그대로 외면하고 있는 여체를 향해 엉뚱한 수작을 거는 쑥스러움일 것이었다.

그러나 나는 절난간의 군데군데를 왼손으로 짚어 잡아당기듯 하며 느릿느릿 계단을 밟고 올라갔다. 가까운 집들의 뜰 · 마루, 널어놓은 빨래 같은 것이 시야로 들어왔다. 굳이 그런 것을 보지 않도록 노력해야만 했다. 계단이 끝난 곳에 오른편으로 문이 있었다. 거기에만 옥색으로 칠한 판자문, 판자문에만 벽돌 기와의 지붕이 있었는데 그것은 지붕이라고 하기보단 모자라고 하는 게 옳았다. 오른편에 빨간 단추가 있었다. 눌렀다. 둔한 부저가 울리고 있는 것이 바깥에서도 들렸다. 조금 기다렸다. 눈높이만한 부분의 판자문에 삼십 센티미터쯤의 네모꼴 공간이 생겼다. 소년의 얼굴이 나타났다. 어른 같은 표정을 한 생리적으로만 소년 같은 얼굴이었다.

"누구세요?"

눈과 입이 동시에 물었다.

"서재필이란 사람인데."

말이 끝나기도 전에

"잠깐 기다리세요."

하고 그 네모꼴의 공간이 닫혔다. 이 분쯤의 사이가 있었을까.

빗장을 뽑는 소리와 함께 문이 열렸다. 들어오라는 말이 없었지만 나는 안으로 들어섰다. 거기에서 현관까진 오륙 보면 되었다. 나는 내가 왔다고 하면 우르르 나타날 몇 사람이 있을 것이란 짐작을 안 해본 것이 아닌데, 나타난 것은 중학생으로 보이는 그 소년뿐이었다. 소년은 대문의 빗장을 다시 지르곤 앞장을 섰다. 그 뒤를 따랐다.

안내된 곳은 현관을 들어서서 곧바로 오른편에 있는 응접실이었다.

"여기서 기다리고 계세요."

하는 말을 남겨놓고 소년은 어디로인지 사라져버렸다.

나는 방 가운데에 있는 소파 가운데 아무데나 골라 앉았다. 십여 명이 앉을 수 있도록 마련된 소파이고 의자인데 전부 검은 가죽으로 덮인 장중한 것들뿐이다. 일 년 전에 왔을 때 앉아본 적이 있는 바로 그 방 같은데 장식과 조도는 전연 달라져 있었다. 일 년 전엔 넉넉한 중산층 가정의 아늑하고 세련된 응접실을 방불케 했던 것인데 지금의 그 방은 벼락부자가 위엄을 강작하기 위해 기를 써서 만들어놓은 것 같다. 북쪽의 벽엔 유럽풍의 페치카가 있었고, 그 위가 맨틀피스, 맨틀피스 위엔 암록색 목재로 된 범선의 모형을 비롯해 그밖에 각양각색의 목각품이 놓여 있었다. 그리고 그 중간쯤 부엉이 모양의 시계가 있고, 그 위 벽면 엔 렘브란트의 풍경화가 걸렸다. 물론 복제일 것이지만 화폭이 꽤나 크고 장중하다.

'옥황상제와 렘브란트 사이에 무슨 관련이 있는 것일까!'

서쪽 벽엔 천장 높이까지 그 너비를 꽉 채운 서가. 그러나 불투명 유리창이 닫혀 있어 그 내용물은 알 길이 없다. 동벽의 중간쯤에 이웃방으로 통하는 도어가 있고, 그 도어를 사이에 두고 오른편에 텔레비전 수상기, 왼편에 스테레오식으로 된 꽤 큰 전축이 놓였다.

남쪽은 너비 육 미터, 높이 이 미터 반쯤으로 된 공간이 미닫이식 유리창으로 짜여 있다. 이를테면 옥황상제의 제자들이 속세의 풍경을 조망하는 곳이다. 나는 자리에서 일어나 그 유리창 가까이로 갔다.

서울 남쪽의 풍경이 시야 가득히 펼쳐져 있다. 높은 집, 낮은 집, 검정·빨강·회색·녹색·백색, 그리고 몇 가지의 중간색으로 추상할 수 있는 서울의 일부가 태양에 등을 돌린 움츠린 자세로 정열 없는 팬터마임을 연출하고 있는 것이 아닌가. 그 팬터마임의 배경으로 한강이 흐르고 동양화적인 원근으로 산들이 솟아 있다. 한강은 한강대로 그 사상으로 흐르고 산은 산내로 그 사상의 높이만큼 솟아 있다.

'풍경엔 철학이 있다. 아니 풍경이 철학이다.'

어느덧 내 속의 소설가가 이렇게 중얼거렸다. 그러자 내 속의 소설가가 그 감각의 촉수를 뻗기 시작했다. 팬터마임이 연출되고 있는 그 순간 순간의 미세한 뉘앙스까지도 놓치지 말아야겠다면서 좌우 1.0의 시력을 구사해보는 것이었지만 내 마음의 감광판은 먼지투성이에 거미줄까지 얽혀 있는 형편이었다.

돌연 등 뒤에서 무슨 소리가 날 것 같은 수작이 있었다. 뒤돌아보았다. 오르골이 울렸다. '엘리제를 위하여'. 이어 부엉이 시계가 시종 한 개를 울렸다. 네 시 반을 가리키고 있다. 그렇다면 나는 혼자 그 방에서 삼십 분 동안이나 머물러 있었던 것이 된다. 내가 그 방에 들어왔을 때의 부엉이 시계는 네 시를 조금 지나 있었고 내 시계는 네 시 정각이었으니까.

'어떻게 된 셈일까.'

나는 슬그머니 화가 났다. 그대로 돌아가버릴까 하는 생각을 했다. 윤두명의 체포가 이 집을 비통의 침묵으로 몰아넣어버린 것이 아닌가. 아무튼 삼십 분을 기다리고도 가만히 있을 순 없는 일이었다. 나는 동작을 일으키기로 했다. 그때 눈에 띈 것이 동쪽 벽의 도어였다.

그 도어에 다가섰다. 노크를 했다. 반응이 없었다. 그 방 안엔 목을 맨 시체가 천장에 매달려 있을 것 같은 무시무시한 기분이 들었다. 그 럴수록 방문을 열어야겠다는 마음으로 기울었다. 손잡이를 잡고 살며 시 돌렸다. 도어는 소리 없이 열렸다. 빈 방의 내음이 와락 코에 와 닿 았다. 빈 방엔 빈 방의 내음이 있다. 헌데 그 방은 응접실관 너무나 달 랐다. 부잣집에서 극빈자집으로 간 것 같은 느낌이 완연했다. 느낌이 아니라 사실이었다.

두 평쯤이나 될까. 바닥은 판자로 된 마루였다. 그 위엔 아무것도 깔 려 있지 않았다. 천장은 서까래를 드러내놓은 채 회칠한 그대로이고 벽 지는 우중충한 빛깔, 그야말로 가난의 빛깔이었다. 북쪽 벽에 잇대어 놓은 침대는 목제의 초라한 것인데 군데군데 니스칠이 벗겨져 있었고, 그 위에 잿빛이 된 매트와 두세 장의 담요, 허술한 이불이 차곡차곡 포 개져 있는데 특히 베개에 가난이 있었다. 싸구려 여관에 뒹굴고 있는 것 같은 베개였다. 남쪽에 방 규모로 봐선 꽤 넓은 들창이 있고, 들창 밑에 보기만 해도 삐걱거릴 것 같은 탁자와 나무의자가 놓였다. 서쪽 벽엔 오 단으로 된 책꽂이, 그 책꽂이는 하숙을 금방 옮긴 가난한 대학 생이 뒤에 정리할 요량으로 우선 책을 쑤셔넣어 놓은 것처럼 난잡한데 그 중 두 단은 이가 빠진 노파의 잇몸처럼 듬성듬성 책이 남아 있기도 했다.

『악마학대전』惡魔學大全이란 게 눈에 띄었다. 『동학대전』東學大全이 란 것도 있었다. 그런가 하면 『조어대전』釣魚大全, 『영매술대전』靈媒術 大全, 『무속대전』巫俗大全, 『사주대전』四柱大全이란 것도 눈을 끌었다.

대전이란 책명을 보지 않은 바는 아니지만 나는 천하에 이처럼 많은 대전류가 있다는 것은 미처 몰랐다. 하기야 '상쿠티 토마데 아퀴노'의 『숨마테오로지아』를 우리나라에선 『신학대전』이라고 번역하고 있는 것이 아닌가.

나는 이 책꽂이의 주인이 누굴까 하는 데 호기심을 갖기 시작했다. 한마디로 말해 나 같으면 손에 들어볼 생각도 내지 않을 이런 책만을 모아 읽고 있는 사람은 나와 같은 천체에 사는 족속이 아닐 것이었다.

'『악마학대전』을 읽어 어떻게 하겠다는 말인가. 『악마학대전』을 읽고 악마가 되어선 『조어…』 즉 낚시대전을 읽고 천하의 붕고기를 모조리 낚아올리겠다는 말인가. 『영매술…』은 또 뭔가. 『무속…』은? 『사주…』는……?'

그런데 그 가운데서 포이어바흐의 『기독교의 본질』, 르낭의 『예수전』을 발견했다. 비로소 책다운 책을 만난 느낌이었다. 바로 그 옆에 거꾸로 꽂힌 책이 있어 그것을 빼내어 제목을 보았더니 라인홀드 니버의 『도덕적 인간과 부도덕한 사회』란 책의 원서였다. 악마의 성에서 사람을 만난 것 같은 반가움이어서 그 책을 펴보았다. 난외에 가는 글자로 가득 무언가를 써넣고 있었다. 책 마지막 페이지까지 그렇게 되어 있었다. 나는 보다 밝은 들창가로 들고 가서 눈에 띈 대로 몇 구절을 읽었다.

'아무리 나쁜 놈이라도 개인이 사람을 연거푸 서넛만 죽이면 숨과 마음이 가빠져 그 이상의 행동은 도저히 하지 못하게 될 것이 뻔하다. 그런데 당의 이름, 국가의 이름으로는 한꺼번에 수만 명을 죽여도 눈썹 한 번 깜빡하지 않을 만큼 태연할 수가 있다. 결국 죽이는 행위는 개인의 행위로서밖에 할 수 없는데 말이다……'

그 필적은 분명히 윤두명의 것이었다. 그러니 윤두명이 그렇게 니버의 사상을 부연하고 있는 것이다.

또 한 군데 이런 기록이 있었다.

'그러니 조직의 힘은 산술적인 집합이 아니다. 조직이 크면 클수록 사람은 양심의 부담에서 해방된다. 조직에의 복종에 최고선을 볼 수 있기 때문이다. 니버는 조직의 악을 가르친 것이 아니라 강자가 되는 방법을 가르치고 있는 것이다……'

나는 몽둥이로 골통을 얻어맞은 것 같은 충격을 느꼈다. 『악마학대전』과 이 구절이 결합되는 단서가 있을 것 같아서였다. 그러나 조급한 판단은 피해야만 했다. 나는 다른 구절을 찾았다. 너무 열중해 있었기 때문에 옆에 사람이 와서 선 것도 몰랐다.

정진숙이 내 옆에 있었다. 그런데 그 표정은 굳어 있었다. 싸늘한 눈이었다. 엉겁결에 나는 인사를 잊었다.

"빨리 나가세요. 이 방엔 누구도 들어오지 못합니다."

진숙은 말도 싸늘했다.

나는 말없이 책을 손에 든 채 나오려고 했는데,

"그 책 이리 주세요."

하는 진숙의 말이 있었다. 그리고 내가 내밀기도 전에 진숙은 그 책을 뺏듯이 하곤 그 책을 책꽂이에 꽂았다. 그런데 그런 상황에서도 내가 특이하게 느낀 것은 진숙이 꽂은 자리가 아까 내가 빼낸 그 자리였고, 아까 그대로 거꾸로 꽂았다는 사실이다.

화가 치밀었으나 응접실로 나와 소파에 앉아 담배를 피워물고 보니 마음이 진정되었다. 진숙이 내 앞의 소파에 앉았다. 태도로 보아 자기가 한 행동을 뉘우치고 있는 듯한 흔적이 있었다. 그러나 거기에 대한 변명은 없었다.

"사람을 그처럼 기다리게 할 수가 있소?"

나는 약간 응석을 부리는 듯 말을 꾸몄다.

"마침 기도시간이었어요. 특히 교조님을 위한 기도시간이어서 모두들 몸을 빼낼 수가 없었어요."

누그러진 표정으로 부드러운 말투이긴 했지만 여전히 변명의 말은 없었다. 나는 입을 다물어버리고 말았다.

중년의 여자가 차를 날라왔다. 그러나 곧 나가버렸다. 진숙은 찻잔을 내 앞에 밀어놓으며,

"어떻게 신문사의 간부들과 얘길 해보셨어요?"

하고 물었다.

"이제 막 신문사를 그만둔 주제에 어찌 그런 의논을 합니까. 그 대신 내가 존경하고 있는 변호사가 있어서요. 강신중이란 변호산데요, 그 분에게 부탁을 했습니다."

"변호사에게 의논을 하셨다구요?"

진숙의 말엔 열기가 없었다. 변호사와 의논할 바에야 자기들도 할 수 있다는 그런 마음먹이 탓인지 몰랐다.

그렇다고 치더라도 너무하다는 생각이 들었다. 모처럼 윤두명 씨를 위하는 마음으로 여기까지 찾아온 나 아닌가. 그런 사람에게 그처럼 쌀쌀할 순 없을 것이 아닌가. 나는 그들이 내가 신문사를 그만두었으니 이용가치가 없다고 생각한 탓이라고 짐작했다. 그렇다면 얼마나 얍삽한 인간들인가. 나는 정진숙을 관찰해보기로 했다. 삼십 세 안팎의, 여자로선 정감이 한창 발동할 시기이다. 그런 시기의 여자가 지닌 아름다움으로 윤이 나 있었다. 약간 수척해 보이는 것은 윤두명의 사건으로 인한 충격 때문일 것이었다. 사랑에 자족하고 있던 여자가 돌연 애인을 잃었을 때 우아함과 신중함을 같이 잃는 경우가 있을 것이 아닌가. 나

는 그런 뜻으로 정진숙을 용서해주기로 했다. 들은 바에 의하면 정진숙의 교단에 있어서의 명칭은 교모라고 했다. 정진숙과 같은 교모가 교단에 벌써 서른 명이 넘는다고 했는데 그 서른 명이 모두 윤두명의 정신적 아내가 되는 것일까. 정신적 아내이면 육체적인 아내가 될 수도 있는 것이 아닌가. 정신을 우위에 두는 종교사회에선 육체의 문제는 중시되지 않을 것이 아닌가. 윤두명의 교단에 있어서의 정식 명칭은 교부였으니 교모의 대칭인 셈이다.

어느덧 전등이 들어와 있었다. 나는 일어섰다.

"식사라도 하고 가세요. 곧 진동이 올라올 겁니다."

"진동이 이 집에 있습니까?"

"있습니다."

하는 바람에 나는 도로 앉았다. 식사를 할 작정은 없었지만 정진동은 만나야 하겠다고 마음먹었다.

"그런데 진동이 지금 뭣합니까?"

"교도들이 많이 왔어요. 교도들과 의논할 일이 있어 교당에서 회의를 하고 있어요."

정진동이 그처럼 윤두명의 종교에 관여하고 있는가 싶으니 새삼스럽게 얼떨떨한 기분이었다.

"교당은 어디에 있소."

"맨 아랫집이 교당이에요."

"거기에 또 출입구가 있습니까?"

"교도 전용의 출입구가 있습니다."

나는 흐음, 하는 기분으로 그 말을 들었다. 내친걸음이라 또 물었다.

"저 방은 누구 방입니까?"

"교조님의 방예요."

"이 방은 이처럼 호사스러운데 교조의 방이 그렇게 초라해요?"

"그것이 교조님의 위대하신 점예요."

위대하다는 말에 나는 웃음을 터뜨릴 뻔했다. 가까스로 참았다.

"교조님은 돌아가신 할머니 이상으론 편하게 주무시지 않기로 맹세하고 계십니다. 잡수시는 음식도 그렇게 하시기로 맹세하셨습니다. 교조님 자신은 그처럼 질소하시면서 교도를 위하시는 처리는 얼마나 자상하시고 너그러우신지, 참으로 황송하고 고마움이 한량이 없습니다."

나는 진숙이 교조님을 들먹일 때마다 눈에 띄게 자세를 고치는 것을 보았다.

'세상에 웃기는 일도 다 있군.'

하는 기분이 내 입 언저리에 나타났던지 모른다. 진숙은 일어서더니 나를 따라오라고 했다. 응접실에서 나와 현관의 방향과는 반대 방향으로 골마루를 걸어가니 층계가 있고 일고여덟 계단으로 된 그 층계를 내려서니 축담이 있고 그 축담의 층계를 내려 아랫집으로 통하고 있는데 그 아랫집 첫 방의 문을 진숙이 열었다. 그리고 "승찬아." 하고 불렀다. 그러자 "예, 어머님." 하는 말과 함께 소년 하나가 얼굴을 내밀었다. 작년 언젠가 왔을 때 꽃을 좋아하는 소년이라면서 윤두명이 내게 소개한 소아마비에 걸린 그 소년이었다.

"손님한테 인사하고, 네 방 구경 좀 시켜드려라."

진숙이 한 말이다. 그 방에 들어선 나는 동화 속의 왕자의 방 같다고 느꼈다. 한쪽 벽장에 비행기를 비롯해서 기선·기차·탱크 등 모형이 진열되어 있었고 다른 한쪽엔 꽃과 곤충의 표본상자가 있었다. 뿐만 아니라 흑단인 듯싶은 나무로 만든 침대엔 새털이불이 깔려 있었고 옆에 있는 도어를 여니 목욕탕과 화장실 겸용의 장치까지 있었다.

　그 방에서 나오면서 정진숙이 감지덕지한 표정으로 말했다.

　"보셨죠? 교조님 당신께선 그처럼 누추한 곳에 사시면서 사랑하는 아이들헌텐 저렇게 자상하시단 말씀예요."

　"아이들 전부에게 다 그러십니까?"

　"정도의 차이는 있죠. 그러나 본질적으론 다 같애요."

　다시 축대를 지나 꼭대기 집으로 올라왔다. 올라와서 응접실로 가는 도중 어떤 도어가 있었길래 물었다.

　"이 방은 누구의 방이오?"

　"옥황상제께서 교조님께 계시를 내리시는 방입니다. 교조님께서 우리에게 계시를 주실 때도 이 방을 씁니다."

　"다 한번 구경했으면 하는데요?"

　"그건 안 됩니다. 교조님의 방과 이 방은 교조님의 분부 없인 절대로 들어가지 못합니다."

　선뜻 머리에 떠오르는 것이 있었다.

　"그 방과 교조의 방은 통해 있죠?"

　"물론 통해 있죠."

　나는 윤두명의 방이란 그 초라한 방의 동쪽 벽 한구석에 조그마한 도어가 있었고 그 도어엔 묵직한 자물쇠가 채워져 있던 사실을 상기했다. 이윽고 정진동이 올라왔다. 그는 반가움을 감추지 않았다.

　"정군 나허구 밖에 좀 나가요. 오래간만에 술이라도 한 잔 하자."

고 내가 꼬드겼다.

　"지금이 어느 땐데 술을 마셔요."

　진숙이 단호하게 말했다.

"재필 형님과는 긴히 의논할 것도 있으니 나갔다 오겠습니다."

하고 진동이 말했다.

"그 긴한 얘긴 여기선 못하니? 내 자리를 피할 테니."

"안 됩니다."

정진동도 굴하지 않았다.

남산 중턱에 새로 만든 호텔의 스카이라운지에 나는 정진동과 마주하고 앉았다. 밀집한 어둠이 유리창 밖에 호수처럼 괴었는데 라운지의 샹들리에와 하얗게 덮인 테이블, 테이블마다에 놓인 꽃들이 그 호수의 표면에 떠 있다. 나와 정진동을 비롯한 드문드문 자리잡고 앉아 있는 손님들의 정물 같은 그림자, 소리를 죽이고 돌아다니는 웨이터들의 모습이 수족관의 경치를 닮았다.

풍선형으로 된 유리 글라스의 바닥에 조그맣게 괸 호박색의 액체는 코냑이란 이름이라고 했다. 그 참새들의 눈망울 같은 술은 프랑스에서 온 것이라고 했고, 그 내력을 따지는 페단티즘과 더불어 혓바닥을 굴려야만 진짜의 맛을 알 수 있는 거라고 말한 사람이 있었지만 소주에 익숙한 나의 입엔 간지러운 허영의 맛이 있을 뿐이다. 그러나 막상 허영만으로 정진동을 그곳으로 데리고 간 것은 아니다. 전연 새롭게 시작되는 날의 의미를 그 이방지대에서 다져보는 동시 윤두명의 비밀을 정진동의 입을 통해 알아보고자 하는 속셈이 엉뚱한 행동으로 되었다는 것이 정확한 풀이일지 모른다.

우리들관 서너 개 테이블을 건너 젊은 백인 남녀가 앉아 있었다. 구레나룻과 턱수염이 모랫빛으로 바래 있는 남자의 얼굴은 예수의 초상을 닮았으니 그 옆에 앉아 있는 여자는 막달라의 마리아를 닮았다고나 할까. 하여간 그들은 한국제 맥주병을 사이에 두고 있었는데 일이 제대로 되었으면 그 맥주병은 우리 앞에 와 있어야 하고 풍선형 코냑의 글라스는 그들의 앞에 가 있어야 하는 것이란 묘한 콤플렉스가 솟았다.

긴한 얘기가 있다며 따라나온 정진동은 아직 입을 열지 않았다. 너무나 벅찬 문제를 가지고 있는 탓이 아닐까 했다. 나도 술을 주문한 외론 말하지 않았다. 물어보고 싶은 것이 너무나 많은데 그 순서를 가릴 수가 없었던 것이다. 그래 한참 동안을 풍선형 글라스를 만지작거리고 있다가 물었다.

"렘브란트와 옥황상제는 무슨 관련이 있는 건가?"

정진동이 얼굴을 들었다. 그 눈빛으로 내 질문의 뜻을 이해했다는 것을 짐작했다.

"그 방은 그 집에서 옥황상제와 전연 관계가 없는 유일한 방입니다."

정진동의 말은 조용했다.

"이를테면 외래인 전용의 응접실이란 말이지?"

"원하지 않는 누구에게도 상제교의 교리를 강요할 필요가 없다는 것이 윤두명 씨의 신념입니다."

교조라고 하지 않고 윤두명 씨라고 하는 데 나는 약간의 안심을 느꼈다.

"정군은 상제교의 독실한 교도가 된 모양이지?"

"아직은. 그러나 그렇게 되도록 노력하려고 해요."

그 말투는 성실했다.

"교도가 된 데는 무슨 동기가 있을 것인데."

"나 자신을 바로 보게 되었을 때가 동기라고 하면 동기랄 수 있겠죠."

"나 자신을 바로 본다?"

정진동은 쓴 약처럼 코냑의 액체를 핥았다. 자기의 생각을 쫓고 있는 표정이었다.

인생은 단순한 것이다. 콩을 심으면 콩이 나고 팥을 심으면 팥이 난다 167

"좀더 구체적으로 말해보렴."

"난 꽃의 의미를 생각해왔어요. 뭔가 의미가 없고서야 그처럼 호화스러울 수가 있어요? 귀여울 수가 있어요? 또 그렇게 갖가지로 필 수가 있어요? 헌데 그 의미는 사람이 알 순 없는 것 아닙니까. 신만이 알고 있는 섭리겠지요?"

"그렇다고 치고 그렇게 인식하면 그만인 것 아닐까?"

"나도 얼마 전까진 그렇게 생각해왔죠. 신을 무시하고 살고 있었죠."

"그러니까 동기를 붙고 있는 것 아닌가."

"그럼."

하고 정진동이 어조를 바꿨다.

"서 선배에게 묻겠는데요. 선배님은 원한을 품은 채 예사로 살아갈 수 있겠습니까?"

"내겐 원한이란 게 없어."

"뼈에 사무친 원한이 있다고 가정하면요."

"글쎄."

하고 나는 어물어물할밖에 없었다. 진동의 말이 뒤쫓아왔다.

"난 생각했죠. 원한을 지닌 채 살기란 힘들다. 그러나 원한을 없는 양치고 살기엔 너무나 답답하다. 어떻든지 이 문제를 해결해야 하겠다. 그러자면 신의 가호가 있어야 한다. 이렇게 생각한 거죠."

"윤두명 씨의 사상적 감화를 받았구먼."

"물론이죠. 그분이 내 눈을 뜨게 한 겁니다. 난 육종학을 연구하고 있거든요. 육종학처럼 신의 섭리를 잘 증명한 학문은 없을 겁니다."

"육종학에 원한의 문제가 있는가?"

"있죠. 싹이 트지도 못한 씨앗의 원한, 싹이 트긴 했는데 꽃 피기 전

에 시들어버리는 원한, 꽃은 피어도 열매를 맺지 못한 원한……. 자연
과 인생은 원한에 가득 차 있습니다."

"그 원한을 신은 어떻게 해결하는가."

"신을 모시는 사람들의 힘을 합하면 길이 트인다는 것이 윤두명 씨가
받은 계시입니다."

"신이 꼭 옥황상제라야 하는 이유는?"

"우리는 동양 사람이니까. 이 반도에서 살고 있는 사람이니까요."

"신이 없다고 하면 어떻게 하지?"

내 말이 다소 시니컬한 빛을 띠었다. 그런데 정진동의 말은 단호했다.

"없으면 만들어야 하죠. 이스라엘 백성들이 여호와를 만들고 아라비
아의 사람들이 알라의 신을 만들었듯이 우리는 옥황상제를 만들어야
하죠."

개가 신을 그리면 개 모양으로 그릴 것이란 누군가의 말이 상기되기
도 해서 나는 힘없이 웃었다.

"왜 웃습니까. 무고한 사람을 죽인 자가, 무수히 사람을 괴롭힌 자가
이리처럼 사람들의 피를 빨아먹은 자가 죽어버린 후엔 아무 일 없이 지
나버릴 수 있도록 방치해둘 수 있습니까? 사람의 사회에 감옥이 있다
면 저 세상에도 감옥을 만들어야 하지 않겠습니까?"

"그것은 예수교의 사상 그대로가 아닌가."

"그 점은 같습니다. 그러나 우리와 그들이 다른 것은 그들은 저 세상
만을 문제로 하는데 우리는 저 세상뿐만이 아니라 이 세상도 문제로
합니다. 원한을 가진 자가 원한을 풀 수 있는 사회가 되어야 하지 않습
니까."

"그게 가능할 것 같은가?"

"우리 교세가 삼천만으로 불어날 때 가능하겠죠."

망설임도 없이 이렇게 말하는 진동을 나는 말끄러미 바라보았다. 정신이 정상을 잃은 사람이라고 느끼지 않을 수 없었다. 나는 다시 물어보았다.

"정군은 자꾸만 원한, 원한 하는데 도대체 어떤 원한을 가지고 있단 말인가."

"원한 많죠."

"글쎄 그게 어떤 건가 말이다."

"원한은 가슴에 새겨두라고 했습니다. 입 밖에 내선 안 된다고 했습니다. 다만 나무를 가꾸듯 가꾸기만 하라고 했습니다. 우리 속에 호랑이를 키우기만 하라고 했습니다. 드디어 호랑이도 철갑을 쓰게 되죠. 철갑을 쓴 호랑이 삼천 마리면……원자폭탄도 당해낼 수 있죠. 있구말구요. 이게 교조님의 가르침입니다. 계시입니다."

드디어 정진동의 입에서도 교조님이란 단어가 튀어나왔다. 내 삭막한 얼굴이 유리창 저편에 괸 밤의 호수 속에 요괴 모양으로 비현실적 빛깔로 떠올라 있었다. 그를 상대로 하고 있으면 나 자신 미칠 것만 같았다. 그러나 그 자리에서 서기 전에 물어둘 말이 있었다.

"아까 긴한 의논이 있다고 했는데 그게 뭐지?"

"아 참."

하고 중대한 문제를 잊고 있었다는 듯 진동이 정색을 했다.

"윤두명 씨를 담당한 사람이 구봉우라는 것을 알았습니다."

"엣."

하고 나는 그를 보았다.

"그 사실을 알자, 누님이 비상한 각오를 한 것 같습니다."

진동이 말하는 누님이란 물론 정진숙이다.

"비상한 각오라니?"

"당장 무사하게 해결해주지 않으면 죽음을 각오하고 구봉우의 죄상을 규탄하겠다는 겁니다. 그래 내일 누님은 구봉우의 사무실로 찾아갈 참으로 있습니다."

"무슨 그런 뚜렷한 죄상이란 게 있나?"

"자식을 죽인 살인자란 거죠."

"자식을 죽인?"

"구봉우의 간청에 못 이겨 낙태수술을 한 적이 있어요."

언젠가 정진동으로부터 들은 이야기가 기억 속에 되살아났다. 나는 비로소 정진숙의 쌀쌀한 태도를 이해할 수 있을 것 같았다. 그러한 이 판사판의 각오를 다지고 있었기 때문에 내게 반가운 태도를 보일 수 없었던 것이다.

"오늘 있었던 기도회에선 주로 그 문제를 토의했습니다. 구봉우의 죄상을 쓴 플래카드를 들고 데모를 해갖고 몽땅 감옥에 붙들려갈 각오를 한 거죠. 전국의 신도를 모으면 수만 명은 될 테니 만만찮은 데모가 될 겁니다."

"그렇게까지 일을 확대할 필요가 있을까."

"그러게 말입니다. 누님이 나서지 않아도 해결될 수 있는 방도가 없을까요. 시끄럽게 되면 교세의 확장에도 지장이 있을 거구요."

"누님도 그걸 모르는 바는 아니겠지."

"물론이죠. 그러나 누님은 교조를 구출하는 일에 수단과 방법을 가릴 필요 없다는 겁니다."

나는 정진숙의 교도로서 교조를 대하는 감정보다도 여자가 사랑하는 남자에 대한 감정의 발작일 것이라고 느꼈다.

"이왕 찾아갈 요량이면 사무실로 가지 말고 우선 집으로 찾아가보지 그래. 최후의 수단은 그 결과를 보고 할 작정으로 하고."

"일리가 있는 말이기도 합니다."

라운지에 손님이 몰려들기 시작했다. 유리창 저편의 풍경도 붐볐다. 서양 사람들의 차림은 예외 없이 허술하고 한국 사람의 차림은 예외 없이 단정하다. 그런데 서양 사람들은 허술해도 사람이 옷을 입었다는 느낌인 데 반해 한국 사람의 차림은 틀에 사람을 맞추었다고 말하는 게 옳을 만큼 부자연한 까닭이 무엇일까.

나는 라운지의 풍경으로부터도 유리창 너머의 풍경으로부터도 퇴장해야겠다고 생각했다. 그리고 그곳에서 퇴장하기 시작했다. 상제교 교도 정진동과 전직 교정부원 서재필이 빠져버린 라운지를 뒤에 남기고 우리는 엘리베이터를 탔다.

호텔 문전에서 택시를 잡았다. 내리막을 걸어가기만 하면 된다는 진동과는 그곳에서 헤어졌다. 내가 끼어들 국면은 없다는 것을 느끼며 안도의 한숨과 더불어 택시 운전수에게 "청운동."이라고 일렀다.

한길에서 택시를 내려 가파른 층계를 올라갔다. 내 방이 보일 지점에 섰다. 창에 불빛이 가득 차 있구나.

나는 기적을 바라보는 듯한 감정으로 그 불빛을 바라보며 일순 서버렸다. 저렇게 불을 켜놓고 기다려주는 사람이 있는 것도 나쁘지 않을 것이란 생각이 내 가슴을 메이게 했다. 미스 정의 얼굴이 눈앞에 떠올랐다. 동시에 혹시 미스 정이 저기에, 하는 기대에 가슴이 설렜다. 허나 김소영일지도 몰랐다. 설레던 가슴이 납덩어리를 삼킨 것처럼 금시에 무거워졌다.

어둠침침한 계단, 시멘트 바닥으로 된 복도. 나는 내 방문 앞에서 서성거렸다. 내 방에 들어서며 노크를 해야 한다는 건 야릇하다. 그러나 노크를 했다.

"들어오시오."

하는 틉틉한 소리는 우동규의 것이었다. 도어를 밀었다. 물씬한 담배연기 속에서 우동규는 소주병을 앞에 하고 앉았고 이편으로 등을 보이고 있다가 고개를 돌린 여자의 하나는 안민숙, 다른 하나는 미스 정이었다. 미스 정은 벌써 일어서 있었다.

"도대체 어딜 돌아다녀. 사람을 놀라게 해놓구."

말은 거칠었으나 우동규 부장의 얼굴은 부드러웠다.

"또 자살소동인가 했지."

안민숙이 웃음을 머금었다.

"자, 앉아요. 술이나 마시자." 하고 우동규는 미스 정보고도 앉으라고 했다. 자리에 앉아 소주잔을 쑥 내밀며,

"사내자식이 어떻게 되어먹었길래." 하고 내 손에 잔을 쥐어놓곤 우동규는 포켓에서 봉투를 꺼냈다.

"이 사표 돌려주겠어. 이유가 분명하지 않은 사표는 받을 수가 없어."

나는 우선 소주 한 잔을 들이켜고 그 잔을 돌리며 말했다.

"이유는 차차 말씀드리죠."

그리고 사표를 도로 우동규 앞으로 밀어놓았다.

"그러질 말구 하루쯤 기분 내어본 셈치구 내일 회사로 나와요."

"……."

시끄럽게 시비를 벌이기가 싫어 나는 잠자코 있기로 했다.

"이런 장난한 것 아무도 몰라. 미스 안에게만 말했지. 서재필 씨의 집

이나 알아둘려구."

우동규 부장이 또 술잔을 건네왔다.

"미스 정 언니에겐 제가 말했어요. 내 한 짓 잘했죠?"

안민숙이 장난스러운 얼굴을 지었다.

"기분이 아직 그렇지 않거든 한 일주일쯤 놀아도 돼. 회사엔 내 적당히 말해놓을 거니까."

우 부장의 말투는 개구쟁이 동생을 타이르는 형의 말을 닮아 있었다. 이 사람과 헤어진다는 것은 상당한 고통일 것이란 상념이 가슴을 아프게 했다.

"난 다신 신문사로 돌아가진 않을 겁니다."

이런 기분을 잠자코 있었다간 빼도 박도 못하는 처지에 몰릴 것이란 위험을 느꼈기 때문에 힘주어 말했다.

"뭐라구?"

우 부장은 굳은 표정이 되었다. 그러나 곧 표정을 누그러뜨리곤 술병을 흔들었다.

"잔고가 없구먼. 미스 안, 한 병 더 사가지고 와요."

"아닙니다. 제가 시키겠습니다." 하고 나는 방에서 나와 이웃방 아주머니에게 술 서너 병하고 안주 될 만한 것을 사다달라고 일렀다.

"그렇게 하지예."

아주머니의 얼굴에 함박꽃 같은 웃음이 번졌다. 남으로부터 부탁을 받는 것이 행복해서 견딜 수 없다는 그런 표정이다. 이 아주머니의 마음씨 이상의 지혜가 세상에 다시 있을까. 나는 방으로 돌아왔다.

우동규의 우울한 표정이 마음에 걸렸다. 나는 아주머니로부터 옮아받은 마음씨를 최대한으로 발휘할 작정을 했다.

"부장님, 나는 소설가가 되기로 작정했습니다. 지금의 독자들이 환영하지 않더라도 백 년 후의 독자들이 환영할 그런 작품을 쓸 작정입니다."

약간 일부러 경망해지도록 마음을 쓰며 이렇게 지껄이자 안민숙이 받았다.

"서재필 씬 좋은 소설가가 될 것이에요. 윌리엄 사로얀 같은 작가가 될지도 모르죠."

그쪽으로 시선을 돌리지 않았기 때문에 미스 정의 표정이 어땠는지는 알 수가 없다. 나는 계속 지껄였다.

"사실만을 주워 모아 터무니없는 거짓말을 꾸며낼 수 있다는 중대한 발견을 한 겁니다, 나는. 그렇다면 거짓말 갖고도 꾸미기만 잘하면 참말 이상의 진실을 만들어낼 수 있지 않겠습니까. 그래서 자신을 갖게 된 거죠."

이때 이웃방 아주머니가 함박웃음을 띠고 문을 열었기 때문에 나는 지껄이는 것을 중단했다.

"아주머니 고맙습니다."

"고맙기는요, 이웃사촌 아닙니까."

사들고 온 꾸러미를 놓고 아주머니가 나갔을 때 나는 아주머니에 대한 칭찬으로 화제를 바꾸었다.

"남편이 외입을 하면 대장부는 그쯤 재간이 있어야 한다고 기뻐하고, 술에 곤드레가 돼서 들어오면 가끔 그런 일도 있어야 하는 거라고 웃고, 남편이 신경질을 내면 남자에겐 그만한 성깔이 있어야 하는 거라고 반기고……."

"서형." 하고 우 부장이 내 말을 꺾었다.

"꼭 신문사를 그만둬야 할 이유가 도대체 뭐요?"

"꼬집어 말할 만한 이유는 없습니다."

"그런데두 그만둬야 하나?"

"한번 사표를 쓴 이상엔 할 수 없지 않습니까."

"그 정도라면 내 만류를 한 번쯤 들어줄 만하잖을까."

"……"

말은 안했지만 나는 끝까지 버텨야 한다는 각오를 다졌다. 잘못하면 도로아미타불이 될 것이 아닌가.

"한 번쯤은 내 말을 들어주겠지?"

우 부장의 추궁은 좀처럼 누그러들 것 같지가 않았다. 나는 궁여지책을 꾸몄다.

"어제 사표를 쓰고 오늘 거둬들이고 해서야 어디 내 체면이 서겠습니까. 며칠 동안만 여유를 주십시오." 하고 나는 공손히 술잔을 권했다.

"그럴듯한 말이야."

우 부장은 웃는 얼굴이 되며 내 잔을 받았다. 그리고 물었다.

"소설가가 되겠다는 거 그 진심인가?"

"진심이구말구요. 그 때문에 신문사를 그만둘 생각을 한 건데요."

"꼭 신문사를 그만둬야 소설가가 되는 건가?"

"배수의 진을 칠 생각이었거든요."

"소설가가 되고 나서 신문사를 그만둬도 늦지 않을 텐데."

"난 그렇게 흐리멍덩하게 하고 싶지 않습니다."

"서형은 아직 젊으니까 그따위 소릴 하고 있는 거여. 소설 써갖고 생활이 될 수 있도록 되려면……. 그게 그처럼 쉬운 일인 것 같애?"

"이병주 같은 사람도 소설가 행세를 하고 있는데 그게 뭐 그처럼 대단하단 얘깁니까."

"오늘 밤은 서형이 서형답지 않은 소리만 하고 있으니 답답하구먼."

우 부장은 시계를 힐끔 보더니,

"자, 술이나 마십시다." 하고 빈 잔을 쑥 내밀곤 안민숙에게 술을 따르라고 했다.

안민숙이 술을 따르곤 미스 정에게 말을 건넸다.

"정 언니 말씀 좀 해요. 제가 보기론 미스터 서가 환장한 사람처럼 보여요. 제정신이 있는 것 같질 않아요. 아무래도 정 언니의 말씀이 있어야 할 것 같은데요."

미스 정이 고개를 들었다. 그 찰나 나와 시선이 마주쳤다. 동시에 엉뚱한 말이 내 입에서 흘러나왔다.

"사실은요. 오늘 나는 차성희 씨 집 근처를 빙빙 돌고 있다가 오는 길입니다. 만나서 터질 것 같은 내 가슴에 있는 말을 호소하려고 말입니다. 그런데 전화를 걸 용기도 나지 않고 그 집에 쳐들어갈 담력은 더욱 없고 도리가 있어야죠. 상처 입은 늑대처럼 으르렁대며 돌아왔다 이겁니다."

"그럼 내일 제가 연락해드릴까요?"

안민숙의 말이었다. 나는 당황했다.

"그럴 것 없어요. 내일은 꼭 내가 만날 겁니다. 제삼자가 개입할 문제가 아닙니다."

"차성희 씨를 만나 어떻게 하겠다는 거요?"

우 부장이 끼어들었다.

"차성희 씨에게 미련을 둔 채론 미스 정이 저와 결혼하지 못하겠대요. 그러니 어떻게 합니까. 미련을 이어 결혼승낙을 받아내든지, 미련이고 뭐고 건덕지를 남길 필요가 없다는 객관적 사실을 미스 정에게 보여줄 증거를 만들든지 할 참이죠."

나는 나 자신 분간 못할 말을 이렇게 지껄였다. 안민숙의 애매한 웃음이 마음에 걸렸다. 차성희에게 미련이 있다는 것을 누구보다도 잘 아는 사람이 안민숙이 아닌가.

"난 서형이 차성희에게 미련이 없는 줄 알았는데."

우 부장의 말이 시무룩했다.

"그러나 객관적 사정이, 아니 미스 정이 그걸 인정을 안 하는데 어떻게 합니까. 그렇게 생각하게끔 할 객관적인 조건이 차곡차곡 쌓였다 이 말입니다."

"그래서 어쩔 작정인가."

"그래서 오늘 제가 차성희 씨 댁 근처를 뱅뱅 돈 것 아닙니까. 미련을 살려내려구요. 그리고 한 번 또 딱지를 맞아, 그 증거를 미스 정 앞에 제출하려구요. 그러나 미스 정, 내가 그런다구 신경 쓰지 마슈. 난 세상이 싫어졌어요. 차성희 씨가 무릎을 꿇고 저 문으로 기어들어온대도 나는 싫어요. 미스 정이 무슨 오해를 한대두 나는 개의치 않습니다. 세상은 될 대로밖엔 되지 않는 거구……."

나는 돌연 취기를 느꼈다. 내 손으로 소주병을 끌어당겨 잔에 가득 붓곤 입 속에 털어넣었다.

"미스 정 같은 분에게 마음을 둔 것이 도시 잘못이구. 오답이 정답 이상으로 당당하게 발언되고 설득력을 가질 때 사람은 어떻게 해야 되는 겁니까. 그래서 난 소설을 쓸 생각을 한 겁니다. 사실만을 모아 요렇게 거짓말이 된다는 것과 거짓말을 모아 요렇게 참말이 된다는 걸 밝혀보려고 한 거죠. 그러니 나는 자살하지 않습니다. 그런 걸 밝힐 때까진요. 백 년 후의 독자니, 명작을 쓰느니 하는 건 말짱 거짓말입니다. 보통으로선 밝힐 수 없는 이 안타까운 마음을 밝히려고 한 겁니다. 말하자면 내 사업을 붙들었다, 이겁니다. 차성희 씨에게 미련이 없어진 것과 꼭 마찬가지로 정명욱 씨에게도 미련이 없어요. 그래 신문사를 그만둔 거예요. 어쩌다 정명욱 씨를 스칠 때 내 눈이 불쌍한 노루새끼 눈처럼 될까봐 겁이 나서요. 우 부장님, 나는 절대로 신문사로 돌아가진 않습니다. 이 방에 처박혀 앉아 소설을 쓸 겁니다. 오해가 사람을 어떻게 죽이나 하는 것을 나의 처참한 시체로써 증명할 것입니다. 소설로써 못하면 시체로써 할 작정입니다. 목적을 달성하는 덴 같을 테니까요."

내 의식은 혼란해지고 있었다. 그걸 내 스스로 알 수가 있었다. 의식의 방이 두 개로 나뉘어 한쪽 부분엔 불이 환히 켜 있고 한쪽 부분엔 불이 가물가물하는 것처럼 되었던 것이다.

"거짓말 마세요."

먼 곳에서 들려오는 소리 같았는데 그것은 안민숙의 발성이었다.

"차성희 씨 댁 근처엔 몇 시부터 갔었죠?"

"아침, 아니 오전 열한 시쯤."

"그맘때 고향 후배가 찾아오지 않았어요? 미스터 서 아파트로요."

"……."

"강신중 변호사를 찾아간 건 몇 시죠?"

"……."

"우리가 전화를 했을 땐 윤두명 씨 집에서 나간 지가 십 분쯤 되었다고 하던데 언제 차성희 씨 집 근처를 빙빙 돌 여가가 있었죠?"

"……."

"미스터 서의 편지를 받고 나와 우 부장은 사방을 찾은 거예요. 혹시 무슨 불상사나 났는가 해서요. 차성희 씨 댁 근처에도 가지 않고 왜 그런 거짓말을 하죠?"

"그만해둬, 이 친구 되게 취했어." 하는 우 부장의 소릴 몽롱한 의식 가운데서 들은 것 같았다.

그 다음은 기억이 없다.

기억이 되살아난 것은 이튿날의 새벽이었다. 목이 말라 머리맡을 찾아 헤매는데 물그릇을 들어주는 손이 있었다. 희미한 회명의 빛 속에 천녀처럼 아름다운 여인의 모습이 보였다. 나는 안심하고 다시 삼에 빠져들었다. 그 천녀의 손길이 있는 한 나는 행복한 꿈을 꿀 수 있을 것이란 아슴푸레한 의식이 순간 무지갯빛으로 황홀했다.

바르샤바의 하늘 아래에도 인정엔 변함이 없단다

다시 잠을 깬 것은 노크 소리를 들었기 때문이다. 미스 정의 내려다보는 눈이 묻고 있었다.

'어떻게 하면 좋죠?'

나는 꿈결에서 보았던 것으로만 생각했던 천녀가 미스 정이었던가, 하고 놀라며 되풀이된 노크에 정신을 차렸다.

'또 김소영이 나타난 것이 아닐까.' 하는 불쾌감이 스치려는데,

"아저씨."라고 부르는 소리가 문밖에 있었다.

'아저씨?'

나는 벌떡 일어나 도어를 좁다랗게 열었다. 미순의 얼굴이 거기에 있었다. 미순이란 몇 달 전까지 나의 이웃에 살다가 부모와 형제가 연탄가스 중독으로 죽은 뒤 윤두명의 집에 가 있는 소녀이다.

"미순이 왔구나." 하고 나는 방을 치울 때까지 바깥에서 놀고 있으라고 일렀다.

"교모님 데리고 왔어요."

미순의 말이었다.

교모님이라면 정진숙일 것이었다. 나는 미스 정의 존재를 거북하게

생각했다.

"하여간 바깥에 나가 기다려." 하고 나는 도어를 닫았다.

침구를 치우고 방을 쓸고 하는 일은 미스 정이 도왔다. 나는 얼른 낯을 씻고 옷을 챙겨 입었다.

"당신은 부엌 쪽 문으로 나가서 이웃집에서 기다려줘요."

엉겁결에 한 말이었다.

미스 정은 겸연쩍스런 얼굴에 보일까말까 웃음을 띠었다.

"그렇게 큰 지상이 없으면 내가 있어도 될 텐데." 하면서도 미스 정은 부엌 쪽으로 나가선 미닫이를 닫았다.

나는 바깥에 나가 계단 위에서 미순이를 찾았다. 미순은 계단이 시작되는 곳에서 어떤 중년 부인과 나란히 서 있었다. 미순이가 교모라고 한 것은 정진숙이 아니었던 것이다.

미순과 부인을 방으로 맞아들이고 인사를 했다.

"전 이정순이라고 합니다."

경상도의 사투리가 남아 있는 말투로 부인의 자기소개가 있었다.

"누구신지." 하고 물었다. 무엇을 하러 왔느냐는 질문이 이런 말로 되었다.

"교조님 일로 왔습니다."

삼십 대 마지막으로 보이는 여인의 얼굴로선 맑은 인상이었다. 그 맑은 인상의 얼굴에 수심이 잔뜩 깃들어 있었다.

"어제 오셨더라는 얘기를 뒤에사 들었어요. 제가 알았더라면 그때 말씀드렸을 것인데 ……."

"무슨 말씀입니까."

"선생님이 잘 아시는 변호사가 있다고 들었습니다. 그분을 소개해주실 수 없을까 해서……."

조용하고 침착한 말씨였는데 간절한 뜻이 담뿍했다.

"정진숙 씨 말로는 내가 나서서 걱정할 필요가 없는 것 같던데요."

"정 교모님은 자기대로의 요량이 있어서 그렇게 말한 것 같습니다만 전 그 방법엔 반대입니다. 교조님을 위해서 자기의 망신을 무릅쓰려는 것인데 어떻게 그럴 수가 있겠습니까. 더욱이 현직의 검사한테 그런 협박이 통할 까닭이 없구요. 그러다가 역효과가 나기가 십중팔구일 텐데 어찌 그런 위험한 것을 할 수 있겠습니까."

나는 이정순이란 그 여자의 의견이 타당하다고 생각했다. 정진숙의 의견은 너무나 과격했다. 이런 생각을 하며 나는 문득, 내 앞에 앉아 있는 이 여자가 윤두명을 중학교·고등학교·대학교까지 진학시켜준 왕년의 여교사가 아닐까, 하는 짐작을 가졌다. 국민학교의 교사가 제자를 키워 그 제자와 사랑하는 사이가 되어버린 기막힌 운명의 여자, 그리고 왕년의 제자를 '교조님'으로서 받들고 있는 기괴한 관계……. 나는 호기심에 겨워 다음과 같이 물었다.

"혹시 부인께선 옛날 윤두명 씨의 국민학교 시절의 선생님이 아닙니까?"

"어떻게 그런 걸 아시죠?"

이정순의 얼굴에 금시 붉은 빛이 돌았다.

"윤두명 씨로부터 들은 얘기가 있었거든요."

"교조님이 제 말씀을 하셨어요?"

이정순의 눈에 윤기가 흘렀다.

"말씀을 하다뿐입니까. 대단한 애착을 갖고 계시는 것 같던데요."

나는 이렇게 약간 과장된 표현을 써 보았다. 아니나 다를까 이정순의 얼굴이 활짝 핀 꽃처럼 되었다.

"교조님은 국민학교 시절부터 비범한 천재였습니다. 그 처지는 딱했지만……. 할머니 시하에서 자랐으니까요. 그런데도 그의 빛나는 앞날이 눈에 보이는 것 같은 소년이었습니다."

그 말엔 추억의 감미로움과 자부하는 당당한 기분이 섞여 있었다.

"국민학교 아동 가운데서 그런 소질을 발견하신 선생님도 대단하십니다."

내 딴으론 유도전술을 쓰고 있는 셈이었다.

"모래알 가운데 다이아몬드처럼 빛나고 있는데 그걸 발견이라고까진 할 수 없을 것 아니겠습니까."

"다이아몬드를 수정쯤으로 아는 게 보통이거든요. 헌데 선생님은 그때 몇 살이었습니까."

"사범학교를 갓 나온 해였으니까, 열아홉 살이었죠."

"그때 윤두명 씨는?"

"교조님은 그때 열세 살이었습니다."

육 년쯤의 연장이면 남녀간에 연애가 성립되는 것도 그다지 부자연한 일은 아니란 속셈을 하고 나는 짓궂게 물었다.

"결혼을 안 하셨다고 들었는데 무슨 곡절이 있었던 겁니까?"

"제가 결혼을 하면 교조님의 뒷바라지를 못하게 될 것 같아서 결혼을 피한 겁니다."

"지극한 정성이로구먼요. 그래놓으니 윤두명 씨의 선생님에 대한 경애심이 그처럼 강하게 된 모양이죠?"

"지금 생각하면 모두가 상제님의 뜻으로 이루어진 것입니다."

"윤두명 씨가 대학을 졸업한 당시에 결혼하셔도 늦진 않았을 텐데……."

혼잣말처럼 중얼거려 보았다.

"전 결혼을 바라지 않습니다. 상제님을 받들며 교조님의 시녀로서 사는 것을 행복으로 알고 있습니다."

"윤두명 씨의 말론 무슨 작문이 계기가 되었다고 하던데요."

"그렇습니다. 아버지가 죽고 어머니가 개가한 사정을 쓴 작문이 있는데 전 그것을 읽고 울었습니다. 그 작문은 지금도 제가 보관하고 있습니다."

"그걸 나도 한번 읽어보고 싶은데요."

"기회가 있으면 보여드리죠."

"상제교는 언제부터 믿게 되셨습니까?"

"벌써 십 년이 넘었습니다."

"계기는?"

"교조님께서 상제의 계시를 받으셨습니다. 계시를 받은 그 사실을 제일 먼저 제게 알려주었습니다. 계시를 어기면 벼락을 맞아죽는 벌을 받을 것이란 말씀도 계셨습니다. 그때부터입니다. 우리는 상제교의 포교에 나섰습니다."

"그럼 그때 윤두명 씬 대학을 졸업해 있었습니까?"

"아닙니다. 대학 사학년 때였습니다."

"역시 천재는 다르시구먼요."

"물론 교조님은 평범한 인간과는 다릅니다." 하더니 이젠 이정순이 물었다.

"교조님과 그처럼 친한 사인데 선생님은 왜 상제교에 입신하시지 않죠?"

"글쎄요." 했을 뿐 나는 적당한 답을 꾸며낼 수가 없었다. 그 대신,

"상제님의 보살핌이 있을 테니까 윤두명 씨의 걱정은 안 하셔도 되지 않겠습니까?" 하고 넌지시 말해보았다.

"진인사대천명이란 말이 있지 않습니까."

"상제교에 있어서의 진인사는 기도만 하면 될 것 아닌가요? 상제교 교조님의 일을 변호사의 도움을 받아 처리하겠다는 건 아무래도 이상한데요."

"조금도 이상하지 않습니다. 교조님을 위하는 일이라면 변호사 아니라 그보다 미천한 사람이라도 동원할 수가 있습니다."

그래서 나 같은 미천한 놈까질 찾아왔느냐고 해보고 싶었으나, 그 말은 삼가기로 했다.

"돈은 얼마가 들어도 좋습니다. 교조님을 하루 빨리 구출해야겠습니다. 우선 그 변호사를 소개해주십시오."

이정순은 본론으로 돌아갔다. 돈은 얼마가 들어도 좋다는 그 말이 내 귀에 거슬렸다.

내가 만난 상제교도들은 누구나 '돈은 얼마가 들어도 좋다'고 했다. 얼마가 들어도 좋을 만큼 쓸 수 있는 그 돈은 도대체 어디에서 나온 돈일까 싶었다.

"돈은 얼마가 들어도 좋다고 모두들 말하시는데 그럼 일억 원쯤 돈이 들어도 좋다는 말입니까?"

"필요하다면 일억 원이 아니라 이억 원이라도 쓰겠습니다."

눈썹 하나 까딱하지 않고, 차 한 잔 사주겠다는, 그런 식으로 이정순이 말하는 덴 나는 아연할 수밖에 없었다.

"대단하네요." 하는 말이 저절로 나왔다.

186

"대단할 것도 없습니다. 현재 우리 교도는 약 이만인데 그 반수인 만 명이 일인당 만 원씩 내면 일억 원이 되고 이만 원씩 내면 이억 원이 되거든요. 그리고 교단의 금고엔 그만한 돈은 있습니다. 교조님을 위해서라면 십억, 이십억 원도 쓸 수가 있습니다."

"종교의 힘이란 겁나는군요."

"종교의 힘이 아니라, 상제님의 은총입니다. 그런데도 우리 교조님은 자기를 위해선 돈을 쓰지 않습니다. 교조님의 거실에 들어가셨다니까 하는 말입니다만 교조님은 그 쓸쓸한 방에 나무 침대에 하급 월급쟁이도 쓰지 않을 침구를 덮고 주무십니다. 상제님께 기도 올릴 때 입는 신의神衣 외엔 방불한 양복 한 벌 만들 생각을 하시지 않고, 가죽구두 한 켤레 사실 생각을 하시질 않아요."

나는 막연하게 윤두명이 계시를 받는 방과 기도할 때 입는다는 그 신의란 것을 한번 보았으면 했다.

윤두명에 대한 찬양과 교단의 내용에 관한 이야기가 계속되었지만 나는 그런 얘기를 들을 흥미를 잃었다. 윤두명과 이정순의 관계를 확인하는 데서 나의 관심은 끝났던 것이다.

"꼭 변호사를 만나실 의향이 계시거든 오후 세 시쯤에 다시 만납시다."

하고 나는 강신중 변호사의 사무소가 있는 곳의 주소와 그 건물 지하에 있는 다방 이름을 일렀다. 그리고 그들을 전송했는데 누더기만 걸치고 다니던 미순이 예쁜 외투를 입고 값진 구두를 신은 호사스런 모습을 본 것으로 한결 마음이 가벼웠다.

'부모를 잃은 아이를 데려다가 저렇게 키워준다면 상제교는 이 사실 하나만으로도 존재 가치가 있다.'

그때 내 가슴속에 새겨넣은 말이다.

이정순과 미순의 방문이 없었더라면 나와 미스 정 사이에 어떤 대화가 전개되었을지 모른다. 그런데 엉뚱한 방문자 때문에 대화도 엉뚱하게 시작했다.

"상제교라는 게 뭐죠?"

부엌에서 들어온 미스 정이 한 첫말이었다.

"옥황상제를 믿는 교랍니다." 나는 아무렇지 않게 말했다.

"교조님, 교조님 하시던데?"

"교조님이란 윤두명 씨 말이오."

"교정부에 있었던 윤두명 씨?"

"그렇소."

"뭐가 뭔지 알 수가 없군요."

미스 정의 얼굴에 호기심이 찬 미소가 서렸다.

"그러나 그런 얘기하고 있을 겨를이 있겠소. 빨리 출근을 해야 하지 않소?" 하고 나는 시계를 보았다. 아홉 시가 가까웠다.

"아침식사를 해야죠? 이왕 늦었으니까 제가 식사 준비를 할까요?"

나는 당황하며 손을 저었다. 미스 정으로 하여금 김소영의 흉내를 내게 할 수는 없었다.

"내 걱정일랑 말구 미스 정은 회사 근처에 가서 식살 하시오." 하고 나는 개어놓은 침구 위에 비스듬히 쓰러져 누웠다. 악취의 꼬리는 아직도 남아 있었다.

"서재필 씬 출근하시지 않으려우?"

미스 정의 표정이 조사하는 빛깔로 변했다.

"신문사를 그만두기로 했는데 어디에 출근할 거요."

내 말은 퉁명스럽게 되었다.

"그럼 신문사를 그만둔다는 얘기 진심이었구먼요."

"그럼 장난으로 한 소리로 알았소?"

미스 정은 한동안 멍청해진 것 같더니 머뭇머뭇 말했다.

"그런 결심을 하시는데 혹시 제가 원인이 된 건가요?"

"원인 따질 것 없죠. 하여간 난 신문사를 그만뒀으니까요. 한번 철저하게 비참해볼 작정이오. 세상을 얕잡아본 벌을 톡톡히 받아야죠."

전연 마음에도 없는 말은 아니지만 나는 공허한 소릴 지껄이고 있다고 스스로 느꼈다. 그리고 뉘우쳤다. 그래서 말을 바꿨다.

"오래 전부터 나는 신문사라고 하는 늪으로부터 빠져나오려고 생각하고 있었소. 계기가 없었던 거죠. 신문사를 그만둔다고 해서 굶어죽진 않을 겁니다. 용달차 운전수 노릇을 하든, 사우디아라비아에 노무자로 가든 그것도 안 되면 상제교에 입교를 하든……. 이건 좀 빗나간 말입니다만, 어떻게라도 살 수 있지 않겠소. 신문사 교정부원 노릇을 하는 것보다 의미가 있게 살 수 있을 것 같애요."

미스 정은 창 쪽으로 얼굴을 돌린 채 말이 없었다. 뭔가 하고 싶은 말이 있는데 그게 쉽사리 입 밖으로 나오지 않는다는 그런 모양인가 보았다.

"출근이 늦겠소. 빨리 가보시오."

나는 답답한 기분을 참을 수 없어 재촉해보았다.

"전들 하루쯤 결근한다고 해서 탈이 날 것도 아녜요." 하고 한참을 있다가 속삭이듯 했다.

"아무래도 제가 잘못한 것 같애요. 용서하세요."

"미스 정이 잘못한 게 뭐 있어요. 미스 정이 나와의 결혼을 취소하신 것은 썩 잘된 일입니다."

순간 미스 정의 어깨가 기웃하는 것 같았다. 내 기분의 탓인지 몰랐다.

"그런 만큼 나는 미스 정을 존경해요. 여자란 대개 육체관계에 얽매이는 그런 폐단을 가지는 것인데, 이를테면 김소영 같은 창녀의 경우를 보더라도 그렇지 않습니까. 그런데 미스 정에겐 그런 게 없었어요. 처녀를 바친 상대에 대해서도 말입니다. 뭐라고 말해야 좋을지 똑바로 내 마음을 전할 순 없습니나만 아무튼 그런 점이 활달하다고 생각해요. 만일 차성희 같은 여자도 나와 육체관계라도 있었더라면 그걸 절대적인 요건으로 삼았을 테니까요. 성격의 문제인지 지성의 문제인지……."

미스 정은 여전히 움직이지 않았다.

"그러나 정직하게 말하면 실망을 느낀 것도 사실입니다. 김소영이 교묘하게 엮어놓은 거미줄에 걸려들더만요. 나는 너무나 교묘하게 엮어진 거미줄이기 때문에 걸려들 수밖에 없다는 것을 당연하다고 생각하면서도, 그런 교묘한 거미줄이니까 미스 정만은 걸려들지 않았으면 얼마나 좋았을까, 하는 생각도 해보게 되었죠. 줄잡아 몇 시간 동안은 그 때문에 고민했습니다."

창 쪽으로 가 있던 미스 정의 얼굴이 자기의 무릎 쪽으로 수그러져 있었다. 내친김에 나는 말을 계속했나.

"사람과 사람의 인연이 사소한 우연에 지배된다는 사실, 사람과 사람이 만들어내는 행복이 실오라기만한 실체도 없는 오해로 인해 파괴될 수 있다는 사실을 새삼스레 뼈저리게 느낀 겁니다. 그 점을 안 이상 나는 슬퍼할 까닭도 고민할 까닭도 없다고 생각한 겁니다. 행복을 생각하지 말고 자기가 해야 할 일을 생각하라, 이것은 다름 아닌 윤두명 씨의 말입니다. 나는 일단 그 말에 따라볼 작정입니다."

나는 여기서 입을 다물어버렸다. 미스 정을 앞에 두고 그 이상 덧붙일 말이 없었던 것이다. 말을 더 보태면 미스 정에 대한 나의 구질구질한 미련이 밀감껍질처럼 주위에 산란할 것이란 짐작도 있었다.

나는 눈을 감은 채 꼼짝도 안 했다.

"그러니까 제가 용서를 빌고 있는 것 아녜요?"

먼 나라로부터 들려오는 것 같은 미스 정의 음성이었다. 나는 다시 황혼이 깃든 내 의식의 방에 불을 켜긴 했으나 말을 하지 않았다.

"안민숙 씨로부터 소상한 얘길 들었어요. 얼마나 후회했는지 몰라요."

그래도 나는 잠자코 있었다.

"아까 제가 결혼을 취소한 것처럼 말씀하셨는데 그거야말로 오해가 아닐까요?" 미스 정의 말이 또렷해졌다.

"전 그때나 지금이나 서재필 씨와의 결혼을 포기할 생각은 없어요. 다만 차성희 씨와의 사이에 풀리지 않고 있는 감정의 문제를 청산해주시길 바랐을 뿐예요."

나는 계속 잠자코 있기로 했다. 무슨 말이건 하려고 했다간 본의 아닌 방향으로 어긋날 것 같은 위험을 느꼈기 때문이다. 나는 현재 결혼하길 꺼려하는 마음과 동시에 미스 정에 대한 미련은 끊어버릴 수 없는 모순된 사정 속에 있었다. 그러니 결혼할 의사를 포기했다고 해도 거짓말이 되는 것이고 모든 것을 잊고 결혼하자고 해도 내 마음을 배신하는 결과로 되는 것이다.

"이런 문제로 서재필 씨와의 사이를 망치고 싶진 않아요. 앞으로 조심할게요."

이건 미스 정답지 않은 너무나 처량한 말이었다. 내 가슴은 뭉클했다.

"미스 정, 너무나 그렇게 자기를 비참하게 만들지 말아요. 미스 정은 여왕처럼 군림해야 합니다." 하고 나도 기대고 있던 이불더미에서 몸을 일으켜 앉았다.

"전 여왕도 아니고 아무것도 아녜요. 그저 여자일 뿐예요."

울음이 터질 직전의 음성이었다. 나는 얼른 일어섰다.

"자 나갑시다. 뭣이건 먹든지 마시든지 하고 얘기합시다."

나는 그 따분한 분위기가 견딜 수 없었다.

"조금 거기 앉아주세요." 미스 정이 침착을 되찾은 음성으로 말했다.

"밖에 나가 식사라도 하며 얘기합시다." 나는 선 채로 말했다.

"밖에 나가선 못할 말도 있잖겠어요?"

나는 도로 앉을 수밖에 없었다.

"서재필 씬 나와의 관계를 완전히 청산하고 싶으세요?" 날카로운 미스 정의 심문이었다.

"그럴 용기까진 없습니다."

엉겁결에 한 대답이었다.

"용기가 없다면 제가 도와드리죠."

그 말뜻을 몰라 벙벙하고 있는데,

"제가 눈앞에 나타나지만 않으면 될 게 아녜요?" 하는 단호한 말이 아닌가. 방금 울음을 터뜨릴 뻔한 목소리로 '그저 여자일 뿐예요' 했던 여자라곤 믿을 수가 없는 쌀쌀한 말투인 것이다.

"눈앞에 나타나지만 않으면 해결될 그런 문제라면 눈앞에 나타나도 별반 어려운 문제가 아닐걸요."

"용기가 없다고 하시기에 말해본 것이에요."

나는 돌연 어떤 위기에 놓여 있는 스스로를 느꼈다. 미스 정을 억지로 생각 밖으로 내쫓고 이 며칠 동안 나는 영락에의 길을 모색했다. 신문사를 그만둘 작정을 한 잠재적인 의식 속엔 영락에의 동경이 있었다. 고독한 눈과 마음으로 거리를 헤매다가 음침한 방으로 돌아와선 한 컵의 냉수와 말라비틀어진 빵으로 요기를 하고, 책상 앞에 앉아 미생물학자가 박테리아를 현미경으로 들여다보듯 인간을 미시적인 것으로 다루어보기도 하고, 몇백 그램밖에 안 되는 두뇌 속에 만유를 관조하는 조작을 부리기도 하며 나뭇잎에 단풍이 들 듯 말라가다가 드디어 조락해버리는 그 고고한 이미지를 체현하겠다는 비장한 각오와 꿈에 나는 감동하고 있었던 것인데, 미스 정은 그 꿈을 내게서 뺏어가려 하고 있는 것이다. 그런데 미스 정이 있는 풍경은, 영락에의 동경이 그려놓은 풍경을 극북의 것이라고 한다면 상춘의 미풍이 불고 있는 풍경이다. 극북의 사나운 풍경과 상춘의 매혹적인 풍경과의 이자택일을 해야 할 순간이라고 생각해서 나의 위기감이 돌연 솟아난 셈이다.

　하기야 극북으로 끌리는 마음, 히말라야의 상봉으로 끌리는 마음은 상춘의 고향을 가진 사람의 특권일 수밖에 없다. 아니 상춘의 고향에 대한 향수가 일시 사람을 극북으로, 히말라야의 산정으로 몰아세우는 것인지도 모른다. 이를테면 내겐 영락에의 동경과 더불어 미스 정의 품안도 있어야 하는 것이다. 그런데 그것이 양립할 수 있을 까닭도, 용납될 까닭도 없다. 나는 용기를 냈다.

　"내겐 결혼할 자신이 없어요. 아니 가정을 꾸려나갈 자신이 없소."

　미스 정의 눈이 반짝했다.

　"구체적으로 나는 지금부터 실직자입니다. 우선 아내를 먹여 살릴 방도가 없습니다. 신문사 교정부원이라도 하고 있었으니까 결혼할 생각도 한 거죠. 헌데 이제 와서 보니 그건 외람되기 짝이 없는 생각이었소."

나는 이처럼 고백을 하고 있었는데 미스 정은 웃었다. 실감이 나질 않는 모양이었다.

"전 서재필 씨가 그처럼 이기적인 사람인 줄은 진작 몰랐어요."

"이기적이란 건?"

"남자가 이 세상에 태어나서 아내 한 사람을 못 먹여 살리겠다고 하니 그 이상의 이기주의가 어딨겠어요."

"능력이 모자라는 것하고 이기주의하곤 다를 것 같은데요."

"그건 능력의 문세가 아니라 성의의 문제일 것 같애요."

"그럴까요?"

"그렇죠. 그렇구말구요."

"그렇더라도 하는 수 없죠."

나는 자포자기한 심정으로 말했다. 기막힌 애착을 느끼고 있는 여자를 나의 의지로써 포기하고 처량한 영락에의 길을 선택해야 한다는 내 마음은 일종의 비장미로써 물들어 있었다.

"어째서 하는 수가 없죠?"

미스 정의 추궁은 싸늘하고 날카로웠다. 나는 대답을 하느니보다 잠자코 비장한 센티멘털리즘에 젖어 있는 편을 택했다.

"차성희 씨완 열심히 가꾸어보려던 행복의 의지를 나와 같이 가꿀 수 없다는 그런 뜻인가요?"

이크, 이거야말로 중대한 질문이라고 나의 본능이 가르쳤다. 진실을 답해도 어색하고, 거짓 답을 꾸미기엔 쑥스러웠다. 나는 겨우 말했다.

"행복의 의지라는 게 원래 무의미하다는 것을 알았을 뿐입니다. 누구허곤 어떻구 다른 누구허곤 어떻고, 하는 그런 식의 얘기는 그만둡시다. 피로해요, 신경이."

미스 정의 대꾸는 없었다. 어색한 침묵이 방안을 메웠다. 어린애 우는 소리에 앙칼진 여자의 소리가 섞여 들려오기도 했다. 나는 정작 미스 정에게 하고 싶은 말이 무엇일까 하고 머릿속을 찾아 헤맸다. 스카이웨이의 다실에나 앉아 하려고 했던 일련의 얘기가 뇌리에 떠올랐다.

 "미스 정."

 "예."

 "바르샤바의 하늘 아래에서도 인정엔 변함이 없답니다."

 미스 정의 뭐라고 형언할 수 없는 눈빛을 나는 의식했다.

 "무슨 의미가 있는 말은 아닙니다. 상송의 가사 가운데 그런 게 있었소. 바르샤바의 하늘 아래에서도 인정엔 변함이 없다구요. 그런데 내겐 충격이었습니다. 공교롭게도 며칠 전 일본의 청년들이 쓴 방랑기를 읽었거든요. 그것을 읽은 뒤의 감상과 그 상송의 가사가 범벅이 된 거죠."

 "그럼 그 방랑기 얘기를 해보세요."

 미스 정의 나를 보는 눈빛은 병자를 보는 눈빛으로 바뀌어 있었다. 그 말투까지도. 일본의 A라는 청년은 단돈 구만 원을 장만해가지고 배를 타고 나오트카로 갔다. 나오트카에서 시베리아 철도를 탔는데 모스크바에까지 갔을 때 여비에 바닥이 났다. 모스크바에서 시계를 팔았다. 그리고 바르샤바까지 갔다. 바르샤바에선 완전히 거지 행세를 했는데 빵을 주는 사람도 있었다. 재워주는 사람도 있었고 여비를 보태주는 사람도 있었다. 스톡홀름에 가서 세계 각처에서 모여든 청년들과 합류를 했다. 히피도 있었고 단순한 무전여행자도 있었다. 서로 말이 통하지 않아도 젊음이 통했다. 정 딱하면 날품팔이를 해서 허기를 채웠다. 그렇게 목적도 없이 까닭도 없이 유럽을 헤매다가 돌아온 A청년이 배운 것은 바르샤바뿐만이 아니라 어떤 하늘 아래에서도 인정엔 변함이 없다는 사실이었다.

B와 C라는 청년은 이발소의 직공이었다. 이발기구를 한 벌씩만 싸들고 겨우 편도 비행기삯만을 준비해갖고 스페인의 마드리드로 갔다. 그리고 그곳을 기점으로 가는 곳마다에서 이발을 해주곤 유럽 전역을 돌았다. "이발을 한 뒤엔 그 근처를 제법 깨끗하게 소제했죠. 나는 새, 뒤를 어지럽혀놓지 않는다는 격언을 그냥 실천한 거죠." 그래서 가는 곳마다에서 따뜻한 환영을 받았다. 그들이 배운 것은 인간은 마음먹기에 따라 새처럼 자유스러울 수 있다는 것과 일본의 시골에서 소년들이 잠자리를 잡고 있는 것과 마찬가지로 안달루시아의 소년들도 잠자리를 잡는다는 사실이었다.

나는 이 얘기를 하면서 하마터면 울먹일 뻔했다. 깊은 밤 그것을 읽으며 나는 울었던 것인데 그때의 감상이 되풀이되었던 것이다.

"슬픈 얘기를 읽은 것보다 더 슬펐소. 일본의 청년은 바르샤바의 하늘 아래서도 인정엔 변함이 없다는 것을 몸소 겪을 수 있는데 우리의 청년은 사우디아라비아의 사막으로 가면 돈을 벌 수 있다는 사실을 알 수 있을 뿐이라고 생각하니 왠지 서글프데요."

나는 이 부분에서 나의 영락에의 동경을 설명할까 하다가 말고 대신 다음의 말을 보냈다.

"부지런한 개미의 행복이나 게으른 배미의 불행이나 결국은 미친가지 아니겠소."

미스 정의 표정으로 보아 나의 얘기에 다소의 감회는 있었던 것 같았지만 여자는 어디까지나 리얼리스트다. 엉뚱한 방향으로 빠진 얘기를 미스 정은 본론으로 이끌어놓았다.

"가정을 꾸려나갈 자신이 없어서 결혼을 못하겠다는 것이면 가정을 제가 꾸려나가죠."

나는 이 말을 듣고 아차, 했다. 결혼하기 싫은 이유가 결코 그런 데 있는 것이 아니란 얘기를 덧붙일 기회를 놓쳐버렸기 때문이다. 미스 정은 내 태도에서 무엇을 짐작했던지 들릴 듯 말 듯 중얼거렸다.

"아무래도 전 서재필 씨에게 반해버렸나 봐요. 남자에게 반한 여자에겐 자존심도 체신도 없는가 보죠?"

붕, 하늘을 뜨는 기분으로 얼떨떨한 김에 내 입에서도 묘한 말이 나오고 말았다.

"반한 건 나요. 얼마나 내가 당신에게 반했길래 며칠을 두고 이런 광란이겠소."

선뜻 나는 미스 정을 안고 키스하려고 몸부림쳤다. 미스 정은 고개를 저었다.

"전 오늘 아침 양치도 하지 않았어요."

"양치가 다 뭐요."

나는 미친 사람이 되어 미스 정의 입술을 빨았다. 창피한 얘기지만 나는 울었다. 이렇게 화해가 쉬울 줄이야 꿈엔들 생각할 수 있었을까.

이윽고 우리들은 정상의 상태로 돌아왔다. 미스 정의 말이 있었다.

"배고프죠?"

"응."

내 대답에 어리광의 투가 섞였다.

미스 정이 세수하고 치장하길 기다려 우리는 거리로 나와 택시를 잡았다.

"수업을 빼먹은 불량학생 같은 기분이 나잖아요?"

택시를 타며 미스 정이 한 소리다.

"어딜 갈까?"

하고 내가 물었다.

"당신 가고 싶은 대로 가요."

미스 정의 말은 정다웠다. 또 어리광하는 나의 버릇이 나왔다.

"오늘은 자장면 같은 건 안 먹겠어."

"그럼 어디로?"

"C호텔의 레스토랑으로 가요. 바르샤바의 하늘 아래로 갈 순 없지만 C호텔에 가면 바르샤바의 하늘을 본 눈은 만날 수가 있지 않겠소?"

"뼈와 살이 센티멘털리즘으로만 된 사람!"

"도저히 구제가 불가능하겠지?"

"그 불가능한 일을 제가 해볼 참예요."

운전수의 눈이 백미러 속에서 우리들을 노려보고 있었다. 방금 정신병원에서 빠져나온 남녀가 아닐까 하고 의아해하는 마음이 있을 것 같기도 한 눈초리였다.

C호텔의 레스토랑에 자리를 잡고 나는 내 손바닥을 활짝 펴 보이며,

"이만큼 큰 비프스테이크를 가지고 와요. 특제로 말요." 하고 웨이터에게 주문했다. 나는 정확하게 내 손바닥 크기만한 비프스테이크를 다 먹고도 모자라 미스 정의 몫 반을 얻어먹었다. 커피를 마시며 미스 정이 이런 제안을 해왔다.

"앞으로 혹시 또 제가 구질구레한 문제를 가지고 이러쿵저러쿵 하거든 서슴지 말고 꽝 눌러요. 언제이건 제 의사는 무시하고 당신 뜻대로 하라 이 말예요."

그러나 나는 그 제안을 받아들일 순 없었다.

"당신 마음대로 하는 게 모든 점으로 보아 유리할 것 같은데……"

이건 결코 꾸민 말이 아니었다. 조금 있다 미스 정이 내 눈치를 살피며 말했다.

"신문사를 그만둘 작정을 한 덴 제 행동이 동기가 된 것이죠?"

"그렇다고도 할 수 있지."

"그럼 그 작정을 변경할 수도 있겠네요."

"그건 안 돼. 나는 신문사를 그만둘 거요. 이미 결정한 일이니까 재론하지 맙시다."

대꾸는 안 했지만 미스 정의 표정이 애매했다.

"헌데 당신은 내가 신문사를 그만두는 게 싫소?"

"당신이 그렇게 정한 일이라면 그대로 좋아요."

미스 정의 말에도 표정에도 구김살이라곤 없었다. 밤에 다시 만나기로 하고 나는 강신중 변호사 사무실로 갔다. 강신중 변호사는 나를 보자 놀란 듯한 얼굴을 했다.

"어떻게 된 거요, 서 선생. 함박꽃이 핀 것처럼 얼굴이 화려한데 무슨 좋은 일이라도 있었소?"

"좋은 일이 있었죠." 하고 나는 손바닥을 활짝 펴 보였다.

"이만한 비프스테이크 한 개하고 반을 먹었거든요."

"그렇다면 서 선생은 그만큼 즉물적인 인간이란 말인가요?"

강신중이 웃었다.

"즉물적이죠. 나뿐만이 아니라 모두가 그럴 걸요."

하고 나는 C호텔의 변소 얘기를 했다. C호텔의 변소에 있는 도어는 육중하다. 우리가 흔하게 드나드는 변소의 도어 요량으로 열려고 했다간 어림도 없다. 거기에 약간의 힘을 보태야만 열린다. 그래서 나는 비프스테이크를 상식으로 하는 사람에게 맞추어 만든 도어라고 생각하고 있다. 아닌 게 아니라 비프스테이크를 먹기 전엔 보통 이상의 힘을 보태야 열리는 도어가 비프스테이크를 먹은 뒤엔 보통의 동작으로 열리니 말이다. 강신중 변호사는 내 말을 듣자,

"핫하." 하고 소리를 내어 웃었다.

"역시 신문기자의 센스는 다르구먼."

그러더니 내가 물으려는 것을 앞질러 강신중이 물었다.

"통일교회의 문선명 씰 아시죠?"

"문선명 씨를 아는 게 아니리 이름을 알고 있죠."

"그 사람 요즘 미국에서 대단한 모양이던데."

"그런가 보더군요."

"그런데 미국어 신문을 읽으니 문선명을 컬트 리더라고 했더란 말요. cult leader가 그 스펠인데 컬트란 의식·예배, 또는 숭배란 뜻이 아니겠소."

"그렇죠."

"그럴 경우 우리나라 말로 어떻게 번역하면 되는 겁니까. 나는 미국 가서 사 년 동안 법과대학을 다닌 놈인데 막상 그 말을 우리말로 옮겨 보려고 하니 딱하더란 말예요. 종교 지도자라고 해도 될 것 같지만 그것관 약간 달리 쓴 것 같거든. 사실은 아들놈으로부터 질문을 받은 건데 면목이 전멸이오."

"유사종교 지도자쯤으로 번역하면 될 것 아닙니까."

나는 윤두명과의 관련으로 유사종교란 말이 잠재의식에 있었기 때문에 수월하게 그렇게 말한 것인데 강신중 변호사는 홀쩍 뛰는 시늉을 하며 감탄했다.

"그렇지, 그렇지, 그렇게밖엔 번역할 도리가 없지. 문선명 씨에겐 불

쾌하겠지만 미국의 그 기사엔 분명히 비꼬는 뜻이 있었으니 유사종교의 지도자란 과연 명역이야. 서 선생이 수재인 줄은 일찍 알고 있었지만 이처럼 기막힌 수재라는 건 처음으로 알았는데⋯⋯."

"굳이 수재라고 한다면 쩨쩨한 수재죠. 무슨 시험에라도 마음만 먹으면 합격할 수 있는 그런 정도인걸요."

"마음만 먹으면 무슨 시험에라도 합격할 수 있는 그런 두뇌면 대단한 게 아뇨."

"시험에 합격하는 건 두뇌가 아니고 요령입니다. 대재는 시험 같은 덴 낙제해요. 찰스 다윈·톨스토이·에디슨 등 진짜 대재들은 시험에 낙제해요."

"그건 예외겠지."

"예외라기보다 시험에 합격해서 출세한 사람들, 미안합니다만 강 변호사 같은 법관들을 내가 존경하지 않는 것은 시험에 합격할 만한 질과 양의, 그런 재능이 있다는 것을 내가 잘 알고 있기 때문입니다. 시험에 합격할 수 있는 능력이란 지혜도 교양도 아니거든요. 요령 있게 다듬어진 지식, 그 이상도 그 이하도 아니란 말입니다. 생각하기에 따라선 가장 위험한 능력이죠. 인생을 어떻게 살아야 하느냐에 관한 탐구는 없고 어떻게 처세를 잘 해야 하는가의 꾀만 부릴 수 있는 능력이거든요."

"서 선생의 말에도 일리가 있지만 예외라는 것도 있지 않겠소."

"물론 예외가 있겠죠. 그러나 시험 만능의 등용방식은 장점보다는 폐단이 많을 겁니다. 다섯 시간, 여섯 시간 걸려 철학논문을 쓰게 하는 프랑스식 시험제를 도입하든지 하지 않고선 현행 시험제도는 무교양한 요령꾼만 건져 올리는 수단밖엔 안 될 것이라고 생각하는데요. 옥스퍼드를 비롯해서 서양의 법과대학에선 재학기간 절대로 법률서적을 읽게 하지 않는답니다. 법률 이외의 인간·사회·역사·철학·문학에 관한 공부를 시키고 그 성적의 평가에 따라 행정이나, 사법 방면에 나갈 사람에겐 법률을 전수시킨다거든요."

"그런 사정은 서 선생보다 내가 더 잘 알고 있을 거요." 하고 미국 유학의 경력이 있는 강신중은 나의 횡설수설에 제동을 걸었다. 미스 정과의 화해가 나를 들뜨게 해서 망신스러운 장광설을 지껄이게 한 것이다. 나는 그 부끄러움에서 벗어나기 위해서 화제를 윤두명 씨 문제로 돌렸다.

"유사종교단체의 미등록문제는 최악의 경우 벌금형, 또는 경고처분으로 처리될 문제인 것 같습니다. 그러나 윤두명 씨의 경우는 그런 호락호락한 것이 아닙니다. 교도 가운데 북괴가 남파한 간첩이 끼어 있었다는 사실이 중대한 문젭니다. 게다가 교도들로부터 막대한 금품을 거둬들인 모양입니다. 등록된 종교단체이면 몰라도 그렇지 않은 단체가 돈을 거둬들였다는 것은 기부에 관한 법조문에 걸립니다. 기부를 받으려면 받는 목적에 관한 승인은 물론 받는 단체가 정부로부터 인가를 받아야 합니다. 그러니 당국의 태도 여하에 따라 이 문제는 상당히 심각하게 되지 않을까 해요."

강신중 변호사는 신중하게 말했다. 듣고 보니 걱정이 되었다. 의견이야 어떻게 다르건 윤두명 씨를 위해 최선을 다해야겠다는 마음이 솟기도 했다.

"세 시쯤에 교단에서 선생님을 찾아오기로 되어 있습니다. 아무쪼록 선생님이 이 사건을 맡아주셔야겠습니다."

"서 선생의 모처럼의 부탁이지만 마음이 내키지 않아요. 선입견은 안 좋은 일이지만 나는 유사종교라고 들으면 곧 사기꾼을 연상하게 되거든요. 변호사는 살인강도 등 흉악범까지 변호해야 하지만 사기꾼의 변호는 사실 거북해요."

"내가 아는 한 윤두명은 사기꾼이 아닙니다."

"그렇게 단언할 수가 있소?"

"있습니다."

"그렇다면, 상당한 금품을 거둔 모양인데 그 돈은 어떻게 된 겁니까?"

"나는 돈 문제까진 알 수가 없지만 내가 본 바, 들은 바에 의하면 윤두명은 자기 자신을 위해선 돈을 쓰지 않은 것 같아요." 하고 나는 그의 거실, 그의 복장 등에 관한 이야기를 하고 고아들을 기르고 교육하는 성의와 방식에 있어서 최선을 다하고 있다는 얘기와 오늘 아침 미순을 보고 느낀 감상을 털어놓았다.

"그런 사람이 어찌 유사종교를……." 하는 것을 보면 강신중은 끝내 납득이 가지 않는 모양이었다.

"어쨌건 그의 인생관과 종교관에 있어선 정상적이 아닐지 모르나 윤두명 씬 사기꾼은 아닙니다. 한 가지 내가 그분을 이해하고 있는 사실은 그분은 어릴 때 결정적인 충격을 받은 모양입니다. 그 가슴속엔 보통의 방법으로썬 풀 수 없는 원한이 사무쳐 있는 겁니다. 보통의 사람이면 그 원한을 잊든지 적당하게 타협하면서 살든지 하고 살아가기도 하는데 윤두명 씨의 개성은 그렇게 되지 않는 모양입니다. 그래서 그 원한을 억제하기 위해서 자기의 독특한 종교가 필요했는지 모르죠. 아무튼 선생님의 도움이 있어야 하겠습니다. 나중 교단 사람들이 오거든 그들을 통해 교리가 어떤 것인지를 들어보시죠."

"내가 접촉한 한에 있어선 유사종교의 교조, 또는 교주라는 사람은 거의 사기성을 가진 사람이었고, 교도는 대부분 성격파산자가 아니면 정신병자·심약자들이었는데……." 하고 강신중은 생각에 잠겼다. 나는 그 건물 지하다방으로 이정순을 기다리기 위해 내려갔다.

교모라는 자격으로 포교의 제일선에서 활약하는 사람인만큼 이정순의 논리는 나름대로 명쾌했다. 다음은 강신중 변호사와 이정순의 일문일답이다.

강 상제교의 교리를 알지 못하고는 사건을 맡을 수가 없습니다. 그래서 묻겠는데 솔직하게 대답해주실 수 있겠습니까.

이 뭣이건 물어주십시오.

강 상제교의 신앙 대상은 무엇입니까.

이 옥황상제입니다.

강 어떤 신입니까.

이 유대교로 말하면 여호와, 희랍의 신화로 말하면 제우스, 천주교로 말하면 천주에 해당하는 신을 우리 교단은 옥황상제라고 합니다.

강 옥황상제를 실재하는 신으로 믿고 있습니까.

이 실재합니다.

강 어디에 실재합니까.

이 삼라만상이 그 현신이며 우리들의 마음이 그 반영입니다.

강 그렇다면 내 마음에도 옥황상제의 반영이 있다는 말씀입니까.

이 물론입니다. 그러나 빛이 없으면 보는 물체가 어둠 속에 파묻히 보이지 않듯이 신앙의 불빛이 없으니 선생님은 보실 수가 없을 겁니다.

강 상제교를 믿으면 어떤 이익이 있습니까. 그 은총을 실감할 수 있습니까. 죽어 좋은 곳으로 간다는 겁니까.

이 옥황상제를 신앙하면 생시엔 광명을 얻고 죽으면 복을 얻습니다. 교조님의 말씀에 이와 같은 것이 있습니다. 상제에 대한 신앙은 자기질서의 발견이며 자기질서의 보전이며 자기질서의 보람입니다. 자기질서란 천지의 운행엔 질서가 있는데 사람들은 나름대로 그 질서에 순응하기도 하고 거역하기도 하고 등한히 하기도 하며 방종하게 하기도 하며 삽니다. 그것은 생의 근본을 파악하지 못한 탓으로 시간의 낭비가 됩니다. 그런데 상제의 신앙은 생의 중심과 결부되기 때문에 명확한 자기질서를 파악할 수 있게 됩니다. 거기서 부동심이 생겨 자기질서의 보전이 가능한 것이며, 따라서 시간과 생명의 낭비를 없애며 자기질서의 보람을 다하게 되는 것입니다.

강 죽고 난 후에 복을 얻는다고 했는데 그것을 확증할 방법이 있습니까.

이 이 세상에서 악을 행하고 상제를 무시한 사람하고, 이 세상에서 착한 일을 하며 상제를 믿던 사람하고가 저 세상에 가서 동등할 수 있겠습니까. 남을 밀고하고 모함하고 학대하고 죽이고 한 잔인한 인간이 죽었다고 해서 면책이 되는, 그런 이치에 맞지 않는 일이 있을 수 있겠습니까. 천체에도 이치가 있고 지구에도 이치가 있어 그 이치에 따라 운행하고 있는 것이 아닙니까. 만일 내세에 천국이 없고 지옥이 없다고 가정한다면 기어이 만들어야 하지 않겠습니까. 옥황상제께서 그렇게 소홀할 까닭이 있습니까. 그런데 새삼스럽게 그것을 확증할 필요를 무엇 때문에 느낀단 말입니까…….

강신중은 질문을 중단하고 웃음을 머금었다. 그리고 사건을 맡겠노라고 했다. 착수금은 삼백만 원, 무죄 석방이 될 경우는 사례금 오백만 원을 주겠다는 계약서를 썼다. 강신중이 이정순의 재량대로 하라고 하자 이정순이 일방적으로 그렇게 정한 것이다.

백만 원짜리 보증수표를 건네고 이정순이 사라지자 강신중이 장난스러운 표정이 되었다.

　"범신론에 일신론에, 이신론理神論에 샤머니즘까질 합친 비빔밥이구먼."

　"종교라는 건 원래 그런 것 아닙니까." 하고 내가 받았다.

　"우울한 얘기야."

　강신중이 얼굴을 찌푸리기에,

　"바보들의 돈을 거둬 몇이라도 불쌍한 고아를 잘 보살필 수 있다면 그로써 좋은 것 아닙니까." 했더니 강신중은,

　"손바닥만한 비프스테이크를 먹었다고 그처럼 낙천적일 수가 있소?" 하고 크게 웃었다.

인생은 투쟁이라고? 아닐 테죠.
투쟁하면서 살기엔 인생은 너무나 짧지 않을까요

신문사를 그만두겠다는 내 마음이 이만저만하게 굳은 것이 아니란 사실을 우동규 부장은 드디어 안 모양이었다. 그래도 그는 단념하지 않았다. 관철동 어느 술집으로 나오란 전갈을 받고 그곳으로 갔더니 뜻밖에도 대학시절의 은사가 그 자리에 있었다.

반가웠다. 나는 정중하게 인사를 하고 그동안 적조했던 무성의를 빌었다. 벌써 반백이 넘은 C교수는,

"피차 하루 벌어 하루 먹는 처진데 어디 여가가 있었겠나." 하면서 내 손을 잡았다.

"오늘 우연히 신문사에 오셨기에 서형 얘기를 했더니 만나보고 싶다는 말씀이셨어. 그래서……."

우동규 부장은 변명 비슷한 말을 했다. 취기가 돌기까지 화제는 이곳저곳으로 뛰었다. 옛날 동기생의 소식을 교환하기도 하고, 대학생활의 언저리에 있었던 일, 신문사의 언저리에 있었던 일들이 입에 올랐다. 어떤 말끝엔가 C교수는,

"헌데 서군은 신문사를 그만둘 작정이라며?" 하고 내게 술잔을 돌렸다.

"작정이 아니라 신문사를 그만뒀습니다."

구질구질한 말이 끼어들지 못하게 하기 위해 나는 이렇게 잘라 말했다.

"우 부장의 말로는 아직……."

C교수는 우 부장과 내 얼굴을 번갈아 보았다. 우 부장의 말이 있기에 앞서 내가 기선을 잡았다.

"부장님은 한사코 말리십니다만 전 신문사를 그만뒀습니다."

"무슨 좋은 일이라도 있나?"

"없습니다."

"옮길 직장이라도 구했나?"

"구하지 않았습니다."

"나는 서형의 고집을 이해할 수가 없어." 하고 우 부장이 말을 끼웠다. C교수의 설교가 시작되었다.

세상이 얼마나 어려운 것인가 하는 얘기, 좋은 직장을 구해놓고 그만 둬도 늦지 않다는 얘기, 실직이란 것이 얼마나 고통스러운 것인가에 관한 얘기……. C교수의 말은 그럴 경우 그런 내용의 말이 있을 수 있는, 그러한 말의 집대성이라고 할 수 있었다. 반대할 수 없는 이유를 부족 없이 나열하기만 하면 상대방을 설득시킬 수 있다는 자신 같은 것이 시 키는 노릇인지, 교육자로서의 타성이 시키는 일인질 분간할 수 없는 그 판에 찍은 듯한 설교를 듣고 있노라니까 지겹다는 생각에 앞서 말하는 당자가 불쌍하게 여겨지는 심정으로 되었다. 나는 믹연히 '페디고그'란 단어를 의식 속에서 되씹어봤다.

'페더고그'란 교사의 정열이 매너리즘으로 화석化石한 상태를 말한 다. 일일이 옳은 말씀이로되 상식의 범위를 벗어나지 못하는 진부한 내 용, 하나마나한 소리란 걸 그 자신 알고 있으면서 습관처럼 지껄이고 있는 사람. 논리만을 중시하고 정리를 망각한 사변의 기계. 탐구의 정열이 꺼져버리면 교사는 교사의 형해만 남는다. 이를테면 미라가 된 교사, 그것이 페더고그다. 내 상념이 여기까지 이르렀을 때,

"들으니 서군은 소설가가 되길 지원하고 있다며?" 하는 C교수의 질문이 있었다.

"그럴 작정입니다."

"신문사에 있어선 소설가가 될 수 없을까?"

너무나 싱거운 말이라서 나는 잠자코 있었다.

"이광수도 신문사에 있으면서 소설을 쓴 사람이 아닌가. 우리나라의 경우만이 아니지. 헤밍웨이도 신문기자를 했다더라. 조지 오웰도 아마 신문기자였지? 일본의 유명한 소설가 가운데도 신문사 출신이 있지 아마."

나는 신문기자도 아닙니다, 하는 말을 하고 싶었으나 꿀꺽 그 말을 삼키고,

"사람 따라 사정이 다르지 않겠습니까? 신문사에 있으면서 소설가가 될 수 있는 사람하고, 신문사에 있어선 소설가가 될 수 없는 사람하고……. 갖가지가 있을 것 아닙니까."

하는 대꾸를 했다.

"신문사에 있다고 해서 소설가가 될 수 없는 사람이면 신문사를 그만둬도 소설가가 될 순 없을걸."

C교수의 그 말은 내 비위를 비틀어놓았다.

"인생의 항로를 바꿀 결심을 했으면 그 결심에 충실할 줄을 알아야 그 결심의 보람을 볼 수 있을 것으로 나는 생각합니다."

이래놓고 나는 가능하다면, 중국의 노신이 문학을 해야겠다는 발심을 했을 때 몇 달만 지나면 의사의 자격을 얻을 수 있었음에도 불구하고 결연 의학교를 그만둬버린 사례를 인용했으면 하는 충동을 느꼈다.

보통의 경우 같으면 의사로서의 직업으로 생활의 안정을 보장해놓고 문학을 해도 무방하다고 생각할 수 있었을 텐데도 노신은 그런 절충적인 타협을 하지 않았다. 그 기백이 노신문학의 성격을 결정한 것이 아닌가.

그러나 나는 그 충동을 억제했다. 그런 말을 함으로써 내 자신의 거만을 노출하기가 싫었다기보다 페더고그를 상대론 그런 말이 통하지 않을 것이라고 믿었기 때문이다.

"서군의 재능은 나도 믿이. 그러나 과연 소설가로서 성공할 수 있을지 없을진 단언할 수 없는 것 아닌가. 실패한 소설가가 얼마나 비참한질 상상이라도 해봤나?"

나는 이 말을 C교수의 속물성을 증명하는 것이라고까지 규탄할 마음은 없었다. 나름대로의 노파심이라고 이해하기로 했다. 그러나 불쾌했다.

"소설을 쓴다는 것이 문제지 성공 여부는 제 안중에 없습니다. 그래서 실패가 있을 까닭이 없습니다. 제가 본 바, 들은 바, 익힌 바, 느낀 바 겪은 바를 제 나름대로의 리얼리즘으로써 묘사하겠다는 겁니다. 그러니 전 기성문인과 경쟁할 생각도 없고 문학시장에 파고들 생각도 없습니다. 직업으로서 성립되어도 좋고 직업으로서 성립되지 않아도 무방합니다. 제가 아니고선 기록할 수 없는 것, 제가 아니고선 묘사할 수 없는 것을 단 한 가지만이라도 기록하고 묘사할 수 있으면 그만입니다. 전 원래 비경쟁주의자이며 반출세주의자이니까요."

"서군은 아직 젊구려. 세상은 그처럼 호락호락한 게 아냐."

나는 응수를 그만둘까 하다가 꼭 이 말만은 해둬야겠다고 마음을 다졌다.

"세상이 호락호락하지 않은 것은 세상을 생존경쟁의 마당이라고 보는 사람의 사정입니다."

"그렇다면 세상은 생존경쟁의 마당이 아니기도 하단 말인가?"

"경쟁할 뜻이 없는 사람에겐 생존경쟁이란 것이 무의미한 거죠."

"자넨 경쟁시험을 치러 신문사에 입사한 것이 아닌가?"

"전 경쟁할 의사가 없는 만큼 후회도 별로 없는 사람입니다만 신문사 교정부원 시험에 응시했다는 사실만은 지금 후회하고 있습니다. 제가 그 시험에 응하지 않았더라면 나 아닌 다른 사람이 그 자리를 차지해서 혹시 천직으로 느꼈을지도 모를 일이라고 생각해서 후회가 된다는 애깁니다."

"서군은 순진하질 못해."

C교수는 나무라는 투로 말했다. 과연 그럴까 하고 나는 생각해보았다. 그럴지도 모른다는 생각이 들었다. 나는 이제 막 말을 한 정도론 교정부원 시험에 응시한 것을 후회하고 있진 않기 때문이다. 그렇다고 해서 거짓을 말한 것은 아니다. 말이 약간 강했을 뿐이다.

우동규 부장은 묵묵하게 술잔만 들이켜고 있더니 뚜벅 한마디 했다.

"이제 서형의 말을 듣고 보니 알 것 같군."

"무엇을 알 것 같단 애기요?" 하고 C교수가 물었다.

"내가 왜 한사코 서형을 만류하려고 애쓰고 있느냐 하는 문제죠. 정 승도 저 하기 싫으면 그만인데 거의 한 달 가까이 그만두겠다는 서형을 위해 회사에 거짓 구실을 꾸며대가면서 붙들어두려고 한 내 심사를 내 자신 이해할 수 없었거든요. 그런데 그걸 이제사 안 것 같애."

"뭣이오, 그게."

묻는 C교수의 얼굴에 호기심이 돋아나 있었다.

"서형의 그 비경쟁주의, 그리고 반출세주의 그게 다 내겐 신선한 매

력이었던 모양이오. 그 매력 때문에 저 사람을 놓쳐선 안 된다, 붙들어
두고 싶다, 이렇게 된 것 같애."

C교수가 돌연 웃음을 터뜨렸다.

"우 부장은 서군의 말을 액면 그대로 믿소? 그렇게 사람이 순진해요?"

"나는 믿소."

우 부장의 얼굴이 불쾌한 빛으로 흐렸다. C교수는 여전히 웃는 얼굴
로,

"서군의 말은 너무나 영리한 청년의 청년다운 객기일 뿐이오. 대학 시
절의 수재가 사회에 나가서 수재 노릇 못하게 되자 그 콤플렉스가 그러
한 역설적인 태도로 나타난 거란 말이오." 하고 근사하게 말을 엮었다.

"C교순 서형을 잘못 봤구먼."

우 부장이 뱉듯 말했다.

"우 부장이 잘못 본 걸 거요." 하고 C교수는 다음과 같이 이었다.

"서군은 내가 사랑하는 제자 가운데서도 으뜸가는 학생이었소. 나는
그의 기백을 잘 알고 있어요. 대학 사 년 동안 언제나 수석이었으니까
요. 수재만 모였다는 대학에서 사 년을 계속해서 수석의 자리를 차지한
다는 것이 그렇게 수월한 일인 줄 아시우? 뒤쫓아오는 학생들의 기백
은 무서운 것이었습니다. 서군은 자기의 자리를 지키려고 그야말로 불
철주야 공부를 한 학생이오. 원래 수재인 데다가 그처럼 공부를 했으니
수석의 자리를 계속 지킨 겁니다. 그런 사람이 비경쟁주의자? 반출세
주의자? 어림도 없는 얘깁니다. 나는 서군을 비난하는 뜻으로 말하고
있는 게 아닙니다. 애교 있는 객기라는 거죠. 그렇지?"

그때의 내 표정이 어떻게 되어 있었는진 앞에 거울이 없었기 때문에
알 수가 없다. 어리둥절한 기분이 된 것만은 사실이다. 나는 대학시절

기어이 수석의 자리를 지키려고 공부한 적은 없다. 원래 책을 좋아하고 호기심이 많았기 때문에 전공과목은 물론이요, 뭐든 닥치는 대로 읽어 젖혔을 뿐이다. 물론 그때 비경쟁주의니 반출세주의니 하는 의식이 있었던 것은 아니다. 이런 의식을 구체화시킨 것은 최근의 일이고 그런 의식의 싹이 튼 것은 대학원에 다닐 동안이었다.

우 부장은 신문사에서의 내 언동을 증거로 내가 말한 비경쟁주의와 반출세의가 결코 역설적인 콤플렉스가 아니란 점을 설명했다. C교수의 이에 대한 반론이 있었다. 얼굴이 간지러운 것을 참을 수 있었던 것은 술의 힘 때문이었다. 나는 그들의 응수를 내 자신에 관한 것이 아니라 나와 전연 관련이 없는 사람들의 응수인 양 들으며 내 자신의 생각을 쫓았다.

내 가슴속에 비경쟁주의 · 반출세주의가 싹트기 시작한 계기가 된 사건이 있었다.

나의 대학 선배에 변창섭이란 사람이 있었다. 군대생활을 끝내고 대학원에 다니고 있었는데 그의 독실한 학문적 태도는 이미 정평이 나 있었다. 그는 영어를 제1외국어, 독일어를 제2외국어로 하고 이미 두 개의 말로 자기의 전공서적을 읽을 정도로 마스터하고 있었는데도 프랑스어를 새로 익히기도 했다. 가끔 우리가 무엇을 물으면 성실하게 설명해주곤 했는데, 그것이 자기의 의견이 아닐 때엔 꼭이라고 할 수 있을 만큼 반드시 그 설명이 씌어 있는 출전을 밝혀두었다. 그런 까닭으로 우리는 변창섭이 장래의 교수 후보로서 대학에 남을 것이라는 데 조금도 의심하지 않았다. 본인도 그것을 희망하고 있었고 그렇게 믿고 있었다. 그런데 결과는 엉뚱하게 나왔다. 강 모라는 선배가 남고 변창섭은 탈락되었다.

이 사건은 누구의 눈에도 의아하게 비쳤다. 우선 변창섭은 대학원에서 전업으로 학구에 몰두하고 있었고 강 모는 어느 고등학교에 이미 취직을 하고 있으면서 부업적으로 대학원에 다니고 있었다. 하기야 부업적으로 대학원에 다녔다고 해도 전업적으로 다닌 사람보다 월등한 실력을 가질 수도 있는 것이니 그런 사실만으로 왈가왈부할 순 없는 성질의 문제이긴 한데 실력에 있어서 변창섭이 월등했다. 대학 졸업 때의 성적 순위도 변창섭과 강 모와의 사이엔 현격한 차이가 있었다.

석사 논문만 해도 그랬다. 변창섭의 논문은 독창적인 의견과 인용된 의견이 확연히 구별될 수 있는 치밀하고 성실한 것이었지만 강 모의 논문은 어디까지가 자기의 의견이고 어느 것이 남의 의견인질 분간 못하게 되어 있는, 이를테면 교묘한 사술이라고도 할 수 있는 그런 것이었다. 그런데도 심사위원회에선 강 모의 논문에 높은 평점을 붙였다는 것이니 우리들의 의혹은 더욱 짙어갈 수밖에 없었다.

동시에 불미한 소문이 나돌았다. 강 모와 그 부인이 선물 꾸러미를 들고 교수들의 집을 찾아 돌아다녔다는 말도 있고, 금품의 수수가 있었다는 소리도 있었다. 과연 그런 일이 사실인지 헛소문에 불과한 일인지는 확인할 도리가 없지만 변창섭을 탈락시키고 강 모를 택했다는 사실이 그러한 풍문을 있게끔 한 것만은 틀림없는 일이었다.

그 당시 나는 우연히 수임교수를 만날 기회가 있어서 넌지시 물어보았다.

"변 선배가 탈락한 이유가 뭡니까?"

"이유는 간단하다. 학력이다."

"변 선배가 강 선배보다 학력이 모자란다고 생각할 순 없는데요."

"대학원 학생의 레벨로선 학력의 우열을 가늠하기가 곤란하지. 그러나 장래로 뻗을 싹의 우열은 판단할 수가 있지 않은가."

"변 선배가 강 선배보다 장래성이 모자란다는 말씀입니까?"

"논문에 나타나 있어. 변군의 논문은 다른 학자 학설의 조술에 불과해. 그런데 강군의 논문엔 독창이 있어. 심사위원회와 교수회는 그 점을 중시한 거다."

나는 일시 말문을 닫고 주임교수를 말끄러미 쳐다봤다. 주임교수의 지론은 섣불리 독창하려 들지 말고 선배학자의 학설에 겸허하라는 것이었고 오늘날 우리나라의 대학이나 대학원은 당분간 독창을 배제하고 선배학자의 학설을 섭취하는 데 전념해야 한다는 것이었기 때문이다.

나는 그때의 불쾌함을 어제 일처럼 기억한다.

대학교수가 되기 위한 경쟁에 부정한 수단이 있어야 하고 정실의 개재가 불가피하다면 다른 영역은 불문가지한 일 아닌가. 나는 그때 대학교수가 되었으면 하는 희망을 포기했다. 선물 꾸러미를 싸들고까지, 아니 비굴하게 영합하는 행동을 하면서까지 대학교수가 될 필요가 없다고 생각했기 때문이다.

변창섭 선배는 그 후 지방 대학으로 갔는데 이 년 후 모교인 대학에 자리가 비어 돌아오려고 했지만 그것도 허사로 끝났다. 자기 그림자에 겁을 먹는다는 속담 그대로 모교의 교수들은 기왕의 과오를 끝내 합리화시킬 속셈으로 그를 받아들이지 않았다. 그 가운데의 하나가 지금 눈앞에 앉아 있는 C교수인 것이다.

그 사건은 나로 하여금 여러 가지를 생각하게 했다. 그러나 그것만이 내가 비경쟁·반출세의 사상을 익히게 된 원인은 아니다. 경쟁이 빚어내는 갖가지의 추악을 보게 되었고, 출세한 인간들의 허망을 느끼게도 되었다. 대학을 나오고도 오륙 년 간 고등고시 준비를 하곤 번번이 낙

방만하다가 겨우 합격했다 싶으니 폐결핵을 앓고 죽은 인간도 보았다. 모처럼 책임자의 입장에 섰기 때문에 그 조직원과 자신을 망친 사례도 나는 많이 겪었다.

나는 '서재필'이란 이름의 무게를 새삼스럽게 생각하게 되고 차츰 남의 선두에 설 생각을 포기하기에 이르렀다. 세상을 보는 나의 눈이 급격하게 변질해간 것이다.

"뭘 생각하고 있어. 술이나 마셔요."

하고 우 부장이 내 앞에 술잔을 내밀었다. 나는 그 잔을 받아 마셨다. 그들의 토론이 어떤 결론으로 낙착되었는지 알 까닭이 없었고 알고 싶지도 않았다.

"괜히 C교수를 불러냈군."

술집을 나서 C교수와 헤어지고 난 뒤 우 부장이 중얼거렸다.

한참을 걸어 나와 십자로에 섰을 때 우 부장이 손을 내밀었다.

"오늘로서 만류작전은 그만이다. 앞으로 잘해봐."

나는 우 부장의 손을 잡았다. 눈물이 쏟아질 뻔했다. 그 센티한 기분을 억누르기 위해 짐짓 경박한 말투로,

"퇴직금이나 빨리 나오도록 힘써주시오." 하고 억지로 쾌활한 체 말했다.

돌아가면 정명욱이 기다리고 있을 것이었다. 그녀가 기다리고 있을 것이란 기대가 이처럼 행복스러울 줄이야 작년에만 해도 꿈이라도 꿀 수 있었던가. 나는 서둘러 아파트로 돌아가기 위해 택시를 탔다. 그러면서

'내일부턴 절대로 택시를 타지 말아야 한다.'고 내 자신에게 타일렀다.

내 계산으론 퇴직금으로 앞으로 일 년 동안은 생존을 가능케 해야 하게 돼 있었다. 세 개의 빵, 한 병의 밀크로써 하루를 살면 일 년 동안의 생존비는 되리라. 그러니까 명욱과의 동거생활은 일 년 후라야 한다. 결혼은 언제 해도 좋지만 줄잡아 나는 일 년 동안은 자이나교도처럼 살아야 하는 것이다.

기대한 대로 아파트의 뜰에서 쳐다보니 내 방에 불이 켜져 있었다. 나는 단숨에 층계를 뛰어올라갔다. 문은 벌써 열려 불빛이 골마루에 비껴 있었다.

그리고 명욱의 화사한 얼굴!

"오늘 밤의 당신은 신부처럼 아름다워."

언제부터 나는 이런 말을 예사로 하게 되었던가.

"오늘 밤의 재필 씨는 달려온 청년이네요." 하고 명욱은 웃었다.

"식사는?"

"하나마나."

"그럼 커피?"

"난 카페오레."

가난한 방에 커피의 김이 서리면 샤를 필립 방의 정서로 된다. 파리 시청에서 호적등본을 만들어주는 일을 맡은 필립과 남의 글자를 고치는 일을 한 나와는 공통점이 있는 게 아닌가. 필립처럼 영락해 살면서 필립과 같은 섬세한 소설을 쓰고 싶구나.

"C교수 만났어요?"

쳐다보는 명욱의 눈초리가 길다.

"만났지."

"뭐라 하던가요?"

"우 부장이 원병을 청한 거더먼."

"그래서요."

"C교수는 나이가 들수록 페더고그의 표본처럼 되어가. 일일이 옳은 말씀이더먼."

나는 페더고그에 관한 설명을 일석하고 우 부장이 마지막 한 말을 전했다.

"시원스럽게 되었군요."

명욱은 석연한 태도다. 내 고집을 꺾을 의사는 이미 포기하고 있었지만 그래도 약간의 아쉬운 표정쯤은 있었을 것으로 짐작했는데 뜻밖인 태도여서 나는 물었다.

"마지막 판에 가서 내가 번의할 것을 혹시 기대하지 않았소?"

"천만에요."

"이것 뜻밖인데?"

"곰곰이 생각했어요. 우리가 결혼하면 어차피 한 사람은 신문사를 그만둬야 하지 않겠어요?"

"물론이지."

"그런데 월급을 따져보니 내가 남아야 한다는 결론을 얻었거든요."

"그렇지, 당신이 나보다 만 오천 원이 많으니까."

"이 흉년에 만 오천 원이 어디예요."

"만 오천 원이면 대금이야. 내 한 달치 빵 값이 되는 걸."

"그래요?" 하고 명욱은 놀란 얼굴을 했다. 나는 만 오천 원이 내 한 달치 빵 값이 된다는 설명을 구체적으로 했다.

"벌써부터 물어보고 싶었는데 재필 씬 어떻게 그처럼 빵을 좋아하게 됐죠?"

"난 오랫동안 자취를 했거든. 밥 한다는 건 여간 불편하지가 않아. 빵이면 간단하잖아? 한 쪽의 버터, 한 잔의 밀크커피, 그것도 없으면 한 글라스의 냉수. 햄이나 소시지가 있으면 왕궁의 성찬이구. 난 동양이 서양에 뒤진 원인이 밥과 빵에 있다고 생각해. 밥 짓는 시간에 그들은 공부를 한 거야. 빵을 먹으면서 책은 읽을 수 있어도 밥 먹으면서 책은 못 읽어."

명욱은 나의 얘기를 고개를 끄덕이며 듣고 있더니 돌연 이런 말을 꺼냈다.

"내 재미있는 얘기할까요?"

"해봐요."

"어머니가 말예요. 결혼식 날 받으러 점쟁이한테 갔더래요."

"점쟁이? 그것 재미있군. 그래 언제가 좋더라고 합디까?"

"내년 음력 이월 초하루가 길일이라고 하더래요."

"그렇다면 어머니 좋아하시는 대로 하지 뭐."

"그래도 돼요?"

"물론."

"재필 씨의 고향에서 무슨 말이 없을까요?"

"형님에게 통지는 해야겠지. 그러나 그것뿐이라……."

"결혼하고도 이곳에 살 작정?"

"결혼했대서 내 집에 살아선 안 되나?"

"조금 나은 데로 이사했으면 해서요."

"이 아파트 팔아가지구 좋은 데로 갈 수 있을까?"

"그거야 안 되겠죠."

인생은 투쟁이라고? 아닐 테죠. 투쟁하면서 살기엔 인생은 너무나 짧지 않을까요 **219**

"그럼 불가능해. 퇴직금은 일 년치 생활비를 해야 할 거구."

"집 사는 돈은 어머니로부터 빌리겠어요."

"언제 갚으려구."

"갚으려다 못 갚으면 그만이죠 뭐."

명욱은 장난스럽게 말했으나 나는 그럴 수가 없었다. 결혼을 해도 동거생활은 일 년 후로 미루겠다 했다.

명욱이 그 까닭을 물었다.

"나는 앞으로 일 년 동안은 절대로 취직하지 않을 테니까. 그 대신 일 년 후엔 취직할 참이야. 용달차 운전수를 하건 사우디아라비아로 가건 날품팔이를 하건 동거생활은 그때 가서 하잔 얘기요."

"그 이유는 생활비 때문이다, 이거예요?"

"그것도 있지만 또 한 가지가 있지." 하며 나는 자이나교도처럼 살아 보고 싶다고 했다.

"자이나교가 뭐예요?"

나는 불교보다 더 철저한 불교라고 생각하면 된다는 이상의 말은 하지 않았다. 명욱이 웃었다.

"까다로운 약혼자는 결국 까다로운 남편이 되겠군요."

"그렇지도 않아."

명욱은 내 얼굴을 말끄러미 쳐다보고 있더니 다음과 같이 선언했다.

"이건 신부로서의 최저한도, 최소한도의 선언이에요. 전 일단 결혼하기만 하면 그날부터 당신 곁을 떠나지 않을 테니까 그렇게 아세요. 이사는 안 해도 좋지만 이 선언만은 꼭 실행할 테니까요. 그 대신 나와 같이 있으면서 자이나교를 믿어도 좋고 호텐톳교를 믿어도 좋아요. 알았죠?"

나는 멍멍해져 할말을 잃었다. 명욱은 한번 한다고 하면 그대로 할 여자인 것이다. 동시에 나는 정명욱을 운명처럼 받아들여야 한다고 생각하고, 그러자면 그 여자가 하고 싶어하는 것은 뭣이건 승인해야 한다는 믿음으로 기울어들었다.

그런데 그것이 대단히 행복스럽게 느껴졌다. 사람이 행복하게 되는 데는 그다지 많은 것이 필요한 것이 아니다.

"우리 오늘 밤을 어떻게 지낼까?"

나는 장난스럽게 물었다.

"당신의 뜻대로요."

"애즈 유 라이크 잇?"(As you like it?)

"그래요."

나는 정명욱을 정열적으로 끌어안았다. 그리고 속삭인 말로,

"나는 평생을 남과 경쟁하지 않고 살 거다. 경쟁하고 투쟁까지 하면서 살기엔 인생이 너무나 짧지 않아?"

"그 사상에 저두 절대적으로 동감이에요."

정명욱은 스르르 눈을 감으며 얼굴을 들었다. 키스를 청하는 다소곳한 동작이었다. 바람이 유리창틀을 흔들었다. 밖엔 겨울밤의 바람이 일고 있는 모양이었다.

인생은 언제나 새롭게 시작해야 하는 것이란 다짐과 함께 나는 정명욱의 입술에 내 입술을 포갰다.

'그러나' '그런데'의 존재방식

빗소리에 잠을 깼다.

천장에 아직 어둠이 서려 있다.

겨울 아침에 듣는 빗소리엔 또 다른 겨울의 의미가 있다.

회상 속에 되살아나는 비 오는 겨울 아침에 울려오는 나팔소리. 그러나 나는 이미 육군 상등병이 아니다. 신문사의 교정부원도 아닌 것이다.

머리맡의 시계를 들어 시계바늘을 읽었다. 여섯 시 삼십일 분. 나는 출근하기 위해 시계를 보는 것이 아니란 사실을 새삼스럽게 느껴본다. 그러니 내가 일어난다고 해도 출근하기 위해 일어나는 동작은 아니다.

자유, 그렇다. 나는 자유다. 얼마든지 게으를 수 있는 자유가 내게는 있다. 약간의 오만 같은 감정이 가슴에 괸다. 고고하다는 관념이 뇌리를 스쳤다. 동시에 나는 이러한 관념을 경계해야 한다고 신경을 곤두세웠다. 소설가가 고고해선 안 되는 것이다.

비장감 또한 없지 않다. 내게 노동을 강요하지 않는 대신 내게 월급을 줄 사람이 없다는 사실의 인식, 그런 처지를 내 스스로 자초했다는 사실의 인식은 약간의 비장감을 동반한다. 그러나 이러한 비장감도 경계해야 한다. 소설가가 비장해선 안 되는 것이다.

어제 사표는 수리되었고 얼만가의 퇴직금은 예금통장에 타이프라이팅된 숫자로서 무기화無機化하고 있다. 이를테면 거품의 숫자화. 아무튼 나는 인생을 다시 시작하게 되는 이날 아침을 축복하는 기분으로 일어나야만 했다. 그런데 하필이면 이날 아침 비가 오다니. 그러나 축복의 기분으로 있는 사람에겐 천기가 상관할 바 없다.

열어젖힌 창밖으로 비는 줄기차게 내리고 있었다. 간혹 바람이 섞였다. 건너편 언덕의 마른 나뭇가지가 흔들리고 빗줄기가 휘어지기도 했다. 나는 그 비 내리는 풍경을 정면으로 바라보는 위치에 서서 체조를 시작했다. 팔을 좌우로 또는 상하로 뻗었다가 움츠렸다가, 고개를 이리저리 꺾었다가 돌렸다가, 상체를 굽혔다가 폈다가……. 방 안에서 이렇게 하고 있는 나의 몰골을 지켜보는 또 하나의 내가 나타났다.

'병신 달밤에 체조한다더니…….'

'암, 그렇다. 난 비 오는 날 방 안에서 체조한다.'

누가 옆에라도 있는 듯이 나는 크게 웃었다.

그리고 우유를 끓이고 물을 끓인다. 그동안 이를 닦고 낯을 씻고. 우유와 커피와 물로써 간단하게 만들어지는 밀크커피, 파리에 갖다놓으면 카페오레가 된다는 것. 게다가 두 조각의 빵, 마가린을 담뿍 발라서. 일단식—箪食, 일표음—瓢飮이었다는 공자의 제자 안회顔回보다야 호사스러운 식사다.

식사를 하고 오늘 할 일을 생각했다. 서재필이 서재필에게 할 일을 시켜야 하는 것이다. 우동규 부장도 없고, 정 차장도 없고, 게라를 날라오는 컨베이어시스템도 없고, 비가 내리고 있는 공막한 시간만이 내 앞에 있을 뿐이다. 나는 사령관이며 작전참모이며 병졸이다. 그러고 보니 나 하나가 움직이는 것이 사단 하나가 움직이는 것으로 되는 것이 아닌

가. 움직이면 사단이 되고 저 이불 속으로 다시 기어 들어가면 곤충이 된다는 사상은 나를 흥분시켰다. 나는 인생 제1일을 고소高所로부터 시작하기로 했다.

구겨진 양산을 펴들고 나섰다.

담배가게에서 거북선 한 갑을 사서 포켓에 넣었다. 그 가게에 있는 공중전화가 눈에 띄었다. 전화를 걸어볼 생각을 했다.

상대방은 정명욱.

비신문사원, 비교정부원의 자격으로 신문사의 다이얼을 돌리는 첫경험이었다.

"도서실로 돌려줘요." 했더니 이윽고 도서실 사환아이의 소리가 울려왔다.

"도서실입니다아."

"올드미스 좀 바꿔주시오."

"올드미스? 올드미스면⋯⋯." 할 때 수화기를 바꿔드는 동정이 느껴지더니,

"누구세요?" 하는 명욱의 나를 미리 의식하고 있었던 듯한 소리가 전해왔다.

"나."

"아, 당신이우?"

당신이란 어감이 간지럽다. 가끔 당신이란 소릴 들어왔지만 전화통으로 전달된 '당신이우.'란 말을 듣긴 처음이다.

"기분 어때요?"

얼김에 이렇게 말했더니,

"오늘은 비가 오네요." 하는 정명욱의 카랑한 소리.

"당신의 가슴속에서도 비가 오는가?"

"신문사 창밖에 비가 와요."

"나는 빗속에 있소. 빗속의 사나이."

"빗속에? 거기가 어딘데요."

"빗속에 서 있는 룸펜 기분이 그저 그만인데."

"감기 들면 어쩔라고 그래요."

"나는 실컷 낭만적인데 미스 정은 산문적이군."

"낭만이구 산문석이구간에 김기 들면 어쩔라고 그래요."

"걱정 마시오. 감기 들어봤자 약 먹으면 이주일 만에 낫고 약 먹지 않으면 열나흘 만에 낫는다고 합디다."

"하여간 지금 어디에 있어요?"

"집 앞 담배가게의 공중전화."

"지금부터 뭣을 하실 거죠?"

"북악 팔각정으로 갈 참이오."

"팔각정? 거긴 왜요?"

"높은 데서 시작하려구."

"방으로 돌아가세요. 전기스토브나 켜놓구 책이나 읽으세요."

"사령관은 나야, 나."

"참모가 건의도 못하나요?"

"참모도 나야."

"그럼 제가 끼일 자리는 없잖아요?"

"사령관에게도 말동무는 있어야 할 것 아냐?"

"기껏?"

"기껏이라니. 그 자리가 최고요. 업무방해가 될 테니 전화 끊겠소."

"여보, 여보, 오늘……."

"또 전화할게."

나는 수화기를 걸고 흐뭇한 기분으로 돌아섰다. 씨알머리 없는 농담을 주고받을 상대가 있다는 게 얼마나 다행한 일인지 모르겠다는 마음이 일었다. 그러고 보니 결혼이란 씨알머리 없는 농담을 주고받을 수 있는 상대를 구하기 위한 수속이 아닌가. 그러면서도 나는 결혼하겠다는 생각에 실감을 느껴볼 수가 없는 것이다.

나는 북악 스카이웨이의 팔각정에 시가를 굽어볼 수 있는 자리를 차지하고 앉았다. 그러고는 얼마 안 가 큰 발견을 하게 되었는데…….

나는 여태껏 이 세계가 강렬한 태양과 농축된 밤을 위해서만 있는 것인 줄 알았다. 그런데 그 자리에서 비로소 흐린 하늘, 맥없이 내리는 빗방울을 위해서도 이 세계가 있는 것이란 사실을 알았다. 여태까지의 나는 흐린 날, 비 오는 날은 나쁜 날씨라고 치고 부정적으로만 생각해왔던 터이다.

어느덧 비가 개었다. 비가 개자 서울의 윤곽이 윤곽이랄 수도 없는 난맥한 양상으로 나타났다. 높은 빌딩도 낮은 판잣집도 모두 감감하게 눈 아래에 깔려 높이로서의 경쟁은 이미 의미를 잃고 있었다. 고소의 사상이 가지는 하나의 특징은 높이의 경쟁이 무의미하다는 것을 설득하는 데 있는 것인지 모른다.

한 대의 자동차도 움직이지 않았다. 사람의 그림자라곤 보이지 않았다. 일체의 음향도 들리지 않았다. 수천 수만의 창들이 동자가 썩은 해골의 눈처럼 허공을 분유하고 있을 뿐이다.

'무인의 도시.'라고 중얼거리는 소리가 나의 가슴속에 있었다.

팔각정에 있는 사람들은 그러고 보니 우리들만 살아남은 피난민 같았다. 주위에 웃음소리도 없었다. 돌연 서울의 시민 모두가 우리만 버려두고 없어져버린 것이 아닌가 하는 착각에 사로잡혔다.

그럴 까닭이 없다는 생각과 아울러 이만한 높이, 이만한 거리를 두면 육백만 인구로 붐비는 도시가 무인의 도시처럼 되어버리는 것이로구나 하는 감상이 생겼다. 고소의 사상이 가지는 또 하나의 특징은 이처럼 허망을 가르치는 데 있는 것이 아닌가 싶다.

그렇다면 소설가는 고소의 사상을 가르치는 역할을 맡아야 하는 것일까.

떠오르는 몇 사람의 이름이 있다.

그 하나가 프리드리히 니체. 그의 고소의 사상은 부득이 초인을 필요로 했다. 그런데 나는 정신만으로는 초인이 불가능하다는 것을 알고 있다. 한 발의 탄환이면 쓰러져버리는 육체의 생리로는 무슨 초인이냐 말이다. 줄잡아 북악에 앉아 팔을 뻗어 관악산 위의 거목을 뽑아 올릴 수 있는 완력과 로켓포탄을 맞아도 끄떡하지 않는 흉벽을 가진 육체의 소유자라야 초인일 수 있는 것이다. 니체의 고소의 사상이 소설이 될 수 없는 까닭이 여기에 있다.

또 하나의 이름은 예수 그리스도.

그가 고소의 사상을 익혔다는 사실을 짐작할 수 있는 것은 이른바 산상수훈이다. 산 위에 앉아 있는 사람의 마음이 가난하지 않을 까닭이 없다. 산 위에 앉아 있으면 악한 자를 대적할 마음이 생기질 않는다. 오른편 뺨을 치면 왼편 뺨까지 돌려 대줄 기분으로 되지 못할 바도 아니다. 고소의 사상은 경쟁의 무의미함을 가르치고, 일체의 허망을 가르친다는 예를 예수 그리스도가 보여주었을 뿐이 아닌가.

그러나 누가 천국을 믿고 가난한 마음으로 만족할 사람이 있을까. 누가 오른편 뺨을 맞고 왼편 뺨을 돌려 대줄 사람이 있을까. 만일 있다면 이는 이미 이 사회에서의 생활을 포기한 사람일 것이다. 이런 사람을 상대로 소설이 가능하지 못하다는 것은 너무나 뻔한 일이다.

또 하나의 고소의 사상은 장자. 이 사람의 기우는 장대하다.

북쪽 바다에 곤鯤이란 물고기가 있는데 그 크기가 기천리幾千里, 화化하여 새가 되면 붕鵬이 되는데 그 등의 길이가 역시 기천리. 노怒를 발하여 날면 하늘을 덮는 구름처럼 된다는 애기……. 연탄 값·버스 값에 신경을 쓰고 있는 사람들을 상대로 곤과 붕의 애기가 통하기나 할 말인가.

고소의 사상엔 소설이 없다.

소설엔 흐느껴 우는 여인의 눈물이 있어야 한다.

소설엔 발랄한 청춘의 웃음소리도 있어야 한다.

소설엔 실직한 가장의 한숨도 있어야 한다.

소설엔 성난 정열의 외침도 있어야 한다.

그런데 높은 곳에선 흐느낌소리도 웃음소리도, 한숨소리도, 외치는 소리도 들을 수가 없다. 모든 소리와 움직임을 죽인 채 수채화의 소재처럼 깔려 있을 뿐이다.

상념은 다음 다음으로 이어지는데 고소에선 소설이 불가능하다는 사례만이 겹쳐졌다. 소설을 찾길 고소에서 시작하려는 의도는 이로써 좌절된 셈이다. 나는 너무 오래 이곳에 앉아 있었다간 소설을 쓰겠다는 의욕마저 시들까 겁을 먹었다.

자리에서 섰다.

그런데 건너편 자리에 아까부터 앉아 있던 아가씨가 거의 동시에 일어서는 것이 보였다. 짙은 코발트색의 레인코트와 연지색 머플러가 특히 눈에 띄었다. 여위어 보이는 몸매, 화장기 없는 얼굴에 우선 호감이 갔다. 나이는 이십사, 오 세?

같이 서두르면 계단을 나란히 걸어 내려가야 할 형편이어서 나는 천천히 타이밍을 했다. 그녀가 서너 단 내려간 뒤에 나는 계단에 발을 걸었다. 그 여자와의 간격을 적당히 유지하려면 천천히 걸어야 했다. 나는 여자의 어깨 언저리에서 쓸쓸함을 느꼈다. 겨울비 내리는 오전, 홀로 스카이웨이의 팔각정에 와 앉았다가 가는 여자에게 쓸쓸한 사연이 없을 수야 없겠지만 그런 짐작으로 그녀의 어깨에서 쓸쓸함을 느낀 것은 아니다. 그 어깨의 언저리에선 슬픔이 안개처럼 피어오르고 있는 느낌이었다. 동시에 나는 여자의 어깨가 얼굴의 표정 이상으로 감정을 표백할 수 있다는 새로운 발견을 했다.

'혼자 걷고 있는 여자는 뉴스감이 된다.'

신문기자 교과서에 있는 문자이다.

신문기자가 아닌 내겐 뉴스감은 소용이 없다. 소설감으로서의 흥미가 일었다. 모처럼 팔각정까지 와서 소설의 가능에 실망하고 가는 마당에 저 여자에게서나마 소설의 가능을 찾아볼까 하는 마음이 없지 않았지만 나는 곧 이 마음을 지워버렸다.

나는 여자의 일생 따위를 쓸 작정으로 소설가가 되려는 것이 아니란 다짐을 해야 했기 때문이다.

날씨의 탓인지 대기하고 있는 택시가 없었다. 겨울의 스카이웨이를 걸어서 내려가는 기분도 나쁠 것이 없다고 생각한 나는 세검정 쪽으로 방향을 잡고 길 왼편을 조심조심 걷기 시작했다. 카뮈가 되기도 전에 교통사고로 죽는다는 것은 수지가 맞지 않는다는 경각심이 시킨 탓이다.

첫 모퉁이를 돌았을 때였다. 뒤에서 택시 한 대가 미끄러져 내려왔다. 손을 들 생각도 없었거니와 이미 손님을 태우고 있었다. 나는 더욱 조심하는 기분으로 길가로 붙어섰다.

지나가는 택시 안에 아까 팔각정에서 본 그 여자가 타고 있었다. 여자의 얼굴이 이편을 돌아보는 것 같더니 택시가 사오 미터 앞에 섰다. 운전사가 도어를 열고 손짓을 했다. 탈거냐 안 탈 거냐 하고 묻는 시늉이었다.

나는 걸음을 빨리 했다. 택시 가까이로 갔다. 여자가 나를 쳐다보며 자리를 비껴 앉았다. 그러나 나는 여자와 같은 칸에 앉을 수가 없어 운전사 옆자리를 택했다.

시동을 하며 운전사의 말이 있었다.

"손님이 태워드리라고 해서 태운 겁니다."

나는 뒷좌석으로 고개를 돌려 목례를 하며 말했다.

"고맙습니다."

여자는 살큼 윗입술을 달싹이며 말없이 웃었다. 그때 보일 듯 말 듯 나타난 덧니가 청결했다. 어깨 언저리에서 느낀 쓸쓸한 빛이 얼굴엔 없었다.

"손님은 어디까지 가십니까?"

"서대문으로 갈 요량입니다만 먼저 타신 손님 편리할 대로 적당한 곳에서 내려주시오."

내 말이 떨어지자 운전사가

"이런 걸 우연의 일치라고 하는 거죠. 뒷좌석의 손님도 서대문으로 가신답니다."

나는 그 우연의 일치에 가슴이 설렘을 느꼈다. 물론 우연의 일치라는 그 사실에 대한 설렘일 뿐이었다.

택시는 사직동 뒷산의 허릿길을 돌아나갔다. 그 길을 가면서 보는 서울 시가의 경관은 찌푸린 하늘 밑에서 육중했다. 길이 있는 곳에 새로운 경치가 열린다는 느낌은 스카이웨이를 달려볼 때마다 언제나 느끼는 감상이다.

독립문을 왼편으로 하고 나는 택시를 내렸다. 여자도 거기서 내렸다. 우연의 일치란 그 사실로 해서 나는 수월하게 말을 건넬 수가 있었다.

"택시 고마웠습니다. 우연한 인연을 소중히 하는 뜻에서 차라도 한잔."

"좋습니다." 하는 여자의 얼굴엔 구김이 없었다.

'독립문'이란 이름의 다방에 들어가 꼭 같이 커피를 주문했다.

어색하지 않은 분위기이기도 해서 나는 대담하게 물어보았다.

"비 오는 날 팔각정에 가신 덴 무슨 사연이 있습니까?"

"별루요."

조용한 미소를 짓곤 여자는,

"서울에 살고 있었으면서도 아직 스카이웨이를 못 가 봤거든요." 하고 나직한 소리로 덧붙였다. 서울에 살면서도 스카이웨이엘 못 가봤다는 사정은 알았어도 혼자 그곳에 가야 했던 사정은 궁금했다. 그러니 따져 묻긴 쑥스러웠다. 이번엔 여자가 물었다.

"선생님께선 무슨 사연이 있으세요?"

"제게도 별다른 사연은 없습니다. 전 룸펜이니까요." 하고 나는 고의로 위악적인 태도를 꾸몄다.

"룸펜?" 하는 여자의 말투엔 궁금증이 있었다.

232

"직장이 없는 사람이 룸펜 아닙니까. 돈도 없구요." 하며 나는 씁쓸하게 웃어 보였다. 여자의 얼굴에 긴장하는 빛이 돌았다.

"그럼 취직자릴 구하고 계시나요?"

조심조심 여자가 물은 말이다.

"천만에요. 전 취직할 생각 없습니다."

"……?" 하는 표정이 여자의 얼굴에 보였다.

커피를 마저 마시고,

"점심식사를 안 하시렵니까?" 하고 나는 얼른 말을 보냈다.

"룸펜인 주제에 제가 점심을 사겠다는 말은 아닙니다. 각기 점심 값을 내는 거죠. 제가 서대문에 온 것은 이 근처에 도가니탕집이 있어서입니다."

"도가니탕 좋아하세요?"

"특별히 좋아하는 건 아닙니다."

"그런데?" 하는 여자의 표정이기에 나는 설명할 필요를 느꼈다.

"전 나름대로의 식도락갑니다. 도가니탕은 서대문이 좋고, 갈비는 홍릉이 좋고, 순대국은 신도면이 좋고, 전주식 비빔밥은 청진동에 있구……. 헌데 제 식도락의 제1조건은 맛과 더불어 값이 싸야 하는 거죠. 값이 싸면서 맛있게 먹을 수 있는 갖가지 음식과 곳곳의 장소를 대강 명념해두었다가 외식을 할 경우 때에 따라 장소와 음식을 선택하는 겁니다."

"아주 계획적이신데요." 하고 여자가 웃었다. 그리고 같이 식사하길 동의했다.

붐비는 도가니탕집에선 얘기할 기회가 없었다. 내 고집대로 따로따로 점심 값을 치르고 나왔다. 그냥 헤어지기가 아쉬운 기분이 된 것은 여자도 나와 마찬가지였던 모양으로 골목을 빠져나오며

"전 내일모레 외국으로 떠나는데요." 해놓곤 뒷말을 잇지 않았다. 나는 잇지 않은 뒷말을 좀더 얘기를 나눌 시간을 가졌으면 하는 뜻일 거라고 짐작했다. 그래서 그녀를 대변하는 셈으로,

"어쩐지 그냥 헤어지기가 섭섭하네요." 하고 그녀를 돌아보았다. 어느 외국으로, 무슨 용무로 가는지가 궁금했지만 성급하게 물을 필요가 없다고 생각했다.

"관철동에 재미있는 다방이 있다던데요."

간신히 말하는 투로 여자는 나의 눈치를 살폈다.

"시간이 있으시면."

"전 오늘 시간은 쭉 비워두었어요. 선생님은?"

"아까 말하지 않았습니까. 룸펜의 시간은 언제나 남아돕니다."

그렇게 되어 두 남녀는 어깨를 나란히 하고 광화문을 지나고 종로를 걸어 관철동을 향했다. 누가 보면 애인끼리의 산책이라고 할지도 몰랐다. 명욱을 의식하지 않은 바는 아니나, 명욱에게 미안해할 건덕지가 될 만한 잡념이 생겨나지 않았으니 떳떳한 마음일 수 있었다.

"백 년 후에 이 길을 걷는 사람들이 있을 것 아닙니까. 지금 이 길을 걷고 있는 사람들은 하나 남기지 않고 이 지상에서 사라지구. 그런 생각을 하면 이상한 기분이 되지 않아요? 길을 걷다가 가끔 싸우는 사람들을 보기도 하는데, 그럴 때마다 나는 이런 생각을 하죠. 백 년 지나면 한 사람 남기지 않고 사라져 없을 사람들끼리가 아니냐구. 서로 얼싸안고 위안을 한대도 아쉬울 판인데 어쩌자고 싸우느냐구요."

잠자코 걷기가 쑥스러워 내가 해본 허튼 새살일 뿐인데 그녀는 주의

깊게 귀를 기울였다. 얼굴엔 감동의 빛마저 있었다. 그렇게 되니 쑥스러운 기분이 되었다.

"이런 말을 하면서도 전 잘 싸웁니다. 말과 행동이 전연 다른 거죠."

하고 겸연스럽게 덧붙였다.

"선생님은 남하구 싸울 그런 사람으론 보이지 않는데요."

여자의 말이었다.

"겉 다르고 속 다른 게 세상이고 사람이랍니다."

그 후론 입을 다물고 관철동의 그 유명하다는 다방까지 걸었다.

그 다방은 S라고 하는, 아프리카의 어느 도시 이름을 이름으로 한 곳이다. 이를테면 소박한 호사라고도 표현할 수 있게 실내를 장식하고 그림 하나, 그릇 하나에 주인의 성의가 신경처럼 스며 있댔어 손님들의 관심을 끌고 있는 다방이었다.

여자는 구석진 자리를 잡고 앉아 실내의 장식과 조도에 시선을 돌리며 중얼거렸다.

"이곳도 제겐 처음이에요."

"가는 곳마다 처음, 처음이군요."

"아닌 게 아니라 오늘은 서울에 있으면서도 여태껏 못 가본 유명한 곳을 가능한 한 찾아보려 집을 나선 거예요."

"조국을 떠나는 마당에서요?"

"예, 그런 기분이었습니다."

S에서 마시는 커피는 맛이 있었다. 우선 그 향기부터 달랐다. 한 잔의 커피를 천천히 마시고 내가 물었다.

"외국으로 가신다고 했는데 어디로 가십니까?"

"스웨덴으로 갑니다."

"용무는 뭔데요?"

"공부하러 갑니다."

독일이나 프랑스에 가서 공부한다면 갖가지를 들먹여 짐작해볼 수도 있지만 스웨덴으로 공부하러 간다는 말엔 짐작할 방도가 없었다.

"스웨덴에 가서 공부를? 무슨 공부입니까?"

"그저 공부예요."

하고 그녀는 애매하게 웃었다. 머플러를 풀어버리고 난 뒤 노출된 여자의 목줄기가 상앗빛같이 아름다웠다.

나는 그쯤의 대답으로써 만족하기로 했다. 우연히 만나 곧 헤어질 사이에 남의 사정을 구체적으로 알 필요가 없는 것이다.

"실례가 안 되면." 하고 망설이더니 그녀가 물었다.

"선생님은 뭣을 하시는 분이죠?"

"아까 말씀드렸을 텐데요. 룸펜."

여자의 눈에 힐난의 빛이 스친 듯했다. 그다지 큰 눈이 아니지만 작은 눈도 아니었는데 그런 만큼 감정의 움직임이 민감하게 반영되었다. 나는 약간 당황했다.

"소설을 쓸 작정으로 있습니다."

"소설?" 하며 여자는 놀란 빛이 되었다.

"쓸 작정일 뿐입니다. 쓸 수 있을지 없을지조차도 모르는 그런 상태에 있는 거죠."

나는 얼른 이렇게 설명했다. 여자의 눈이 찬찬히 나를 관찰하는 기분으로 변했다.

"어떻게 그런 생각을 하셨죠?"

"불행하게도 나는 특별한 기술을 가꾸질 못했습니다. 전문지식도 없습니다. 사업가로서의 소질도 없습니다. 혁명가가 되려고 해도 용기가 없습니다. 고향으로 돌아가 농사를 짓고 싶어도 농토가 없습니다. 그래서 내가 할 수 있는 일이 뭘까 하고 생각한 거죠. 그 결과 소설을 써보자, 이렇게 된 겁니다."

"그런 사정 말고, 하필이면 소설을 쓰시겠다고 작정하신 덴 포부라고 할까, 사명감이라고 할까, 그런 게 있으실 것 아녜요?"

"특별한 포부가 없으니까 소설을 쓰려는 것입니다. 사명감이 없으니까 소설을 쓰려는 것입니다. 다른 사람의 경우는 물론 다르겠죠. 내 경우는 정말 그렇습니다. 포부라면 천하를 위하는, 인류를 위하는 그런 포부라야 되지 않겠습니까. 사명감이란 것도 역시 마찬가지구요. 내겐 그런 것을 감당할 의지도 저력도 없습니다. 무용인으로서의 각오에 철저해보겠다는 거죠. 세상엔 유용인, 즉 보람된 일을 하는 사람, 보람된 일을 하고자 하는 사람들이 많지 않습니까. 그 속에 섞여 살면서 무용인으로서 철저해보겠다는 거죠."

"선생님 말씀 어려워요."

"몰상식한 사람의 말을 상식이 있는 사람이 들으면 어려운 겁니다. 그러니 무시해버려도 손해될 건 없죠. 그러나 이렇게는 말해볼 수 있을 겁니다. 유용인은 유익한 것, 쓸모가 있는 것, 보람이 있는 것만을 선택하며 삽니다. 무용인은 유용인이 쓸모가 없대서 버린 것 가운데도 버릴 수 없는 것이 있다는 바람 같은 것은 가지고 있습니다. 무용인으로서의 눈은 유용인이 보지 못한 것을 보기도 하는 거니까요."

"역시 어려운데요."

"그럼 이런 얘기 집어치웁시다."

"아녜요. 그래도 선생님 말씀을 좀더 듣고 싶어요."

"내 말이 너무 많은 것 같은데요."

"그렇지 않습니다. 유용인·무용인의 얘길 더 해주셨으면 해요."

나는 쑥스럽다는 감정이 치밀어오르는 것을 느꼈다. 간단히 매듭을 지어야겠다는 결심을 했다.

"유용인은 이것이 이익이다, 저것이 손해다, 또는 이것이 옳다, 저것이 나쁘다, 또는 이 길로 가야 한다, 저 길로 가면 안 된다, 하고 생각하며 행동하는 사람입니다. 무용인은 그렇지가 못합니다. 이것이 이익이다, 그러나……저것이 손해다, 그러나……이것이 옳다, 그러나……저것이 나쁘다, 그러나……결국 그러나, 그런데 하고 생각의 매듭을 짓지 못하는 게 무용인이다, 이겁니다."

"하지만 거기 또 그러나, 하고 이어져야 할 것 아녜요?"

그녀의 말에 뜻밖인 날카로움이 번뜩했다.

"선생님은 어떤 소설을 쓰실 거죠?"

이 물음엔 장난기가 있었다.

"글쎄요. 쓸 작정만 했지 아직 한 줄도 써보질 않았으니 뭐라고 말씀드릴 수가 없습니다."

"대강만이라두요. 대강의 생각은 있지 않겠어요?"

나는 다시,

"글쎄요." 하고 생각에 잠겼다. 기지가 있어 보이는 말을 찾았다. 그러고서 기껏 한 소리가,

"선을 좋아하는 악인을 써보고 싶어요. 악을 좋아하는 선인도 써보고 싶구요. 독수리가 사람보다 위대하지 않을까, 하는 얘기도 써보고 싶구요. 우리나라 어떤 양반 집안의 전통보다도 유서가 깊은 개 이야기도 써보고 싶습니다……."

이런 맥락 없는 얘기를 한참 동안 늘어놓는 결과가 되었다.

조용히 듣고 있다가 여자는 엉뚱한 소리를 한마디 끼웠다.

"선생님은 좋은 소설을 쓰실 수 있을 겁니다."

"어떻게 아셨습니까?"

"선생님으로부터 풍겨오는 뭔가를 통해서 알 수 있겠어요."

"고마우신 말씀입니다."

따분한 침묵이 한동안 흘렀다. 이번엔 내가 화제를 찾았다.

"스웨덴에 가시면 오래 계시게 되나요?"

"가봐야 알겠습니다."

"아까 스카이웨이의 팔각정에서 보았을 땐 퍽 쓸쓸해 보였는데 얘기를 나누고보니 그렇지도 않군요."

"전 그처럼 쓸쓸한 사람은 아녜요." 하고 웃으며 말했다.

"전 선생님을 쓸쓸한 분으로 보았어요."

"저도 그다지 쓸쓸하진 않습니다." 하고 나도 웃었다.

"선생님 이름을 들어두었으면 합니다."

여자는 수첩을 꺼내들었다.

"서재필이라고 합니다."

"독립신문의 서재필 선생과 같은 이름이시네요."

"한글로썬 같습니다."

"선생님의 작품을 기대하겠습니다. 스웨덴에 가서도 한국의 잡지쯤은 읽을 작정으로 있으니까요."

"기대하지 마십시오. 가능하다고 해도 십 년 이내엔 제 작품이 나오질 않을 겁니다. 설령 뭔가를 썼다고 해도 발표될지 안 될지도 모르는 일이구요."

"겸손의 말씀을……. 제 이름은 박문혜라고 해요."

"박문혜 씨." 하고 나는 중얼거려보았다.

"시간을 너무 많이 뺏은 것 같애요."

여자는 양산과 백을 챙겨들고 일어섰다. 나도 따라 섰다.

"오늘은 우연히 즐거웠습니다." 하며.

카운터로 가며 여자가 말했다.

"여기의 셈도 각기 낼까요?"

각기 내자는 도가니탕집에서의 나의 고집을 상기한 모양이었다.

"그렇게 합시다."

그 다방에서 나와 여자는,

"혹시 지장이 없으시면 선생님의 주소를 알고 싶어요." 하며 내 얼굴을 보았다.

수첩에 내 주소를 쓰고 그 부분을 찢어 여자에게 건넸다.

"오늘은 실례가 많았어요." 하고 돌아서는 여자를 불러세웠다.

"모레 비행기 떠날 시각을 가르쳐주시면 혹시." 했더니 여자는 서슴없이 대답했다.

"아침 여덟 시 동경으로 떠나는 비행기예요."

여자와 헤어지고 열 발자국쯤 걸었을 때, 되돌아보게 하는 무슨 작용인가가 있었다. 꼭 같은 작용일지 모른다. 여자도 나를 되돌아봤다. 나는 의미 없이 손을 번쩍 들었다. 여자는 내가 든 팔의 높이의 반쯤의 높이로 손을 들었다.

그 후론 다시 되돌아보지 않고 나는 종로의 잡답 속을 향해 걸었다.

비가 개인 거리에 추위가 괴었다. 그러나 말쑥이 비에 씻긴 거리의 청결함이 마음에 들었다. 얇은 구름에 복사한 태양이 은근한 간색으로 물들고 있을 때 거리는 제 모습을 찾는 것인가 보았다.

오후 세 시의 흐린 겨울의 거리는 붐비지 않아서 좋다. 외투깃을 올려 천천히 걷고 있는 동안에 허전함을 느꼈다. 스카이웨이에서 비롯되어 S다방에서 끝난 조그마한 아방튀르가 차지하고 있던 자리가 아직 메워지지 않은 채 공동으로 남은 탓이라고 곧 짐작할 수가 있었다.

대하고 있을 땐 미인, 불미인을 가릴 생각조차 없었던 것인데 헤어진 그 순간부터 그 여자의 얼굴이 점점 매력을 더해가는 것은 어떠한 까닭일까. 순일하게 한 군데만 집중하고 있는 여자가 지닐 수 있는 긴장된 기품, 자기에 대한 자신이 동반하고 있는 듯한 활달함은 어떠한 경우라도 매력일 수 있다는 발견도 하나의 수확이었다.

'헌데 그 여자는 무슨 까닭으로 서대문에 갈 작정을 했을까. 자기 집이 그곳에 있는 것일까?'

'그만한 여자가 무슨 까닭으로 조국을 떠나기 전 팔각정에 혼자서 갔을까?'

'서울에 살고 있다면서 스카이웨이가 처음이라니……. 무슨 일에 몰두하고 있었기에 그랬을까?'

'스웨덴에 간다는 것은? 스웨덴에 공부하러 간다는 것은?'

이런 상념이 다음 다음으로 꼬리를 물고 이어졌지만 내 마음의 바탕은 깨끗했다. 단순한 호기심, 약간의 호의, 죄 없는 아방튀르에 수반된 다소의 아쉬움, 그런 것 이상일 수는 없었다.

그런데 소설가로서의 상상력이 어떤 허구와 더불어 윤색의 작용을 할 때 만만찮은 드라마를 전개시킬 수 있을 것이 아닌가, 했을 때 나의 가슴은 설렜다. 그러나 그따위 소재엔 아랑곳하지 않는 소설의 미학을 나는 확립해야 하는 것이다.

아파트 앞 담배가게의 공중전화를 보았을 때 나는 이러한 상념까질 불순한 것으로 치고 뇌리로부터 말쑥이 씻어내버릴 작정을 했다.

이번의 전화엔 '올드미스'란 용어를 안 쓰기로 한 데는 그런대로 양심의 가책이 있었기 때문이 아니었을까.

누구를 찾느냐는 사환아이의 말에 나는 순순히 일렀다.

"미스 정 바꿔줘요."

"당신?" 하더니 갑자기 소리를 낮추어,

"열람자가 많으니 알았죠?" 했다. 시시껄렁한 소리는 말라는 경고일 것이었다.

"현재시간 세 시. 북악 스카이웨이를 돌아 무사히 귀환했소."

"점심 잡수셨어요?"

역시 낮은 소리. 정명욱은 벌써 이렇게 모성애를 발휘한다 싶으니 우스웠다.

"공기만 마시고 살 수 있도록까진 아직 수양이 돼 있지 않으니까."

"잘했어요. 때 거르지 말아요. 여섯 시까지 갈게요. 식사준비 말고 기다려요. 내 맛있는 것 많이 사가지고 갈 거니까요."

"무리할 필요 없어. 오늘은 바로 집으로 돌아가요. 총각 방에 처녀가 자주 드나들면……."

"쓸데없는 말씀 그만하세요. 하여간 여섯 시까지 갈게요."

명욱은 이편의 말을 기다리지도 않고 전화를 딸깍 끊어버렸다.

명욱의 냉엄한 얼굴과 인정스러운 얼굴이 기묘하게 교차하며 내 망막에 남았다.

낮부터 그것도 평일의 낮에 책을 읽고 앉아 있을 수 있다는 것은 상

팔자라고 할 수 있지 않을까. 어제부터 읽기 시작한 책을 이어 읽기 시작했는데 홀연,

'내일모레 스웨덴으로 가는 여자도 있다.'
는 상념이 동경심을 닮은 감정의 빛깔을 띠고 뇌리를 스쳤다.

스웨덴! 거기에 이르기까지의 몇 개의 대륙과 몇 개의 대양. 산림과 강철과 프리섹스와 노벨상의 나라!

이렇게 뇌수의 골짜기에 바람이 일기 시작하면 활자를 쫓는 눈이 먼 빛으로 된다.

나는 일어서서 나의 빈약한 서가를 살폈다. 기행문을 찾아서다. 그러나 스웨덴을 그리는 마음을 흡족하게 해줄 책이 거기에 갖추어져 있을 까닭이 없다. 『아마존』이란 페이퍼백의 책이 눈에 띄었다.

무어든 미지의 세계를 적은 책이면 우선 갈증을 면할 순 있다. 반쯤 읽었던 기억이 있는 그 책을 빼들고 책상 앞으로 돌아왔다. 아무데나 폈다. 금시에 마음을 사로잡는 대목이 나타났다.

아마존의 존재를 유럽에 처음으로 알린 사람은 잉카제국을 멸망시킨 프란시스코 피사로의 부장 프란시스코 오렐라나.

잉카를 정복한 피사로는 1541년 엘도라도를 찾을 결심을 했다. 그의 아우 곤살로 피사로를 대장으로, 오렐라나를 부대장으로 하여 스페인 사람 이백 명, 인디오 사람 사천 명으로 원정대를 조직하여 현재의 에콰도르의 수도 키토에서 출발시켰다.

도중 일행은 격심한 식량난에 봉착했다. 곤살로 피사로는 오렐라나에게 일부의 병력을 주어 식량을 찾아오도록 명령했다.

오렐라나의 일대는 급류와 폭포를 따라 내려가다가 드디어 본대와의 합류는 불가능하게 되었다. 그 대신 아마존 강에 흘러들어 그 하구까지

이르게 되어 오렐라나는 아마존 발견자로서의 이름을 역사에 남기게 되었던 것이다.

그런데 아마존의 본류를 내려가다가 현재는 파라 주州 파린친스로 알려진 곳에서 인디오의 여전사들과 부딪혀 난전을 겪었다.

여자들의 전투행위는 용맹하기 이를 데 없었다. 긴 머리칼을 휘날리면서 전라의 육체로 덤벼드는 그 장렬한 모습에는 희랍 신화에 나타나는 여전사 아마조나스를 방불케 하는 것이 있었다. 그래서 오렐라나의 대원들이 그들이 내려가고 있는 그 대하를 아마조나스(아마존)라고 명명했다는 것이다.

아마조나스의 부족은 여자만으로 구성되어 있다. 아이들을 필요로 할 땐 타 부족에게 싸움을 걸어 사나이를 사로잡아 와선 교접했다. 그래서 낳은 아이가 사나이면 죽여버리고 여자아이만을 키워 전사로 만들었다.

그러니 그녀들의 영지엔 여자만이 증가했다. 포로가 된 사나이들의 스태미나가 계속될 까닭이 없었다. 불과 수십 명밖에 안 되는 사나이를 상대로 굶주린 이리떼 같은 여자가 수천 명 덤벼드는 판이니 무리도 아닌 얘기다.

아마조나스의 여왕은 포로들의 스태미나를 영속시킬 수 있는 방법을 고려하지 않으면 안 되게 되었다. 일족 가운데의 주술사를 불렀다. 주술사가 비약의 존재를 여왕에게 알렸다. 여왕은 부하들에게 명하여 원생림 속으로 그 약을 찾으러 보냈다. 그렇게 찾아온 약을 사나이들에게 먹였더니 남자들의 양기가 일제히 회복하여 종족보존의 역할을 다할 수가 있었다. 그 비약의 이름은 마라프아마라고 한다……

나는 여기서 일단 책을 덮어놓고 구릿빛깔의 수천 수백의 여나체가

244

몇 사람의 사나이를 둘러싸고 그 형편없이 시들어버린 남근을 일으켜 세우려고 애쓰는 광경을 눈앞에 그려보았다. 열대의 원시림, 그늘 저편엔 강렬한 태양이 있고, 극락조를 비롯한 갖가지 새들이 난무하는 원색의 무대 위에서 펼쳐진 섹스의 난장판, 구릿빛의 유방이, 허리가 꿈틀거리고 눈엔 광기마저 끼어 환장 지경인데 남자의 그것은 바람 빠진 풍선처럼 맥을 쓰지 못할 때 나타나는 초조와 소란……

이 이상 흥미 있는 얘기가 다시 있을 수 있을까. 나는 흥미 또는 재미를 노려 소설을 허구한다는 것은 완전히 무망한 짓이란 결론에 도달했다. 그리고 그 발견을 메모지에 기입했다.

'나의 소설은 결단코 흥미를 노리지 않겠다.'

이렇게 써놓고 나는 박동수를 생각했다. 박동수를 아마조나스의 여부족에게 보낼 수만 있다면 비원천인녀는 비원이 아니고 한 달 동안의 중노동 정도로 낙찰될 것이 아닌가. 하물며 비약 마라프아마가 있으니 말이다.

박동수를 연상한 마음은 교정부 전체에 대한 생각으로 확대되었다. 지금쯤 우동규 부장은 사판四版의 대장을 펴놓고 아랫입술을 깨문 자세로 앉아 있을 것이고 정 차장은 신경질적인 옆얼굴을 보이며 게라를 뒤적이고 있을 것이고 염해균 씨는 미끄러지는 돋보기를 연신 밀어 올리면서도 심각할 것이고, 박동수는 세 자를 고치고 한 번 꼴로 하품을 하고 있을 것이고, 미스 안은……

미스 안에 생각이 미쳤을 때 나의 가슴은 살큼 비애에 물든다. 영리하고 활발하고 인정스럽고 경우가 밝고……. 그런데도 그녀의 언저리엔 불행의 그림자가 따라 돈다. 세상의 남자들의 눈은 불쌍하리만큼 비뚤어져 있어 미스 안 같은 보물을 보물로서 보지 못하는 것이다.

미스 안이 눈앞에 떠오르면 따라 떠오르는 얼굴이 있다. 차성희! 이 여자도 결국 불행한 여자다. 그 여자의 불행을 엮기 위해 나도 얼만가를 거들었다. 차성희는 지금 뭣을 하고 있을까……

방 안에 어둠이 스며들었다.

스탠드를 켰다.

시계는 여섯 시 십 분 전.

정명욱이 탄 택시가 효자동으로 접어들있을 게다. 택시는 곧장 달리고 있다. C여고 앞쯤, 골목을 왼편으로 꺾어들었다. 구질구질한 골목길이라서 자동차는 서행한다……. 그리고 오른편으로 꺾어져 올라오는데 신교동을 왼편으로 하고 궁정동으로 이어 산허리 길의 시작……. 택시가 담배가게 앞에 멎었을 무렵이다……. 층계를 올라오는 소리?

나는 귀를 기울였다. 정명욱이 내 방문 앞에 섰을 그 찰나, 노크를 하기 직전 방문을 열기 위해 나는 신경을 곤두세웠다.

그런데 깜박하는 순간이 있었다. 스웨덴으로 간다는 여자의 모습이 일순 뇌리를 스친 것이다.

그때 노크소리가 있었다.

아차, 나는 당황했다. 후다닥 일어섰다. 문을 열었다. 정명욱의 얼굴보다 가슴에 안은 보퉁이와 오른손에 들고 있는 저자바구니가 먼저 눈에 띄었다. 나는 얼른 그 물건들을 받아들었다.

"이렇게 무거운 물건을 들고 다니면 안 돼요. 선線이 무너져요, 선이."

부드러운 말보다 이렇게 투털대는 것이 더욱 정다울 수 있다는 간사한 계산이 시킨 말이다. 명욱은 머플러를 풀고 외투를 벗어놓곤 방바닥에 퍼져 앉아 팔을 휘둘렀다.

"아닌 게 아니라 약간 무거웠어요."

"살림을 산다는 게 그다지 수월하진 않을 것 같지?" 하며 나도 따라 앉으며 담배를 피워물었다.

"전 수월하길 바라진 않아요."

"애써 고생할 건 없잖아."

"무슨 말씀 하려고 이러는 거죠?"

나는 얼른 화제를 바꾸었다. 그 얘길 그냥 끌고 나가다간 마음에도 없는 소리를 해서 명욱의 심상을 상할 것 같아서다. 나는 여섯 시 십 분 전쯤 되니 기다려지더란 얘기에 다소의 허풍을 섞곤 덧붙였다.

"누구이건 한 사람이 바깥에 나가 돈을 벌어야만 살 수 있다면 남자 편이 나가야 할 것 같애. 집에 앉아 아내를 기다리는 그런 짓, 남자가 할 것은 못 돼. 그러니……."

"그러니 어때요?"

"내가 나가 돈을 벌 수 있을 때까지 결혼을 보류하는 게 어떨까."

"또 그런 소리. 어머니가 오늘쯤 날을 확정하러 갔을 거예요. 어머니도 어머니려니와 독자들이 기다리고 있어요, 독자들이."

명욱은 혀를 쯧쯧 하곤,

"이것." 하며 책 꾸러미를 내 앞에 밀어놓았다.

꾸러미를 풀었다. 소설작법·소설입문·소설미학, 이런 따위의 책이 다섯 권이었다. 어이가 없었다. 헛허하고 웃었다.

"왜 웃죠?"

"이게 뭔데."

"소설 지망생에겐 필요한 책 아녜요?"

"비누나 사이다 만들듯 방법 갖고 소설이 만들어질까?"

"아는 길도 물어가라는 말이 있잖아요."

"방법을 갖고 소설을 쓰는 것이 아니라 방법을 만드는 게 소설을 쓰는 노릇이야."

"작년엔가 경주에 갔는데 몇 번인가 가본 곳이라 지리에 익숙하다고 생각했었는데 그래도 안내서를 사들고 다니니까 훨씬 편리하데요."

애써 살피는 눈초리였다.

그러나 그건 순간의 일이었다. 굳은 표정이 금세 풀리고 활짝 핀 꽃처럼 얼굴에 웃음이 번졌다. 이윽고 낄낄대는 소리로 변했다.

인류란 이 지구의 패러사이트가 아니던가요

나날이 자극을 만들어야 한다.

이런 생각만으로 나는 스웨덴으로 가는 아가씨를 공항까지 가서 전송할 작정을 한 것은 아니다.

어쩐지, 그렇다. 어쩐지 그저께 팔각정에서 만나 같이 서울의 거리를 걷게 된 인연에 대해서 적당한 대접은 해야 될 것이란 마음이 솟았다.

보다도 박문혜란 이름을 가진 아가씨가 풍겨낸 체취는 나로 하여금 그런 마음을 갖게 하는 그 무언가를 지니고 있었다.

소매가 닳아 실밥이 주렁주렁한 외투를 입고 아침 여섯 시에 집을 나서면서 나는,

'내겐 로맨틱한 소질이 있는 거라.'

고 속으로 중얼거리며 웃었다.

하늘엔 별이 있었다.

바람이 이마에 차가웠다.

겨울날의 오전 여섯 시면 서울은 아직 잠길에 있다.

택시 운전사나 깨어 있을까.

특히 야심 있는 자나 깨어 있을까.

노예처럼 강박된 처지에 있는 사람이나 깨어 있을까.

빚지고 도망갈 사람이나 깨어 있을까.

먼 길을 떠나는 박문혜 같은 사람이나 깨어 있을까.

그것을 전송하러 가는,

'나 같은 사람이나 깨어 있을까.'

하다가 문득 아침 일찍 일어나야 하는 사람들도 늦잠을 자는 사람들 못지않게 소설의 소재가 될 수 있을 것이 아닌가 하는 아이디어에 부딪혔다.

한길로 나가 저편에서 돌진해 오는 헤드라이트를 향해 손을 들었다. 택시를 탔다.

택시를 안 타기로 작정한 내가 택시를 탄 것은 공항까지 가는 버스의 출발지점을 몰랐기 때문이다.

"어디로 갈까요?"

무뚝뚝한 운전사의 말이 있었다.

"공항으로……"

만 말하고 그만두었다. 사실은 공항 가는 버스가 있는 곳으로 데려다 달라고 할 참이었는데.

택시는 드문드문 자동차가 왕래하고 있는 호젓한 거리를 쏜살같이 달렸다. 부서운 속노나.

"그렇게 빨리 가지 않아도 됩니다. 천천히 갑시다."

엉겁결에 한 말이었으나 운전사는 들은 체도 안 했다. 물론 속도를 줄이지도 않았다.

남은 잠자고 있는데 자기만 깨어 이 고생을 해야 한다는 분한 마음이 가솔린과 함께 타는 바람에 그런 속도가 된 것인지 몰랐다. 나는 사고를 겁낼 만큼 아까운 생명을 가졌다는 의식은 없었으나 박문혜의 전송만은 무사히 치를 수 있었으면 하는 소망은 가졌다.

제3한강교를 건너고 있던 자동차가 김포가도에 들어섰다. 가등의 거리가 멀어진 그 가도는 칠흑의 밤 속으로 뻗어 있는 길이었다. 칠흑의 밤 속을 성난 두 눈깔을 번득거리며 절망의 저편으로 향해 달리고 있는 괴물과 그 괴물 속의 나라는 관념을 익히자 나는 뭣이 어떻게 되건 상관없다는 체관을 배울 수가 있었다.

일 단짜리 기사가 뇌리에 아른거렸다.

'오늘 아침 여섯 시 반경 김포가도에서 택시사고. 승객 한 명은 절명, 운전사는 중상……'

그리고 거기에 승객의 이름으로 서재필(무직)이란 활자가 박혀질 것이다.

아니나 다를까 이 예상은 기막히게 적중할 뻔했다.

화곡동 입구쯤에 갔을 때다. 화곡동 쪽에서 자동차 한 대가 불쑥 가도로 튀어나오는 바람에 택시는 급브레이크와 함께 길가 쪽으로 미끄러져나가 하마터면 언덕을 뒹굴 뻔했고, 아슬아슬하게도 뒤쫓아 달려오던 차가 택시 뒤쪽의 펜더를 들이받을 뻔하다가 가까스로 급정거를 했다. 낙명할 위험이 앞과 뒤로 박두해 있었던 셈이다.

"앗!"

하는 그 크리티컬한 순간이 지났을 때 아슴푸레 박명 속에 떠오르는 풍경이 결정적인 의미를 띠고 나의 시야에 육박해왔다. 이삼 미터 전방에 있는 가등이 엄청나게 크고 강렬한 광망으로 빛나고 있었다. 한마디로 말해 세계가 그 차림을 달리하고 군림하고 있는 것처럼 느껴졌다. 평범한 시간의 일상적인 빛깔이 돌연 극채색한 요란한 빛깔로, 게다가 침묵의 위험을 보태어 일순 시간의 단면을 정지한 채 보여준 느낌이었다. 공간과 시간의 순간적인 정지와 그 단면의 노출!

이 엄청난 경험에 비하면

'아, 살았다.'

는 안도와 곤충의 신음소리 이상일 까닭이 없었다.

내가 자기 정신으로 돌아왔을 땐 바깥에선 입싸움이 전개되고 있었다. 한국의 어휘에 있는 모든 욕설은 총동원되고 있는 모양인데 개입할 엄두가 나지 않았다.

'결정적인 사고를 피할 수 있었던 것만으로도 다행이 아닌가. 서로가 서로를 축복해야 할 일이 아닌가. 그런데, 싸움은 왜 하나……'

분명 이런 말로써 중재를 해야 한다는 생각이 뇌리를 맴돌고 있었지만 나는 자리에서 움직일 기력을 잃고 있었다.

어떤 결말로 낙착되었는진 모른다. 운전사는 자동차로 돌아와 투덜대며 핸들을 잡고 시동을 걸었다.

자동차는 사람과는 달라 정신적인 충격은 없는 모양으로 순조롭게 달리기 시작했는데, 느낌으로도 속도가 떨어진 것은 운전사가 받은 정신적 충격 때문일 것이었다.

'과속이 위험의 원인이 된다는 걸 몰랐단 말인가.'

하고 쏘아주고 싶은 충동을 겨우 참았다. 동시에 어느 선배의 말이 기억 속에 되살아났다.

"우리 사람들은 죽어봐야 죽은 줄 아는 거라. 아니 죽은 것만 갖고도 모자라. 죽어 관 속에 들어 못질하는 소리를 들어야 해. 아니, 그것 갖고도 모자라. 관이 흙을 덮어쓰고 다져지는 소리를 듣든가 화장장 철문이 닫혀 불길이 올라올 때, 그제야 겨우 아, 아, 내가 죽었구나, 하는 게 우리 사람야."

그 얘기를 들었을 땐,

"우리 사람은 그런데 당신은?" 하고 자기 일은 선반 위에 얹어놓고 말하는 것 같은 그 독선적인 태도를 찔러주고 싶었지만, 그 감정을 빼고 생각하니 정말 그런 것인지 모른다는 짐작이 들었다.

과속이 위험하다는 건 운전사 생활을 해본 사람이면 누구보다도 뼈저리게 알고 있을 일이 아닌가. 나는 그 운전사야말로 죽고 나서야 죽은 줄을 아는 족속의 대표적인 사람이 아닌가 했다.

한때 용달차 운전사 노릇을 할 작정까지 했던 나이기에 내가 만일 택시 운전사가 되었으면 어떻게 할까 하는 방향으로 생각을 돌렸다.

'오늘 아침 나의 경우처럼, 새벽에 자동차를 타는 손님이 있으면 먼저 웃는 얼굴로 아침인사를 할 것이다. 과속이란 주의를 받으면 미안하다는 말과 동시에 속도를 줄일 것이다. 아까와 같은 사고가 있었을 때는 손님 미안했습니다, 하는 사과쯤은 할 것이다. 택시 운전사란 직업은 고된 직업일 것이 뻔하다. 그렇다고 해서 무뚝뚝하게 손님을 대한대서야 말이 아니다. 애써 쾌활한 체 꾸밀 필요까진 없지만 친절한 미소쯤은 잊지 말아야 할 것이 아닌가. 구겨진 얼굴로 세상을 보면 세상은 구겨져 보이고 활짝 웃는 얼굴로 세상을 보면 세상도 활짝 웃는다. 좋게만 생각하면 생활의 내용이 좋게만 되고 불쾌하게만 생각하면 생활이 불쾌하게 되지 않을 까닭이 없지 않은가. 아침에 집을 나설 때 택시 운전사는 오늘 내 차를 타는 사람은 운이 좋은 사람이다, 내가 친절하게 대접할 것이니까, 모두들 내 차를 타곤 오늘은 좋은 날이었다고 기뻐하도록 나는 노력하자……이렇게 다짐을 하고 행동할 줄 알아야 하지 않을까.'

그러자 나는 이런 생각에만 머물러 있을 수가 없었다. 아까의 그 순간이 차분한 반성의 거울 위에 투영되었기 때문이다. 평범하고 단조롭게 전개되는 공간, 그 접목이란 없이 연속되는 시간이 하나의 돌발사건으로 인해 단절되는 순간, 공간과 시간이 돌연 그 실존의 상을 폭로한 것이다.

그것은 또한 일견 평범하게 보이는 일생이 그 순간순간에 위기적인 실존의미를 포함하고 있다는 뜻으로도 되는 것이 아닌가. 이러한 뜻에 사로잡혔을 때 문학은 실존주의라고 하는 어려운 작업을 감행하려고도 하는 것인데 기실 그 심성적인 바탕은 아까와 같은 사고의 위기를 겪은 마음이면 쉽사리 이해할 수가 있다. 나는 사르트르를, 카프카를 이해할 수 있을 것 같은 기분으로 되었다.

그러나 일상생활의 위기가 내재적인 것이라고 치고 그 위기만을 추구하는 문학이 무엇이 될까. 고요한 호면은 고요한 대로 보아줄 줄도 알아야 하는 것이 아닐까…….

택시가 공항 건물 안에 섰다.

택시 미터는 삼천칠백 원을 가리키고 있었다.

"공항으로 올 땐 손님이 더 생각해주어야 합니다."

운전사는 돌아보지도 않고 무뚝뚝하게 내뱉었다. 내 가슴이 울컥했다. 분격을 닮은 감정이었다. 나는 호주머니를 뒤져 잔돈을 찾아내선 삼천칠백 원으로 맞추어 건네주곤 등 뒤로 들리는 소리엔 아랑곳없이 도어를 열어 내려선 뒷손으로 도어를 팽개치듯 닫아버렸다.

그다지 붐비지 않는 공항 건물 내부의 이곳저곳을 걸어보았다. 박문혜의 모습은 없었다. 시계는 일곱 시 이십 분 전.

나는 에스컬레이터가 끝나는 이층의 한 곳에 서서 국제선 출입구 쪽

254

을 바라보기로 했다.

황인·백인·흑인·혼혈인 등 인종전람회를 방불케 하도록 갖가지의 인간들이 우왕좌왕하고 있는 광경을 보며 나는 외국으로 떠나는 사람이건, 외국에서 오는 사람이건, 또한 전송하는 사람이건, 영접하는 사람이건, 줄잡아 그 생활과 사고의 규모는 이 한국의 규모를 넘어 있는 사람들일 것이란 짐작을 했다.

그 짐작은 일종의 부러움을 동반하고 있었다. 등을 못에 찔려 판자 위에 박혀 있는 개구리 모양 이 땅에서 한 치 반 치도 떠나지 못하고 살아야 하는 사람의 비애라고나 할까, 심술이라고 할까.

지구인으로서의 인간의 행복은 우선 그 통속적인 공간규모에 있어선 지구의 너비와 일치해야 하는 것이며, 가고 싶은 곳엔 언제든 갈 수 있는 가능을 그 조건으로 해야 한다는 생각이 뇌리를 스쳤다.

북부 아일랜드의 벨파스트에서 총 맞아 죽은 소녀의 추도회에 참석하고 싶다고 하면 그날로 이 공항에서 훌쩍 벨파스트로 향해 갈 수가 있어야 한다.

'그런데 이럴 때 벨파스트가 머리에 떠오르는 건 어떠한 까닭일까.'

스티븐슨 생각이 나서 그 무덤에 화환을 갖다놓고자 하는 마음이 일면 그날로 사모아를 향해 이 공항에서 비행기를 타야만 한다.

'헌데 이럴 때 스티븐슨이 머리에 떠오르는 건 어떠한 까닭일까.'

보다도 라트비아에 가서 그 슬픔에 찬 눈으로 지금은 남의 땅이 된 조국의 풍물을 그리는 절름발이 풍경화가를 만나고 싶구나 하면 그 즉시 라트비아로 길을 떠나야만 한다.

'헌데 이상하지 않은가. 왜 하필이면 이때 나는 라트비아를 생각하는 것일까.'

나는 그럴 수 있게 되자면 어떻게 되어야 할까 하는 궁리를 해보기로 했다. 그러나 곧 포기하고 말았다. 수속도 수속이려니와 돈이 문제인 것이다.

돈처럼 괴상한 물건은 없다. 김소영은 돈이 없어 작부 겸 창부 노릇을 하고 있고, 김소향은 검둥이의 정부가 되어야만 했다. 어쩌면 오늘 스웨덴으로 떠나는 박문혜란 아가씨도 돈 때문에 그 먼 길을 떠나야 하는 것인지도 모른다.

그 돈의 마력에서 벗어나려는 것이 나의 목적이다. 가난하긴 하되 궁하지 않게 살려는 작정이면 돈을 무시하고 살 수도 있을 것이 아닌가.

이런 의식의 흐름을 응시하며 멍청히 서 있는 시야로 이제 막 일단의 사람들이 들어섰다. 그 가운데 박문혜의 모습이 보였다. 가슴이 뛰었다. 나는 박문혜의 거동을 눈으로 쫓았다.

검은 모자, 검은 외투, 검은 스타킹, 검은 구두, 검은 핸드백, 장갑까지 검은 장갑, 그 검정 일색의 장신裝身 속에 얼굴은 겨울에 피어난 백합꽃처럼 청초했다. 엊그제의 인상은 얼굴의 윤곽에만 있을 뿐 기품이 전연 달라 뵈는 까닭은 그 검은 장신에만 있는 것이 아닐 것이었다.

나는 나타나기만 하면 가까이 가서 인사를 하려던 작정을 포기하고 먼빛으로 그녀를 바라보다가 그녀 모르게 전송을 할 계획으로 바꿨다. 서너 시간 같이 지낸 사이일 뿐인 여자를 공항까지 나와 전송한다는 것은 어쩌면 쑥스러운 노릇일지 몰랐다.

그녀를 전송 나온 듯한 사람들은 여섯, 아니 일곱이나 되었을까. 늙은 부인이 하나, 젊은 여자들이 둘, 청년이 하나, 그런데 그 가운데 반백의 머리를 한 초로의 신사가 특히 눈을 끌었다.

항공사의 체크는 간단히 끝나고 출입국 관리소의 신고도 마치곤 일행은 이층 다방으로 몰려가고 있었다. 먼빛으로나마 느낀 감각으로썬 전송 나온 일단이 가족 같지가 않았다. 가족의 한 사람을 먼 곳에 보낼 때에 있을 수 있는 축축한 감상적 기분이나, 그러면서도 괜히 들떠 있는 듯한 분위기가 전연 없었기 때문이다. 들리진 않았으나 대화는 담담한 것 같았고 서로를 향한 표정들도 복잡한 감정의 흔적 같은 것이 보이지 않았다. 혹시 그들이 모두 가족일지 몰랐는데 박문혜라는 여자의 맑고 활달한 성격이 그런 청량한 빛으로 주위를 물들이고 있는 것인지 몰랐다.

아무튼 나는 다방까지 따라갔으나 그들과는 거리가 먼 한구석에 자리를 잡고 커피를 마시며 간혹 시선을 그쪽으로 보내고 있었다.

그런데 박문혜는 나를 알아차린 모양이었다. 일동을 그 자리에 두고 내게로 다가왔다. 다가오자 내 건너편 의자에 앉았다. 고요한 미소가 번져 있는 그 얼굴에 반갑다는 뜻이 괴어 있었다.

"텔레파시란 게 있는 모양이죠? 혹시나 하고 둘러보았더니……. 감사합니다."

보일 듯 말 듯 고개를 숙여 보이며 한 박문혜의 말이었다.

"공항에 나올 기회란 거의 없거든요. 난 그래서 공항구경도 할 겸."

나는 우물쭈물했다.

"그런데 왜 절 찾으시지 않구."

박문혜의 얼굴에 살큼 그늘이 졌다.

"몰래 전송할 참이었죠. 몰래 전송하는 사람이 한두 사람쯤 있어도 되잖을까 해서요."

"그런 것 반가울 수 없는데요." 하고 박문혜가 웃었다.

"인생의 드라마로선 있을 수 있죠." 나는 덤덤히 말했다.

"그러나 드라마는 드라마 속에 있는 사람보다 구경하는 사람에게 흥미가 있는 것 아녜요?"

박문혜의 말은 부드러웠으나 뜻은 날카로웠다.

나는 할 말을 잃었다. 박문혜는 시계를 보더니 자세를 고쳐 앉고 나를 바라보며 말했다.

"그젠 참으로 기뻤어요. 서울에 대한 추억의 재료를 하나 보탠 셈이거든요."

"나 따위가 무슨 추억의 재료가 되겠습니까."

"서울을 떠나려는 직전에 장래의 소설가를 만났다는 건 제겐 여간 중요하지 않은 일예요."

소설가란 어휘에 나는 얼굴을 붉혔다.

"소설가 얘긴 들먹이지 않는 게 좋을 것 같습니다."

"왜요?"

"소설가란 해석하기에 따라선 패러사이트, 즉 기생충 같은 존재니까요."

"패러사이트? 패러사이트가 나쁜가요? 인류라는 게 이 지구의 패러사이트가 아니던가요? 전 선생님이 그 엊그제 말씀하신 무용인의 철학이란 것을 곰곰이 생각해봤어요. 유용인과 무용인의 구별엔 약간의 의의가 있지만 무용인이란 각오로써 게으르지만 않다면 기막힌 진실의 발견이 있을 것 같아서요."

나는 박문혜의 입에서 조용히 엮어지는 그런 말에 일종의 외포를 느꼈다. 이 대한민국의 하늘 아래, 이렇게 젊은 여자가 어떻게 그런 말을 할 수 있을까 싶었던 것이다. 그래 다시 물었다.

"스웨덴엔 무슨 공부를 하러 가시죠?"

"그저 공부예요. 굳이 말하면 인생 공부의 한 브랜치겠죠. 성과야 어떨지 모르겠습니다만, 그보다도."

하고 박문혜는 자기를 전송하러 나온 일단 쪽으로 고개를 돌리고 다시 시계를 힐끔 보더니 핸드백을 열고 메모지와 연필을 꺼냈다. 그리고 메모지 위에 사람 이름 하나를 적어 내게 넘겼다. 서상복이란 이름이었다.

박문혜는 빠른 말투로 시작했다.

"이 사람은 지금 이십 년 징역형을 받고 서대문교도소에 있습니다. 제가 그제 서대문에 간 것은 그 서상복이란 사람 면회나 할까 해서였습니다. 그런데 선생님을 만나는 바람에 그분 면회하는 것보다 선생님과 얘기하는 편이 의미가 있겠다 싶어 면회를 포기한 거예요."

"그렇다면 내가 큰 방해를 한 셈이네요."

"아녜요. 그분은 제가 자기를 면회하리란 건 꿈에도 생각하고 있지 않을 거예요."

"어떻게 되시는 분입니까?"

"긴 얘긴 못하겠는데요. 간단히 말하면 제가 대학생 시절, 그러니까 삼사 년 전인데 그분으로부터 편지를 한 통 받았어요."

"사랑의 편지?"

"이를테면 그런 거죠. 전 그걸 깡그리 무시해버리고 잊고 있었어요. 그런데 작년, 우연한 기회에 그분이 그렇게 되었다는 사실을 알았어요."

"무슨 사건입니까?"

"그저 그런 사건입니다. 어찌나 마음이 안되었던지……. 그분이 그렇게 된 덴 제 자신이 원인의 일부분이 된 게 아닌가도 싶구요. 그래 미안하다는 한마디라도 하고 싶었던 거예요. 더욱이 먼 곳으로 떠나는 마당에 뭔가 한마디쯤 있어야 할 것이 아닌가 했던 거죠."

"그렇다면 어제라도 만나보셨더라면."

"어젠 시간이 없었어요. 선생님께 부탁드리고 싶은 건 가능하다면 제 대신 선생님이 그분을 한번 만나달라는 거예요. 이런 부탁 정말 쑥스럽습니다만……"

"좋습니다. 내가 면회를 방해한 셈이니까 대신 해드릴 책무가 있는 것 같습니다. 헌데 만나서 무슨 말을 하죠?"

"제 대신 왔다고 하시구요. 조국을 영영 떠나야 할 사정이 생겼다고만 말씀해주세요. 그리고 그 진정을 받아줄 수 없는 형편이 미안하다고 하더라고 전해주세요."

황급히 박문혜가 말하고 있을 때 반백의 노신사가 다가와서,

"들어가야 할 시간이 된 것 같은데." 하며 자기의 팔목시계를 가리켰다.

박문혜는 일어서더니 나를 그 노신사에게 소개했다.

"서재필 씨예요."

그리고 나더러는 그 노신사를,

"제 은사님이에요. 백철규 박사님입니다." 하고 소개했다. 나는 백 박사를 향해 정중하게 절을 했다.

"스웨덴에 도착하는 즉시 편지하겠습니다." 하고 박문혜는 손을 내게 내밀었다. 그 손은 바싹 건조한 것 같으면서 탄력이 느껴지는 청결한 감촉이었다.

빨려들 듯 검은 치장의 박문혜의 모습이 승객대기실로 사라져갔다. 그 직전 되돌아본 백합꽃을 닮은 그녀의 얼굴이 내 망막에 남았다.

나는 황급히 걸음을 돌려 공항 건물 밖으로 나왔다. 택시를 타지 않을 요량이어서 버스 타는 곳을 찾느라고 우왕좌왕했다.

그러고 있는데 검은 자가용차가 내 옆에 섰다. 자동차에서 고개를 내민 사람은 아까 박문혜로부터 소개를 받은 백철규 박사였다.

"시내로 가시려거든 같이 갑시다." 하는 친절한 말이 있었다.

"일행이 있으신 것 아닙니까?" 하고 나는 머뭇거렸다.

"아닙니다. 그 사람들은 다른 차를 타고 옵니다." 하며 백철규 박사는 자동차의 도어를 열었다. 나는 그 호의에 편승하기로 했다.

자동차가 김포가도를 반쯤 달리고 있을 무렵이었다. 여태껏 말없이 앉아만 있던 백철규 박사가 내게 물었다.

"박문혜 군과는 언제부터 아는 사입니까?"

"별루 오래되진 않았습니다."

그제 만났을 뿐이란 말을 할 수가 없어서 이렇게 얼버무린 것이다.

"퍽 친숙한 사이로 보였는데……. 나는 박군이 보이프렌드를 가지고 있을 줄은 상상도 못했는데…….

그 말이 내겐 야릇하게 들렸다. 악의 없는, 단순한 놀람의 표정 같기도 하고 빈정대는 소리 같기도 했기 때문이다.

동시에 나는 알아차렸다. 이 노신사가 자동차에 나를 태워준 것은 단순한 호의로서가 아니라 나와 박문혜와의 사이를 살펴보고자 하는 호기심의 탓이었다는 것을. 나는 통명스럽게 들릴 정도의 말투로 되물었다.

"그분인들 보이프렌드 하나쯤은 가질 만하지 않습니까?"

"그야 그렇죠. 그러나 내가 알기론 박군에겐 그런 시간이 있을 까닭이 없었거든요."

"아무리 바쁘기로서니 그쯤 시간은 있습니다."

"아닙니다. 박군은 연구실을 떠나본 적이 별루 없습니다. 연구실에

잇단 숙소에서 기거하고 밤늦게까지 연구실에 있었구. 내 짐작으론 내가 모르는 사람을 알게 될 시간이 있었을 것 같지 않아서 물어본 겁니다."

백 박사의 말은 담담했다.

"뭘 하시는 분인데요?" 하고 나는 옆눈으로 백 박사의 표정을 살폈다. 백 박사의 놀라는 표정이 완연했다.

"그럼 젊은이는 박군이 뭣하는 사람이란 걸 몰랐단 말요?"

"안 지가 얼마 되지 않으니까요."

백 박사는 팔짱을 끼고 근임한 자세가 되더니 다음과 같이 말했다.

"박문혜 군은 생화학에 있어서 우리나라에선 가장 촉망을 받는 인재입니다. 물론 우리나라뿐만이 아니기도 하지만."

"생화학이라면 바이오케미스트리 말인가요?"

"그렇소."

내겐 생화학이 우리나라에 존재한다는 사실의 발견 자체가 하나의 경이였다. 물론 각종 대학이 있으니 그런 중요한 전문학과도 있어야 할 것이란 짐작쯤은 할 수야 있었겠지만 나는 아직껏 그런 학과의 존재를 들어보지도 못했거니와 관심을 가져본 적도 없었던 것이다.

평생을 바쳐 탐구하는 사람이 있는 생화학이란 중요한 학문의 영역을 완전히 의식 밖으로 밀쳐놓고 있는 주제에 세계에 대한 무슨 인식이 가능할까 싶으니 나는 소설가로서의 실격 선언을 받은 것처럼 가슴이 찡하고 울렸다. 나는 겸연쩍은 기분을 해소할 양으로 물었다.

"우리나라 생화학이 세계적인 수준으로 봐서 어떻습니까?"

"글쎄올시다."

백 박사는 아침햇살이 찬란한 들판으로 눈을 돌리며 뚜벅 말했다.

"현재가 문제가 아니라 장래가 문제죠."

"그럼 박문혜 씬 생화학 연구를 위해 스웨덴으로 가는 겁니까?"

"물론이죠. 우프살라 대학의 초청을 받고 간 겁니다. 스웨덴의 우프살라 대학은 생화학에 있어선 세계 최고의 수준에 있소."

"그런 대학의 초청을 받았다면……."

"대단한 거죠. 교수 대우의 연구원으로 초청을 받았으니. 더욱이 우프살라 대학의……. 생화학을 하는 사람으로선 대단한 영광입니다."

"어떻게 그런 특권을 얻게 된 겁니까?"

"박문혜 군의 논문이 국제 생화학계에서 높은 평가를 받은 겁니다."

나는 얼떨떨한 기분이었다. 그런 인물인 줄을 모르고 할 소리 못할 소리 다했다 싶으니 부끄러웠다.

천사를 찾아다닌 소년이 시골 처녀의 행색을 한 천사를 만나고도 몰라보아 놓쳐버리곤 뒤에 그것을 알고 서러워했다는 프랑스의 동화를 상기하기도 했다.

"헌데 박군과 친구가 된 사인데 어떻게 그런 일을 몰랐단 말요?"

백 박사의 질문이었다. 나는 실토하지 않을 수 없었다.

자초지종을 조용히 듣고 있더니,

"그런 사이치곤 아까의 얘기가 꽤나 복잡한 것 같던데요?"

하고 백 박사는 빙그레 웃었다.

그러나 나는 그 얘기의 내용은 밝히지 않기로 했다.

"뭣을 하십니까?" 하는 백 박사의 물음이 있었다.

"조금 전까지 신문사에 있었으나 뜻하는 바 있어 그만두었습니다."

하고 나는 정직하게 대답했다.

"실례 같소만 학교는?"

이 질문에도 정직하게 대답했다.

나는 궁금증을 덜어야겠다고 생각하고,

"아까 논문 이야기가 있었는데 국제학회에 제출하는 논문은 무슨 말로 씁니까?"

"영어·프랑스어·독일어로 쓰는 게 보통이죠."

"박문혜 씨가 쓴 용어는 뭡니까?"

"아마 프랑스어를 쓰고 영어로도 카피를 만들었을 겁니다."

"자기 자신이?"

"박군은 영·불·독은 물론이고 스웨덴어도 능합니다. 국제적 수준으로 생화학 연구를 하려면 영·불·독어 중 하나는 마스터해야 하는데 박군은 네 가지 언어에 모두 능통하니 그 점으로도 보통 학자가 따라가지 못하죠."

나는 백합꽃 같은 얼굴을 상기하며 보통 여성보다는 작아 보이기까지 한 그 작은 머리의 어디에 그런 수발한 재능이 간직되어 있었을까 하는 놀람을 금할 수 없었다.

나는 다시 한 가지 더 물어보았다.

"아까 같이 계시던 분들은 그분의 가족입니까?"

백 박사는 조금 생각하는 빛이더니,

"박군에겐 가족이 없소." 했다. 그리고 덧붙였다.

"박군은 고아입니다. 풀픈 장학금으로만 공부해온 사람이죠."

"⋯⋯."

나는 서소문 근처에서 백 박사의 차에서 내렸다.

시계를 보니 아홉 시 십오 분 전.

나는 박문혜와의 약속을 당장 이행하기로 하고 서대문교도소로 갔다.

햇살은 있어도 차가운 공기가 감돌고 있는 교도소 앞마당은 면회를 신청하는 사람으로 꽉 차 있었다.

'이처럼 많은 사람이 저 속에 갇혀 있는가.'

하는 마음으로 나는 교도소의 담벼락을 보았다. 옛날엔 붉은 색이었다던 벽이 이젠 회색으로 변화하고 있었으나 그 회색이 풍기고 있는 기분이 또한 묘했다.

면회 신청을 하려고 했더니 아침 다섯 시부터 발행한 번호표를 받아야 한다는 우울한 지식을 얻었다. 그런데 그것은 미결수의 경우이고, 기결수의 면회는 다르다고 하기에 그 부서를 찾았더니 기결수의 면회는 가족 이외의 사람은 할 수 없다는 또 하나 우울한 지식을 얻었다.

"가족 이외의 사람은 절대로 안 되는 겁니까?"

하고 계원에게 물었다.

"많아야 한 달에 두세 번 허락된 면회를 가족 이외의 사람에게 시켜주면 가족들은 어떻게 하겠소."

하는 야무진 대답이 돌아왔다.

그렇다면 나는 박문혜와의 약속을 이행할 수 없는 것이로구나 하고 암울한 기분으로 되었는데 계원이 보기가 딱했던지,

"꼭 면회를 하고 싶으면 가족과 연락해서 그 사람 가족이 면회하는 날 같이 하면 됩니다."

하는 친절한 말이 있었다.

그러나 그 가족과 어떻게 연락을 할 수 있단 말인가. 나는 창구를 떠나 바깥으로 걸어 나와 사람들이 뜸한 자리를 찾아 우두커니 섰다. 서상복이란 사람의 가족이 어디에 있는가를 알 수 있는 방법을 궁리해보기 위해서였다.

그렇게 서 있는데 등에 손을 대는 사람이 있었다. 정진동이었다.

"형님, 여기 어떻게 오셨소?"

정진동의 말이었다.

"헌데 자넨."

"나는 교조님 면회하러 왔습니다."

그때 나는 윤두명이 교도소 안에 있다는 사실을 깨달았다.

잊기를 하기까지야 했을까만 나는 윤두명 씨의 사건을 말끔히 의식 밖으로 내몰아버리고 있었던 것이다.

그만큼 우정이 얕았다고도 할 수 있지만 그 유사종교, 즉 상제교라는 것에 정이 떨어진 탓이다. 한때 신비감을 느끼기까지 한 인물이었는데 그 정체가 유사종교의 교조란 것을 알자 썩은 흙탑이 무너져버린 것처럼 윤두명이 내 심장 속에 차지하고 있는 모습이 희미하게 되어버린 것이다.

"아직 나오지 못하고 있으니 큰일이군."

나는 이렇게 중얼거렸다. 그건 꾸민 말이 아니었다.

"일주일쯤 후에 결심공판이 있습니다. 그러니 불원 나오시게 될 겁니다."

정진동이 자신만만하게 말했다.

"정 군은 지금 상제교 일만 보는가?"

내 물음엔 조롱조가 없지 않았지만 정진동은 눈치채지 못한 모양으로,

"교조님이 안 계시니 제가 본부를 비울 수가 있습니까." 하는 활발한 대답이었다.

"누님은 잘 계시나?"

"교조님의 형편이 이 모양인데 잘 계실 턱이야 있겠습니까. 허나 몸

은 건강하게 지내고 계시죠."

"내가 안부 전하더라고 하게."

"열 시 조금 전에 오실 겁니다." 하고 정진동은 주변을 살피는 눈이 되었다. 열 시 십 분 전쯤 되어 있었기 때문이다. 아나나 다를까 양단 두루마기를 입고 진홍 머플러를 두른 깔끔한 모습으로 정진숙이 나타났다. 그 아름다움과 우아함이 군중이 붐비고 있는 광장 속에서도 눈에 띄게 빛났다. 하기야 원래 잘생긴데다가 여자 나이 삼십이면 한창 난숙한 꽃처럼 피어날 때이기도 했다.

"서 선생님도 오셨군요."

정진숙은 전아하게 웃으며 나를 반겼다. 그녀는 내가 윤두명을 면회하기 위해 와 있는 줄로 아는 모양이었다.

"교조님께서 퍽이나 반가워하실 겁니다. 면회할 때마다 서 선생님의 안부를 묻곤 하시거든요."

정진숙의 얼굴엔 진정 고맙다는 표정이 돋아나고 있었다. 나는 난처한 심정으로 정진동을 보았다. 정진동은 진숙과는 조금 떨어진 곳으로 나를 데리고 갔다. 그러고는 낮은 소리로 말했다.

"오신 김에 면회를 하고 가시죠."

"신청도 안 했는데 어떻게."

"제가 빠지면 됩니다. 나중 호명이 있을 때 제가 계원에게 가서 사정을 말하죠. 매일처럼 오는 바람에 그만한 일은 통하게 돼 있습니다."

"그렇다면."

하고 나는 승낙했다. 교도소에 수감되어 있는 윤두명을 만나보는 것도 나쁠 것이 없다는 생각이 들기도 해서다.

"서형, 와줘서 고맙소."

윤두명의 얼굴엔 나를 반기는 표정이 있었다.

"건강이 어떻습니까." 하는 말을 해놓고 나는 아차 실수했다 싶었다.

비단 마고자에 솜을 두둑하게 넣은 듯한 옷을 입은 윤두명은 양쪽 뺨에 짙은 구레나룻을 비롯하여 카이저수염을 코밑에 기르고 있었다. 혈색이 좋고 피부엔 윤이 흐르고 있었다. 그것은 어느 모로 보나 교조의 풍채이며 얼굴이었다. 그 옛날 국방색 점퍼에 작업복 바지를 입고 운동화를 신곤 캔버스 가방을 메고 다니던 신문사 시절의 윤두명의 얼굴을 찾아볼 수 없을 정도로 그는 변해 있었다.

"운동부족이라 체중이 불어 야단이오." 하고 윤두명이 말했다.

"신문사는 요즘 어떻소?"

정진동이 알렸을 텐데 웬일일까 하는 생각으로 나는 대답했다.

"신문사를 그만뒀습니다."

"신문사를 그만뒀어요?" 하는 그의 눈에 순간 광채가 돋았다.

"그것 잘했소. 요즘 신문사는 오래 있을 곳이 못 돼요."

"그런 뜻으로 그만둔 건 아닙니다만." 하고 나는 어물어물했다.

"무슨 뜻으로건 신문사를 그만둔 건 잘했소. 잘했소."

나는 잠자코 있을 수밖에 없었다.

"헌데 쥐식을 할 참이오?"

윤두명이 물은 말이었다.

"당분간 취직할 생각 없습니다."

"그럼, 뭣을 하실 거요?"

"소설공부를 해볼까 합니다."

윤두명은 잠깐 나를 응시하고 있더니,

"소설공부도 좋지만 먼저 신앙을 가지시오. 신앙을 가지게 되면 소설은 자연히 이루어집니다. 우선 가치의식이 확립되어야 소설이건 뭐건 쓸 수 있을 것 아뇨." 하는 예의 설교조가 되었다.

"가치의식을 쉽사리 확립할 수 없으니 소설을 쓰겠다는 겁니다." 하고 나는 잘라 말했다.

"가치의식을 확립할 수 없다는 것은 신앙을 갖지 못한 탓이오. 운명을 지배할 수 있는 것이 최고의 가치 아니겠소. 운명을 지배하는 것이 상제요. 옥황상제요. 가치는 상제에게 있소."

나는 반박을 해도 소용이 없다고 느끼고 잠자코 시선을 입회하고 있는 간수에게로 돌렸는데 곧 이상한 감을 느꼈다. 상제란 말을 들먹일 때마다 간수는 기록하는 손을 멈추고 경건한 표정이 되었기 때문이다. 나는 부질없는 추측인 줄 알면서도 그 간수가 상제교에 입신한 것이 아닐까 하는 짐작을 했다.

윤두명은 상제교에 관한 설법을 한동안 하더니 정진숙을 향해 말했다.

"정 교모는 교단으로 들어가거든 총무에게 말해 다달이 생활보조를 서재필 씨에게 하도록 이르시오. 신문사에서 받던 월급의 액만큼 보조하면 될 것이오."

나는 얼른 그 말을 막아버리려고 했으나 윤두명은 정진숙을 상대로 교단에 대한 지시를 하고 있었다.

나는 그 지시가 끝나길 기다려 보조가 필요 없다는 말을 할 참이었는데 윤두명은 일어서며 신문사 친구들을 만나거든 안부 전하라는 말을 하곤 이편엔 말할 여유도 주지 않고 저편 출구로 사라져버렸다.

밖으로 나와 나는 정진숙과 정진동이 같이 있는 자리에서 생활보조는 필요 없다는 것을 역설했다.

"교조님의 영을 어길 수가 없습니다." 하며 들은 체도 안 했다.

정진숙을 보내고 정진동이 남았다. 내가 그렇게 부탁한 것이다. 그리고 서상복이란 기결수의 가족 주소를 알고 싶은데 어떻게 하면 좋을까 하는 의논을 했다.

"그건 별로 어려운 일이 아닐 겁니다." 하고 정진동이 어디론가 가더니 한 시간쯤 후에 나타나 쪽지를 내게 전했다. 그 주소는 영등포구의 어느 곳으로 되어 있었다.

이럭저럭 점심때가 되어 있있기에 나는 그지께 박문혜를 데리고 간 도가니탕집으로 정진동을 안내했다.

정진동은 다시 윤두명을 면회한 결과를 묻더니 생활보조의 건은 순순히 받아두라는 얘기와 함께 다음과 같이 권했다.

"서 선배, 자기 이외의 뭔가를 믿는다는 건 좋은 일입니다. 물론 자기를 믿어야 하죠. 자기를 믿고 그 외에 신을 믿으면 그만큼 힘이 보태지는 것 아닙니까. 세상엔 뜻대로 되는 것보다는 뜻대로 안 되는 것이 많지 않습니까. 뜻대로 되는 것을 위해선 자기를 믿고, 뜻대로 안 되는 부분을 위해서 신을 믿으라 이 말씀입니다. 기독교의 신을 믿어도 좋고, 무당이 들먹이는 신을 믿어도 좋습니다. 인간의 미망이 신에게 갖가지 이름을 붙이고 있지만 그 믿음과 기도는 결국 운명을 관장하는 섭리의 신으로 쏟아지는 것입니다. 우리 교단의 교리로 말하면 옥황상제에게로 올라가는 것입니다. 우리의 믿음이 보람을 보지 못하는 것은 믿음에 부족이 있기 때문이지 상제의 능력에 부족이 있는 탓은 아닙니다. 인간의 인식 정도로는 운명이 우연으로밖엔 보이지 않지만 모두가 섭리의 작용입니다. 열심히 기도하여 섭리를 우리에게 유리한 방향으로 이끌어야 되지 않겠습니까. 서 선배, 상제를 믿으십시오."

나는 말끄러미 그런 말이 흘러나오고 있는 정진동의 입 언저리를 바라보고 있다가 피식 웃었다.

"웃을 일이 아닙니다."

정진동이 정색을 했다.

"그럼 울어야 하는가?"

나는 빈정댔다.

"믿지 못하면 울기라도 해야지요. 믿어 손해 갈 게 없는데 어째서 믿지 않겠다는 겁니까. 설혹 상제가 존재하지 않는다고 해도 믿어 손해 될 건 없습니다. 대신 있는데도 믿지 않는다면 그런 재앙이 어디에 있겠습니까."

나는 다시 핫하 하고 웃고 한마디 끼웠다.

"정군의 말을 듣고 있으니 삼삼하게 기억나는 게 있구나."

"뭔데요?"

"파스칼의 팡세에 그런 대목이 있어. 이른바 파스칼의 내기라는 거야. 파스칼이 정군이 이제 막 한 꼭 그런 말을 했어."

"내가 한 말은 교조님의 말씀인데요."

"교조님의 말이건 누구의 말이건 파스칼의 팡세에 그것과 닮은 말이 있어."

"진리는 한가지라는 것 아니겠습니까."

"진리? 집어치우게. 허황한 건 믿으나마나 아닌가. 믿는다는 건 꼴사나운 일이다. 인간의 위신에 대한 모독이다. 물에 빠진 자는 지푸라기라도 잡는다구? 지푸라기 잡아 뭣할 거야. 뭔가 의지할 데가 있어야 한다구? 그 의지한 곳이 대목大木의 밑이어서 벼락을 맞으면 어떻게 할 테야. 뜻대로 되는 것이 있고 안 되는 것이 있는데 뜻대로 안 되는 것을

위해 신을 믿으라구? 뜻대로 안 되는 것은 신 아니라 그 할아비를 믿어
도 소용이 없어."

나는 도가니탕집에 앉아 열을 내는 것이 볼품이 없을 것 같아 그만두
려고 하는데 정진동이 가만있지 않았다.

"서 선배, 인생을 그렇게 깔보면 안 됩니다. 아까 인간의 위신이라고
했는데 신의 권위 없이 인간의 위신이 어디에 있어요. 총 맞아 죽고 자
동차에 깔려 죽는 게 인간의 위신인가요? 원한에 사무쳐 있으면서 그
원한 풀지 못하고 익울하게 죽는 게 위신인가요? 기도하고 기도해서
그런 처참한 꼴을 면해야겠다고 애쓰는 믿음이 어째서 인간의 위신을
모독하는 게 되는 겁니까? 섭리란 건 반드시 있는 겁니다. 섭리가 없고
서야 어찌 부분적으론 부패하고 파괴되고 있는데 전체적으로 밸런스를
맞추어가며 온전할 수가 있는 겁니까. 근본적으로 섭리만은 믿어야 할
것이 아닙니까. 옥황상제란 그 섭리의 별칭이라고 해도 좋습니다. 그러
니까 옥황상제를 믿어야 합니다."

말이 이렇게 되면 나도 가만있을 순 없다.

"부분적으론 부패하고 파괴되어도 전체론 온전하다고? 그럼 자네나
우리가 그 부분 속에 포함되어 있다고 치면 우리는 죽어도 전체는 온
전하다고 좋아할 수 있겠나? 섭리가 하는 일이니 만족하다고 할 수 있
겠나?"

"그러니까 믿고 기도하자는 것 아닙니까. 부패하고 파괴되는 부분에
들지 않도록 하기 위해서요."

"웃기는 소리 작작하게." 하고 나는 높아지려는 말소리에 제동을 걸
고 되도록 조용히 말을 꾸몄다.

"설혹 섭리란 것이 있다고 하면 우린 그걸 인정만 하고 있으면 되는

거야. 믿을 필요까진 없어. 가령 물이 낮은 곳으로 흐른다는 법칙이 있잖나. 그럴 때 우리는 그 법칙을 인정하고 그 법칙에 따라 처리할 것이 있으면 처리하도록 하면 그만 아닌가. 인정하는 것하고 믿는 것하곤 달라. 인정한다는 것은 사실을 승인한다는 뜻이고 믿는다는 건 감정을 집중한다는 뜻인데 사실에 따라서만 작용하는 법칙, 섭리라고 해도 좋다. 섭리를 이편의 감정대로 움직이려고 해보았자 되는 일이 아니지 않는가."

"서 선배의 그런 생각이야말로 합리적 사고방식의 폐단이라고 하는 겁니다. 이 세상에 합리적으로 해석할 수 있는 부분이 어느 정도이겠습니까. 합리적인 해석에만 안주하고 있는 사람은 불쌍합니다."

"그것도 교조님의 사상인가?"

"사상이 아니라 신념이죠."

"그렇다면 내 얘기를 조금만 더 하지. 인류에 엄청난 해독을 끼친 게 뭔 줄 아나? 신앙이야, 믿음이야. 인정만 하면 될 일을 믿는다고 고집하는 바람에 불행한 사건이 생긴 거다. 공산주의의 해독은 그걸 믿는 마음이 너무나 강한 때문에 생겨난 거다. 유럽 중세의 종교재판이란 것도 천주님을 지나치게 믿었기 때문에 생긴 일이고, 이씨왕조의 천주교도 학살도 유교를 너무 믿은 탓이다. 자본주의의 탈은 돈의 힘을 너무 믿는 데서 비롯된 것이고. 다시 말해 인류의 불행은 사실을 인정하고 사실에 따라 유연성 있게 대처해나가면 될 것을 뭣 한 가지를 믿겠다고 고집하는 사람들이 있는 통에 빚어진 거야. 태양은 강렬하다. 태양 없인 지구가 사멸한다. 그 사실을 인정하고만 있으면 되는 거지, 태양이 강력한 존재라고 해서 꼭 그걸 믿어야 되나? 가령 섭리가 있다고 하면, 그것이 정군의 말마따나 옥황상제라고 하면, 그리고 만일 그가 생각이 있다고 하면 자기를 믿는 것을 원하지 않을걸……"

"서 선배는 큰일인데요."

정진동이 쓰게 웃었다.

"구제 불가능이다 이 말인가?" 하고 나는 말을 이었다.

"그러니까 내게 생활보조하겠다는 얘긴 집어치우게."

"그건 별도의 문제가 아닙니까. 교조님의 분부이신데."

"난 그걸 받으면 안 되게 돼 있어. 내 계획에 지장이 생겨."

"무슨 계획인데요."

"나는 소설을 쓸 작정이다."

"소설 쓰는 것과 생활보조가 어떻게 된다는 겁니까?"

"난 오십만 원도 채 안 되는 돈을 갖고 앞으로 일 년을 살 참이거든. 이건 단순한 생활의 설계가 아니라 소설가로서의 나의 기본적인 출발이야. 그로써 어떻게 소설 수업이 가능한가를 시험해보는 것이 내 소설의 출발야. 일 년에 오십만 원으로 산다는 건 거지 아닌 것과의 접선에 있는 생활 아니겠는가. 그런 생활자의 감수력·판단력, 무대 설정의 방향, 주제 선택의 방식 등이 내 소설의 바탕이 되는 거란 말이다. 나는 이 생활을 핵체험으로 하면 서울 인구를 팔백만으로 치고 줄잡아 오백만의 체험폭과 감수영역으로 확대할 수 있을 것이라고 생각해. 소설을 일종의 대변 행위로 보면, 물론 그런 것만이 소설이 아니지만 나는 줄잡아 백만을 대변하는 소설을 쓸 수 있다, 이 말이다. 소설을 쓰지 않아도 좋아. 오십만 원을 갖고 일 년을 살고 나면 무일푼이 될 수밖에 없는 자가 어떻게 행복을 구축해나가는가, 하는 그 시도로서도 의미가 있다고 생각해. 이쯤 말하면 내게 생활보조를 해선 안 될 이유를 알겠지? 생활보조가 내 계획을 파괴하는 것이 된다는 것도 알 수 있겠지?"

그래도 정진동은 무어라고 지껄였다.

"정군이 무어라고 해도 나는 소설을 통해서 너희 상제교 갖곤 어림도 없는 진실을 찾아내볼 테니까." 하고 나는 그의 말엔 아랑곳없이 식은 도가니탕에 밥을 말았다.

"상제를 모독해선 안 됩니다." 하는 정진동의 말에 나는 고개를 번쩍 들었다.

"모독? 천만의 말씀. 그렇다면 나는 앞으로 믿는 사람의 잔인성, 아니 믿음의 잔인성과 아무것도 믿지 않는 사람의 관대성을 대비해서, 만일 공평한 신이 존재한다면 믿음의 잔인성엔 외면하고 쓸데없는 것을 믿지 않는, 그러니까 잔인할 만큼 고집을 부릴 필요도 없는 인간의 관대성에 편들 것이란 사실을 증명하는 소설을 쓰겠다."

나는 정진동의 그 뭐라고 형용할 수 없는 표정을 피부로 느끼며 숟가락을 놀리기 시작했다.

박문혜가 지금 어디쯤의 하늘을 날아가고 있을까 하는 상념이 스쳤다.

극한상황엔 드라마가 없다

정명욱은 나한테 관대하다. 보다도 관대하려고 애쓴다. 예를 들면 다음과 같은 일이 있었다.

"명년 이월 십육일이 좋대." 하고 명욱이 어머니가 일러준 결혼일자를 말해 왔을 때 나는 어물어물하면서도,

"후명년의 그날로 했으면 어떨까."

고 말했던 것인데 명욱은 마음의 동요를 감추고, 애써 태연한 체하면서,

"왜?" 하고 조용히 물었다.

이유가 얼마든지 있다. 그러나 나는 한 가지를 들었다.

"직장까지 포기하고 소설공부를 시작했으니 일 년쯤 아무런 거리낌 없이 열중해보고 싶어."

명욱은 고개를 끄덕끄덕, 내 말에 일리도 이리도 있다는 것을 자기도 충분히 납득할 수 있다는 태도를 보이며,

"결혼하고서도 방해가 안 되도록 노력하면 될 것 아닐까요?" 하고 겸손하게 되물었다.

그때 마음이 약한 내가 어쩔 줄 몰라하자 명욱은 얼른 그 질문을 취소했다.

"재필 씨의 의중이 정 그렇다면 일 년쯤 연기한대서 안 될 것은 없지만……."

"없지만?"

"여자의 나이는 이십구 세에서 삼십 세까지가 오 년이나 걸린다는 말이 있잖아? 그런데 삼십 세를 넘어 거기 한두 살 더 보태진다면……."

"미스 정, 무슨 소리 하는 거요. 우린 결혼한 거나 마찬가지 아냐? 형식만 남은 것 아냐? 형식 갖고 삼십 세면 어떻고 사십 세면 어떻겠소."

"형식이니까 연기할 깃까지 없잖아?"

"형식이니까 연기할 필요가 있는 거야. 결혼했다는 형식까지 취해놓고 사내놈이 여자에게 얹혀살아야 해? 남자는 집에서 빈둥거리고 여자는 직장에 나가구. 남의 눈이란 것도 생각해야 할 것 아냐? 결혼식이란게 원래 남의 눈 때문에 하는 건데."

사실이 그런 것이다. 남의 눈 때문에 결혼이란 형식을 취했으면, 결혼 후의 생활도 남의 눈에 어색하지 않아야 한다. 소설로써 생활이 되건 말건 일 년쯤 소설공부를 하고 있으면 소설을 쓰는 사람으로서의 포즈는 잡히는 것이니 그런 연후 같으면 부내부외夫內婦外란 변칙도 남의 눈에 그다지 어색하지 않을 것이 아닌가. 보다도 나는 일 년 동안 소설에 열중해본 뒤, 계속 소설을 쓰든지 포기하든지간에 무슨 직장이라도 구할 생각으로 있었던 것이다.

이와 같은 당당한 논리에 항거할 수 있는 것이 비좁은 여자의 소견일 수밖에 없을 경우, 명욱은 부득이 관대해야 하는 것이었다.

"재필 씨 좋을 대로 하세요. 어머니에 대한 변명이 다소 궁색하겠지만 그건 요령껏 할게요."

"그 대신 토요일과 일요일은 같이 지내기로 해." 하고 나는 영합하는

듯이 웃음을 웃었다. 그러자 명욱도,

"올드미스 시집가기란 원래 어려운 거니까 그리 알고 견디지 뭐." 하며 구김살 없이 웃었다.

그 일이 이렇게 낙착되었을 때 나는 흐뭇하기 짝이 없었다. 그래서,

"여자를 조건으로 한 행복에 있어서 나는 확실히 한 포인트 땄다." 고 환성을 올렸던 것이다.

그런 일이 있은 후 박문혜를 알게 되었던 것인데 나는 일단 그 일을 명욱에겐 덮어두기로 했다. 얘기를 하게 되면 감정의 무늬까지 설명해야 할 것이었다. 그런데 우리의 애정관계에 아무런 지장도 없는 일을 들먹여 사소한 파란이라도 일게 할 필요가 없었다. 비범한 여자에 관한 얘기엔 어떤 여자라도 신경을 곤두세우게 마련이다. 소설을 써보려는 의도를 가진 놈이 그만한 생각이 없어서야 되겠는가 말이다.

그러나 서상복의 가족을 찾아나서는 덴 명욱과 동행하기로 하고 일요일을 기다렸다. 일요일 아침 식사를 끝내고 나서 나는 다음과 같이 시작했다.

"서상복이란 징역살이를 하는 사람이 있어. 그 사람의 가족을 찾았으면 하는데 같이 안 갈래?"

"가겠어요. 그런데 서상복이란 사람, 친척인가요?"

"아아니."

"친한 사람?"

"그저 아는 사람야."

"가족을 찾는 이유는?"

"그 사람 면회를 하고 싶은데 가족과 함께가 아니면 면회가 안 된대."

"주소는 알아요?"

"물론."

그렇게 해서 우리는 집을 나섰다.

내가 일요일을 기다리기까지 해서 정명욱과 동행한 데는 특별한 의도가 있었다. 일종의 드라마를 찾아가는 셈인데, 나 혼자 가면 한 개의 드라마가 될 것이 둘이 가면 두 개의 드라마가 될 수가 있고, 경우에 따라선 세 개의 드라마가 될 수도 있다고 생각했던 것이다.

이를테면 찾아가는 사람과 더불어 드라마는 전개된다. 어차피 어떤 드라마를 어떻게 발견하는가는 소재에 접근하고 요리히는 이편의 심성에 달려 있는 것이니까. 우선 그 집을 찾아가는 과정에 있어서의 대화 자체에 드라마가 전개될 수가 있다.

누구나 미지의 세계를 찾아갈 땐 자기 내부에 대화가 전개된다. 그런데 한 사람을 더 데리고 가면 혼자일 경우엔 상상의 테두리를 넘어서지 못한 대화가 폭을 넓히는 동시 훨씬 활성화될 수도 있다.

서상복의 가족 주소는 정진동의 쪽지엔 영등포구 신림동 산 ×번지로 되어 있었는데 근처에 가서 알아보니 관악구로 바뀌어 있었다.

"팽창하는 인구를 감당하지 못해 영등포구가 두 개의 구로 나뉜 모양이지?"

"그런가 봐요."

"머잖아 지구는 팽창하는 인구 때문에 폭발하고 말 거래."

"지구가 폭발하기 전에 서울이 먼저 폭발하지 않겠어요?"

"아무튼 원숭이처럼 사람이 산다고 치면 지구가 감당할 수 있는 사람 정원은 이천만 내외라는 거야."

"TO 이천만이다 이거죠?"

"그래, TO야."

"누가 그런 계산을 했어요?"

"스웨덴의 어느 학자가 했대."

스웨덴을 들먹이며 나는 박문혜를 상기했다. 박문혜는 지구의 정원이 이천만 명이라고 계산한 학자를 지금쯤 만나고 있을지 몰랐다.

이곳저곳 도로확장공사가 진행 중에 있었다.

"왜 이 야단들인가?"

했더니 서울대학이 그 근처로 이사할 작정이라고 했다. 신문에서 읽은 기억이 났다. 나는 동숭동 교사에 대해 향수 같은 것을 느꼈다.

"교사의 신축이 문제가 아니라 교수와 시설이 문제일 텐데……."

하며 교사 이전을 결정했다는 기사를 읽었을 때의 나의 감상을 기억해서 얘기하자 명욱은 대뜸 말했다.

"일본놈이 지어놓은 교사에서 벗어날 필요가 있겠죠. 우리나라 최대의 대학인만큼 그렇지 않을까요?"

나는 무조건 그 의견에 동조하기로 했다.

어수선한 길을 이리 묻고 저리 물어 지저분한 개울을 건넌 곳이 신림동이었다. 눈에 보이는 일대에 새로운 집들이 깔려 있었다. 그러나 집들 사이로 뻗어 있는 길은 대소 할 것 없이 포장이 되어 있지 않았다. 우리가 찾는 산 ×번지는 산허리까지 기어오른 마을의 맨 꼭대기 부분에 있다며, 어느 복덕방 노인이 골목의 줄기 하나를 가리켰다. 쭈뼛쭈뼛 솟아 있는 돌부리와 돌을 피해 간신히 하이힐을 옮겨놓으며 정명욱이 투덜댔다.

"이런 고생을 해서까지 그 사람을 찾아야 할 까닭이 뭘까요?"

"소설을 찾아가는 거요."

하고 내가 웃었다.

"엄동설한에 소설을 찾아 헤매는 올챙이 소설가와 그의 애인 올드미스, 그게 바로 소설이 되겠네요." 하며 명욱도 웃었다.

"맞았어, 바로 그거요."

산 위쪽에서 사정없이 내려치듯 찬바람이 불어왔다. 명욱이 움찔하며 내게 팔을 걸어왔다. 나는 그 팔을 다정하게 꼭 끼어주었다. 추운 날씨의 골목이라서 사람의 눈이란 없었다. 우리는 얼마든지 다정한 교감을 확인하며 걸을 수가 있었다.

"추워?"

내가 물었다.

"아아뇨, 당신은?"

"약간 시원할 뿐야."

"시원해?"

"응."

"이 정도를 시원하다 할 수 있으면 됐어. 믿음직해요."

"당신도 춥지 않다며?"

"재필 씨가 이렇게 곁에 있는데 추울 까닭이 있나요?"

"말할 줄 아는데?"

"알구말구요."

주택지가 거의 끝나갈 지점에서 가까운 문패를 보았다. 찾고 있는 번지완 숫자가 두 개 틀렸다. 두리번거렸다. 구멍가게가 눈에 띄었다.

가게 안엔 잡다한 상품들의 을씨년한 나열이 있을 뿐 사람은 없었다. 안쪽으로 나 있는 가운데 유리조각을 붙인 장지문을 향해 불렀다.

"여보세요."

꾸물대는 기척이 느껴지더니 장지문이 열렸다. 마흔 살 안팎으로 보이는 회색 스웨터에 검은 바지 차림의 여자가 나타났다. 부석부석한 얼굴이었다.

대뜸 번지를 물어보려다가 말고, 생판 모르는 집을 처음 찾을 때의 최소한의 예의라는 것을 상기했다. 귤 몇 개와 사과 몇 개를 싸달라고 하고 값을 치르곤 우리가 찾고 있는 번지를 물었다.

"그건 우리 집 번진데요." 하곤 여자는 의아한 눈초리로 나와 명욱을 번갈아 보고 물었다.

"누굴 찾으시는데요?"

"서상복 씨의 가족을 찾습니다."

그러자 당황하는 빛이 여자의 얼굴에 드러났다. 그러고는 다시 물었다.

"어디서 오신 누구신지……?"

"내 이름은 서재필이라고 합니다. 서상복 씨 면회를 하고 싶어서요."

내 말이 끝나기도 전에,

"잠깐 기다리세요." 하더니 안으로 들어갔다.

안집으로 누군가를 부르러 간 모양이었다. 이윽고 일흔 가까운 노파가 나타나 열린 장지문 안쪽에 자리를 잡고 앉더니 우리를 관찰하는 눈으로 되었다. 노파의 얼굴에 주름이 짙었다. 그런데 주름 사이에 있는 눈은 의외로 맑고 날카로웠다.

"댁들은 뉘시오?"

말소리가 카랑카랑했다.

내 이름을 들먹이자 물었다.

"그럼 우리와 일간가요?"

"따져보면 어떻게 될지 모르겠습니다만 일가라고 해서 찾아온 건 아닙니다."

"상복일 잘 아는 사인가요?"

"그렇지도 않습니다."

"그런데?"

"무슨 사정이 있어서 그분을 면회했으면 해서 찾아왔습니다."

"상복일 면회하겠다구?"

"그렇습니다."

"친척도 아니고 알지도 못하면서 무슨 까닭으로 면휠 하려는 거유?"

지당한 말이었다. 그러나 너절하게 설명을 늘어놓을 기분이 되질 않았다.

"박문혜란 사람의 부탁입니다."

"그 사람이 누군데요?"

"나도 잘 모릅니다."

노파의 주름잡힌 얼굴에 어이가 없다는 표정이 돋았다. 나는 얼른 말을 보탰다.

"서상복 씨에게 말해보십시오. 박문혜란 사람의 부탁을 받고 면회를 청해올 사람이 있는데 만나볼 의사가 있는지 없는질. 본인이 원하지 않는다면 굳이 만날 필요가 없습니다. 만일 나와 만날 의사가 있다면 이리로 연락해주십시오." 하고 나는 미리 준비해갔던, 내 이름과 주소가 적힌 쪽지를 건넸다.

노파는 무감동한 표정으로 그 쪽지를 받았다.

모처럼 찾아간 손님을 추운 바깥에 세워둔 채 앉으란 소리도 안 하는 그들의 태도가 탐탁지 않았던지 돌아서서 골목길을 내려오며 정명욱이 투덜댔다.

"불친절한 요소만으로 만들어진 사람들 같애."

284

"역경에 시달리고 있으면 친절이란 칠이 벗겨지고 불친절한 모만 남는 거라." 하면서도 나는 노파의 태도에 모르는 사람을 대하기만 하면 극도로 긴장하게 되는 습성을 읽은 기분이었다.

"소설을 찾았어요?"

명욱의 말엔 약간 빈정대는 투가 있었다.

"단서는 잡은 것 같애." 하고 나도 자신 있게 말했다.

"어떻게요?"

"아직 발설할 단계가 아니지."

정명욱이 애매하게 웃더니 화제를 돌렸다.

"박문혜란 사람은 누구예요?"

"우연히 만난 사람이오."

"어디서?"

"거리에서."

"그 사람, 여자? 남자?"

"여자."

"그 여자의 부탁으로 서상복이란 사람을 만나겠다는 거예요?"

"그런 셈이지."

"어떤 여잔데요?"

"나도 잘 몰라. 외국으로 떠났어."

"외국이라뇨?"

"스웨덴. 떠나기에 앞서 서상복을 만나려고 했던 모양인데 만나질 못했어. 그래서 우연히 만난 내게 부탁을 한 거라."

"뭐가 뭔지 모르겠다."

"나도 사실은 뭐가 뭔지 모르겠어. 만나보면 알겠지. 그러나 아까의 그 사람들을 보고 나니까 결말엔 관계없이 흥미를 잃어버린 소설 같은 기분이야."

이 말은 나의 솔직한 심정을 나타낸 것이기도 했지만 정명욱의 추궁을 피하기 위한 수단이기도 했다.

"그렇다면 쓸데없는 일에 개입하지 말아요."

명욱이 내 몸에 착 달라붙으며 한 말이다.

"세상 사람들이 쓸데없는 거라고 팽개쳐버린 것을 주워 모으는 게 소설가의 할일인데두?"

"소설, 소설 하지 마세요."

"벌써 바가지 긁긴가?"

"바가지가 아니고 충고예요."

"그렇다면 말해두지. 당신이 이미 짐작하고 있는 그대로 나는 소설에 오벳스드되어 있는 사람이오."

명욱이 아차하는 기분이 된 모양이었다.

"오벳스드가 뭐죠?" 하고 순진한 말투로 바꿨다.

"신들렸다는 말 있지? 사로잡혔단 말 있지? 저리도록 몸에 배었다는 말 있지? 이상 세 가지 말을 합쳐놓으면 될까 말까?"

"병으로 치면 꽤나 중증이다 그 말씀이죠?"

"중증이구말구."

개울을 건넌 곳에 있는 버스 정류장에서 버스를 타자고 했는데 명욱은 택시를 타자고 고집했다. 사과와 귤이 든 종이봉지를 어설프게 안고 어떻게 버스를 타고 갈 것이냐는 얘기였다.

택시 안엔 히터가 있었다. 얼마 후 얼어붙은 듯한 몸이 녹아버리는 기분이었다. 명욱도 같은 기분이었던 모양이다.

"소설 때문이라고 하지만 잘 알지도 못하는 사람들 일에 개입해서 엉뚱한 오해를 받을 것까진 없잖아요? 살펴야 할 광대한 세계가 처녀지처럼 펼쳐져 있는데 말예요." 하고 활달하게 말을 엮었다.

몸이 녹는 동시에 내 의식의 흐름도 녹는 기분이었다.

"잘은 몰라도 서상복은 정치범인 것 같애. 나는 그를 통해서 정치범이란 것을 연구해볼 참이야. 어떻게 해서 사람은 정치범이 될 수 있는 건가. 그 범죄의 구성요건이 사회에 있는 건가, 사람에게 있는 건가, 말하자면 인생에 있어서 정치범이란 무엇이냐, 사회에 있어서 정치범이란 무엇이냐, 법률에 있어서의 범인을 도의적으론 용납할 수 있는 건가 없는 건가, 만일 도의적으로 용납될 수 있는 행위라면 법률의 도의적인 의미는 뭔가, 이런 문제를 추상적으로 연구하는 것이 아니라 육신을 가진 개개인의 문제로 다루어보는 재료로서 서상복을 대상으로 해볼 만한 일이 아닌가……."

"정치범이 어디 서상복이란 사람 하나 뿐예요?"

"그야 그렇지."

"그렇다면 하필 그 사람을 문제할 건 없잖아요?"

"그렇진 않지. 어떻게 그 사람의 존재를 알았는가 하는 모티프도 중요한 거니까……." 하고 나는 제법 기다란 소설론을 전개했다.

그러자 명욱은 불안스러운 얼굴이 돼 이런 말을 했다.

"재필 씬 소설을 너무 어렵게 생각하고 있는 것 아녜요? 그렇게 소설이 어려워서야 어디……."

"너무나 소설을 쉽게 생각하고 있는 풍조에선 어렵게 생각해야 할 필요가 있는 거요. 사실 소설이 그렇게 쉬운 건 아니거든. 그 전통만으로도 오천 년……."

"골치가 아파요, 그만두세요." 하며 명욱이 웃는 얼굴이 되었다.

"소설론은 행복론을 닮아 있어. 소설론으로써 좋은 소설을 만들 순 없거든. 행복론으로 행복을 만들 수 없듯이. 그러나 훌륭한 소설론을 가지고 있으면 최저한도 터무니없는 실수는 안 할 것 아냐? 훌륭한 행복론이 비록 행복을 만들어내진 못하더라도 행복에의 미망이나 착각을 배제할 순 있을 거니까."

"행복이란 미망이 아니겠어요? 착각 아니겠어요?"

"그런 행복은 싫다 이거요. 차라리 불행을 택하지. 일례를 들면……."

하고 나는 하워드 휴즈를 들먹였다. 수백억의 재산을 가지고 있는 그는 그 재산의 관리에 신경을 소모한 나머지 항상 암살의 위험을 느껴 먹을 것도 제대로 못 먹고 영양실조가 되어 죽은 사람이다. 말하자면 그는 부의 추구가 곧 행복의 추구가 되는 것이란 미망과 착각 속에서 산 사람이었다.

이것이 계기가 되어 미망과 착각에 관한 이야기로 번졌다.

"진실 없는 행복이 있을 수 없다는 견해와 행복을 위해선 진실을 무시해도 좋다는 견해의 대립이 있다는 거예요. 다음의 의견에 쫓으면 행복하기 위해선 착각과 환각, 심지어는 허위까지도 동원시켜 무방하다는 것인데 결론적으로 이렇게 말하고 있더만요. 아무런 실체가 없는 꿈만으로도 사람은 행복할 수가 있다고. 그 사람에 의하면 로마의 바티칸 궁전은 미망과 착각이 엮은 꿈의 소산이라나요? 재필 씬 어떻게 생각해요?"

"누구의 말이요. 그게."

"작가 이 모씨의 말예요."

"그럼 나는 내 의견을 보류하겠어."

"왜요?"

"그저."

나는 작가 이 모씨에 대해선 일종의 애정과 더불어 이에 못지않은 미움을 가지고 있었다. 애증이 고루 섞인 복합된 감정이란 것은 때때로 묘한 작용을 한다. 그 작가를 칭찬하는 소릴 들으면 역정이 나고 비난하는 소릴 들으면 반발을 느끼는 것인데 프로이트가 살아 있으면 가서 물어보고 싶은 충동마저 느낄 때가 있었다.

운전사가 우리의 대화를 어떻게 듣고 있을지 모른다는 생각이 문득 솟았다. 약간 죄스러운 생각마저 들었다.

"운전사 아저씨." 하고 불렀다.

"예." 하는 산만한 대답이 있었다.

"택시를 몰고 있노라면 별의별 얘길 다 듣게 되죠?"

"듣질 않습니다."

뜻밖인 대답이었다. 나는 다음 말을 기다렸다.

"이런 교통지옥 속을 누비고 있노라면 한 가지 신경만을 빼곤 모든 신경이 무디게 되는가 봐요. 필요한 말 외엔 듣지를 않습니다. 보다도 들리지가 않습니다."

그럴 것이란 짐작이 들며, 문득 생각한 것이 있었다.

"나도 내년쯤 택시 운전사 노릇을 했으면 하는데 어떨까요?"

한동안 대답이 없더니 앞으로 가고 있던 덤프카를 추월하고 나서 운전사가 입을 열었다.

"헐수할수없는 사정이면 택시 운전이라도 해야 되겠지요. 그러나 달리 방도가 있다고 하면 안 하는 게 좋을 거요. 위험하다느니 수입이 적다느니 해서가 아닙니다. 택시 운전을 하면 사람이 게으르게 됩니다. 핸들을 놓고 나면 아무것도 하기 싫어져요. 신경만 곤두서게 되구요. 술이나 마시고 드러눕기 바빠요. 세상이 싫어지니까요. 운전사들이 왜 욕설을 잘하는지 아십니까? 신경이 너무 곤두서 있는 바람에 마음에 브레이크가 걸리지 않는 탓입니다. 하여간 그만두는 게 좋을 걸요."

"무슨 직업이건 신경 쓰이지 않는 게 있겠소, 어디."

하고 한말 끼워보았다. 운선사는 힘없이 웃었다.

"그야 그렇겠죠, 그렇겠지만⋯⋯. 요즘 우리 집, 집이라야 정릉 뒷산의 움막이지만, 수리를 하고 있는데. 하두 찬바람이 들어와서요. 미장이 일하는 걸 보고 있으니까 나도 차라리 미장이질을 배웠더라면 싶으데요. 기술의 흔적이 완연히 나타나고 품삯도 나쁘지 않구요. 건설붐인가 뭔가 때문에 일거리도 많구요. 위험도 없구⋯⋯. 그보다도 일한 보람이 흔적으로 남는 게 좋던데요. 택시 운전은 백 년을 해봤자 흔적이란 사고나 골병만 남을까 아무것도 남는 게 없소."

운전사는 말끝에 한숨을 섞었다.

"그럼 나는 미장이 기술을 배워볼까?"

막상 농담 아니게 한 말이었다.

"손님은 귀가 여려 안 되겠는데요." 하며 운전사는 나를 힐끔 보았다. 사십 세는 되어 보이는 피로한 운전사의 얼굴이었다.

"서울에 택시가 몇 대나 됩니까?"

"한 만 대쯤 되죠, 아마."

그렇다면 만 개의 피로한 인생이 서울의 거리를 누비고 있는 셈이구나, 하는 엉뚱한 산술을 나는 해봤다.

"혹시 큰 사고는 겪어본 적이 없습니까?"

운전사의 답이 없었다. 귀찮은 모양이로구나, 하는 짐작으로 미안한 마음이 들었다.

"성가시게 물어 죄송합니다."

"죄송할 것까지야." 하고 일단 말을 끊었다가 물었다.

"손님들, 명동다방에서 카빈총을 든 탈영병이 인질소동을 벌인 적이 있는 걸 기억하시죠?"

"있습니다." 하고 나는 삼 년 전에 있었던 그 사건을 회상했다. 나는 그 기사의 교정을 보았다. 교정을 보면서 나는 그 탈영병에게 동정을 느꼈었다. 엄격하기만 하고 무미건조한 졸병생활을 하고 있으면 어느 때 어떤 계기로 형언할 수 없는 회의에 빠져버리는 경우가 있다.

'나란 도대체 뭔가? 무엇을 하고 있는 건가?' 하고 존재의 의미를 묻게 되는 것이다. 그럴 땐 무슨 자극이 있기만 하면 자기 자신도 분간 못할 짓을 저지를 것 같은 혼란에 빠진다. 대강의 경우 그런 위기를 무난히 넘기는 것이기도 하지만 운수가 나쁘면, 그렇다, 운수소관이다. 그와 같은 탈영을 하고 드디어는 자기 자신의 행위에 겁을 먹고 그런 엉뚱한 짓을 하게도 된다는 생각을 하며 나는 그 탈영병을 취급한 비정스러운 기사에 반발을 느끼기조차 했었다.

"그 탈영병을 내가 태운 겁니다." 하고 운전사는 띄엄띄엄 얘기를 엮어나갔다.

"내 차를 타기 전 그 탈영병은 성북인가 어디에서 택시 운전사를 공갈해선 이만 원인가 삼만 원인가를 빼앗았어요. 그 뉴스를 한창 듣고 있으면서 손님을 찾아 자동차를 서행시키고 있는 참인데, 그땐 해질 무렵이었어요. 헤드라이트에 비친 사람이 있었습니다. 두툼하게 검은 외투를 입고 중절모자를 쓴 사람이었소. 이즈음에 젊은 사람이 저런 모자를, 하며 이상한 예감이 들었죠. 그러나 그땐 자동차를 세우고 있었습니다. 그 사람이 타는 순간 나는 아차했지요. 바로 그가 방금 라디오에서 들은 탈영병이란 생각까진 미처 못했지만 아차, 큰일났다 싶은데요. 아니나 다를까 중절모자 밑으로 보이는 건 빡빡 깎은 머리였습니다. 스무 살 이쪽저쪽의 청년이 쓰기엔 중절모자가 너무나 낡아 있었구요. 그래서 교통순경에게 붙들리려고 차선을 어기기도 하고, 테일램프를 깜박거리기도 하고, 헤드라이트를 켰다 껐다 하고 있는데 돌연 뒤통수에 카빈총의 총구가 와 닿은 겁니다. 백미러에 비친 그 총구가 얼마나 커 보이는지 아찔해서 앞차와 부딪힐 뻔했는데, 장난 말고 순순히 역촌동으로 가자는 겁니다. 정신 없더만요. 종로로 해서 서대문으로 해서 녹번동 삼거리까진 간신히 갔는데 거기서 전신주에 자동차를 들이받아 버린 겁니다. 의식을 회복한 것은 적십자병원에서였는데 새벽 한 시쯤. 그 이튿날 명동 어느 다방에서 인질소동을 벌인 게 바로 그 사람, 그 탈영병이더면요……."

"큰일날 뻔하셨군요."

명욱이 한 말이었다.

나는 잠자코 그 탈영병의 운명을 생각했다. 그는 그 사건이 있은 육 개월 후 군법회의에서 중형을 선고받았다. 이십일 세의 나이였다.

석 줄인가 넉 줄로 된 게라로서 나온 그 기사를 읽고 한두 자 고친 기억이 난다.

나는 운전사의 심리상태에 관해서 더 물어보고 싶었으나 그만두기로 했다.

택시는 노량진을 통과하고 있었다.

왼쪽 산을 가리키며 명욱에게 물었다.

"저기 뭣이 있는 줄 알아?"

"사육신의 무덤."

"가본 적이 있소?"

"없어요, 재필 씬?"

"나는 한 번 가봤어."

"사육신의 무덤에 대해 무슨 코멘트가 없나요?"

명욱의 말은 장난스러웠다.

"무슨 코멘트가 있겠어?" 하면서도 나는 나의 생각을 쫓았다.

역사는 과거와 현재와의 대화라는 것은 E. H. 카의 의견이고, 역사는 항상 다시 씌어져야 한다는 것은 작가 이 모의 의견이다. 그러나 학살당한 지사들을 두고 과거와 현재와의 대화를 한들 그들에게 무슨 소용이 있으며, 다시 쓴다고 해서 그것이 그들에게 어떻게 유관하겠는가 말이다.

나는 대학시절에 있었던 어떤 세미나의 광경을 회상해보았다. 어느 고명한 국사학자를 모셔놓고 이조 때의 향약이 지닌 공죄를 토론하고 있었는데 어쩌다가 사육신이 화제에 올랐다. 그때 나의 친구 K군이,

"수양대군의 쿠데타에 대한 반反쿠데타를 했다가 실패했다는 의미 이상의 의미가 무엇이 있는가. 충절의 개념이 변질되어 있는 지금의 조명으로 볼 땐, 실패자에 대한 성공자의 보복, 즉 정치적 보복의 일례에 불과한 것이니 충·불충의 가치개념을 개입시키는 것은 역사의 과학적 인식을 흐리게 하는 것이 아니냐."

라는 의견을 제출했던 것인데 R이란 국사학자는 노발대발하며,

"그따위 과학주의는 사이비 과학주의이며 민족의 정신을 말살하려는

독소적인 사고방식이다."라고 맹렬한 비난을 퍼부었다.

그래서 결국 그 세미나는 흐지부지되고 말았는데 그 직후 대폿집에서 술을 마시면서 나는 별도의 각도에서 K군을 공격했다.

역사적 사실은 논리만으로 인식되어선 안 된다. 정리情理로서의 해석이 따라야 한다. 누가 뭐라고 해도 신숙주와 성삼문을 동열에 놓을 순 없지 않는가. 충효의 관념엔 변질이 있을는지 모르나 일편단심하여 무서운 고문에 이겨나간 그 진실은 인간의 승리로서 높이 평가해야 할 것이 아닌가.

이때 K군은 나에게 반문했다.

"넌 성삼문 같은 인물이 되길 원하나?"

"원한다. 그러나 그럴 용기가 내게 있을 것 같지 않아서 나는 정치가가 될 의사를 갖지 않는다."

K군은 그 이상 나를 추궁하지 않았고 나도 K군을 추궁하지 않았다. 그러나 이조의 망조는 그 사건으로 비롯되었다는 의견의 일치를 보았다. 당쟁이 논리 이전의 문제로 전개되고, 반역자에 대한 보복이 삼족을 멸하고 여자를 노비로 만들어버리는 데까지 혹심할 때, 그런 정치 풍토에서 어떻게 활달한 인간관계가 성립될 수 있었겠는가 말이다.

택시는 한강을 건너고 있었다.

돌아보니 명욱은 얼어붙은 강 위에 멍청한 시선을 보내고 있었다. 그 옆얼굴이 너무나 우울해 보였다.

"심각한 얼굴인데?" 하고 내가 웃음을 보이자,

"사육신 얘기를 생각하니 우울한 마음이 드네요." 하며 명욱은 나의 손을 잡았다.

"혹독한 정치풍토를 만들었다는 그 사실만으로도 수양대군인가, 세

조인가 하는 건 저주를 받아야 할 거야." 하고 나는 힘주어 말했다.

"저주해야 할 사람이 수양대군 한 사람뿐일까요?"

"아무튼 낮이나 밤이나 공자, 공자 했다면서 왜 그 꼴들이었나 몰라. 공자의 가르침 가운데 가장 존귀한 게 관대하라, 관용하라는 것이었거든. 제자가 공자님께 평생 동안 행해야 할 것을 한마디로 말해달라고 했더니 공자는 기서호其恕乎라고 했어. 그것은 용서다, 용서하는 게 평생 동안 지킬 만한 일이라는 거야. 만일 이조의 정치인들이 그들의 말대로 공자를 숭상했다면 마땅히 그 위대한 교훈을 지켰어야 할 게 아닌가. 사람 하나 잘못했다고 삼족을 멸했으니 말이나 돼? 삼족을 멸한다는 게 뭔가 알어? 만일 내가 잘못을 범하면 부계는 물론 외가·처가, 그러니 당신 집 남자들까지 몽땅 죽어야 하는 거야. 당신은 종년이 되어 벼슬아치들의 시중을 들어야 하구. 될 말이기나 해?"

"그런 일이 있었어요?" 하고 운전사가 말을 건네왔다.

"있었구말구요. 그게 바로 이조의 역사인걸요."

"중국엔 그런 일이 없었나요?"

운전사가 다시 물었다.

"중국에선 그런 일이 없었을 겁니다."

"일본은요."

"일본에서도 없었죠."

대학시절 어느 선배를 중심으로 비교역사를 연구하는 모임을 가졌기 때문에 나는 자신을 가지고 이렇게 대답할 수가 있었다.

"형편없었구먼요." 하는 투로 보아 운전사도 약간의 충격을 느낀 모양이다.

"무슨 포부 있는 일을 하려고 할 때 그 일이 어긋나 자기가 죽는 것까진 감당할 각오를 할 수 있겠죠. 그런데 자기 때문에 할아버지·아버지·아들·장인·외조부·외숙부·처남들이 죽게 되고 어머니와 아내와 누이동생이 남의 노비가 될 거라고 생각해보세요. 대담한 일을 감행해볼 엄두나 낼 수 있겠어요?" 나는 나도 모르게 흥분된 말투로 지껄이고 있었다.

운전사의 애매한 웃음이 힐끔하는 것 같았다.

"그런 걸 다 알고 계시는 분이 택시 운전사 노릇을 해요?"

"이따위를 알고 있는 게 무슨 생활에 보탬이라도 된답디까?" 하고 나는 씁쓸하게 웃었다.

아파트로 돌아와 뻗어놓은 다리를 주무르며 정명욱이 말했다.

"소설은 신림동에서 찾은 게 아니라 택시 안에서 찾은 것 아니에요?"

"그래, 소설의 재료는 거리에 미만해 있어. 전파가 공기 속에 미만해 있듯이. 미만해 있는 전파를 붙들려면 정교한 시스템이 있어야 하듯이 거리에 미만해 있는 재료로 소설을 만들려면 역시 정교한 시스템이 있어야 하는 거야."

다리를 주무르다 말고 명욱은 팔을 내 목에 걸어왔다. 그리고 살큼 키스하는 시늉을 하며 속삭였다.

"이만한 시스템이면 되겠죠 뭐."

인생에 있어서 감옥이란 무엇인가.

추위는 관념마저도 얼어붙게 한다. 나는 면회의 차례를 기다리는 동안 노상 이 질문만을 되풀이하고 있었다.

'인생에 있어서 감옥이란 무엇이냐.'

서상복이 나를 만나길 원한다는 사연과 일시를 알리는 엽서를 받은 것은 그저께의 일이다.

　아홉 시 정각 서대문교도소의 담장 밖에 도착했을 때 구멍가게의 주인은,

　"오셨군요."

했을 뿐 더 말이 없었고 표정도 없었다. 설혹 표정이 있었다고 해도 얼굴을 싸매고 머플러를 두르고 한 꼴에서 표정을 찾아낼 순 없었다.

　서상복과의 관계만이라도 알고 싶었으나 어차피 면회실에 들어가보면 알 일이었다.

　한 시간가량이나 기다렸을까.

　차례가 되었다. 교도관이 열어주는 철문을 들어서서 주민등록증을 맡겼다.

　면회실이라고 써붙여 있는 곳으로 들어갔다. 들어가자 거의 동시에 저쪽 문으로 청년이 들어서더니 철망 앞으로 다가왔다.

　여자를 향해 목례하는 것으로 보아 서상복일 것이었다.

　"나는 서상복입니다만." 하고 그는 나를 똑바로 바라봤다.

　푸른 수의를 입고 추위에 얼굴의 털이 서 있었으나 그 빛바래고 초라한 옷으로도, 그리고 추위로도 억누를 수 없는 당당한 기품 같은 것에 나는 우선 호감을 가졌다.

　"서재필이라고 합니다." 하고 나는 되도록이면 부드러운 표정을 꾸미려고 했다.

　"서재필 씨라면?" 하고 그는 다시 보는 눈빛으로 되더니,

　"혹시 문리대의……." 하며 망설였다.

　"그렇소. 육칠 년 전에."

　"그렇다면 제겐 일 년 선배 되십니다. 안면이 있습니다."

그러나 내겐 통 기억이 없었다.

"선배는 후배를 잘 못 알아보죠. 게다가 전 학교에 잘 나가지도 않았고 중간에 퇴학을 당했으니까요."

그의 말은 잔잔했고 억양이 없었다.

그가 후배가 된다는 바람에, 일종의 격정이라고도 할 수 있을지 감정의 덩어리 같은 것이 가슴에 치솟아올라 목구멍을 콱 막는 것 같았다.

"절 면회하시겠다는 용무가 뭡니까?"

대답을 하기엔 신성할 시간이 있어야 했다.

"박문혜 씨가 당신을 한번 만나봐 달라고 해서."

"그 얘긴 들었습니다. 그런데 박문혜 씨와 어떤 관계이십니까?"

이 사람은 먼저 그것이 궁금한 게로구나, 하는 생각은 나를 서글프게 했다.

"그저 알고 지내는 사이입니다."

"그저 알고 지내는 사인데 박문혜 씨가 대신 면회를 해달라고 하던가요?"

"박문혜 씬 한국을 떠났습니다. 떠나는 마당에서 부탁이 있었소."

"한국을 떠나다뇨? 어디로 갔습니까?"

"스웨덴으로 갔습니다."

"스웨덴이면 우프살라 대학?"

"그렇습니다. 그분은 우프살라 대학의 초청을 받고 갔습니다. 헌데 어떻게 그런 짐작을……."

"생화학하는 사람이 동경하는 곳이 우프살라 아닙니까."

"그럼 당신도 생화학을 전공했소?"

"아닙니다. 다만 생화학의 언저리에 관심이 있었던 것뿐입니다."

나는 그것을 박문혜에 대한 그의 사랑의 증거라고 생각했다.

"박문혜 씨는 보름 전에 떠났습니다. 그 직전에 서상복 씰 만날 작정도 하셨습니다. 그런데 뜻대로 되질 않았지요. 그래서 나에게 부탁합디다. 마지막 안부를 전해달라구요."

"마지막 안부?" 하는 그의 얼굴에 그늘이 졌다.

"박문혜 씬 다시 고국으로 돌아올 의사가 없는 것이 아닌가 합니다."

"결심을 잘했군."

그가 중얼거린 말이었다.

"고국에 다시 돌아오지 않겠다는 게 잘한 결심인가요?"

이건 나의 호기심이 물은 말이다.

"잘한 결심이죠. 돌아와보았자 반겨줄 가족이 있는 것도 아니구, 실력을 발휘할 수 있는 직장이 있을 것도 아니구, 게다가 나는 이런 처지에 있구."

그 마지막 말이 내 귀에 거슬렸다.

"서상복 씨가 박문혜 씨에게 편지를 낸 적이 있죠?"

그는 답은 없이 나를 쳐다봤다.

"박문혜 씨는 그 편지를 받고도 답을 안 한 것은 그 제의를 받아들일 수 없었기 때문이라고 합니다. 그런데 서상복 씨의 불행한 사건을 듣게 되자 그게 자기의 탓이 아닌가 하는 생각으로 고민한 모양입니다. 그래 떠나기에 앞서 변명이라도 할 참이었던 모양인데, 그렇게도 할 수 없었으니 마음에 걸렸겠죠. 그런 일 없었던 것으로 치고 건강에 조심하라고 합디다."

서상복의 얼굴이 그동안에 헬쑥해진 것 같았다.

"다른 말은 없었소?"

"없었습니다. 당신의 불행엔 대단히 동정하고 있는 것 같았습니다만."

"불행, 불행 하시는데 그게 무슨 뜻입니까?"

돌연 서상복의 입에서 도전하는 투가 나왔다.

"이런 처지에 있는 걸 말하는 것이 아니겠소."

서상복의 얼굴에 싸늘한 웃음이 돌았다. 그리고 다음과 같은 말이 나왔다.

"나는 불행하지 않습니다. 적어도 나는 나의 주인입니다. 비굴한 노예완 다릅니다."

"비굴한 노예가 어디에 있소?" 하는 나의 말은 반발조가 되어 있었다.

"아무튼 나는 조금도 불행하지 않으니 기회가 있거든 박문혜 씨에게 그렇게 전해주십시오."

"다행한 일입니다. 그렇게 전하죠."

"박문혜 씨의 스웨덴 주소를 알고 있습니까?"

"아직은 모릅니다. 도착 즉시 편지를 하겠다고 했으니 곧 알게 되겠지요."

"그럼 그때 그 주소를 알려줄 수 없을까요?"

"박문혜 씨가 좋다고 하면 알려드리죠."

서상복은 잠시 머뭇거리는 듯하더니,

"실례입니다만 지금 뭘 하고 계십니까?" 하고 물었다.

"난 아무것도 안 하고 있소." 해놓고 나는 그 대답이 비록 거짓말이 아닐망정 모욕적으로 들리지나 않았을까 해서 말을 고쳤다.

"얼마 전까지 신문사에 있다가, 소설공부를 해볼까 해서 그만뒀습니다."

"소설공부요?" 하더니 그의 입 언저리에 냉소가 돌았다.

300

"소설공부를 하시려면 이런 델 한번 와서 살아보셔야겠네요."

나는 어이가 없어 물었다.

"왜 이런 곳으로 굳이 와야 합니까?"

"인간, 아니 인생의 최량의 부분이 여기에 있으니까요."

"그래요?" 하고 나는 웃고 말았다.

어떻든 자부를 강작하지 않고선 장장 이십 년의 어두운 나날을 메워 나가지 못하리란 짐작이 슬펐기 때문도 있었고 기를 쓰고 태연한 체하려는 제스처에 안타까움을 느끼기도 했던 때문이다.

"형수님, 수고가 많으십니다." 하고 서상복이 구멍가게의 여자와 말을 시작했으나 교도관이 서류를 챙겨들고 일어섰다.

"그만."

교도소에서 나오는 길로 나는 서상복의 형수를 독립문 근처의 다방으로 데리고 갔다. 보름 전 박문혜와 같이 갔던 바로 그 다방이다.

"대체 무슨 죄로 이십 년 징역을 받았습니까?"

더운 밀크와 계란반숙을 시켜놓고 물었다.

"학생 시절부터 사상운동을 했나봐요. 학교를 퇴학당하고 군에 가게 되었는데 병역거분가 뭔가 해갖고 그때도 징역살이 했어요. 그랬는데 작년에 또 무슨 나쁜 짓을 했나봐요. 집엔 통 들어오지 않아 어디에 있는 줄 몰랐는데 붙들렸다지 않아요."

아무리 물어도 그 여자로부턴 이 이상의 말을 꺼낼 수가 없었다.

"실롑니다만 주인 되시는 분은 뭘 하십니까?" 하고 물었다.

"주인은 죽었어요."

"그럼 가족은?"

"아들딸이 하나씩 있구요. 그리고 시할머니, 나, 그뿐예요."

"시아버지도 시어머니도 안 계시구면요."

그러자 여자는 한숨을 쉬며 말 했다.

"내 팔자도 험하지만 우리 시할머니 팔자는 참말로 기구해요. 당신의 시아버진 삼일운동 때 옥사하셨구요, 그분의 남편, 내겐 시할아버지 되는 분은 독립운동하다가 만주 간도에서 죽었구요, 그분의 아들, 그러니까 내게 시아버지 되는 분은 육이오 때 옥사하셨구요, 둘 있던 손주 가운데 하나는 서른을 못 넘기고 죽구, 남은 손주가 지금 감옥에 있는 되련님이구요. 사대에 걸쳐 그 꼴이니 세상에 어디 그런 험한 팔자가 있겠어요?"

나는 할말을 잃었다. 그런 상황에 있는 사람에게 무슨 할말이 있겠는가 말이다.

구멍가게 여자의 말은 좀더 계속되었다.

"우리 같으면 간이 녹아내릴 판인데도 할머니는 그렇지 않아요. 세상 사람들이 뭐라고 해도 할머니는 감옥에 있는 손주가 옳다는 거예요. 내 손주가 틀린 일을 할 까닭이 없다는 거예요. 그래서 눈물 한 방울 흘리지 않으세요. 대장부는 옳은 일을 하다가 감옥에 갈 수도 있다는 거예요. 그리고 그 나이에 재봉틀을 돌리고 남의 삯바느질을 하셔선 돈을 모아갖고 손주의 옥바라지 자금을 하시거든요. 자기가 자실 것은 자시지도 않고 절약해선 매월 삼만 원씩 꼭꼭 차입하는걸요. 답답하기도 하고 머리가 수그러지기도 하구……."

구멍가게의 여자는 구겨진 손수건을 꺼내 눈 언저리를 닦았다.

나는 그 여자와 헤어진 뒤 사직터널을 지나 걸어서 청운동의 아파트로 향했다.

감옥 안에 인간과 인생의 최량의 부분이 있다는 그의 신념이나, 사대에 걸쳐 옥바라지를 해야 하는 운명을 지닌 노파의 신념을 어떻게 이해해야 될까 하고 궁리했지만 가능하지 않았다.

초등수학의 지식밖에 없는 사람 앞에 고등수학의 문제를 내놓아봤자 소용이 없는 그런 상황과 비슷했다.

나는 드디어 서상복 일가의 얘기는 소설의 재료일 수 없다는 결론에 도달했다. 비록 거짓말이라도 그럴듯한 것이라야만 소설의 재료가 될 수 있는 것이지 아무리 사실이라도 납득이 갈 수 없는 사실은 소설의 재료일 수가 없는 것이다.

아파트 입구에서 명욱에게 전화를 걸었다.

"신림동 사건으론 소설을 포기하기로 했어."

"까닭은?"

"드라마가 없어."

"드라마가 없다니, 재필 씨 말론 어느 사건에건 드라마가 없는 게 없다면서?"

"그건 나의 오산이었어. 극한상황만 갖고 쌓인 인물이나 사건엔 드라마가 개재될 틈서리가 없어. 드라마 없이 진행되는 상황과 상황의 연속. 그러니 소설이 개재될 수 없잖아. 르포, 그렇지 르포르타주가 가능할 뿐야."

운문적인 감상과 산문적인 고민

추운 나날이 계속되었다.

나는 그 추위에 악의를 느꼈다. 그럴 만큼 추웠다. 느그들 한번 견디어보라는 듯이 추위가 쪼아붙이는 것이다.

목침덩어리만한 전기스토브는 어둠 속에서 보면 굶주린 호랑이의 눈깔을 닮아 있을 뿐 내 육체가 요구하는 온기는 제공해주지 않는다. 그나마도 밤중 내내 켜놓을 순 없다.

트렁크 하나를 몽땅 비워놓고 겹겹으로 껴입고 견디는 밤과 밤에 나는 드디어 동사의 사상을 익혔다.

가장 깨끗한 죽음의 형식이 아닐까. 동태처럼 빳빳해져 있을 테니 염하기는 수월할 것이다. 아니 새우처럼 바짝 움츠려 있을 터이니 염할 때 그 움츠러든 팔다리를 펴려면 뼈 부러지는 소리가 뽀둑뽀둑할 것이다.

동사하느니 절節을 굽히는 한이 있더라도 연탄을 지펴볼 생각을 안 해본 바는 아니지만 연탄가스로 인한 질식사를 동사보다 더 겁내는 것이 아니라 그 내음을 우선 견디어낼 것 같지가 않았다.

정명욱은 이처럼 내가 추위에 고통을 당하고 있다는 사실을 모른다. 알기만 하면 당장 무슨 수라도 쓰려고 법석일 것인데 이상하게도 그녀가 자러 오는 토요일 밤엔 거짓말처럼 바깥 날씨 자체가 누그러들었다. 간악한 계모의 성품을 닮았다고나 할까. 전처의 자식을 못살게 굴다가도 남편이 나타나기만 하면 태도를 싹 바꾸는 그런 것 말이다.

명욱이 오는 날 밤엔 전기스토브가 거뜬히 난방의 구실을 한다. 그런 때문에 굶주린 호랑이 눈깔일 수밖에 없는 그 스토브가,

"요 조그만 게 그런대로……."

하며 정명욱의 귀염을 받기도 한다.

차가운 바람을 시원한 바람이라고 표현했대서 명욱의 칭찬을 받은 적이 있는 나로선 추위를 두고 하소연을 할 수도 없다. 그래도 한번은,

"금년의 추위는 근래엔 없었던 추위 같은데 신문사에선 말이 없던가." 하며 문제를 유도해본 적이 있다.

그랬더니 정명욱의 말은,

"오십 년래에 처음 있는 추위래요. 그러나 신문사의 난방이 어떻게나 잘 되어 있는지 남자들은 와이셔츠 바람으로도 땀을 흘릴 지경인데요 뭐."

"그래도 출퇴근할 때의 고통은 있지 않겠어?"

"집에만 들어가면 후끈하니, 그동안의 추위는 도리어 시원한 기분이 아닐까요?"

상전 배부르면 종놈 배고픈 줄 모른다는 말은 정녕 이럴 때에 쓰이는 말인 것이다.

난방이 잘 되어 있는 집에서 나와 난방이 잘 되어 있는 자동차를 타고 엄동설한의 거리를 달릴 땐 거리의 추위가 심하면 심할수록 쾌적한 기분일 것이 아닐까. 눈 속에서 얼어죽는 놈이 있고 눈을 술안주로 하는 놈도 있고 인생은 이처럼 다양한 것인데 이른바 어떤 자들은 일원적

인 세계관을 휘둘러 그것에 동조하지 않으면 안 된다고들 하니…….

나는 동사 직전의 이런 사상이 여름에 청량제 역할을 할 수 있을까 하는 생각을 해보는 동시 포크너의 『무덥고 긴 여름 밤』을 꺼내 읽어보았다. 웬걸! 땀이 기름처럼 온몸을 뭉개듯 흐르고 숨이 막힐 듯 열기가 뿜어오르는 묘사가 계속되고 있는데도 나를 에워싼 추위는 한 치 반 치도 물러서지 않는 것이 아닌가.

문학이란 원래 이처럼 무용한 것이다. 도스토예프스키도 온기라곤 없는 페테르부르크의 방에서 추위를 견디기 위해 「겨울에 기록하는 여름의 인상」을 쓴 것인지 모른다. 그렇다면 그도 알았을 것이었다. 아무리 여름의 풍경을 리얼하게 기록해보아도 겨울의 추위를 물리치지 못한다는 것을…….

이렇게 나는 추위와 싸우며 한 해를 넘기고 새해를 맞이했던 것인데…….

누구에게나 새해를 맞이하는 마음에 다소의 흥분이 없을 순 없다. 내게도 그런 것이 있었다. 그런데 그러한 흥분에 찬물을 끼얹는 것 같은 사건이 생겼다. 뜻밖의 일이기도 했고 미리부터 염두에 두고 있었어야 할 일이기도 했다. 어느 날 아침이었다. 여느 때와 마찬가지로 나는 아홉 시가 넘었는데도 이불 속에 있었다. 모처럼 체온으로 만들어놓은 보금자리가 아쉬워 마려운 소변을 참으며 게으름을 피우고 있었던 것인데 도어를 쾅쾅 치는 소리가 났다. 노크라는 말이 풍기는 은근한 그런 것이 아니었고 열어주지 않으면 부수고라도 들어가겠다는 맹렬한 의사 표시였다.

나는 벌떡 일어나 잠옷 매무새를 고칠 겨를도 없이 도어를 열었다.

더벅머리 청년이 서 있었다.

"집 찾기가 되게 어렵데예." 하는 것이 인사말 대신이었다. 그는 이 편에서 뭐라고 하기에 앞서 골마루 바닥에 놓인 트렁크를 집어들고 성큼 안으로 들어섰다. 나는 엉겁결에 몸을 피해 그가 들어올 수 있도록 여지를 만들었다.

그는 방바닥에 퍼져 앉으려다가 말고,

"절 할까예." 하며 몸을 일으켜 세웠다.

나는 그가 분명히 조카일 것이라고 짐작은 했지만 미리 아는 체는 하기 싫은 묘한 감정 같은 것을 느꼈다. 그러니 자연 '누구시더라?' 하는 표정으로 되었다.

"네, 형식입니더. 모르겠습니꺼." 하고 그는 방바닥에 손을 모으고 넙죽 절을 했다. 절은 이편에서 하는 것이지 받는 건 아니었는데 나는 어느덧 그런 절을 받아야 하는 처지가 된 스스로가 쑥스러웠다.

"흠, 네가 형식이냐?" 하면서 나는 그 말투나 목소리가 아버지를 닮아 있지 않을까 하는 섬뜩한 연상을 했다. 어른 노릇을 할 수 없는 주제에 어른 구실을 해야 하는 묘한 처지에 몰려들었다는 사실이 나를 당황하게 했다.

'이럴 땐 반기는 체라도 해야 하는 것이 아닌가.' 하면서도 나는 굳은 표정을 풀지 못하고 오 년 전엔가 육 년 전 그를 본 것이 마지막이었구나, 하고 몰라볼 성도 커버린 형식의 얼굴을 살피는 눈초리가 되었다.

"어머니와 아버진?"

이런 걸 물어야 된다더라 하는 생각으로 물었다.

"다 편합니더."

"동생들도?"

"예."

"그래 작년 추수는?"

"형편 없습니더."

"이제 농촌도 꽤 잘살게 되었다며?"

"노풍인가 뭔가 때문에 피해가 좀 있었습니더."

"노풍?"

"나락 말입니더."

그때사 나는 그가 무슨 말을 하고 있는가를 짐작하고 다시 그에게 인사치레로 하고 있는 말들이 죽은 아버지를 영판 닮고 있는 것이로구나 하는 생각을 했다. 그런데 그 생각이 어떻게 해서 그처럼 섬뜩하게 느껴지는 것일까.

"세수를 좀 해야 되겠구만요."

그가 일어섰다.

"세수?" 하고 나는 또 당황했다.

수돗물은 얼어붙어 있을 것이고, 설혹 얼어붙어 있지 않다고 해도 그 모질게도 차가운 물에 세수를 시킬 순 없는 것이다.

"조금 기다려라." 하고 나도 일어섰다. 가스를 틀어 물을 덥혀주어야겠다고 생각한 것이다. 그러자 문득 생각이 났다.

"목욕탕으로 가거라 참." 하고 나는 창을 열어 목욕탕 연돌이 있는 방향을 가리켰다.

"그리 할까예."

그는 트렁크를 열려고 했다.

"아니." 하고 나는 수건과 비누를 챙겨주고 목욕 값까지 건네주었다.

"갔다 오겠습니더." 하는 말을 남겨놓고 조카는 바깥으로 나갔다.

나는 매트 모서리에 앉아 담배를 피워물었다. 난감한 일이었다. 형식은 내 집을 자기 집이나 다름없이 생각하고 나타났을 것이 분명했다.

'이 방에 그놈하고 같이 있어야 한다?' 하며 나는 방안을 둘러보았다. 그 방엔 조카를 끼울 여지라곤 없었다. 명색이 방이 두 개니까 공간적으로 불가능하다는 얘기가 아니다. 내 의식의 어느 구석에도 조카를 데리고 같이 있을 마음의 준비나 여유가 없는 것이다.

뿐만 아니라 내가 세워놓은 금년 일 년 동안의 계획은 이미 생각해둔 조건 이외의 어떤 것이 개재되어도 실현이 불가능한 것으로 되어 있다. 그 때문에 정명욱과의 결혼도 일 년 뒤로 연기한 것이 아닌가.

그러나 이러한 나의 사정을 형식이 이해해줄 까닭이 없다. 형식보다도 형님이 문제였다. 아버지의 유산이 다소 있었다고 해도 내가 대학까지 졸업할 수 있었던 것은 실질적으론 형님 덕택이었다. 그러니 그 은공은 마땅히 조카에게 갚아야 한다. 그럴 힘이 없으면 그럴 힘이 있도록 노력해야 한다.

만일 형님이 죽고 없다면 조카들은 당연히 내가 보살펴야 하는 처지에 있다. 이런 사정을 미리 감안하지 못했다는 것은 나의 실수다.

'아참, 저놈의 식사는 어떻게 한담?' 하고 나는 일어섰다. 내가 하는 식으로 그놈에게 굳은 빵 한 조각과 우유 한 잔으로 아침식사를 때우라고 할 수는 없었다.

나는 이웃집에 가서 아침식사 준비를 해달라고 아주머니에게 부탁했다.

"해드리고말고요."

아주머니는 내가 무슨 부탁이라도 하면 반가워 어쩔 줄을 모른다. 그리고 사시사철 웃는 얼굴로,

"누가 왔시유?" 하고 물었다.

"고향에서 조카가 왔습니다."

"고향에서 조카님이 왔다꼬요?" 하곤 아주머니는,

"얼마나 반갑겠어요. 조카님이 왔으니." 하며 자기자신이 반가워 못 견디겠다는 표정으로 되었다.

이때 만일 내가 내 중심에 있는 감정 그대로 "조금도 반갑지 않다."고 실토라도 한다면 그 선량한 아주머니는 날 사람 취급을 하지 않을 것이었다.

반가워해야 할 사람을 반가워하지 않는다면 이는 이지러진 심정의 탓일 것이었다. 나는 이지러진 나의 마음을 슬퍼할 처지에 있었는데도 그러질 못하고 다른 궁리에만 몰두했다.

'하숙으로 내보낼 구실을 어떻게 찾는다?'

'하숙으로 내보낸다면 그 하숙비쯤은 내가 부담해야 할 텐데 어떻게 한담?'

'아무튼 형님의 비위를 상하지 않도록 해야 할 텐데 어떻게 한담?'

어중충했던 피로의 자국을 말끔히 씻고 형식이 목욕탕에서 돌아왔다.

"역시 서울 목욕탕이 좋거만요." 하곤 싱글싱글 식탁에 앉더니 아주머니가 시골 풍습 그대로 두둑이 담은 한 그릇의 밥을 눈 깜짝할 사이에 얼른 비워버리고 형식은,

"밥 좀더 없습니꺼?" 하고 두리번거렸다.

밥을 얻으러 이웃집에 가기가 거북해 삼분의 일도 못다 먹은 내 밥그릇을 그에게 밀어주었다.

"삼촌은 어쩔라꼬요." 하면서도 그는 서슴없이 그 밥그릇을 차고앉았다.

"기차간에서 이것저것 사먹기도 했는디 배는 그냥 고프데요." 하며 그것까지 마저 먹곤 식은 숭늉을 한 사발이나 켰다. 나는 문득 그러한

형식에게 내 소년시절을 보았다. 입학시험을 보러 서울에 왔을 때 여관에서 주는 밥이 모자라 호떡을 사와선 열 개 이상 먹어치웠던 것이다.

"그런데 서울엔 무슨 일로 왔니?"

내 질문이 이상했던 모양으로 형식은 눈을 둥그렇게 떴다.

"편지 안 봤습니꺼?"

"못 봤는데."

"그거 이상하다? 아직 도착 안 했는가 그럼? 아부지도 쓰고 저도 쓰고 헀는디요."

"언제 편지를 썼는데?"

"일주일쯤 됐습니더."

"그럼 벌써 왔을 텐데." 하다가 물었다.

"혹시 그 편지 신문사로 낸 것 아닌가?"

"신문사로 냈어요."

"흠." 하고 나는 입을 다물어버렸다. 신문사를 그만둔 사정 설명을 어쩐지 하기 싫었던 것이다.

급한 편지가 아닐 성싶으면 신문사로 온 편지는 정명욱이 토요일에 올 때 가지고 오게 돼 있었다. 토요일이면 내일이다. 나는 그때 편지를 읽을 요량을 하고 더 묻질 않기로 했다.

그랬는데 형식의 설명이 있었다.

"대학 입학시험 보러 왔어요."

아차 싶었다. 그 생각을 내가 왜 미처 못했던가. 엉겁결에 말이 나왔다.

"시골에도 대학이 있을 텐데 서울로 온 이유는 뭔가."

"시골에 서울대학이 있습니꺼 어디."

형식이 내뱉은 말이었다.

312

"서울대학에 갈 셈인가?"

"서울대학 아니면 안 가기로 했어요."

그 말이 내 비위를 약간 거슬렀다.

"그래 자신이 있는가?"

"삼촌만 서울대학에 입학하는 긴 줄 압니꺼?" 하고 형식이 웃었다. 그러나 그 웃음엔 독기라곤 없었다.

"그런 뜻으로 말한 건 아냐. 서울대학 아니면 안 된다는 의식이 잘못이란 뜻이다."

"그 대학에 들어갈 만한데 굳이 피할 건 또 뭡니꺼."

"그 정도로 자신이 있으면 됐다."

"예비시험 성적이 삼백삼십삼 점이면 한번 쳐볼 만하지 않습니꺼."

"그럴 테지." 했지만 나는 예비시험에 관해 지식이 없었다. 다만 그만한 성적이면 상위에 속하는 것이 아닐까 하는 어림짐작만 했을 뿐이다.

"서울대학의 어디에 갈 셈인가."

"법과대학엘 갈 작정입니더."

"판사나 검사가 되게?"

"그럴 요량입니더. 아무튼 삼촌처럼 신문기자는 안 될 깁니더." 하더니 형식은,

"그런데 참 왜 신문사에 출근 안 합니꺼." 하고 물었다.

"신문사 그만뒀다."

"왜 그만뒀습니꺼?" 하고 형식의 얼굴에 놀란 빛이 있었다.

"달리 생각한 게 있어서."

"그게 뭔데요?"

"말할 성질의 것이 못 돼."

"그런디 저항운동하는 것은 아니지요?"

"그런 건 아니다."

형식은 잠깐 어름어름하더니 다시 묻기 시작했다.

"신문사 그만둬도 월급 나오는 디가 있습니꺼?"

"없다."

"돈 많이 벌어놨습니꺼?"

"돈을 내가 어떻게 벌었겠나."

"그럼 뭘 묵고 삽니꺼?"

"그럭저럭."

"아부지는 삼촌 장가갈 때 쓸 끼라고 이것저것 준비하고 있는 모양이던데 장가는 운제 갈 깁니꺼?"

"아직 모르겠다."

"제가 대학을 졸업할 때까진 삼촌하고 같이 있을 요량을 하고 왔는디 그럴 형편은 되겠습니꺼?"

나는 차마 그럴 형편이 되지 못한다는 말은 할 수가 없었다.

"형편이 되도록 해야 하지 않겠나."

고작 이렇게밖엔 말할 수가 없었는데 형식은,

"그 말 듣고 안심했습니더. 꽤 큼직한 장학금을 받으면 몰라도 지금 집의 형편이 하숙비까지 내가면서 절 공부시킬 형편은 안 되거던예. 아부지는 소를 팔고 돼지를 팔드라도 등록금을 마차주겠다 쿠더만요. 난 삼촌헌테서 용돈쯤은 얻어 쓸 참이었는디……. 그건 둘째로 치고 우선 고맙습니더." 하곤 대학엘 다녀와야겠다고 일어섰다.

"대학은 찾아 가겠나?"

"서울서 김 서방 집도 찾는다 쿠는디 서울대학을 못 찾을라꼬요." 하고 방을 나섰다.

그 뒷모양을 멍청히 바라보고 앉았는데 닫혔던 문이 다시 열렸다. 형식이 고개만 들이밀고 말했다.

"아무래도 첫길인께 택시를 타고 가는 기 편리하겠지예."

"그렇겠지."

엉겁결에 한 내 말이었는데,

"그럼 택시 값을 좀 주이소." 하고 형식이 손을 쑥 내밀었다.

나는 걸어놓은 양복저고리에서 천 원짜리 두 장을 꺼내 쥐어주었다.

그것을 받아 쥔 형식이,

"이것 갖고 점심 값까지 되겠습니꺼?" 하고 묻는 것이 아닌가. 나는 잠자코 천 원짜리 한 장을 다시 꺼내주었다.

"나도 돈을 얼만가 가지고 오긴 했는디 시골 돈 서울에서 쓰몬 헤프다 캐서 아낄랍니더." 하고 형식은 문을 닫았다.

발소리가 멀어져갔다.

발소리가 사라지고 난 뒤 나는 조카가 나타난 것이 아니라 거창한 문제가 나타났다는 사실을 다시금 인식하고 긴 한숨을 쉬었다.

나는 짧긴 하나 내 인생의 고비길마다에서 아아, 이것이 인생이로구나 하는 시련감을 느끼곤 했던 것인데 조카의 난데없는 출현과 더불어 옛날의 그러한 인식은 그야말로 센티멘털한 장난이란 것을 알았다. 기왕의 그러한 경험은 예외 없이 비장감을 동반했다. 전우가 죽었을 때의 비장감, 제대한 뒤에 전우였던 친구가 자살했다고 듣고 느낀 허탈감, 김소영의 일로 경찰서로 법원으로 왔다갔다했을 즈음에 느꼈던 처량한 감정, 윤두명과의 상관관계에서 느꼈던 뭐라고 형언할 수 없었던 혐오감, 차성희와의 사이에 있었던 울울한 감정, 서상복을 면회한 연후에 느꼈던 허망감, 한마디로 말해 그런 체험은 운문으로 적어 마땅한 것이 었다.

운문일 경우엔 감정을 비약시킬 수도 있었다. 과장할 수도 있었다. 웅변조가 될 수도 있었다. 얼마든지 자조해도 좋았다. 자학해도 좋았다. 그런 연후 자기의 껍질 속으로 기어들어가 세상을, 문제를 피해버리면 그만이었다. 자기의 마음의 굴절만 지켜보며 슬퍼하기만 하고 탄식하기만 하면 그만이었다. 나 이외의 어느 누구도 내 탓으로 상하게 되진 않았던 것이다.

그런데 조카 형식의 문제는 운문으로 적을 성질의 것이 아니었다. 산문으로 기록해야만 그 문제의 윤곽을 제시할 수가 있다. 이 문제엔 비장감도 없다. 허망감도 없다. 허탈감도 없다. 나 이외에 정명욱밖엔 있을 수 없는 방에 조카라는 덩치를 있게 해야 하는 철두철미 산문적인 문제가 있을 뿐이다. 한 때의 빵을 두 때로 나눠먹는 처지에서 두 사람의 양을 거뜬히 먹어치우는 동물을 사육해야 하는 문제가 운문으로 기록될 순 없는 것이다. 하루에 천 원으로 못박아놓은 지출 기준에서 조카의 목욕 값과 버스 값과 차 값과……, 그런 것을 지출해야 하는 문제가 센티멘털리즘으로 처리될 순 없는 것이다. 십만 원 이십만 원을 내라는 것은 거절일 뿐 인간성을 들먹일 여지가 없다. 그러나 백 원 이백 원 천 원을 요구할 땐 인간성을 짓밟지 않곤 거절하지 못할 것이 아닌가. 설혹 그것이 어떠한 성질의 것이라고 해도 내 예금통장에 오십만 원가량의 잔고가 있는데 말이다.

돈을 벌기 위한 장사의 계획을 제시할 수만 있다면 오십만 원의 잔고가 아니라 오백만 원의 잔고라도 이를 다치지 않고 간수할 수가 있다.

그러나 소설공부를 한다는 명목으로 오십만 원의 잔고를 다치지 않고 간수할 수가 있을까. 참말 운문적인 문제는 문제가 아닌 것이다. 인생은 필경 산문적일 수밖에 없고, 인생의 어려움은 산문적인 바로 그 사실에 있는 것이다.

형님에게 은혜를 갚고 못 갚고에 문제의 본질이 있는 것이 아니다. 조카를 돌볼 수가 없다는 말을 아예 끄집어낼 수가 없다는 데 문제의 본질이 있다. 가령 내게 한 푼의 돈이 없더라도 막노동을 해서라도 조카 하나쯤은 돌봐주어야 하는 것이 도리이다. 그것이 불가능할 때 나는 인간으로부터 실격해야 한다.

인간이란 말은 묘한 말이다. 사이間를 가진 사람이란 뜻이라고 했다. 사이란 무엇이냐. 관계라는 뜻이다. 부자의 관계에 있든 숙질의 관계에 있든 부부의 관계에 있든……. 그런 관계 속에 있다는 말로서 인간이란 말은 무게를 가지고 있다. 그 무게를 인식하고 소중히 여기는 사람만이 인간이란 뜻이다.

형식과 나는 숙질의 관계에 있다. 그 관계가 구질구질한 산문적인 노력의 지탱이 없으면 일시에 붕괴된다. 즉 나는 인간으로서 실격한다. 인간으로서 실격한 사람에게 소설을 쓸 자격이 있을까. 있겠지. 그런데 그 사람이 쓴 기록은 철저한 인간파산의 기록이어야 할 것이다. 물론 그 기록도 가치가 있을 것이다. 장 주네의 『도둑일기』처럼, 마르키 드 사드의 제 작품처럼, 프랑수아 비용의 시처럼, 릴라당의 『잔인한 얘기』처럼…….

그러나 거기엔 하나의 인간을 파산시킬 만한 천재와 능력이 있어야만 한다. 인간을 파산하고도 남을 무슨 광휘가 있어야 한다. 말하자면 인간은 실격하기 위해서도 재능이 있어야만 한다. 실격하기 위해 실격하지 않기보다 더 많은 값을 치러야 한다. 인종지말자로서 소설이 가능할지 모르지만 그런 것까지 노리기엔 내가 내 자신에게 가지고 있는 자신은 너무나 약하다. 좋은 소설을 쓸 수 없을망정 무해한 숙부가 되어야 한다.

그런데 무해한 숙부 되는 길이 나폴레옹 앞을 막아선 알프스의 준령보다도 더욱 험준한 것이다.

나는 신문사를 그만둔 것을 한없이 후회하기에 이르렀다. 그냥 신문사에만 있었더라면 나는 조카의 난데없는 출현을 그야말로 쌍수를 들고 환영했을 것이었다. 형님에게 은공을 갚는 기회가 온 것을 자랑스럽게 생각했을지도 모른다.

나는 이러한 상황을 예기하지 못하고 세운 내 계획의 소홀함을 뉘우쳤다. 조카와 형님의 존재를 망각한 나의 계획은 그야말로 '인간'의 계획이 될 수 없다는 것을 뼈저리게 느꼈다.

이와 같이 내 계획의 실수는 그냥 그대로 내 소설론의 미숙을 말하는 것인지 모른다. 설령 실생활에 있어선 실수가 있어도 소설에 있어선 앞으로 나타날 수 있는 제 조건을 남김없이 감안해야 하는 것이다.

내가 새해에 들어 다소의 흥분을 했다는 것은 소설을 찾는 데 있어서 두 가지의 길을 선정해놓은 때문이었다.

하나는 바깥으로 소설을 찾아나가는 방향이었다. 그 방향엔 서울역이 있었고, 절두산이 있었고, 정약전이 죽은 흑산도가 있었고, 베트남과 캄보디아가 있었고, 지리산이 있었다.

다른 하나는 내 마음의 미로로 찾아가는 안으로의 방향이었다. 그 방향으로 켜진 네온사인엔 마르셀 프루스트가 있었고 제임스 조이스가 있었고 카프카가 있었다.

이처럼 안과 밖으로 찾아나서면 금년 안엔 워털루의 대전투가 결행되고 나폴레옹이 세인트헬레나로 가지 않고 웰링턴이 실각하는 전쟁 결과를 구경할 수 있을지 몰랐던 것이다.

그런데 바깥으로도 안으로도 통할 수 있는 길목에 예비시험 성적 삼백삼십삼 점, 신장 백칠십 센티미터, 한꺼번에 밥을 두 그릇을 먹어치우고 시골 돈을 아껴야겠다면서 택시 값에 점심 값까지 받아 가지는, 고향 산골의 야심을 한 몸에 지닌 것 같은 청년이 버텨 서버렸다. 그리고 그 배후엔 곰팡내가 나는 수십 권의 족보 속에 집약된 아득하고 아득하게 생명의 근원으로까지 뻗은 조상들이 이집트의 피라미드보다도 더욱 완고한 피라미드를 이루어 솟아 있는 것이다.

산문적인 고민이라야 비로소 고민이라고 할 수 있다는 사실을 안 것만 해도 다행일는지 모른다는 인식은 드디어 나의 계획을 포기할 수밖에 없다는 심정으로 나를 몰아넣었다.

나는 소설을 쓰기에 앞서 무해한 숙부가 되어야겠다고 결심했다. 그 결심을 실천에 옮기기 위해선 방 안에 처박혀 앉아 있을 순 없었다.

나는 소매에 실밥이 너털너털 나 있는 외투를 걸치고 바깥으로 나왔다. 공중전화를 걸려는데 유리창에 비친 내 얼굴이 거기에 있었다. 헝클어진 채 있는 머리칼에서 나는 오늘 아침 세수할 것을 잊었다는 사실을 깨달았다. 순간 젊은 소크라테스란 상념이 뇌리를 스쳤다. 볼품없이 낡은 외투를 입고 얼굴을 씻을 줄도, 머리를 빗을 줄도 모르는 몰골로 젊은 소크라테스는 아테네의 거리를 쏘다녔을 것이 아닌가.

나는 나의 몰골을 젊은 소크라테스에 비유할 만한 배짱을 가진 데 대해 겨우 위안을 느꼈다.

전화의 상대는 물론 정명욱이다.

"관장, 안녕하십니까?"

나는 그 무렵 명욱을 도서관장이라고 부르기로 하고 있었다.

"오늘은 전화가 늦었네요. 감기라도 든 것 아녜요?"

"그 이상의 사건이 생겼어."

"사건이라니요?"

명욱이 다급하게 말했다.

"다급하게 서둔다고 해결될 문제는 아니구, 여하간 만나서 얘기합시다."

"그래요 그럼."

명욱은 내수동 어느 집을 지정하고 열두 시 십 분으로 시각을 정했다. 그리고 전화를 끊으려는 것을 나는,

"잠깐." 하고 만류하고 나서 물었다.

"젊은 소크라테스 구경한 적 없지?"

"소크라테스가 젊었을 때가 있었나요?"

"있었어. 오늘은 내, 젊은 소크라테스 구경시켜주지."

"무슨 말씀하시는 거예요." 하고 정명욱이 웃음을 머금었다.

"하여간 그리로 나와요. 젊은 소크라테스 구경시켜줄 테니까."

전화를 끊고 하늘을 보았다.

찌푸린 흐린 하늘이다.

'원도 한도 없을 만큼 눈이나 왔으면.'

나는 내 자신을 어떻게 할 수 없는 마음으로 되면서 아파트로 돌아갔다.

인류의 역사는 돌연변이의 역사인가

정확하게 열두 시 십 분에 우리들은 만났다. 약속한 식당 앞에서,

"이것." 하며 정명욱이 봉투를 내게 건넸다.

"회사로 와 있었어요."

봉피에 형님의 이름이 있었다. 나는 봉을 열지도 않고 호주머니에 쑤셔넣어 버렸다.

"왜 읽어보지도 않구."

정명욱이 의아한 표정을 지었다.

"읽어보나마나야."

"......?"

"글로 된 내용보다 사실인 내용이 먼저 와 닿았어."

"뭔데?"

"그 때문에 의논하자고 한 거요. 우선 점심부터 먹읍시다." 하고 나는 갈비탕 한 그릇을 얌전히 먹어치웠다. 핥아놓은 죽 사발이란 말이 있는데 내가 먹어치운 갈비탕 그릇이 그런 꼴이 되었다.

"배가 고프셨던 모양이죠?"

아직도 반 그릇이나 남은 밥그릇을 밀어놓으며 정명욱이 한 말이다.

"점잖은 사람이 배가 고플 턱이 있나. 약간 시장기가 들었다 뿐이지."

"헌데 젊은 소크라테스란 게 뭐예요?"

"그 얘길 하지."

우리는 다방으로 자리를 옮겼다.

조카 형식이 나타난 사정 얘기와 그 사건을 둘러싼 나의 심상풍경을 상세하게 그려 보였다.

"이때까지 고민이란 걸 안 해본 건 아니지만 그런 건 이제 생각하니 운문적인 센티멘딜리즘이었을 뿐야. 진짜 고민은 산문적인 것이더구면. 구질구질해."

나는 우울한 표정을 하고 이렇게 덧붙였다. 명욱의 표정도 우울하게 흐려질 것을 예상하면서……. 그런데 뜻밖이었다. 명욱의 얼굴은 구름 사이를 헤치고 빛나는 태양처럼 밝아지는 것이 아닌가. 게다가 시끄럽지 않게 깔깔대는 웃음마저 섞었다.

무슨 무안을 당한 것처럼 내 표정이 굳어졌다. 생판 남이면 또 모르되 내가 궁지에 몰렸다는 사실을 알고 명욱이 그처럼 쾌활해질 순 없는 것이 아닌가.

"아 재밌어."

명욱은 자기의 웃음소릴 이렇게 마무리지었다.

"뭐가 재밌다는 거요?"

자연 나는 볼멘소리가 될 수밖에 없었다.

"재미있잖고, 부득이 재필 쓴 어른이 돼야 하는 것 아녜요? 억지만 쓰던 소년이 돌연 어른 행세를 해야 되게 되었는데 그게 재미있잖아요?"

딴은 그렇기도 하다는 생각이 들었지만 맞장구를 칠 기분까지 되진 않았다.

322

명욱이 정색을 했다.

"그래 어쩔 참이에요?"

"하는 수 없지 뭐. 직장을 구해야 하겠어."

"달리 구할 필요 있어요? 신문사로 되돌아오면 될걸. 아마 쌍수로 환영할 거예요."

"미스 정, 무슨 소릴 그렇게 해. 그만둔 지 반년도 안 돼서 다시 그 곳으로 돌아가? 내게도 위신이란 것은 있어."

"반년도 못돼서 다시 직장을 구해야 할 처진데두 직장을 그만둔 건 위신문제 아니던가요?"

"누가 이런 사정이 될 줄 알았겠어?"

"요컨대 좋은 숙부가 되기 위해, 즉 조카의 뒷바라지를 하기 위해 취직을 해야겠다, 이 말 아뉴?"

"그렇다니까."

"꼭 그 이유뿐이죠?"

"달리 이유가 있을 까닭이 있어?"

정명욱은 잠시 생각하더니,

"나도 좋은 숙모, 아니 숙모 후보 한번 되어볼까?" 하고 웃었다.

"그것 무슨 소리요?"

"당신이 그 사람의 숙부라면 난 장차 그 사람의 숙모가 될 것 아녜요!"

"그렇지."

"그러니 숙모 후보로 있을 때부터 좋은 숙모 노릇 해볼까 싶어서요."

명욱의 얼굴엔 장난기가 있었다.

"막상 취직을 하려고 드니 어안이 벙벙해. 면허증 따놓은 게 있으니 택시 운전이라도 해볼까 하지만……."

내가 중얼거리듯 이렇게 말하자 명욱이 얼굴을 찌푸렸다.

"요컨대 얼마간의 돈만 있으면 될 것 아녜요?"

"그렇지."

"그 얼마간의 돈 때문에 재필 씬 계획을 포기하겠다, 그 말예요?"

"똑바로 말하면 아파트에 그 애와 같이 있을 순 없어. 어디 하숙으로 내보내야지. 그러자면 얼마간의 돈이 아니라 상당한 돈이 매월 들어야 하는 거야. 그것도 사 년 동안이나."

"걱정 마세요."

명욱이 단호하게 말했다.

"앞으로 일 년 동안은 내가 그 돈을 대겠어요."

"뭐라구?"

"좋은 숙모 노릇을 함으로써 당신이 좋은 숙부가 되게 하겠다는 말예요."

"말만 들어도 고맙군."

"말만이 아녜요. 듣자니 그 사람 독선적인 데가 있는 것 같은데 결단력도 있는 것 같애요. 하숙비와 용돈 얼마를 정해서 주면 될 것 아녜요. 그만한 여유는 내게 있어요."

"싫어."

나는 잘라 말했다.

"재필 씨가 싫어한대도 이 문제만은 할 수가 없어요. 재필 씨의 일을 등한히 할 순 없으니까요."

"그래도 싫어."

그러자 명욱은 돌연 무서운 표정으로 바뀌었다. 여태껏 보지 못했던 표정이었다.

324

"당신은 날 뭘로 알고 있죠?"

"……"

"나는 당신의 아내가 될 사람이에요. 아니 사실상의 아내예요. 그 아내가 남편의 계획을 돕기 위해서 나름대로의 노력을 하겠다고 하는데, 그것도 아주 이성적인 방법으로 하겠다고 하는데 무슨 까닭으로 반대하죠?"

나는 명욱의 그 시퍼런 서슬에 약간 압도되는 기분이었다. 그러나 가만있을 순 없었다.

"내가 내 힘으로 할 수 있는 일을 남에게 맡기고 싶지가 않아."

그런데 이 '남에게'란 말이 화근이 되었다.

"남에게라구요?"

명욱의 눈에 겁을 먹은 듯한 빛이 돋아나더니 헬쑥한 표정으로 말했다.

"나를 남이라고만 생각하고 계시는 모양이군요. 난 한 번도 재필 씨를 남이라고 생각한 적이 없어요. 나 이상의 나라고 생각하고 살고 있어요."

"아내도 남이야, 따지고 보면."

내 말이 의외로 싸늘했다. 나는 부부는 일심동체니 베터 하프(보다 나은 반신)니 하는 말에 생리적인 혐오를 느끼고 있었다. 남으로서의 남편, 남으로서의 아내, 이를테면 상대방을 남으로서 인정하고 그 위에 이해를 보태가는 그런 관계라야만 공기가 잘 빠지는 방처럼 청량하고 깨끗한 부부관계가 성립되리란 내 나름대로의 철학을 가지고 있었다.

일심동체니 베터 하프니 하는 말에 묻어 있는 위선, 그 찐득찐득한 느낌, 남의 기분, 또는 감정 속에 그런 명목으로 예사로 밟고 들어서려는 뻔뻔스러움이 나는 싫었던 것이다.

하지만 이런 심정을 과부족 없이 설명하기란 어렵다. 다만 이렇게는 말했다.

"지금 당신과 내 의견이 이처럼 틀리고 있잖아? 그게 벌써 남과 남이란 증거가 아닌가. 남이면서 서로 사랑한다, 이걸로 충분하다고 생각해."

"그렇다고 치더라도 재필 씨의 말은 너무나 매정스러워요."

명욱이 침착을 되찾은 모양으로 조용히 말을 이었다.

"재필 씨가 직상을 그만둔다고 할 때 나는 처음엔 반대했지만 뒤엔 마음으로부터 찬성했어요. 재필 씨의 계획을 소중하게 여긴 까닭이에요. 나는 재필 씨의 그 계획이 관철되길 바라요. 소설가가 되고 안 되고가 문제가 아니라 일 년 동안은 딴 일 하지 않고 소설공부하겠다는 그 계획만은 관철되었으면 해요. 그게 반년도 안 돼서 무너진다는 게 싫어요. 재필 씨에게 있어서 그 계획은 참으로 중요한 게 아니겠어요? 그런 계획이 시작부터 무너진다면 앞으로는 계획을 세울 수 없을 거예요. 불가피한 사정이니 계획을 변경시킬 수밖에 없다는 심정인 것 같지만 그 불가피한 사정을 내가 맡아드리겠다는 거예요. 아내를 가진 사람과 가지지 않은 사람과의 차이가 그런 데서 나타나야 하지 않을까요? 똑바로 말해서 서로의 부족을 보완할 수 있다는 데 부부란 것의 보람이 있잖겠어요? 나는 재필 씨가 결혼식을 연기하자는 데도, 결혼식을 올릴 때까진 따로따로 살자는 데도 동의했어요. 당신의 계획을 존중했기 때문예요. 그런데 지금 와서 내 힘을 보태면 넉넉히 지탱할 수 있는 계획을 포기하겠다고 하니 그게 될 말예요? 내 의사를 모조리 거부해야 할 이유가 달리 있는 거예요? 그렇다면 솔직히 말씀하세요."

나는 진지하게 대답하겠다고 마음먹었다.

"계획, 계획 하지만 내 계획은 원래 무리한 계획이었어. 그런 조카의 존재를 생각하지도 않고 짜인 계획이란 점이 우선 잘못된 것이거든. 그 때문에 생각하게 된 것이지만 소설공부를 한답시고 직장을 포기한 것 자체가 틀려먹었어. 소설공부는 하나의 외국어를 마스터하기 위한 공부완 달라. 시험공부와도 다르구. 생활 속에서 헤매며 생활을 알고 인간을 알아야만 되는 게 소설공부인데, 생활의 현장을 떠나고, 그 현장에서의 인간과의 접촉을 피하며 무슨 소설공부가 가능하겠어. 좋은 숙부가 되어보겠다는 것은 소설을 포기한다는 뜻이 아냐. 터무니없는 계획을 변경한다는 건 좌절도 아냐. 인간의 고민이란 결단코 시가 될 수 없는 구질구질한 것이란 사실을 깨달았어. 나는 가능한 한 좋은 숙부가 되길 노력함으로써 이때까진 생각하지도 못했던 생활을 시작해볼 참야. 그런 뜻, 저런 뜻으로 나는 직장을 구해볼 작정이야."

"일 년 후에 시작해도 늦지 않아요. 직장을 찾는 건 일 년 후에나 하세요. 구질구질한 인생의 국면은 언제건 만날 수 있어요. 지금 아니라도 직장은 언제건 찾을 수 있어요. 그러나 소설공부를 하기 위해 일 년 동안 유예를 두겠다고 하는 이런 기회는 앞으론 영원히 얻지 못할 거예요. 소설공부가 외국어를 마스터하기 위한 공부와 다르건, 시험공부와 다르건, 그런 것 문제될 것 없어요. 잘못 세운 계획이건 잘된 계획이건 그것도 문제될 것 없어요. 이왕 그렇게 시작한 것이니, 그것도 일 년 동안, 앞으로 팔 개월쯤 남았나요? 그동안의 일이니 그때까지 한번 버텨보란 말씀예요. 내가 좋은 숙모 한번 되어보려는 건데 왜 당신이 방해해요? 나 하자는 대로 하면 그늘에서 좋은 숙모가 될 요량이지만 끝끝내 의견에 반대하면 내가 그 서형식인가 하는 조카 앞에 나타나겠어요……."

나는 뭐라고 할말을 잃었다. 그렇다고 해서 정명욱의 의견을 납득한
건 아니다. 정명욱은 시계를 보더니 일어났다.

"가봐야겠어요."

나도 시계를 보았다. 한 시 반이었다.

사실은 정명욱의 친척이 하고 있다는 출판사에 말해달라고 마음먹었
던 것인데 일이 그렇게 되어 말을 꺼내보지도 못했던 것이다.

나는 양춘배가 취직해 있는 출판사 앞까지 왔다. 내수동에서 안국동
까지 길었을 뿐인네 추위에 전신이 부들부들 떨렸다. 이 추운 날씨에
직장을 구해 거리를 헤매고 있다고 생각하니 처량한 기분으로 되지 않
을 바도 아니었다. 한편,

'왜 내가 요즘 이처럼 추위를 타게 되었지?'

하는 서글픔도 있었다.

영하 44.5도가 되던 중부전선의 추위도 견디어온 내가 아니었던가.

나는 H출판사라고 쓰인 그 간판을 우두커니 바라보고 섰다가 발길을
돌려 옆에 있는 다방으로 들어섰다.

'거리마다 다방이 있다는 것은 얼마나 좋은가.'

만일 몇백 원 남짓한 돈으로 앉아 있을 수 있는 다방이란 게 없었다
면 그 많은 실업자들은 어디로 가겠는가 말이다. 실업자들에게 있어선
다방이 있으니까 서울이 존재하는 것이다.

어둠침침한 공기 속에서 자리를 물색하고 있는데,

"서 선배." 하는 소리가 들려왔다.

돌아보았다. 바로 뒤편 자리에서 양춘배가 일어서고 있었다.

"이것 어떻게 된 겁니까?"

나는 애매하게 웃었다. 당신을 찾아왔노라 하는 소릴 차마 할 수가

없었다.

"이리로 앉으세요."

양춘배가 당겨 앉으면서 옆의 빈 자리를 권했다. 권하는 대로 앉았다.

"서 선배, 차."

"커피나 합시다." 하고 나는 웃었다. 언젠가, 양춘배가 실직하고 있을 때 거리에서 만나 차를 권했더니,

"지금 차를 한 잔 더하면 오늘 나는 차를 열석 잔 마시는 셈이 됩니다." 하고 쓸쓸하게 웃었던 일이 떠올랐던 것이다.

"참 서 선배, 유 선생님께 인사드리시죠."

양춘배가 소개하는 말을 했다.

소설가 유성주 씨였다. 사진에서 많이 본 탓인지 익숙한 안면이었다. 양춘배는,

"신문사에 있었을 때의 제 선배 서재필 씹니다." 하고 나를 그에게 소개했다.

"출판사에 있어서 덕을 보는 건 유 선생님 같은 분을 가끔 만나게 되는 겁니다."

양춘배의 말에 유성주 씨는,

"나 같은 사람 만나 덕 되는 게 뭔가." 하고 웃었다.

그 웃음엔 수줍음이 있었다. 나는 듣기보단 다른 인상이라고 생각했다.

나는 막연히 유성주 씨를 거만한 사람이라고 상상해왔던 것이다.

"헌데 서 선배께선 신문사를 그만뒀담서요."

"그렇습니다."

"듣기에 앞으론 소설을 쓰실 거라고 하던데……."

양춘배의 이 말에 나는 적이 당황했다. 소설가 앞에서 그런 말을 듣는 것이 부끄러웠다.

"소설은 무슨 소설, 괜한 소리지."

"아닙니다. 나는 서 선배가 소설을 쓰면 참 좋은 소설을 쓰실 수 있을 거라고 생각하고 있습니다."

양춘배는 정색을 하고 말했다.

"양 형, 그만두시오."

나는 견딜 수가 없어 애원하듯 말했다.

양춘배가 화제를 돌렸다.

"이번 우리 출판사에서 유 선생님의 책을 내게 됐습니다. 서 선배께서도 읽으셨죠? 「유혹의 강」."

그것은 내가 있었던 신문에 연재되었던 소설이었다.

"물론 읽었소. 그 소설의 교정을 내가 봤는데요."

"그랬군요."

양춘배는 고개를 끄덕끄덕하더니,

"이번에 내는 책이 바로 그 「유혹의 강」입니다."라고 했다.

"그렇다면 감사를 드려야겠습니다."

유성주 씨가 한 말이었다.

"맞춤법이 엉망이었는데 그걸 잘 잡아주셨습니다. 감사합니다."

"별로 그런 데가 없던데요."

"아닙니다. 아무리 주의를 해도 틀려버리는 게 있어요. 시골에서 자란 탓으로 표준어에 익숙하지 못하거든요. 그런 걸 정확하게 잡아주시더먼요. 배우는 게 많았습니다."

유성주의 말은 정중했다.

나는 이런 엉뚱한 말을 들을 수 있을 줄이야 꿈에도 몰랐다.

"유 선생님의 「유혹의 강」엔 보통 신문소설관 다른 데가 있죠?"

양춘배가 내게 묻는 말이었다.

나는 신문소설을 잘 읽지 않았기 때문에 비교해서 말할 순 없었지만 유성주의 「유혹의 강」은 성공한 편일 것이란 짐작을 할 수 있었다. 그러나 나는 그런 소설은 쓰지 않을 것이었다.

아무 말 하지 않는 것도 실례가 될 것 같아 한마디 했다.

"「유혹의 강」은 좋습니다."

"변명 같지만……." 하고 유성주 씨는 이런 말을 했다.

"소설을 쓰는 데 소설 외적인 배려를 너무 많이 해야 하니까 여러 가지 고민이 많아요. 소설의 성격 가운덴 현실을 비추는 거울이란 역할이 있는 것인데 우선 그 거울의 구실을 못하거든요. 보시는 바대로 현실의 색채는 강렬하지 않습니까. 그리고 현실에 사는 사람에겐 대개 불발에 그치지만 폭탄 몇 개쯤은 마음속에 지니고 있는 것인데, 현실의 강렬한 색채를 반영할 수가 없고 폭탄을 그릴 수도 없거든요. 강렬한 드라마가 광화문 근처에 소용돌이치고 있는데 그것을 외면하고 멜로드라마를 꾸며야 하니 어색하게 되는 거죠. 그렇다면 쓰지 않아야 할 것 아니냐 하는 반론이 있겠지만 직업작가란 것은 그렇게도 못합니다. 언젠가는 옳은 작품을 써야겠다는 그 가능의 여지를 확보하기 위해서도 오늘 내키지 않는 작품이라도 써야 하는 게 오늘의 작가들을 만화로 만들고 있는 거죠."

나는 유성주 씨의 말의 성질을 의심하진 않았다. 그러나 그것이 변명치고는 너무나 구질구질하다는 느낌만은 어떻게 할 수가 없었다.

소설 외적인 배려가 어떻건 일단 소설을 쓴다고 하면 문학으로서 성립되어 있어야 할 것이 아닌가 하는 것이 나의 생각이었다. 하지만 그런 말을 그 자리에 뱉어놓을 순 없었다.

만일 내 입에서 그런 말이 나왔다고 하면 그의 「유혹의 강」은 신문소설일지는 몰라도 문학은 아니란 결론에까지 이르고 말 것이었다.

유성주 씨는 양춘배의 질문에 따라 현역 작가로서의 고민을 구체적으로 얘기하기도 했다. 그런데 내가 발견한 것은 양춘배의 질문엔 유성주 씨에 대한 영합적인 데가 있다는 사실이었다. 나는 그러한 양춘배를 쓸쓸한 눈으로 지켜보았다.

양춘배의 영합적인 질문은 드디어 다음과 같은 내용으로 나타났다.

"유 선생님, 어떻습니까. 우리 서 선배는 앞으로 소설을 쓰실 작정인 것 같은데 도움이 될 말씀이 없겠습니까?"

나는 얼굴이 화끈해지는 느낌이었지만 잠자코 있을 수밖에 없었다.

유성주 씨도 적이 당황한 모양이었다.

"내 주제에 어찌 그런 말을……." 하며 우물쭈물하는 태도에 나는 호의를 느꼈다. 비록 이 사람은 훌륭한 작가는 못 될망정 인간적인 겸손은 잃지 않았다고 보았던 것이다.

"그래도 뭔가…… 체험에서 우러난 그런 것이 있지 않겠습니까." 하고 양춘배는 졸랐다.

답을 듣고 싶어서 조르는 게 아니라 영합하기 위해 조른다는 사실을 유성주 씨는 알고 있을까, 모르고 있을까. 만일 알고 있다면 유성주 씨는 일어서야 한다. 그리고 뭔가 구실을 붙여 그 자리에서 떠나가야 하는 것이다. 그렇게만 되면 유성주 씨는 소설가로서의 자질을 가졌다고 할 수가 있다. 그렇지 못하다면?

그런데 유성주 씨는 양춘배의 속셈을 알아차리지 못한 모양으로,

"이건 내 의견이 아니고 어느 외국 작가가 한 말인데……." 하고 다음과 같은 말을 늘어놓았다.

"소설을 쓸 작정을 한 사람에 대한 제일의 충고는, 그런 작정을 당장 집어치워라, 즉 소설을 쓸 생각을 포기하라는 거래요. 소설 쓸 생각 같은 건 아예 집어치우고 장사를 해서 돈 벌 궁리를 하든지 시험을 치러 관리로서 성공할 방도를 강구하든지, 사장 딸이나 중역의 딸을 함락시켜 결혼해서 출세의 줄을 잡을 궁리를 하든지 하라는 거요. 제2의 충고는 그래도 소설을 포기하지 못할 형편이면 삼사 년 기한을 두어 소설을 써보란 거였소. 삼사 년 써보고 성공하면 그만이지만 안 되면 그때 가서 깨끗이 결단을 내리라는 거요. 아직 나이가 있으니 그때부터 돈벌이를 시작하건, 관리 등용시험을 보건, 사장 딸 혹은 중역 딸을 함락시킬 궁리를 할 수도 있다는 거지. 제3의 충고는 그때도 포기할 수 없거든 한 십 년쯤 소설을 써보라는 거였소. 십 년쯤 소설을 쓰고 나면 모든 길이 탕탕 막혀버린다는구먼. 돈을 벌래야 벌 수도 없고, 관리시험을 보재도 나이가 넘어버렸고, 사장 딸이나 중역 딸을 함락시키재도 이미 청춘이 가버린 후라 단념해야 된다는 거지. 이렇게 되면 죽으나 사나 소설을 쓸 방도밖에 없는데 소설수업은 그때부터 시작된다는 거요. 이를테면 인생에 낙오하고 나서야 소설수업이 가능하다는 것인데, 그 사람의 결론은 과연 그렇게까지 해서 소설을 써야 하는 것인가를 묻곤 그래도 소설은 쓸 만한 것이라고 생각하게 된다면 그 사람은 소설가로서의 자격이 있다는 거였소……."

유성주는 팔목을 걷어 시계를 보더니,

"이것 쓸데없는 소릴 너무 많이 지껄였군." 하고 일어섰다.

"잠깐."

양춘배는 나를 움직이지 못하게 하고 따라서 입구에까지 유성주를 배웅하곤 돌아와 앉았다.

"괜찮은 사람이죠?"

"그런가 보네요."

"옛날엔 소설가 따위 상대도 안 했었는데……."

"지금은?"

"출판사에 있고 보니 소설가란 여간 소중한 존재가 아닙니다. 좋은 소설을 얻을 수 있느냐 없느냐가 사세에 결정적인 영향을 미치니까 말입니다."

그 말을 듣고 나는 양춘배의 유성주에 대한 영합적인 태도를 비로소 이해할 수 있을 것 같았다. 그런데 양춘배는 그의 영합적 태도를 전연 의식하지 않는 모양으로,

"유성주 씨의 그 소설 하나 얻어내려고 얼마나 욕을 보았는지 말도 못해요."

하고 출판사에 취직하고 난 후의 고심담을 했다.

"똑바로 말해 양형의 「유혹의 강」에 대한 의견은 어떻소?"

"사실 끝까지 읽어보지도 못했는데 책을 만드는 과정에서 읽게 되겠죠. 참 서 선배는 교정을 보았다니까 읽으셨겠고, 어떻습디까?"

나는 어이가 없어서 웃었다. 바로 아까 「유혹의 강」이 보통의 신문소설과 다르죠? 하고 물은 양춘배였으니까.

양춘배는 내 대답을 기대하고 있는 표정이어서,

"교정부원은 글자를 읽는 거지 작품을 읽는 게 아니니까 작품평을 어떻게 하겠소." 하고 얼버무렸다.

"헌데 서 선배께서 오늘 여기에 나오신 것은?"

"지나다가 들렀죠."

"신문사를 그만두신 건 좋지만 생활에 불편이 없습니까?"

"각오한 바이니까요." 해놓고 나는 조카가 나타난 데 따른 계획변경이 있어야 하겠다는 말을 했다.

"정 딱하시면 말씀하세요. 서 선배의 실력이면 어떤 출판사에서도 대환영일 겁니다."

"출판경기가 그처럼 좋은가요?"

"이상경기 아닐까 하지만 당분간은 이런 추세로 나갈 것 같애요. 조금 방불한 책만 만들면 이삼만 부는 예사로 나가니까요. 겉으로만 보고 출판사의 형편을 말할 수 없습니다. 그야말로 머리칼에 홈을 파고 살을 깎고 뼈를 저미는 경영방식이 아니고선 지탱할 수 없어요."

"그렇다면 양형은 좋은 공부를 하고 있는 셈이군."

"그렇습니다. 앞으로 내 자신이 출판업을 해볼까 하는 생각으로 비굴한 일도 참고 있습니다. 서 선배가 좋은 작품을 쓰실 땐 내가 출판사를 하고 있을 테니까 그때 협력해서 멋지게 한번 해봅시다."

이 말을 할 때 양춘배의 얼굴은 활짝 밝아졌다.

"그런 날이 왔으면 하네요."

나는 맹렬히 무언가를 쓰고 싶은 충동을 느꼈다.

"난 들어가 봐야겠는데 여섯 시쯤 다시 이리로 안 나오시렵니까. 오늘 밤 한 잔 하십시다." 하는 양춘배의 말이었지만 나는 사양하기로 했다.

형식이 일주일 동안 있는 사이 나의 생활은 짓밟아놓은 삼밭처럼 되었다. 아니 칭기즈 칸이 겁략한 뒤의 유럽의 도시 같다고나 할까.

예를 들면…….

양춘배를 만나고 돌아오는 바로 그날이었는데 골마루에 연탄이 잔뜩 쌓여 있었다. 어떻게 된 건가 했더니 형식이 아궁이에 연탄을 지피고 있었다. 검정투성이의 얼굴로 나를 쳐다보더니,

"아궁이 뚫는다고 세 시간이나 걸렸습더. 삼촌의 생활 태도 철저하게 혁명해야 하겠는데요." 하곤,

"아주머니보고 풀을 좀 쑤어달라고 했으니 방바닥하고 벽하고 틈서리를 바르시오." 하는 명령조 말이 되었다.

나는 기가 막혀 우두커니 선 채 있었다.

"하기 싫으면 내가 할 낀께 산책이나 하고 오이소. 숙질간에 연탄중독에 걸려 죽었다 쿠몬 서씨 가문의 손실이 이만저만 아닌께."

나는 스르르 끓어오르는 화를 어떻게 할 수가 없었다.

"누가 연탄을 지피라고 했나?"

"연탄 안 지피고 우짤 낀데요. 스팀이 있으면 또 몰라도."

형식은 나를 보지도 않고 말했다.

"나는 연탄 내음을 못 맡아."

"그런께 틈서리를 발라야 한다 쿠는 것 아닙니꺼. 그래 연탄내 맡기 싫다고 냉방에 자야 합니꺼? 서씨 집 종손이 서울 숙부 찾아가서 얼어 죽었다 쿠몬 꼴좋을 끼거마."

하고 싱글싱글 손을 털고 형식이 나왔다.

그러더니,

"아주머니, 풀 다 끓었시몬 좀 갖다주이소." 하고 형식이 손을 씻기 시작했다.

옆집 아주머니가 풀 그릇을 들고 나왔다.

"선생님, 조카님 일도 참 잘해예. 인부를 불러와도 꽤 어려운 일을 혼

자서 척척 안 해치웁니꺼. 아까 연탄을 들여오는데 본께 인부들은 대여섯 장씩 나르는데 선생님 조카는 열몇 장씩 성큼성큼 주워 올리예."

형식은 고맙다는 말도 않고 풀 그릇을 받아 쥐고 방으로 들어갔다.

곧 흥얼거리는 노랫소리가 흘러나왔다.

"아침에 보고 저녁에 보고 그래도 못 잊어서 꿈속에 본다아……."

들어가 보니 형식은 먼젓번에 사다놓은 원고용지를 토막토막 내어 그것에 풀칠을 해선 이곳저곳 다닥다닥 붙이고 있었다.

검은 빛깔의 방과 벽에 하얀 종이를 붙여놓은 게 만신창이의 몸뚱어리에 반창고를 잔뜩 붙여놓은 몰골을 닮아 있었다.

"이게 무슨 꼴이고!"

내 언성이 거칠게 나왔다.

"미관상 곤란하다, 그 말씀입니꺼? 그러나 미관상 미끈한 방에서 연탄중독 걸리는 것보다 미관상 약간 뭣해도 탈 없이 자고 일어날 수 있는 방이 좋을 겁니더."

"그런데 이건 원고용지 아냐?"

"사람이 살아놓고 봐야 원고지에 글을 쓰든 뭐든 할 것 아닙니꺼." 하면서도 형식은 일손을 멎지 않았다.

"종이가 필요하면 요 아래 가게에서 창호지를 사올 것이지."

"그럴 생각이 없진 않았지만 살라 쿠몬 돈 들 끼고 돈 들여 샀다고 그 종이 값 내라고 하기도 쑥스럽고, 그런 몇 가지 이유로 원고지를 사용하게 된 겁니더."

무슨 말을 해보았자 본전 찾을 것 같지가 않아 나는 책상 위에 걸터앉아 담배를 피워물었다.

어지간히 일이 끝난 모양이었다.

"주거의 문제를 대강 일단락 지었으니 이번엔 식문제를 해결해야 되지 않겠습니꺼."

형식이 능글능글 말했다.

"식사는 아주머니에게 부탁해놨다."

"그건 밥 문제 아닙니꺼. 쇠고기를 두어 근 삽시더. 한국 사람의 지력이 유럽 사람보다 못한 것은 그 질적인 데 있는 것이 아니고 에너지면에 있다고 하더만요. 유럽 사람들은 수학문제 백 개를 계속 풀 수 있는데 우리 사람들은 스무 개 정도의 문제를 풀면 지쳐버린다는 건 에너지 부족에 있다는 겁니다. 지력은 질적으로만 가꿀 것이 아니라 양적으로도 가꾸어야 합니다. 즉 체력 플러스 지력 해야만 지력도 제 구실을 한다, 이겁니더……."

얌체에다 지껄이기까지 좋아하는구나 싶으니 정말 진절머리가 났다. 그 새살을 중지시키기 위해서도 각단을 내야 했다.

"쇠고기 두 근이면 얼마?"

"오천 원만 내이소. 남는 건 채소를 사갖고 올 낀께요."

나는 오천 원을 꺼내주었다. 가슴속엔 이런 계산이 있었다.

'하루 오천 원이면 한 달에 십오만 원…….'

두 근의 쇠고기를 삼분의 일 근쯤 내가 먹었을까, 그 나머지를 형식은 순식간에 먹어치우고 한 소쿠리나 되는 상추와 쑥갓도 말짱 먹어치웠다.

육식동물 이상으로 고기를 잘 먹고 초식동물 이상으로 채소를 잘 먹는 형식을 보며 한마디쯤 하려고 하는데 갖다놓은 숭늉을 꿀꺽꿀꺽 한 사발을 다 마시고 돌아앉았으며,

"설거지는 삼촌이 좀 하이소." 하곤 내 책상을 점령하고 앉았다.

대강의 설거지를 끝내고 형식이 공부하는 꼴을 보았는데 그게 또 이상했다.

국어·영어·수학 등 책을 한꺼번에 펴놓고 동시에 책장을 넘기는 것이다.

하두 기가 막혀,

"무슨 공부를 그렇게 하니?" 했더니 뒤돌아보지도 않고,

"공부하는 것이 아니고 탐색중입니다." 하는 답이 돌아왔다.

"탐색중이라니 그게 무슨 말이고."

"복병이 어딨나 하고 살펴보는 겁니다."

"그렇더라도 한 과목씩 해야지 어디 그게……."

"상황을 복잡하게 해놓고 찾아야 찾기는 겁니다. 한 과목씩 보고 있으면 너무 상황이 환해서 눈이 미끄러지거든요."

물으면 물을수록 분간 못할 소리만 들을 뿐이어서 질문을 중단해버렸다.

형식은 펴놓은 책의 책장을 끝까지 성큼성큼 넘겨보더니 책을 덮어 가방 안에 챙겨넣곤,

"사 년 후, 사 년 후면." 하고 중얼거렸다.

"사 년 후에 어떻게 하겠다는 거냐?"

"책이란 책은 모조리 불살라버릴 작정입니다."

"뭐라구?"

"책에 진절머리가 났거든요. 도대체 책을 읽어야만 출세할 수 있다는 제도가 잘못된 기라요."

"미친 소리 작작해라."

"내가 미쳤다꼬요? 이 세상에 한 권도 없이 책이 없어졌다고 생각해 보이소. 얼마나 기분 좋겠습니꺼. 하늘은 더욱 푸를 것이고 꽃은 더욱 향기로울 것이고 밥맛은 더욱 날 끼고. 책 때문에 세상 버려났어요."

"그런데 넌 왜 학교에 다니려고 하니?"

"그런 세상이니 할 수 없이 나도 책을 읽을 수밖에요. 그러나 고등고 시에 합격만 하고 나면 난 절대로 책 안 읽을 긴께 두고 보이소. 그러나 삼촌 소설 쓰몬 그건 읽어드리지."

시험이 끝난 날의 밤이었다.

"술 한 잔 사주이소." 하는 형식의 제안이라서 그를 데리고 관철동 소영이 있는 집으로 갔다.

형식이 대포를 두 잔 연거푸 하더니,

"삼촌 솔직하게 말해보이소." 했다.

"뭣을?"

"그 아파트에 나하고 같이 못 있겠재예?"

"그래, 나도 방법을 연구 중이다."

"방법이래야 별 게 있습니꺼. 내가 하숙으로 나가는 기지. 이왕 하숙 으로 나갈라몬 학교 근처에 갈랍니다. 교통비가 어딥니꺼."

"같은 사정이면 학교 근처가 좋겠지."

"내가 하숙으로 나가면 삼촌이 하숙비 대어주겠습니꺼?"

"그럴 작정으로 있다."

"하숙비가 얼만지 아십니꺼?"

"대강."

"대강 얼마나 될 끼라고 생각합니꺼?"

"십만 원가량이면 안 될까?"

"최하로 그만큼 될 깁니더. 그런디 하루의 용돈이 천오백 원은 있어야 하겠데예."

"한 달에 약 오만 원이구나."

"아니죠. 사만 오천 원. 큰달엔 사만 육천오백 원입니더."

"약 오만 원이란 말이다."

"그 약이란 게 안 되는 깁니더. 남의 사정을 말할 땐 약이라도 좋지만 자기 사정을 말할 땐 절대로 약이 있을 수 없습니더. 오만 원하고 사만 사천오백 원하고는 오천오백 원의 차액이 있습니더. 오천오백 원이면 쇠고기 한 근에 거북선 담배가 한 갑, 엽서가 스무 장. 그 엽서 스무 장으로 러브레터를 쓰면 장관 딸 하나쯤 공략할 수가 있지 않겠습니꺼."

형식의 엉뚱한 소리에 익숙한 상태에 있으면서도 이 말엔 놀라지 않을 수 없었다. 나는 그를 말끄러미 쳐다보았다.

"내 말에 틀린 데가 있습니꺼? 역시 세대차라요, 세대차. 우리 세대는 절대로 '약'이란 문자를 쓰지 않습니다. 그건 그렇고 삼촌은 용돈 매월 사만 육천오백 원을 지출해줄 수 있겠습니꺼."

"그게 꼭 필요하다면 해야 안 되겠나."

"무리하진 마십시오. 아르바이트를 하는 방법도 있으니까요. 그런데 삼촌 공부할 때 아부지가 아르바이트를 시키진 않았지요?"

"그랬지." 하면서 나는 여기에서 그와 나와의 세대차를 확인했다. 어떤 경우에라도 나는, 아니 나의 세대는 숙질간의 평화로운 대화에 있어서 '우리 아버지가 당신을 아르바이트 시키지 않았으니 당신도 내게 아르바이트 시켜선 안 된다.'는 말을 노골적으로 하진 않을 것이기 때문이다.

그러고 보니 일전 형식이 정명욱을 만났을 때 '우리 아주머니가 되려면 내게 잘 해야 됩니더이.' 한 소리가 결코 농담이 아니었던 것이다.

형식은 다시 대포를 한 잔 청해 마시곤,

"나는 어떤 일이 있더라도 내가 대학을 다니기 위해 집의 부동산을 파는 일은 없도록 할 것인께요." 하곤 덧붙였다.

"그냥 둬두면 내 재산이 될 낀디 뭣 때문에 팔 겁니꺼. 부동산 장만할라고 광분하고 있는 세상인디 말입니더."

왔다갔다하며 형식의 이 말 저 말을 들었던 모양으로 소영이 먼빛으로 내 시선을 포착하자 아랫입술을 쑥 내밀어 보였다.

"나는 내일 아침 기차로 고향으로 갈랍니다."

형식이 불쑥 말했다.

"발표나 보고 가지 왜?"

"보나마나 결정 난 걸 여기 있으면 뭣합니꺼."

"자신은 있나?"

"있고말고요. 내 번호가 234 아닙니꺼. 가보가 떨어진다 캐서야 말이 됩니꺼."

형식이 떠나고 나니 이미 말한 대로 회오리바람이 지나가고 난 뒤의 황량함만 남았다. 나의 저축은 오십만 원에서 삼십만 원으로 줄어들고 있었다. 일수일 동안에 이십만 원을 써버린 것이다.

나는 앞으로의 일을 진정으로 걱정해야만 하게 되었다.

우선 최저한 매월 십사만 육천오백 원을 지출할 수 있도록 하는 수입을 보장해줄 직장을 찾아야만 했다.

우울한 나날이었다.

그래도 형식의 합격을 확인하자 기분이 좋았다. 우편국에 달려가서 고향에 전보를 쳤다. 이어 정명욱에게 전화를 했다.

"나도 알고 있어요, 알려드리려고 전화를 기다렸는데……. 아무튼 축하해요."

명욱의 소리도 명랑했다.

"조카 합격을 축하하는 뜻에서 오늘 밤 한 잔 할까요?"

"좋소."

"그럼 어디서?"

"집에서 합시다."

"그럼 내 대강의 준비를 해갈 테니 이웃 아주머니에게 잘 말해둬요."

"조카 덕을 단단히 보셨군요."

명욱이 방바닥에 길게 다리를 뻗으며 한 말이었다.

구들을 뚫고 연탄을 지피면서부터 방 안은 상춘의 뜰처럼 되어 있었다. 이상하게도 연탄 내음이 그다지 고통스럽지 않았다. 하숙생활 때에 겪은 경험으로 지레 연탄을 겁낸 것이 이제 와선 쑥스럽기조차 했다.

식사를 하는 동안의 화제는 주로 형식에 관한 것이었다.

"어떻게 재필 씨완 그렇게 성격이 다르죠?" 하곤 정명욱이 한 얘기는,

"아마 그분은 서씨 가문에 중시조中始祖가 될 거예요. 개성이 여간 강하지 않더군요. 그리고 그 철저한 구두쇠 노릇도 볼 만하던데요? 함께 지하철을 타려는데 내겐 만 원짜리밖엔 없었거든요. 그이한텐 백 원짜리 주화가 몇 닢인가 있는 줄을 내가 알고 있는데 끝끝내 백 원짜릴 내놓지 않지 않아요. 하는 수 없이 바깥에까지 나와 만 원짜릴 바꿔갖고 표를 샀다니까요. 그땐 약간 성이 났었는데 지금은 되게 개성적으로만 생각하게 되니 이상하죠?"

"한마디로 말해 뻔뻔스러운 거야."

"뻔뻔스러운 게 밉질 않으니 그것도 인덕 아닐까요?"

"잘 봐주니까 그렇겠지."

"그런 것만도 아닌 것 같애요. 무슨 포부가 있는 것 아녜요?"

"포부? 고등고시 시험에 합격하는 게 그 애의 포부라오."

"현실적이고 실리적이지 않아요. 당신관 정반대……."

"아니지. 나에 대한 반발인지도 몰라."

"그럴지도 모르죠."

이때 숭늉을 떠가지고 들어와서 우리가 주고받고 하는 말을 듣고 있던 이웃 아주머니가 말을 끼웠다.

"선생님의 조카님은 참 좋대요. 여기 며칠 안 있었는데도 이 아파트 안의 아이들과 모조리 친구가 되어버렸당께요. 저 건너편집 아이는 잘 운다고 유명하지 않아요. 그런데 그 학생이 조그마한 막대기 하나 가지고 가서 이리 돌리고 저리 돌리고 한께 뚝 울음을 그쳤단 말입니더. 그것도 한 번이 아닌 두 번 세 번. 뿐만 아니라 이웃에 일이 있다 하면 몸을 아끼지 않고 도와줘예. 몇 집 굴뚝을 뚫었는지 몰라예. 선생님 방 굴뚝을 뚫고 나니 연탄이 잘 타는 기라예. 그래 우리 집은 그렇게 안 된다니까 당장 와서 뚫어주대예. 그랬더니 우리 집도 우리 집도, 하는 바람에 정하는 대로 가서 굴뚝을 뚫었어예……."

"입학시험 보러 와서 굴뚝 뚫기만 하셨군요." 하고 명욱이 웃었다.

"그럴 여가가 있었을까?"

나는 반신반의했다.

"아니라예. 선생님이 계시지 않을 때는 가만있지 안 해예. 아이들과 놀지 않으면 무슨 일이든 해예. 그래 모두 학생 좋다고 이 아파트에 소문이 쫙 돌았어예. 그래 아저씨가 좋은께 조카도 저렇게 좋다고 자랑을 했지예."

"재필 씬 조카 덕으로 한 등 오른 것 아녜요?"

정명욱이 또 웃었다.

"그런데예." 하고 아주머니는 신이 나서 말했다.

"건너편집 아주머니가 학생을 보고 어찌 이처럼 친절하실까 하는 말을 했더니 학생이 뭐라고 했는지 알아예? 난 돈 안 드는 친절 같으몬 얼마든지 친절할 수 있다고 하는 기라예. 어떻게나 웃었는지……."

"어쨌든 서씨 가문에 중시조가 난 거예요." 하고 정명욱이 또 웃었다.

나는 곰곰이 생각해보았다.

아버지에게도 형님에게도 형식이 나타낸 것과 같은 성격은 도무지 찾아낼 수가 없었다.

'돌연변이, 그렇다 돌연변이다.'

돌연변이란 게 있기 때문에 역사가 전진하기도 하고 후퇴하기도 하고 뒤틀어지기도 하는 것인지 모른다.

돌연변이적인 존재가 없었더라면 만리장성이 있을 까닭도 없고, 로마의 성곽 같은 것이 있을 까닭도 없고, 해인사의 팔만대장경 같은 것이 있을 까닭이 없다. 동시에 세계의 범죄사가 성립되지 않았을지도 모른다.

알렉산드로스 · 칭기즈 칸 · 나폴레옹으로 이어지는 폭력적 대돌연변이를 비롯해서 호메로스 · 괴테 · 톨스토이 · 베토벤 같은 예술적 대돌연변이가 얽혀서 만들어내는 역사의 주류에 각종의 소돌연변이가 파도를 일으키고 있는 것이 인류가 살아가는 실상일는지 모른다.

인류의 역사는 계급투쟁의 역사라고 누군가가 말했다지만 실상을 보다 정확하게 말하려면 인류의 역사는 돌연변이의 역사라고 하는 것이 타당할는지 모른다.

아무튼 서형식이란 묘한 시골청년이 나타나서 서울 한구석 빈민아파트에 적잖은 파문을 일으켰던 것은 사실이다.

그날 밤 정명욱은 내 팔에 안겨 다음과 같은 문제를 제기했다.

"우리가 아기를 낳으면 당신 조카를 닮은 그런 아이가 될까요?"

"에잇 징그러워."

"징그럽다뇨? 조카 말만 나오면 싱글벙글하면서."

아차 싶었다.

나는 형식을 생각하기만 하면 우울한 표정이 되는 것으로만 짐작하고 있었는데 남이 볼 땐 싱글벙글한다?

안에서 보는 눈과 바깥에서 보는 눈은 이렇게 다른 것인가 싶었다.

나는 정명욱의 애무에 전신을 맡겨놓고 있으면서 소설을 쓰는 눈은 안에서의 눈과 바깥에서의 눈이 동시에 작용하는 복안이어야 하겠다는 생각을 쫓았다.

로마인 이야기 14 그리스도의 승리
마침내 기독교가 로마제국을 삼켜버렸다

4세기 말, 로마제국의 나아갈 방향을 크게 변화시킨 것은 황제가 아니라 한 사람의 주교였다. 정·교가 분리되지 않은 국가가 초래하게 된 위기를 참으로 냉정하게 그렸다.

시오노 나나미 지음 | 김석희 옮김
신국판 | 반양장 | 404쪽 | 값 12,000원

권력규칙 1·2
권력, 그 냉혹한 인간세상의 규칙과 원리를 밝힌다

권력을 도모할 때는 수많은 위험과 희생을 감수하고, 권력을 쥘 때는 상황에 맞는 책략으로 온힘을 다해 실행하며, 권력을 견고히 할 때는 살얼음을 밟듯 조심한다.

쩌우지밍 지음 | 김재영 정광훈 옮김
신국판 | 반양장 | 475쪽 내외 | 각권 값 16,000원

메가트렌드 코리아
21세기, 우리 앞의 20가지 메가트렌드와 79가지 미래변화

항상 역사의 반환점에서 미래를 준비하지 못한 국가는 발전의 대열에서 뒤떨어진다. 우리의 메가트렌드 작업은 바로 미래를 대비하기 위한 시금석이다.

강홍렬 외 지음
신국판 | 양장본 | 408쪽 | 값 22,000원

2020 미래한국
창조적 상상으로 그려내는 내일의 모습!

꿈속의 희망이 오늘의 나를 움직인다. 꿈이야말로 미래를 준비하는 자세다. 각 분야 명망가들이 바라보는 다양한 미래상! 그들의 꿈을 통해 미래를 상상한다.

이주헌 외 지음
신국판 | 반양장 | 400쪽 | 값 15,000원

트랜스크리틱 칸트와 마르크스 넘어서기
가라타니 고진의 10년에 걸친 야심작

초월론적인 비판은 횡단적 또는 전위적인 이동 없이는 존재할 수 없다. 그래서 나는 칸트나 마르크스의 초월론적 또는 전위적인 비판을 '트랜스크리틱'이라 부르기로 했다.

가라타니 고진 지음 | 송태욱 옮김
46판 | 양장본 | 528쪽 | 값 22,000원

춘추좌전 1~3
춘추전국시대 역사 이해의 필수 텍스트

중국 사상의 연원은 공자를 포함한 춘추전국시대의 제자백가다. 제자백가에 대한 이해의 출발점이 바로 당시의 인물 및 사건을 정확히 기록해놓은 '춘추좌전'인 것이다.

좌구명 지음 | 신동준 옮김
신국판 | 양장본 | 448~628쪽 | 값 20,000~30,000원

인간의 유래 1·2
'종의 기원'과 함께 다윈의 또 하나의 위대한 저서

이 책은 세상에 나온 지 130년 이상이 지났지만 오늘날 생물학자, 심리학자, 인류학자, 사회학자 그리고 철학자 들의 마음속에 자리 잡고 있는 많은 문제를 다뤘다.

찰스 다윈 지음 | 김관선 옮김
신국판 | 양장본 | 344, 592쪽 | 각권 값 25,000원, 30,000원

의식의 기원
인간 의식의 문제를 폭넓게 다룬 20세기 기념비적인 저서

거울 속에 보이는 그 어떤 것보다 더 본질적인 '나'라는 내적 세계, 만질 수 없는 기억과 보여줄 수 없는 추억의 보이지 않는 모든 세계의 본성과 기원에 대한 것이었다.

줄리언 제인스 지음 | 김득룡 박주용 옮김
신국판 | 양장본 | 512쪽 | 값 30,000원

지중해의 역사
물의 역사공간, 무한한 매력이 넘치는 지중해 연구

수많은 현상이 이 '액체 공간'에서 일어나고 있으며, 모든 움직임이 이 바다에 존재한다. 지중해에서는 바로 지금도 인간과 세계의 역사가 전개되고 있다.

장 카르팡티에 외 엮음 | 강민정 나선희 옮김
신국판 | 양장본 | 736쪽 | 값 35,000원

에로틱한 가슴
에로틱의 절정, 여성 가슴의 문화사

시대와 지역, 문명에 따라 때로는 적나라하게 때로는 은밀하게 노출되고 감춰져왔던 여성의 가슴. 그것은 수치스러운 것인가, 에로틱한 것인가, 영예로운 것인가.

한스 페터 뒤르 지음 | 박계수 옮김
46판 | 양장본 | 704쪽 | 값 24,000원